テリ文庫

〉

ミステリマガジン700【国内篇】

創刊700号記念アンソロジー

日下三蔵・編

早川書房

7364

目次

ミステリマガジン700【国内篇】

創刊700号記念アンソロジー

寒中水泳

結城昌治

《ＥＱＭＭ》1959年7月号

結城昌治〔ゆうき・しょうじ〕（一九二七〜一九九六）

東京都生まれ。早稲田専門学校卒。肺結核により療養生活を送った後、東京地方検察庁に勤務。五九年、第一回EQMM短篇コンテストに投じた「寒中水泳」が一等に入選してデビュー。同年、早川書房からユーモラスな本格ミステリ『ひげのある男たち』を刊行して注目される。

以後、本格ミステリ『長い長い眠り』、スパイ小説『ゴメスの名はゴメス』、ハードボイルド『死者におくる花束はない』、ユーモアミステリ『白昼堂々』と多彩な作品を発表。六四年には悪徳警官もの『夜の終る時』で第十七回日本推理作家協会賞を受賞している。私立探偵の真木が登場する『暗い落日』『公園には誰もいない』『炎の終り』の三部作は国産ハードボイルドのもっとも優れた収穫のひとつである。七〇年には戦記小説『軍旗はためく下に』で第六十三回直木賞を受賞。その他の作品に時代小説『斬に処す』、評伝『志ん生一代』、句集『歳月』などがある。

著者のデビュー作「寒中水泳」は、翻訳ミステリ専門誌だった《EQMM》に初めて掲載された日本人作家の作品である。友人の画家を殺した犯人を推理していく本格ものだが、既にユーモラスなタッチの萌芽が見えるのが興味深い。

底本：『温情判事』角川文庫

　ミノルが死んだと聞いても、私は別に驚かなかった。

　ああ、やっぱり死んだか。

　そう思っただけで、通夜にも行かなかったし、葬式にも列席しなかった。私には彼の死を悼《いた》む理由がなかったし、葬式につきまとうあの湿気の多い退屈さは、考えただけで我慢がならなかったからだ。死んだ後まで、彼と友達付合いをさせられるのはかなわない。むしろ私は、災難を免れたあとの、虚脱感とも解放感ともつかぬ感じを味わっていた。

　電話でミノルの死を知らせてきたのは、彼の妹だった。葬式の翌日、私はアパートに彼女を訪ねた。日当たりのいいヴェランダの椅子《いす》にもたれて、ユキは何をするでもなく、おだやかな午後の冬日に、美しい脚を投げていた。

「いい天気だね」

　部屋に上るなり、そう言ってしまってから、場違いな挨拶《あいさつ》をしたことに、私は気づいた。

兄を亡くした妹に対して、まずミノルの死を悼む言葉を述べるべきだったし、慰めの言葉をかけてやるべきだったろう。お天気なんかどうでもよかったのだ。

彼女は返事をしなかった。振り向きさえしなかった。葬式に行かなかったので、怒っているのだろうか。背を見せたままの白いうなじが、深い心労のあとを感じさせた。

番《つがい》のウグイスが、鳥籠《とりかご》で餌をついばんでいる。それにつづいて、部屋の中で、私の目に写ったものは、ミノルの写真だった。上部を黒いリボンで飾られたキャビネ大の額縁。その中で、ミノルはいつもの微笑を浮かべていた。その皮肉めいた微笑は、余りにも馴染《なじみ》深いものだった。私は厭《いや》な気分に陥って、目をそらした。彼の思い出が悪寒のように、襲いかかってきたからだ。私はそれまで、何事も彼については思い出すまいとつとめてきた。彼の思い出ときたら、苦いものばかりだった。

死について、ミノルほど明るく語った者を、私は知らない。「死にてえな」彼は楽しそうに言うのだった。ほとんど口癖である。私がタバコをのみたいと言う時に、死にたいと彼は言うのだ。「さっさと死んだらいいじゃないか」不快感をこめて、いつも私はそう言い返した。それに対して、彼は皮肉めいた、しかし寂しげな笑顔を見せるだけだった。私には、その笑顔の寂しい影が気がかりだった。ミノルは近いうちに死ぬだろう、私は漠然《ばくぜん》とそう思っていた。あるいは無意識のうちに、彼の死を待っていたのかもしれない。だが、私がミノルの死を待っていたというなら、花岡二郎や五味伍平についても、同じことが言えるに違いなかった。

「なぜミノルは自殺なんかしたんだろう？」

私は愚かな質問を発した。理由を知って何になろう。私はただ、ユキに言葉をかけたかったのだ。

「自殺じゃないわ」背を向けたままで、ユキが言った。感情を失ったような声だった。「殺されたのよ」

「殺された？」

「――――」

「なぜだ、誰《だれ》に殺されたんだ？」

「知らないわ」

「電話では、溺《おぼ》れて死んだと言ったじゃないか」

「――――」

「どうして殺されたことがわかった？」

なぜ答えないんだ、私は胸の中で苛立《いらだ》たしく叫んだ。それを口に出すことはできなかった。

彼女の沈黙が、思いやりのない問に対する抵抗のように感じられたし、兄を失った悲しみに、じっと耐えているようにも感じられたからだ。私は唇《くちびる》を噛《か》んで、鳥籠を見た。まだ鳴くことを知らない二羽のウグイスが、幼い体をぶつけ合うようにして戯れている。掃除を怠っていると見えて、籠の底が大分汚れていた。彼女の悲しみを見るような思いで、私は無心にあそぶ鳥たちを眺《なが》めつづけた。

やがて思い出したように、ユキが言った。

「兄みたいな臆病《おくびょう》な人に、自殺ができるかしら。それに今は冬よ。あたくし、聞いたことあるけど、冬は身投げなんかしないものじゃない？」

自殺者の心理というのは不可解なものだが、妙に理窟《りくつ》には合っているものだ。冬は寒いから、冷たい水の中で死ぬ気にならぬという。安楽に死ぬ方法は、ほかにいくらでもあるのだ。

「ミノルは泳げなかったの？」

「全然泳げなかったわ」

「よく、跳びこむ勇気がでたな」

「だから、殺されたと言うのよ」

「しかし、いつも彼は死にたいと言ってたじゃないか」

「それは死にたくなかったからよ。兄は自分の才能に絶望していたし、死ぬことが自分にいちばん相応《ふさわ》しいとも考えていた。だからこそ、生きたいという望みは、人一倍烈《はげ》しかったと思うわ。自分の才能に絶望した画家は、何をすればいいの？　人が生きたいと言うとき、兄は死にたいと言わねばならなかったんじゃないかしら。弱虫な兄が、その絶望から逃れるためには、酒を飲むよりほかになかったのね。それでも、もう一度カンヴァスに向かいたいと、痛々しいくらいに願っていたわ。だからこそ、画商の手先みたいな真似《まね》をしてでも、絵から離れられなかったのよ。兄が筆を執らなかったのは、ふたたび絶望することが恐ろしかったからよ。卑怯《ひきょう》で弱虫の兄は、結局、野良犬みたいに殺されてしまったわ」

卑怯で弱虫の……、私はミノルをそのように考えたことがなかった。「きみたちがどんなに力んで、一生のうちに何千枚の絵を描いても、一枚のピカソにかなわないんだからな」ミノルがそんなことを言うときの口調を、忘れることができない。彼は常に傲慢《ごうまん》な態度で、懸命になって描いた私たちの絵を嘲弄《ちょうろう》していたし、禿鷹《はげたか》のように私たちの有金《ありがね》を掠《かす》め取っていたのだ。それらのすべては、自分の弱さを隠そうとするための、偽悪的な気取りだったのか。詰《なじ》るように語るユキの言葉には、兄に対する愛情が感じられた。

私がミノルを知ったのは、美術学校のクラスメイトとしてだが、ユキが彼の妹でなかったら、深く交際するようにはならなかったろう。二郎や伍平は、私より相当以前からミノルと親しい様子だったが、それも恐らくは、私と同じ理由によるものと見られる。尊大で利己的なミノルは、人に好かれる要素を全く欠いていたからだ。R画伯の傑作として知られる裸婦像のモデルが、ユキであると知ったのは、すでにミノルが美術学校を退学したあとだったが、いずれにしても、ミノルの扶《たす》けをかりるほかに、R画伯専門のモデルになっていたユキに近づく方法を、私は知らなかった。私がユキを描きたいと思ったのは、純粋に芸術的な動機からだった。展覧会場で、R画伯の『白い裸婦』に接した時の感動を、何に譬《たと》えたら気がすむだろうか。そのとき私の中で燃え上ったものは、烈しい創作欲以外の何ものでもなかった。黒ずんだ背景の中央に、真紅に映える敷物が置かれ、そこに物憂げに投出された美しい四肢《しし》と、透るように白い肌《はだ》のかがやきは、冷たく光る大きな瞳《ひとみ》とともに、網膜に焼付けられた。今にして思えば、作品とモデルとのけじめもなく、私はただ一途《いちず》に感激して、このような傑作を描かせたモデルを得たいと願ったのだった。そして、現実のユキは裸体にこそならないが、タブロオの中の彼女よりも、はるかに美しく魅惑的で、漆黒の瞳は冷たい寂しさをたたえて私に迫った。私の感動は、それがやがて恋に変わることを知らなかった。

ミノルはクラスでも最も優秀な学生の一人だった。古典の模写やデッサンの巧みさは、誰もが認めていたし、彼の絵には、誰にも真似ることのできない鋭いひらめきがあった。卒業を目前に控えて、突然退学してしまった彼の、芸術家としての堕落が、いつ、どのようにして始まったかは知らない。私は自分の絵のことで頭がいっぱいだったのだ。それから半年ほどして、私が親しく付合うようになった頃《ころ》の彼は、すでに美術商の手先として、ブローカーのような仕事をしていた。「絵描きなどと、よくもそんな子供じみたことをしていられるな」彼はそう言って、私を冷笑した。そして、金を貸してくれと言うのが常だった。もちろん、貸した金が返るとは期待しなかったが、彼のほうでも、返す気持は全くなかったとみていいだろう。彼の場合、貸せ、ということは、寄越せ、ということの儀礼的言い回しにすぎないのだ。それを承知で、彼の要求に応じていたのは、ユキへの思惑からではない。私に対するミノルの気持が、ユキに何の影響も与えないことを私は知っていた。憐《あわれ》むことによって、私は彼の優位に立とうとしたのである。金銭上のことに限らず、ミノルから受けた迷惑は数々あるが、広告会社に勤めながら絵の勉強を続けている私の貧しさは、彼にも分かっていたから、その要求には自ら限度があった。私の被害は、むしろ少ないといってもよかったろう。私は、被害額に反比例して、ミノルを利用したほうが多かったようだ。稲にとっては雀《すずめ》は害鳥だが、上手に焼いて食べると旨《うま》いものだ。彼は時折、鉄斎《てっさい》や歌麿《うたまろ》などの珍しい絵を持ってきて、画商や金持の蒐集家《しゅうしゅうか》に渡す前に見せてくれたし、著名な画家のアトリエに出入りして得た、特殊なマチエールの技法を教えてくれたりした。ミノルに対して、僅《わず》かでも友情に似たものを私が持っているなら、それは焼いて食べたことへの贖罪《しょくざい》である。

私の知る範囲で、ミノルの被害を最も受けた者は、花岡二郎と五味伍平だろう。特に二郎は、ミノルの獲物として、申し分のない条件を備えていた。二郎が父の莫大《ばくだい》な遺産を相続したことは、ミノルにとっても幸運だった。つい先日も、二郎は北斎の肉筆画をミノルに買わされていた。それは北斎の『幽霊』の中でも、確かに珍しく、貴重な絵のようだが、一般に考えられているより相当高価に売りつけられたと聞いた。もっとも、虚栄心の強い二郎は、そんなことはオクビにも出さず、北斎の傑作を手に入れたと言って、ミノルに感謝したいくらいの口ぶりだった。きれいに表装したから見にこいと言われたが、私は行かないことにしていた。見たいには見たいが、北斎に関する私の知識は乏しかったし、彼の自慢話を聞くのも面白《おもしろ》くないからだった。私が二郎を嫌うのは、彼がユキと親しいからではない。金ばなれがよく、物腰が柔かで、誰に対しても如才のない愛想をふりまいて歩く男。敢《あ》えて言えば、そのような彼が嫌いなのだ。学生時代から、彼は秀才として声望が高かったし、そのアカデミックな絵は、アカデミックという意味において申し分がなかった。想像力ゼロ、独創性ゼロ、さらに悪いことは、絵の中に、表現を求めて燃えるものが皆無なことだ。ある時期の彼は典型的なアングルの末流であり、またある時期は隠れようもなくマチスなのだ。エピゴーネンはついにエピゴーネンでしかない。さすがに聡明《そうめい》な彼は、自分の才能に見切りをつけたようで、間もなく私大の講師として、東洋美術史の講座を獲得した。いつの間に講師になるだけの知識を身につけたかは知らないが、とにかく、そのようなことに関しては器用な男なのだ。最近では、美術雑誌に浮世絵の評論などを書いて、その道の専門家として通りそうな気配である。今なお、二郎が絵筆を捨てないのは、ユキへの執着と解していいだろう。パレットを捨てたとき、モデルのユキに会う口実を失うことを、彼は恐れているのだ。二郎が口実なしに女に会えないとしたら、大いにいじらしいことであった。

二郎とは反対に、伍平は新進の画家として、仲間のトップを走っていた。彼もミノルには相当の被害をうけているはずだが、彼のほうでも、自分の絵を画商に売りつけるために、ミノルを利用していたことを私は知っている。二郎と伍平と私との中で、ミノルと最も親しかったのは伍平だ。悪人同士は、善人同士よりも固く結ばれる理由がある。人の善意は恃《たの》みがたいが、悪意を計算することは易しい。彼等は鋭い嗅覚《きゅうかく》で、互いの悪を発見し、体を寄せ合って馴《な》れようとする。最も親しい者は、時に、最も烈しく憎み合うものだ。自惚《うぬぼ》れが強く狡《こう》猾《かつ》だが、いくらかは才能のある男、この熊のように毛深く、牡牛《おうし》のように頑丈《がんじょう》な体の伍平を、ユキは愛しているのだろうか。それとも、金持の大学講師で、女性的な整った容貌《ようぼう》の伊達男《だておとこ》、花岡二郎を愛しているのか。そして私のことは、鳥籠のウグイスほどにも念頭にないのではないか。

私たち三人は、ユキへの愛をめぐって、相互の敵愾心《てきがいしん》に堅く結ばれ、その銹《さ》びついた鎖の中で鋭く対立していた。

「それで、警察では何と言ってるんだ？」

相変らず背を向けたままのユキにむかって、私は怒ったように言った。腹立たしかったのだ。なぜ、誰に対して腹を立てているのか、それは自分にもわからなかった。

「警察は自殺と決めているわ。他殺の証拠がないのよ。傷がいくつもあったけど、河の中を一週間も流れていれば、傷のあるのが当り前なんですって。水に入ってから死んだことは、間違いないらしいわ」

「死体は解剖したんだね？」

「水を相当飲んでたそうよ」

「自殺の証拠はあるのか？」

「入水場所が見つかって、川岸には、兄の上着《うわぎ》と靴《くつ》が片方だけあったの。でも、それだけじゃ自殺の理由にはならないわ。自殺か他殺か分からない場合、警察では自殺にするものじゃないかしら。出火原因が分からない時は、タバコのせいにする消防署のように」

「しかし、ミノルには殺されるような動機があったろうか……」

ミノルの死は、私に何のかかわりもない外部の出来事である。新聞も、社会面の片隅に僅か四行で片付けていた。隅田《すみだ》川の下流に、水死体が浮かんだということは、社会にとって四行の活字にすぎないのだ。たとえ、それが他殺だったにしても、それは警察の問題であって、私の問題ではないはずだ。ミノルの訃音《ふいん》に接した私は、驚きさえしなかったではないか。しかし、私はやはり彼の死が気がかりだった。それは私の中で青黴《あおかび》のように繁殖して、理由のない不安に陥れていた。

ユキは返事をしなかった。ようやく振向いた彼女の、青褪《あおざ》めた顔がじっと私を見詰めた。その暗く悲しい眼の色は、彼女の中に初めて発見したものだった。それが胸にこたえた。

「警察へ行ってくる」

私はそう言って部屋を出た。

「おい、どこへ行くんだ」

私は突然言葉を掛けられて立ちどまった。私の前に、二郎と伍平が示し合わせたような微笑を含んで立っていた。どこへ行こうと、彼らの知ったことではない。私は心でそう反撥《はんぱつ》しながら、すでに反射的に答えていた。

「警察だ」

「何をしに？」

何をしに……？　そう、何をしに警察へ行くのか、私は返事につまった。警察へ行って、ミノルが自殺したという話を聞かされて、そして何をしようというのだろう。

「警察なら、ぼくたちが今行ってきたところだ」伍平が言った。「やっぱり自殺だと言ってる」

「ぼくはそう思わない」私は言った。「殺されたんだ。ミノルは殺されたんだ」

「意外だな、ぼくらと同意見とは」二郎が口をはさんだ。毒を含んだ言葉だった。「きみの言うとおり、いや、きみのよく知っているとおりかな、とにかく、ミノルは殺されたのさ。ぼくらは必ず犯人を見つけるつもりだ」

「名探偵登場か。ふん、面白いじゃないか。ところで、どちらがワトスン君かね？　ワトスン先生が二人集まっても、犯人はあがらないぜ」私は言い返した。「とにかく、ぼくは警察へ行ってくる」

「ふん、いい度胸だ」伍平が言った。

「どういう意味だ、それは」私はムカッとして、伍平のネクタイをつかんだ。

「止《よ》せよ、乱暴は。人が見てるじゃないか」

二郎が、私の腕を素早く押さえた。数人の通行人が立ちどまって、私たちのほうを見ていた。不眠のために青くむくんだような顔を、伍平は醜く歪《ゆが》めて笑った。彼を殴りそこなったことが残念だった。理由の有無にかかわらず、殴りたくなる顔なのだ。

二郎が言葉を続けた。

「折角三人が会ったんだから、少し話そうじゃないか。きみには聞きたいこともある」

「尋問《じんもん》か？」

「解釈は自由だ」

「ぼくも、聞きたいことがある」

私たちは近くの喫茶店に入った。店内の照明は暗かった。音楽がうるさいので、ボリュウムを小さくさせた。二郎と私がコーヒーを、伍平はウィスキーを注文した。恋人同士らしい二人が、隅のほうでひっそりと話をしているほかに、客はいなかった。

「まず、われわれの立場をはっきりさせておこうじゃないか」

二郎が話を切出した。

「ぼくたち三人はユキを愛している。しかしミノルを愛してはいなかった。ミノルの死は、ぼくたちにとって不幸な事件ではないと言ったら、異議があるかね？　なさそうだな。正直に言って、ミノルはぼくたちの厄介者《やっかいもの》だった。ユキとの結婚を仮定した場合、ミノルが義兄になって、生涯《しょうがい》つきまとうことを思うと、二の足を踏まざるを得ない気持になる。つまり、ユキとの結婚を望む者にとって、ミノルの存在は共通の障害物だった。この点において、ぼくたちは三人とも、ミノル殺害の動機をもっている。そして、この動機の最も強い者は、ユキの愛をかちうる可能性が最も大きいと自惚れている者にちがいない」

「そいつの名前は？　お互いに、それが自分だと思っていなければいいがな」

私は二郎の講義口調にむかって言った。

「ところがだ」二郎は私の言葉にとり合わなかった。「ぼくたちは、どうやら三人とも、犯人を捕えようとしているらしい。となると、この三人は犯人ではないのだろうか」

「ぼくはそう考えないぜ」私が言った。

「ぼくだってそうは考えない」伍平も言った。

「珍しく意見が一致したな。ぼくも同意見だ」

二郎が私を見詰めて、意味ありげな微笑を浮かべた。その微笑をはね返すように、私は二郎に言った。

「きみの論理に従えば、ぼくたちはミノルを殺した犯人に、感謝してもいい立場にある。それなのに、きみたちが犯人を探そうとしている動機は何か、ぼくはそれが知りたいね。まさかミノルに対する友情のためとは言えまい。それとも、ユキのご機嫌をとるためというなら、そのいじらしさを買ってやってもいいが」

「説明しよう」二郎が私を見詰めながら、静かに言った。「きみが何も知らないものと仮定して話すわけだが、この事件には二つの動機がある。第一はさっきも言ったように、邪魔者としてのミノルを消すことだ。そして第二が北斎だ」

「北斎？」と私はきいた。

「そうだ、北斎だよ。いつか、ミノルの世話でぼくが買ったやつさ。北斎の描いた幽霊ものの中でも、傑出したものの一つだ。この点については、北斎研究家のはしくれであるぼくの鑑定を信用してもらいたい。どうしても欲しいという蒐集家なら、手堅くみても、二百万円は出すだろう。もちろん、ぼくがミノルの仲介でそれを手に入れたのは、そんなに高い値段ではない。いわば掘出し物だったんだ。ミノル自身も、それほど価値のあるものとは知らなかったらしい。ところが十日ばかり前、ミノルがやってきて、アメリカの浮世絵蒐集家として有名なアーサー・リッチモンド氏が、買う買わないは別として、是非その幽霊を見たいと言ってるから、貸してくれと言うんだ。ぼくの生涯は一枚の北斎に如かないが、ぼくが一枚の北斎より、自分の生活を愛したとしても、誰も批難はできないだろう。ぼくはまとまった金が要るところだったので、値段によっては売ってもいいつもりで、彼に貸したわけだ。ところが、ミノルはその北斎を持って家を出たまま帰らなかった。彼を殺した奴《やつ》は、その北斎の幽霊を持っているか、あるいは、売りとばしてしまったにちがいない」

最前からの、二郎の険《けわ》しい態度が、私はようやく納得できた。彼が興奮して、犯人を探し回るというのも無理ではない。しかも彼は、犯人として私を疑っているようだ。私は愉快になってきた。

「ぼくの場合は、二郎のような個人的理由ではない」今度は伍平が言った。「ミノルには二百万円の生命保険がかかっていたんだ。ミノルは悪い奴だったが、妹にとってはいい兄貴だったのかもしれない。妹のために、他人から金をたかってまでも、保険をかけてやっていたんだ。もっとも掛金はまだ三回しか払っていない。二百万円という金額は、生命の代償として少ないにちがいない。だが、ミノルの死によって、二百万円入るとしたら、ユキの生活にとっては、小さな革命が起こったようなものだ。もちろん、モデルなんか止《や》めてしまうだろう。彼の死を他殺とみた場合、警察では、保険金目当ての犯人としてユキを疑っている。保険会社は、自殺だからといって保険金を払おうとしないんだ。ぼくは、ユキの疑いをはらすと同時に、二百万円の保険金を彼女のために取ってやりたいんだ」

「正義と愛のために、と言いたいところか」私は皮肉をこめて言った。「頭がさがるね」

保険金のことは初耳だった。ユキはなぜそれを私に話さなかったのか。彼女は多くの謎《なぞ》を含んだ女だが、金のために、兄を殺すような女だとは思えない。彼女がミノルについて語った言葉によって、彼女のミノルに対する愛を私は信じている。私たちの眼に、ユキが、美しいばかりで愛することを知らぬ、冷たい宝石のような女として写るのは、彼女の愛が私たちのほうを向いていないからにすぎない。ユキが自分勝手な男たちを愛さないからといって、彼女を謎の女と決めてしまうのは、男たちの滑稽《こっけい》な自惚れである。美は常に驚異であり、何らかの謎を秘めているものではないか。その謎とは、何故に美しいかという問ではなく、その美しさになぜ酔うのかという、自分の情念に対する問なのだ。私は立上って帰ろうとした。

「まだ帰るのは早いぜ」伍平が言った。「今度はきみの理由を聞こうじゃないか。なぜきみは犯人を見つけたいんだ？」

私は答えた。「好奇心、あるいは退屈しているからと言ってもいい。それとも、ミノルを消してくれた犯人に、感謝するためかもしれない」

「どうしてきみは葬式に来なかったんだ」二郎が言った。

「きみたちの顔を見たくなかったからさ」

カウンターで自分の分だけのコーヒー代を払うと、二郎と伍平に向かって、あばよ、と言った。

ミノルの友人として名刺を通じると、笠利警部は快く会ってくれた。年輩は四十前後というところか。痩身の小柄な体に、濃紺の背広を着こなして、その静かな、やさしい眼は、謙虚と誠実を示していた――。しかし妙な顔だな、笠利警部をみたとたんに、私は思った、顔のコンストラクションに狂いがある。原因はすぐにわかった。ひげである。ひげがおかしいのだ。眉《まゆ》が四つあって、その余分な二つが鼻の下についたという恰好《かっこう》だ。正規の眉、即《すなわ》ち、両眼の上の眉は、斜上方にきりりと伸びて、いかにも男らしく立派でさえある。ところが、それと同じ型のものが鼻の下に置かれると、どうしてこうも滑稽なのか。ほとんどカリカチュアだ。本人の気が知れない。もし、威厳を示すためとしたら、大へんな誤算をしていることになる。しかし、そのひげは、私に親近感を与える役には立った。

「死体の数か所に傷がありましたが、いずれも致命傷とは考えられません。生活反応が見られないから、死後において受けた傷であることは確実です。解剖の結果、頭髪の脱落状態その他からみて、死後約一週間を経過しているといいます。むしろ、傷があるのが当然なんですな」

笠利警部は親切に説明してくれた。

「漂流物に接触して受けた傷というわけですね？」

「そうです」

「頭を殴って、脳震盪《のうしんとう》をおこさせてから、水中に投込んだ場合でも、水を飲むでしょうか」

「飲みます。普通の溺死《できし》症状と変わりはありません」

「クロロフォルムで麻酔させてから投込んだ場合はどうでしょう」

「やはり同じですね。麻酔が強く効《き》いている場合には、肺の中に液体が認められても、胃の中には認められぬことがあるようですが、お友達の場合は、胃の中にも相当量の水を飲んでいました」

「ということは、他殺かもしれないということになりませんか」

「おっしゃるとおりです。それで、私のほうでも迷いまして、一応捜査の手はつくしたんですが、他殺のキメ手になるものがありません。自他殺の識別のうちでも、この溺死というやつが、いちばん難しいんですよ。遺体はウィスキーを大分飲んでいましたから、過失死の線も考えてみましたが、それにしては、上着や靴を脱ぎ捨ててあるのがおかしいし、何の目的で、自宅から遠く離れた、夜の両国河岸《りょうごくがし》を歩いていたかが分からんというわけで、警察としては自殺と推定するほかないのです」

「しかし、彼は二百万円の生命保険に入っていたそうじゃありませんか」

「その点についても考えました。契約後一年以内に、被保険者が自殺した場合は保険金を受取れません。だから、自殺するにしても、一年以内には自殺しないはずだ、とあなたはおっしゃりたいんですね？　しかし、自殺者の心理というものは、そのように常識的な論理で、割切れるものではありません。自殺したいと思う人は多勢《おおぜい》いるでしょうが、実際に自殺する人は、ごく少数の人だ。水の中に跳込むときの心理状態は異常なもので、第三者に説明できるものではないのじゃないでしょうか」

「それもそうですが」私はやはり釈然としなかった。「彼は北斎の絵を持って家を出ているんですよ」

「その話は、先ほど花岡さんという方から聞きました。しかし、確かにその絵をもって外出したという証人がいるんですか」

「いや、それは……」

私は言葉につまった。証人はいないのだ。

「その北斎の絵は」警部は続けた。「ミノルさんが紛失したかもしれないし、死ぬ前に、第三者の手に渡っていたのかもしれない。そのほかにも、いろいろの場合が考えられる。北斎の行方というのが、彼の死を解く鍵《かぎ》になるかもしれませんね。何か参考になることが分かったらお知らせ下さい。その時はあらためて力をつくします。忙しいということは理由になりませんが、とにかく警察は忙しいんですよ。自殺と推定するところまでで、手いっぱいなんだ。ひとつ頑張《がんば》ってみて下さい」

話が逆である。警察官から頑張ってくれなどと言われるはずではなかった。ていよくあしらわれたかたちだ。尚二《なお》、三の質問をすると、私は早々に引上げることにした。

笠利警部の言うとおり、確かに北斎の絵の行方が問題だった。私は自宅に戻ると、考えをまとめるために机に向った。

妹と二人で暮らしていたアパートから、ミノルが最後に出たのは、十二月五日の夕刻で、死体の発見されたのが、十四日の朝であることは分かっている。ミノルは帰宅しない日が珍しくなかったというから、五日の夜殺されたとみることは疑問だが、多分、家を出た五日から、八日頃までの間に殺されたことは、解剖の結果などからみて間違いあるまい。笠利警部がユキから聞いたところによると、五日夕刻、家を出るときのミノルは、円筒形に包んだ風《ふ》呂敷《ろしき》包みを持っていたという。北斎の絵を持って家を出たと見る、二郎の意見には理由がある。油絵ならば、円筒形に丸めるわけにはいかない。その夜、ミノルが何処へ行ったかは、ユキにも分かっていない。アパートを出た後の、彼の足どりを追うことも一つの方法だろう。が、いずれにしても、問題は北斎の描いた幽霊の行方だ。犯人は幽霊が知っているにちがいないのだ。

ところで、二郎は果して北斎の幽霊をミノルに貸し与えたのだろうか。歯を食いしばり、髪をふり乱した幽霊は、今なお二郎の書斎に、血みどろの形相を秘めているのではないか。当然私はこのことを疑ってみた。しかし、この仮説の弱点は、北斎の幽霊が余りに高価なことだった。古美術の蒐集というものは、他人に誇示することによって、初めて所有欲を満足させるものだろう。二郎がミノルに北斎を貸し与え、その幽霊と共にミノルが死んだというなら、もはや、二郎は北斎の幽霊を所有するにしても、それを世間に誇示することはできない。所有者にしてみれば紛失したものと同然である。ミノルの命を奪う代償として、北斎は高価に過ぎるのだ。仮りに、資産家の二郎が二百万円の北斎を失ったところで、恋の障害物であるミノルを殺す代償として、さほど高価ではないと考えても、人の命を奪うには、余りに動機が弱い。北斎の幽霊を犠牲にするまでもなく、方法はほかにいくらでもあるではないか。やはり、幽霊は二郎以外の何者かの手に渡っていると考えざるを得ない。さもなければ、ミノルは幽霊とは全く無関係の者に殺され、幽霊は彼と共に隅田川の底に沈んだのだ。

翌日、私は昼食時間を利用して、会社をぬけ出すと、地下鉄で銀座《ぎんざ》へ出た。画商の牧森万造に会うためである。ミノルは彼の下で働いていたのだ。西銀座うらの、バーや小料理屋の並んだはずれに、万造の店は、二階を貸画廊に、階下を事務所にしていた。事務所といっても、奥のほうに机が二つほどあるだけで、街路に面したほうは、コンクリートの肌もむきだしの広間になっており、壁いっぱいに売物の油絵が掛けてあった。広間には誰もいなかったが、奥の部屋で笑い声がしていた。そのうち誰か出てくるだろう、私はしばらく壁の絵を見ていた。その中には、流行に媚《こ》びた伍平の抽象画もあった。色の使い方は、いかにも彼らしく大胆だったが、いかにも彼らしく下品でもあった。構図はなっていなかった。

「雪舟《せっしゅう》の本物なんてのは、確実なところ十点くらいしかないそうじゃないか。それにしたって、学界のお歴々がそう言うだけのことで、実際は、それも本物かどうか分かったもんじゃないのさ。とにかく、贋物のほうは一万点を越えようというんだからね」

奥の話し声には聞き憶《おぼ》えがあった。話題は、先頃デパートのギャラリーで催された、絵画の本物と贋物との比較展のことらしかった。

「大体、素人《しろうと》は落款《らっかん》を問題にするけど、落款なんてのは、簡単に偽造できる。その道の専門家にかかれば、落款抜きといって、焼明《やきみょう》ばんや大根おろし、あるいはウグイスの糞《ふん》などを使って、落款を抜き写すこともできるんですよ。とにかく、大雅《たいが》にしろ、光琳《こうりん》にしろ、あれだけ本物に似ていれば、何も贋物扱いすることはないと思ったね。同じものが二つあるから、片方が贋物ということになるんで、比較できる本物がなければ、贋物が本物になるほかはないんだ」

相変わらずの駄法螺《だぼら》を吹いている声は、五味伍平にちがいなかった。

「ごめん下さい」

私は奥のほうへ声をかけた。話し声が止んだ。伍平の顔がチラッと覗《のぞ》いたが、すぐに消えた。代わって万造が出てきた。牧森万造は、北斎の描いた力士のように太った、赭《あか》ら顔の男だった。皮膚のたるんだ一重瞼《ひとえまぶた》の小さな眼が、飽くことのない貪欲さを表わしているようだ。

「浮世絵が欲しいんですが、版画でも肉筆でも結構です。北斎のものがあれば、いちばんいいんだが……」

万造は怪訝《けげん》そうに私の顔を見上げた。

「失礼ですが、あなたがお買いになるんですか？」

確かに失礼だが、当然な質問でもあった。さすがに商人だ。私に絵を買うような金がないことを見抜いたにちがいない。

「ええ、人から頼まれたもので……」

「お気の毒ですが、ごらんのように、うちは油絵ばかりで、浮世絵はもちろん、日本画も扱っておりません」

これも当然な返事だった。江戸時代の浮世絵を扱うのは、専門の骨董商《こっとうしょう》に限られているし、まして、突然美術店にとびこんだところで、北斎が手に入るわけがないのだ。万造の眼に、私は極めて間抜けな男と見えたにちがいない。

「ぼくはミノルの友人ですが、実は彼の扱った北斎の幽霊について、お伺いしたいと思いまして……」

「北斎の幽霊？　存じませんな。確かにミノルさんには、この店で働いて貰《もら》いましたが、北斎を扱ったという話は聞いておりません。もし、それが事実としたら、私どもに内緒でやったんでしょうな。ちょくちょくそんなことをやってたようですから。それがどうかしたんですか？」

万造は好奇心を露骨にあらわした。

「それでは、アメリカから訪日中の浮世絵蒐集家で、アーサー・リッチモンド氏という人をご存じありませんか」

「ああ、その人なら知ってますよ、仲間の寄合で話がでましたから。なんでも四、五日前に帰国したということですが」

「帰国した？」

私はリッチモンド氏に会うつもりだったのだ。巧妙に張りめぐらされた事件の網を、一瞬垣間見《かいまみ》た思いがして緊張した。

「そのアメリカ人は、いい版画を大分集めて行ったという話ですよ。何しろ、あちらさんには金がありますからな。文化財保護委員会でも問題になっているようですが、そのうち日本人が浮世絵を研究するためには、アメリカへ行かねばならんことになりそうですよ。現に、ボストン美術館には五万枚も集まっているといいますし……」

万造はタバコに火を点《つ》けながら、のんきそうに言って煙を吐いた。

「ミノルが殺されたことについて、何か心当たりはありませんか」

「殺された？　自殺じゃなかったんですか」

「誰が自殺だと言ったんです」

「五味さんという……、失礼ですが、あなたは警察の方じゃありませんか」

私が刑事だとしたら、完全に失格である。これ以上ボロを出さないために、あとは言葉をにごして退散することにした。帰り際に奥の事務所を覗いてみたが、伍平の姿は見えなかった。


牧森万造に会った結果として、私の得た教訓は、演技力のない者が芝居をすると、脚本まで台なしにするということだった。すべての教訓と同じように、この教訓は気に入らなかったが、刑事の真似をして失敗したことは明白だった。

いつもより早目に会社を退《ひ》けると、私はその足で、和泉《いずみ》町の伍平の家へ向かうバスに乗った。ミノルの死について、警察は保険金目当ての犯人としてユキを疑っている、と伍平は言った。しかし、私が笠利警部に会った印象では、そのような気配は感じられなかった。二郎と同様に、伍平に対する嫌疑は私の中で次第に濃くなっていた。伍平は突然の来訪を怪しむだろうし、彼が犯人であれば、彼から真実を聞きだすことは望めない。しかし彼が犯人なら、私の訪問に対して何らかの反応を示すはずだ。彼の顔に表われる表情の変化を読みとるのだ。

いっこうに売れる当てのない絵を描き続けている私は、生来物事に懲《こ》りない性分である。バスを下りる頃には、ふたたび自力の演技力に期待をかけていた。

新築したばかりの伍平の家は、現代建築の最も悪い面だけを採り入れて設計されていた。実用性に対する観念的偏向が美観を損っていると同時に、芸術性をてらった部分が建築物としての静かな安定感を騒々しいものにしていた。金ピカにメッキされたノッカーを、私は勢いよく叩《たた》いた。ドアを開いたのは、顔見知りの女中ではなく、伍平自身だった。

「女中さんは」私は何気なくきいた。

「女中に用があってきたのか」

「いや、そうじゃないが」

「買物に出掛けたよ」

「上ってもいいかい」

「上りたいならね」

厭な奴だ。私は黙って、ドアを後手《うしろで》に閉めた。

「おーい、白井がきたぜ」

私が靴を脱いでいる間に、伍平は廊下の奥へ向かって、私の来訪を知らせた。

「先客があるのか」

「うん、客の一種だ」

私はそれ以上きかなかった。昼休みに、万造の店で見かけたことについては、私も黙っていたし、彼も知らぬふりを装っていた。伍平は私をアトリエに案内した。広々として、採光にも工夫がこらしてあり、内部は外見ほど悪趣味でもなかった。もちろん、狭くて天井の低い、私のアトリエとは比較にならない。部屋の中央に、地塗りをしたばかりのカンヴァスが立てかけてあって、テーブルの上には、絵具やペインティング・ナイフが乱雑に散らかっていた。私がアトリエに入ると同時に、部屋の隅の椅子から立上って、マドロス・パイプを口からはなしたのは花岡二郎だった。

「珍しい客が来たな」

二郎は私の顔を見ないで伍平に言った。伍平がそれに応《こた》えて、妙な薄笑いを浮かべた。

私は二人の敵意をその場の空気に感じた。ミノルの死は、ユキをめぐる三人相互の対立から、私を孤立させて、二郎と伍平とを結ばせていた。

「ミノルを殺した犯人が分かったよ」

傍らの椅子に腰をおろすなり、私はだしぬけに言った。ホールド・アップさせた二人の兇漢を前に、拳銃《けんじゅう》を構えた警察官のように、私は二人から眼を離さなかった。そして、意味ありげに、かすかな笑いを唇の端に浮かべた。もとより、この微笑は全く無意味なものだったが、犯人にとっては、決して無意味であってはならなかった。最初に私の眼をそらしたのは二郎だった。生唾《なまつば》を飲みこむ彼の咽喉《のど》が大きく動いた。

しかし伍平は、私の視線を避けようとはしなかった。そして、私の微笑に挑戦《ちょうせん》するように、分厚い唇《くちびる》を歪《ゆが》めた。彼もまた微笑をもって、応《こた》えるつもりだったのだ。だが、それは微笑と呼ぶには、醜いだけだった。豚のように細い眼が、熱っぽく光っていた。

「犯人が分かったって?」ようやく伍平が言った。

「幽霊が見つかったのか」続いて二郎も言った。

私は依然として微笑を浮かべたまま、二人を見詰め続けた。蒼《あお》ざめた二郎の顔と、上気したように脂汗をうかべた伍平の赭い顔とが対照的だった。何らかのショックを彼らに与えたことは明らかだった。効果はすでに充分と見えた。素人芝居の危険は、悲劇をさえ、喜劇にしてしまうことだろう。私はひとまずこの辺で幕をおろすことにした。

「ぼくが、犯人が分かったという以上、間違いなく犯人は分かったのさ」

「その犯人の名前を言ってみろ」

二郎がかすれた声で言った。

「なにもそう急ぐことはない。そのうちに何もかもはっきりさせてやるよ。きみたちが犯人を探しているようだからな、それで友達甲斐《がい》に、無駄《むだ》なことは止めたほうがいいと、言いにきただけだ」

私はそう言って立上った。

「何処へ行くんだ」と伍平。

「安心しろ、警察へ行くわけじゃない。もう少し証拠を固めたいんだ。それじゃ、失敬する」

呆然《ぼうぜん》として、あるいは互いに疑心暗鬼に駆られて、顔を見合わせている二人を想像しながら、私は一人で玄関へ向かった。そして、玄関から門までの距離を、彼らに聞こえるようにと思いながら、口笛で、軽快なマーチを吹いてやった。

私の投げた言葉に対する、二郎と伍平との反応は、いくつかの疑問に対する回答を暗示していた。しかし、その反応の欠点は、余りに多くの解釈を許していることだった。結局それは、二郎も怪しいし、伍平も怪しいという、断定性はないが、かなり確かな疑惑を抱かせた。彼ら二人が共犯である場合も考えられるが、いずれにしても、二人の中に犯人がいるならば、犯人は私に対して何らかの行動に出てくるはずだった。

伍平の家を出た私は、五日夕刻以後のミノルの足どりを辿《たど》るために、彼の友人知己を片端から訪ね回る予定だった。しかし宵闇《よいやみ》の迫る表に出て、冷たい風に吹かれると、無性にユキに会いたくなった。会いたい時に会いたい女に会えるということは、どんなに素晴しいことだろう。だが、ユキは常に不在がちだったし、たまに会えても、私をやさしく迎えてくれるわけではなかった。私と彼女との関係は、不自然なほど事務的であり、絵描きがモデルに会うのであって、二人の間に、男が女に会うというニュアンスはなかった。週に一度、彼女は契約した時間だけモデル台に立ち、時間がすぎると、お茶も飲まずに帰ってしまう。その時間というのも、時計によれば三時間だが、私にはどうしても三分より長いとは思えないのだ。私の作品は、いつになったら完成するのか見当がつかない。何事につけても、私は無器用な男なのだ。しかし、世間には無器用でもっている男だっている。くよくよしてどうなるものではあるまい。私はオーバーの襟《えり》を立てて急いだ。幸いに、ユキはアパートにいた。

「昨日は、警察の帰りにどうしてお寄りにならなかったの」

部屋に入るなり、ユキに言われた。予期しなかった彼女の言葉に、私は戸惑った。彼女が私の帰りを待っていた、というように聞こえたのだ。たちまち嬉《うれ》しくなったが、がっかりするにも時間はかからなかった。

「二郎さんと伍平さんがきて、遅くまで待っていらしたようよ」

「彼らは何をしに来たんですか」

「何をしにって、別に用はなかったらしいわ」

奴らが何をしにきたところで構わないが、それきりユキが黙ってしまったので、私は何か責められているようで息が苦しくなった。彼女の沈黙は苦手なのだ。沈黙は金というが、時には鉛のように毒を流すこともある。

「伍平に聞いたけど、ミノルは二百万円の保険に入っていたんだってね」

もっとほかに言いたいことがあったのだが、何か言わなければと思っているうちに、最も言いたくないことを言ってしまった。

「ええ、入っていたわ」

「自殺だと、保険金はとれないそうじゃないか」

「保険会社の人もそう言ってたわ」

「だからというわけじゃないが、ミノルは確かに殺されたと思うね」

私の言葉が、彼女を傷つけていることは考えるまでもなかった。いつでも私は余計なことを言うが、肝心なことは言えないのだ。

「犯人は、必ずぼくが見つけるよ」

私は謝るように付加えた。

「いいのよ、兄は、死んだほうが幸福だったかもしれないんですもの……」

ユキの声は絶え入るように小さかった。それは彼女自身について言っているようにも聞こえた。急に胸の中が熱くなるのを覚えた。私は自分の愛を育てることに熱中していたために、彼女を理解することを怠っていた。今こそ、愛について、言うべき言葉を言うべきではないのか。

とこの時、奇妙なことだが、鳥籠が見えないことに気づいた。私の中で、何かが稲妻のようにひらめいた。私はまたしても、愛とは全く関係のないことを言った。

「ウグイスはどうしたの」

「お友達が欲しいというから、今朝方、あげてしまったわ。あたくしには、兄のように鳥のお世話ができませんもの」

「それじゃ、今までは、ミノルがウグイスの面倒を見てたんですか」

あの不精《ぶしょう》な男が、ウグイスを飼うということが、まず不可解である。冬中、寒さに弱いウグイスを飼うことは、玄人《くろうと》でさえ、大へんな苦労なのだ。ウグイスの鳴く期間は、およそ三月の初旬から八月頃までで、冬場は鳴かないのが普通である。それなのに、何故に彼はウグイスを飼い始めたのか。この部屋で鳴かないウグイスを見るようになったのは、今年の九月頃からのことだ。

「兄は変わっていたのよ。ウグイスだけはとても可愛《かわい》がっていて、あたくしには籠のお掃除もさせてくれないほどだったわ。兄が留守の時には、あたくしもお水くらいは替えてあげたけど……」

いっしんに鳥籠を掃除しているミノル——腕組みをして黙ってしまったのは、今度は私だった。

翌日、ユキから電話をうけたのは、夕方近く、気の早いネオンサインに灯がともり始めた頃だった。退社時間にはやや間があったが、私はすぐに会社を出ると、笠利警部に電話をかけてからタクシーを拾った。浅草橋《あさくさばし》を過ぎ、両国橋を渡ったところでタクシーを捨てた。両国橋の袂《たもと》を左に折れて、国電の鉄橋をくぐると、間もなく大川端《おおかわばた》に出た。右手は旧安田《やすだ》邸《てい》公園につづいて両国公会堂、左手が大川端、むかし、堤防の代わりに、沢山の杭《くい》を埋めたという百本杭である。江戸時代、このあたりは余程淋《さび》しいところだったとみえて、黙阿弥《もくあみ》の芝居では、しばしば殺し場に使われている。対岸に建並んだ柳橋《やなぎばし》の料亭とは対照的に、今日でもこの辺りの淋しさは、川に向かって右手の蔵前橋《くらまえばし》まで、一軒の人家もない。川岸は区役所土木課の資材置場として、かなりの空地があり、岸壁から一段低くなって、水面すれすれに舟寄場が突出ている。

私は岸壁にかかった階段を伝って、コンクリートで固めた舟寄場に下りてみた。ここで、ミノルの背広と靴が発見されたのだ。酔っていたミノルは、ここから水の中に突き落とされ、引潮に流されて、はるか下流の、青海橋《あおみばし》の橋桁《はしげた》にひっかかっていたのだ。私は水際に近く腰をかがめた。それは上潮に乗って、ひたひたと打寄せる波の音に江戸のむかしを偲《しの》ぶためでも、ミノルの思い出に浸るためでもなかった。そのような感傷に溺れている余裕はなかった。私は腰をかがめたまま、猟犬のように耳を澄ませていた。暮れやすい冬の日は、尚、西の空をかすかに彩《いろど》っていたが、河の面《おもて》はとっぷりと暮れて、つい今し方まで、水の上に遊んでいた鷗《かもめ》たちも、いつの間にか姿を消していた。対岸の料亭に灯《とも》が点り、川筋を帰る艀《はしけ》船が、二艘《そう》、三艘と列をなして通り過ぎた後は、ただ水の音だけが、私を遠い少年時代につれ戻そうとして、なつかしい歌を口ずさんでいた。

いつか、私は水の音に気を取られていたようだった。人の近づく気配に気がつかなかった。ようやく、人の気配に気づいて振返ったとき、すでに男は舟寄場に下りていた。私と男との距離は、三メートルと離れていなかった。冷たい薄笑いを含んだ眼が、じっと私に注《そそ》がれていた。花岡二郎だった。

「犯人が分かったそうだが」彼はオーバーのポケットに両手を入れたまま口を切った。「間違いはなかったろうな」

冷たい声だった。感情を無理に殺そうとしているのがわかった。語尾が微かに震えていた。

「多分な」

私は立上って答えた。悠然《ゆうぜん》と胸を張って言ったつもりだが、私の声も震えていたかもしれなかった。

「確かめてみたか」

「たった今、確かめたところだ」

「それで、結果は」

「間違いなかったよ」

「そいつはご苦労だったな」

そう言いながら、二郎はポケットから右手を抜いた。その手の中で、カチリと金属性の音がした。飛出しナイフだった。ナイフの光が、月が出たことを知らせた。

「きみは泳げないんだってな」

二郎が勝ち誇るように言った。唇が笑っていた。

「誰がそんなことを言った」

「ユキさ」

「ぼくがここに来たことは、誰から聞いたんだ」

「それもユキだよ」

「畜生!」私は唇を嚙んで、吐き出すように呟《つぶや》いた。「ばかな女だ」

「川の中はつめたいだろうな」

彼は川の水を横目で見ながら言った。

私は返事をしなかった。うしろは、一歩さがれば、昨夜の雨で水かさを増した水が、くろぐろと流れていた。逃れる道はない。

「ところで、幽霊の行方はどうなったんだ」二郎が愉《たの》しむような口調で言った。

「灰になったろうよ」

「燃やしたというのか。まさに御明察《ごめいさつ》だが、しかし、あの絵は二百万円もするんだぜ」

「本物ならな」私は自信をもって答えた。「ミノルは金に困って、贋物を描いたのさ。彼の才能なら出来ないことじゃない。ミノルがウグイスを飼っていたと知ったとき、ぼくにはピンときたんだ。贋作者《がんさくしゃ》が、原画の落款を写しとるのに、ウグイスの糞を利用するという話を、ある本で読んだことがあったし、伍平も、万造の店でそんなことを言っていた。北斎研究家の花岡二郎先生が、北斎の贋物を買わされたんだ。これはきみにとって、金銭上の被害というだけでは済まなかった。きみはその絵を誰かに自慢しようとして見せたところが、贋物であることを指摘されて、大恥をかいた。そうじゃないかね。きみは多分、北斎の幽霊を、浮世絵研究家として有名な、G大学の氏家《うじいえ》教授に見せたんじゃないかな。まだ確かめたわけじゃないが、ここまでのところで、ぼくの推理に誤りがあったら言ってくれ」

「恐れ入ったね。見直したよ。君の絵は下手くそで、さっぱり芽が出そうもないが、今度生まれ変わったら、刑事《デカ》にでもなるんだな」

ナイフを握りしめた手を後手に組んで、二郎は嘲《あざけ》るように言った。私は怒りのために頭が熱くなった。しかし、今の私に必要なのは、勇気と、それにともなう冷静さだった。私は静かに話をつづけた。

「きみは大事にしていた自尊心を、こっぴどく傷つけられた。これが、ミノル殺しの第一の動機だ。幽霊の真贋《しんがん》について、ミノルと喧嘩《けんか》したところで、自分の恥をさらすばかりだろう。何しろ、その贋物を北斎の傑作だと言ったのはきみ自身なんだ。そこできみは、復讐《ふくしゅう》するために最も決定的な方法を選んだわけだ。第二の動機は、きみが自分でも言ったように、ユキと結婚する際の邪魔者として、彼を消すことだ。さらに第三の動機は、ぼくをミノル殺しの容疑者に陥しこんでユキから引離すことだ。そのダシに使われた伍平こそ、とんだ好人物というわけさ」

私は言いたいことを言い終わった。

二郎は依然として、薄笑いを浮かべていたが、その顔は、次の行動に移る決意のために、烈しく緊張していた。

「言いたいことはそれだけか。水にもぐったら何も言えないぜ」

一歩、二歩、二郎が腰を落として近づいてきた。すでに彼との距離は、一メートルを余すばかりだった。月の光に照らし出された彼の額《ひたい》には、脂汗がじっとりとにじみ出ていた。血走った眼は、瞬《まばた》きもしなかった。二郎の右手に、ナイフがキラッと光った。

私は思わず一歩さがった。

「あっ」

水しぶきをあげて、私は川に落ちた。十二月の水はさすがに冷たかった。水に潜りながらぶるぶるっと顫《ふる》えた。だが、私の体が月かげと並んで、水の上にぽっかりと浮かぶには、大した時間はかからなかった。浮き上った私を見た二郎の顔には、恐怖に近い、驚愕《きょうがく》の色が見えた。私はニッコリと笑ってやった。そして対岸へ向かって、抜手を切って泳ぎだした。ふたたび振返ったときには、すでに二郎が数人の刑事に取巻かれ、手錠をかけられているところだった。笠利警部の小柄な姿が私のほうへしきりに手を振っていた。私はゆっくりとターンすると、百本杭の岸に向かって引返した。私の健康な体は、少年時代、隅田川の寒中水泳で鍛えたものだった。

「うまくやってくれたね」

今度ユキに会ったら、二郎を誘い出す役を買ってくれた彼女に、そう言って肩を叩いてやろう。

ピーや

眉村　卓

《ＥＱＭＭ》1963年3月号

眉村卓〔まゆむら・たく〕（一九三四〜）

大阪府生まれ。大阪大学経済学部卒。サラリーマン生活の傍らSF同人誌《宇宙塵》に参加。六一年、同誌に発表したショートショートが《ヒッチコックマガジン》に転載されてデビュー。同年、第一回空想科学小説コンテストで佳作第二席となった「下級アイデアマン」が《SFマガジン》に掲載された。以後、「組織の中の人間」をテーマにした「インサイダーSF」を標榜して、宇宙もの、未来もの、異世界ものと多彩な作品を発表。特にショートショートは星新一の作品数を上回る千数百篇がある。またSFジュブナイルの第一人者として活躍し、『なぞの転校生』『まぼろしのペンフレンド』『ねじれた町』『ねらわれた学園』といった代表作は、いまなお読み継がれている。

宇宙SF〈司政官〉シリーズの『消滅の光輪』で第七回泉鏡花文学賞を受賞。癌を宣告された夫人のために一日一話のショートショートを五年間にわたって書き続けたエピソードは映画化もされた。

「ピーや」は東君平のイラストによる「〈おとなのえほん〉ショートショート絵物語」シリーズの第九話として《EQMM》に発表された。SFというよりはホラーであるが、高い完成度でジャンルを超越して詩情すら漂う名品。

底本：『虹の裏側』出版芸術社

あまり人とつきあわなくても良い仕事なのだが、それでもたまには昔なじみと出会うことがある。そんな時、いつでも男は気恥かしげに薄笑いをうかべるだけだ。だから誰も男のアパートにやって来ない。

今日は別だ。

「あなた、随分変わったわね」

酔ってぐらぐらする身体を支えながら、女はベッドの端に腰をかけて固くなっている男を見た。

「いつ頃から、そんななの？　あなた事故にあったって聞いてたけど、それからなのね」

男の視線が女を越え、ドアの横にある戸棚に向けられた。

「どうしたのよ」

女は振り返って悲鳴をあげた。

「ピーや」

と男が呼ぶと、猫が走って来て男の膝に跳び乗った。そして低く啼《な》いた。

「まだこの猫、飼ってるの？」

気味悪そうに女が訊ね、男はちらりと眼をあげると、微笑する。

「あなた、猫そっくり」

身を震わせて、女は言った。男は答えない。

「じゃ、帰るわよ」

「ピーや」

男は猫の背中を撫でつづけている。女はみじめな表情で部屋を出て行った。ドアがばたんと鳴った。

男は猫を膝からおろすと、ドアの前まで歩いてゆき、丹念に鍵をかける。

雨がじくじくと降っていて、いつ迄も止みそうにない。男が仕事に出て行ったあと、猫は両脚を突っ張って身体を伸ばすと、部屋の中を物色しはじめた。

最初に窓際へ行って、そこが雨しぶきのために濡れているのを確かめると、ベッドの上を暫く歩き、床に降り立ってからあちこち匂いを嗅いでまわった。

猫は随分長い間、男と一緒に暮らしてきた。だからこの部屋は男のものでもあれば猫のものでもある。

男は出掛けるときにもあまり鍵をかけようとはしなかった。雑然とした部屋に忍び込もうという者がいそうもなかったからだが、猫の便宜のためもある。男の生活はまるで猫のためにあるようなものだった。

猫はその事をよく知っていて、アパートの他の住人に迷惑をかけるような事は決してしなかった。

仕事を終えるともう夜だ。男は初めに猫の食物を、それから自分の夕飯を買ってから電車に乗って帰ってゆく。そのうしろ姿は偏執的で、少し歪んでさえいた。

「あの人、いやな匂いがするわね」

「いつもおかずを買って帰る人？　そうねえそういえば」

「猫の匂いよ。きっと」

「猫と暮らす独身男。おお厭」

ときどき交わされるそんな会話が聞こえるのか聞こえないのか、男の姿はいよいよ丸くいよいよ小さいのだ。

部屋へ帰りつくと男は急いで猫の飯を作ってやり、食べ終るのを待ってから夕飯にかかる。猫が啼くと、男は手を止めて待った。用が無ければまた自分の仕事を続けるのだが、その時でも背中を撫でてやるのを忘れなかった。いつも、猫は上品で、傲岸だった。男にとって、猫は生活の部分だった。

ある夕方、男は車にはねられて、死んだ。どこに住んでいるか判らなかったので、警官たちは彼を署にある死体置場に運び込んだ。

あたりが暗くなり、それからだいぶ経っても男は戻って来なかった。

猫は啼いた。はじめのうちは部屋の中をぐるぐると歩き、ベッドの上で身をまるめたり壁をひっかいたりした。

男は帰ってこなかった。

猫は、ドアを押しあけると、廊下をゆっくりと歩き、階段を降りた。土にそっと足裏を触れて外へ出てから、近くのこわれた水道のある所へ行き、水を飲んでから引き返す。もうあたりは真暗だ。それでも猫はよく見える。

戻ってみたが、男はいない。猫は不安になって、しわがれた声で何度も啼いてみた。猫はひとりぼっちだった。

床に坐り込み、猫はじっと虚空をみつめていた。こんな事が今迄にもあったような気がするが、たしかではない。

間もなく、月の光が部屋に流れ込んできたが、猫は動こうともしなかった。猫は男が帰ってくるのを信じていた。だから待っていた。一心に、猫は男が現われるのを待った。

たしか、こんな事が前にもあったような気がする。

月光に照らされた猫の瞳孔が急に開いたように見えた。

猫は男の腕のことを考えた。いつも自分を撫でるあの手。手が浮かんでいた。猫は今度はまた男の顔のことを考えた。他の事は何にも考えずにひたすら男の事ばかり考えた。

やがて、五体揃った男のシルエットが浮かびあがる。

「おや、どうしたんだろう」

と男は呟き、猫を呼んだ。

「ピーや」

猫はかすかに啼き声をあげると、男の膝に跳び乗った。今度の男は前よりももっと猫くさく、もっと猫に優しかった。勿論、猫は自分が男を作りだしたとは知らなかった。ただ自分が待っていたから男が帰ってきたのだと信じていた。ちょうどこの前にも一回あったのと同じように……。

男はあかりを点け、かなり遅れた猫の晩飯を作るために、部屋を出て行った。猫はベッドの上でおとなしく待っていた。

こうして男と猫との生活は続けられてゆく。男はますます口数がすくなく、人間離れして行った。それでも持ち前の気性だろうからと人はあまり気にしなかった。

男は本能的に猫が主人である事を知っていたが、格別両者の関係を変えようともしなかった。

しかし、そのうちに男は街で一人の警官と出会った。警官は真青な顔になり、それでも気丈に男に呼びかけた。たしか、前に交通事故で死んだ筈の人間。しかもその死体は翌朝にはなくなっていたのである。

「きみ、この間交通事故にあわなかったか」

男は逃げるような恰好をした。警官はあわてて男の腕をつかみ、変な匂いがするのに顔をそむけた。

「死んだ真似をしていたんだろう。え？」

男は薄笑いをうかべ、警官は確信した。

「ちょっと、署まで来て貰おうか」

猫は待っていた。しかも、今度はずっと切迫していた。近所の子供に空気銃で撃たれていたからだ。血を垂らして部屋まで帰ってくるのがやっとだった。いつもなら男は帰っていて、撫でてくれる所なのに、いない。猫は自分がどうなるのか判らず、ただ怖くて苦しかった。猫は唸《うな》り、男の事を考え続けた。やがて、手と顔があらわれて、猫を抱きあげた。猫はそれで満足した。もう身体は動かず、意識は次第に薄れてゆく。

「ピーや」と顔が言い、猫は答えようとしたが声にならなかった。

取調べを続けようとした警官はがばと立ちあがって絶叫をあげた。

男の頭と腕が消えると、残った身体がたちまち崩れ落ちて、一塊の埃となり、窓からの風に吹かれてちりぢりになって行ったのである。

幻の女

田中小実昌

《ＥＱＭＭ》1964年10月号

田中小実昌〔たなか・こみまさ〕（一九二五〜二〇〇〇）

東京都生まれ。東京大学文学部中退。在学中からストリップ劇場の演出助手を務め、その後も職を転々とする。米軍基地に勤務する傍らミステリの翻訳を始め、ピーター・チェイニィ『女は魔物』、A・A・フェア『笑ってくたばる奴もいる』、マイク・ロスコオ『地獄のきれっぱし』、マイクル・アヴァロン『のっぽのドロレス』などハードボイルド系の作品を中心に多数の訳書がある。特に軽ハードボイルド派と呼ばれたカーター・ブラウンとは相性がよく、『死体置場《モルグ》は花ざかり』以降、ポケミスで二十六冊も訳している。

六〇年代後半から本格的に小説を書き始め、七九年には「ミミのこと」「浪曲師朝日丸の話」の二作で第八十一回直木賞を、短篇集『ポロポロ』で第十五回谷崎潤一郎賞を、それぞれ受賞した。小説とエッセイともにコミさんの愛称で親しまれた著者の人柄が色濃くにじみ出たものが多く、近年でもちくま文庫からエッセイの選集が出るなど根強いファンを持つ。

絶妙の語りが冴える異色作「幻の女」は《EQMM》百号記念特大号に掲載された。短篇集『幻の女』には《EQMM》《SFマガジン》に発表した作品、エッセイ集『猫は夜中に散歩する』にはミステリの訳者あとがき、短篇集『ひとりよがりの人魚』にはその他の奇妙な味の作品が、それぞれ収録されている。

底本：『幻の女』桃源社

1

おシズが東京にかえってきてる、といったのは、たしか、おたくだったな。

じつは、おシズにあったんだよ。

渋谷でさ。道玄坂をおりてきて、大映の映画館のほうからきた通りとぶつかるところ。うん、あの角でね。ああ、ぜったい、おシズにまちがいない。

いや、百軒店《だな》のテアトルS・Sでストリップをみて……え？　ぜんぜんだめ。およしなさい。

オサムちゃんは、東京にはストリップがないという。ほんとうのストリップは、岐阜や関西のストリップで……うん、あきないねえ。けっこういいもんですよ。

ともかく、ストリップをでて、なにか食おうか、今、くっちまったんじゃ、あと飲むときつっかえるな、なんておもいながら、道玄坂をくだり、今いった、大映の通りとの角までくると、おシズが前をあるいてるじゃないか――。

でも、あそこんとこは、ほら、網がちぢまって、ごちゃごちゃ、魚がかたまってるみたいに、人間がウョついてるところだろ。おシズのそばまでいくのに、ちいっと——そうねえ、時間でいえば、秒でかぞえるほどもなかったかもしれないが——てまどってるうちに、おシズが通りをよこぎりだしてさ。

そのとたん、信号が赤から青にかわって、こっちは、うごけなくなっちまった。青から赤じゃないよ。赤から青。あそこはおかしいんだ。赤のおしまいのほうになると、大映のほうからきた車が、みんなストップする。だから人間どもはゾロゾロ、通りをよこぎっていく。ところが、青にかわると、道玄坂をきた車が、よこからつっこむ。通りをわたりかけた人間どもは、にげきれるとおもえば、むこう側にはしり、でなきゃ、バックする。まだ歩道にいた者は、青の信号をにらんで、つっ立ってるわけだ。

ウソじゃないよ。ほんと。おシズにあったのはね。赤信号でスイスイ、青でストップっていうのは、ちょっとオーバーだけどさ。

わりと見えすいたデタラメをならべておいて、そのあとの、これまたいいかげんなことをゴマかすのが、おれの、いつものクセだって？　冗談じゃない。これが、ウソをついてる顔にみえますか？

いや、今でも、おシズのはなしをするときは、つまり、その、テレるというように解釈してくれよ。たのむ。

おれのはなしはアテにならないが、こうして飲んでるときは、まるっきり信用できない？

フィクションの才能をみとめてくれるのはありがたいけど、これは、もう、ぜったい……だいいち、なんのために、おシズのことでフィクションをつくらなきゃいけない？

ああ、ほんともいいとこ、おテテをひらいて、指が五本あるように。

だいいち、おシズが、ニューヨークから東京にもどってきてる、とおしえてくれたのは、おたくさんじゃねえか、え。それで、おれが、渋谷でおシズにあったといったら、こんどは、嘘々《トントン》のテンプラだって面《つら》をしやがる。おたくさん、なんか恨みでもあんのかよ？　いや、おシズのことでさ。

中学の上級生でも、はずかしくってつかわねえような言葉をしゃべるなって？　ゆるしてちょう。これは、ゴルフもマージャンも十二時すぎのヴァージンもしらない、あたしのたったひとつのたのしみでね。おつぎはわかってます。田舎者のくせに、へたな東京弁のまねをするなっていうんだろ。

まったく、おたくには泣かされたよ。三代つづかなきゃ、江戸っ子っていえないけど、ぼくんちは、十なん代ときやがったからな。SHINJUKUじゃない、SHINJUKUだなんてさ。おまけに二年も浪人して、おっとり、世間のことはなんでもしってるような面をして……おたく、東大をうけて、水産大をうけて、ワセダをうけて、それから芸大をうけて、そいつをみんなふられ、あくる年も、どこもかしこもおよびでない、あくるあくる年も、あちこちことわられ、やっと、うちの美大にころがりこんだんだそうだな。幼稚園でも、まじめにやってれば、パスするような、わが母校の学科試験で、二年もつづけておっこってるくせに、なんで東大なんかうけるんだ？　それに、水産大っていうのは、どうなってんの？　おたく防衛大もうけたんじゃねえのか？　学校で推薦してくれなかった？　ごもっとも、ごもっとも。とにかく、おたくがいちいちインネンをつけるもんだから、入学したはじめは、このおしゃべりのおれが、ものが言えなかったんだから、ひでえもんだよ。ことわっとくけど、なにも、東京弁がいいとおもって、へたなまねをしてんじゃないんだぜ。大阪にいけば、大阪弁をつかいまっさ。広島に帰《い》んだら、やっぱり、広島の言葉よのう。

そう、調子がいいの。だけど、おたくだって、調子がいいよ。美大じゃ、古川のアカデミックおやじにはかわいがられる、加来のモダン坊やのおぼえもめでたい。卒業して、出版社にもぐりこみ、そのうち、マンガ家ってことになって、近頃じゃ、テレビの仕事がおおいそうじゃないか——。

おれをみろ。調子がよさそうにみえたって、美大にはいったとたん、絵をかくことはあきらめて、以後、あきらめっぱなし。りっぱなもんさ。ミステリの翻訳仲間でも、おれが美校を出てることをしってる者は……いや、これは、みんなしってるな。宣伝してまわってるからね。

ところが、青田の野郎は、東大の法科をでて、法律の勉強に——法科だから、そうだろ——パリにいき、絵がすきになり、エカキになったんだってさ。

絵が好きになりゃ、エカキになれるのか、え？　おれは問題にならない。だけど、おたくでさえ、エカキになれなかったのに、青田の野郎は、ルーブルを見て、エカキになることにきめて、かるく、エカキになっちまいやがった。

やつがパリから東京にかえってきて、連盟賞をもらったとき、みなさんがおっしゃったことをおぼえてるかい？　テクニックがしっかりしてるってさ。

そりゃ、テクニックもしっかりしてるでしょうよ。なにしろ、人間がしっかりしてるんだからな。

あいつ、金沢の風呂屋の息子だけど、金沢ってとこは、風呂屋でも、あんなしっかりしたダンナがとれるのかねえ。

椅子に腰かけたって、ちゃんと姿勢がいいよ。ああ、もちろん、ものの言いかたもしっかりしてる。

おたくやおれみたいな歳の者はもちろん、ヨボヨボのじいさんまでひっくるめて、日本画のほうはよくしらないけど、絵だけをかいて、メシをくっていってる者が、この日本になん人いる？

ところが青田の野郎、食ってあまって、アトリエをたてて、今、ニューヨークでも評判がいいってさ。

日本ブームというのは、日本じゃブームだけど、外国《よそ》じゃたいしたことはないそうだが、青田のは、ほんとに売れてるらしい。

あんなやつ、なにもエカキをやってることはないんだ。総理大臣かなんかになりゃいいんだよ。

ま、そんな男がいたって、べつに、おれにはカンケイない。ただ、うらやましくって、シャクにさわるだけでね。

しかし、その青田に、なんで、おシズが惚れなきゃいけねえんだ。青田は背が高く、おまけにスタイルがよくて、東大出の、ゼニがとれるエカキで、男っぷりもよく、しっかりして、お人柄もおだやか……亭主にするのには、もってこいの男さ。

だから、そのカミさんになるために努力するのはわかるよ。女の子だって、いい学校にはいろうと、試験勉強をするぐらいの気持があるならね。

だけど、ごりっぱで、しっかりしたのに惚れるというのは、筋がとおらねえ。惚れるってのは、おまいさん、いいから惚れるんじゃないんだ。てめえの気持ひとつで、てんで惚れちまうのが、惚れるんだよ。だからさ。あんなちゃんとしたのでなく、いくらか、ふびんな男、たとえば、おれなんかに惚れるんなら、はなしはわかる。

いいとこだらけのやつに惚れるのは、きたないよ。いや、青田の野郎が、ぼくには結婚の意志が……なんてスカしてヌカしてたときのおシズは、まったく、うすぎたない感じだった。

根まけしたような面《つら》で、青田の野郎がいっしょになっただけでも頭にきたのに、二人でニューヨークにいくときまったら、おシズのやつが、てんでイソイソ用意を……イソイソはこまりますよ。まるっきり調子くるっちゃう。おれは、ほんとに涙がでた。おシズのちくしょう――。

あ、そうそう、おシズだ。

おれが、道をわたりかけたときは、おシズは、もう、三分の一ぐらい、通りをいってたかな。うん、渋谷大映の前からきて、道玄坂の下にぶつかるところさ。

ところが、さっきもいったように、信号がかわって、車がきたもんで、しかたがない、おれは歩道にひきかえした。

そのとき、おシズ、ってよんだかもしれんし、呼ばなかったかもしれんし、よんだつもりでも、声にならなかったか……どうぞ、どうぞ、おわらいください。

とにかく、おシズは、ちらっとふりかえりおれと目があったんだ。とたんに、なつかしそうにニッコリ、とくるかとおもったら、ぜんぜん逆でね。なんだか、ギョッとしたような、とまどったような……そして、かけだした。

いや、ボヤボヤしてたら、車の下敷きだから、はしるのはあたりまえだけどさ。ふりかえったときも、もう、足はかけてたからね。

なにしろ、人はおおいし、車はゴチャゴチャしてるし、でも、たしか、おシズは、通りのむこう側につくと、渋谷駅のほうにはいかず、左にまがったところにある。女物の生地をうってる店にはいった。

あとで、すぐ、その店の前までいったけど、あんな店、おれ、ヨワいんだ。目の色をかえたみたいな女どもがむらがって、熊手でひっかくみたいに手をうごかしてるだろう。どうして、女ってのは、やたらさわってみなきゃ、気がすまねえんだろ。おさわりは、もともと、女の趣味だよ。

うん、おシズはいなかった。そのへんを、だいぶ、ウロチョロさがしてみたが、かげもかたちもない。

だいたい、おれの顔をみて、にげちまうっていうのがおかしい。な、そうだろ？　人まちがい……それなら、はなしがあう。ところが、おれの見当ちがいじゃないんだな。証拠があるかって？　かなしいかな、その証拠があるんだ。自白自認は、すぐ、シンピョウ性がないなんてことになるが、物的証拠ひとつでもころがってれば、ドンピシャリ、きまっちまう。平沢オジさんだって、ここで青酸カリの罎をすてましたっていう橋の下から、罎がでてきたら、もう、とっくに死刑になってるよ。

いや、さいしょにおシズだ、と気がついたのが、その物的証拠のせいだから、まちがえようがないんだ。

ストリップをみて、道玄坂をおりてきて、あの角まできたら、前をおシズがあるいてたっていうことは、つまり、おシズの裏側が目にとびこんだわけだ。顔をみたんじゃない。

ポチかジョンか、ふつう、人間の認識票は、顔になってるけど、顔ってやつがあやしいんでね。だいいち、そのときの気分で、まるっきりかわるし、そりゃ顔以外のところのほうが正直だ。しかし、からだより、もっと正直なのがモノだよ。

さいしょ目についたのは、おシズの裏側で、その裏側の大部分はなんだとおもう？

ケツ？　うん、おシズの場合は、ケツもおおいに特徴があるな。男の子みたいに、かたくしまった感じで、それに、ほら、肩がすこしいかってるだろ。肌は黒いし、おべべをとると、よけい、ボーイッシュなんだ。

　ともかく、その肩からおケツのあたりまでの、特徴ある部分をしめていたのが、キメ手になる物的証拠、黒い革のジャケットさ。

　泣かせるはなしだが、あのジャケットは、おれのプレゼントでね。プレゼントっていうのはこっ恥ずかしいし、おおげさだが、おれがズボンのポケットからゼニをだして、買ったことは事実なんだ。

　大森のおシズのアパートに、おれがころがりこんでくらしてたころだよ。ちょうど、ガードナーの翻訳の印税がはいったときで、銀座をあるいていたら、おシズが、あら、ちょうどあたしにぴったりみたい、っていうんで、買った。ま、サイフはいっしょのようなもんだから、プレゼントって言葉は正確じゃないけどな。

　しかし、飲んだり、食ったりはべつとして、かたちあるものを、おれが、自分のポケットからでた金で買ったのは、あれぐらいだろう。いわば、きみ、思い出の革のジャケットだ。

　買ったときは、もちろんおニューだったが、艶のある黒の色が、かわいたグレイにかわり、そして、デリケートな変化、つまり老化現象をたどっていくのも、おれはこの目でみている。

　やがて、おれはおシズのアパートをでたけどさ。そのあと、おれ、どこにいったのかな？

　ともかく、すこしたって、おシズの友だちの、うちの恵子くんと結婚して……いっしょになったんじゃないよ。恵子くんと、はじめから、結婚したんだ。

　はなしは、もとにもどるが、これだけの物的証拠があるんだから、ひとちがいってことは考えられないとすれば、なぜ、おシズは、おれを見て、さっさといっちまったんだろう？

そりゃおシズとは、なんどもケンカしたし、大森のアパートだって、おれはおんだされたんだ。しかし、最後に顔をあわせたのは、青田といっしょに羽田からニューヨークに発ったときで、あのときは、ドレス・アップしたおシズが、おれにだけ、はずかしそうなゼスチュアをみせるという一シーンまであったくらいで、ぜんぜんおこってるようすなんかなかったのに……。

ニューヨークにいってからも、はじめはひと月に二度ぐらい、あとになっても、月にいっぺんは航空便がきてた。よく手紙をくれるんでびっくりしたくらいだ。その手紙もべつにどうってことはなく、エンパイヤー・ステート・ビルにいきました、なんてたあいのないもんでさ。そういえば、この二月《ふたつき》ぐらい、まるっきり手紙がきてないな。こちらも出さないけどね。

だいたい、ニューヨークから東京にかえってくるんだったら、その前にしらせるはずだ。そうだろ？　おかしいじゃないか、え。

それとも、最近だれかが、おシズに、おれの悪口でも手紙でかいてやったのか？　たとえば、大森のアパートにいたときのことで、おれが、つまんないことをしゃべりまわってるとかさ。おれがおしゃべりなのは、おシズもしってるし、つまることなんかいわないのもわかってるから、今さら、おこったりはしないとおもうけど、よっぽどひどいことを……。

おれとおシズをひっくるめた仲間っていえば、それこそ、ほんのすこししかいない。そのうちでも、ニューヨークのアドレスをしってるのは、おたくぐらいだぜ。おめえ、なにかくだらねえことを言ったんじゃないのか？

おシズとおれが友だちで、おれとおたくが友だち。そのおたくと青田の野郎が友だちで、おたくをつうじて、おシズは青田と知りあい……やっぱり、おたくあたりがくさいな。

もうひとりいる？　うちの恵子くん……うーん、あいつは、ちょっとわからねえところがあるからね。ともかく、うちのカミさんは、おれはもちろん、おたくより、人間ができてるよ。みだりに顔や言葉にださないところなんかさ。

だけど、そんなひどいことって、どんなことだろう？

まてよ。なにしろ、ひとや車がゴチャついてたし、信号がかわり、いそがしいときだから、ふりかえって、こっちのほうを見たことはまちがいないが、前に進むべきか、うしろにしりぞいたほうが安全か、ようすをうかがったというだけで、おれには気がつかず、スイスイっちまったのかな？　その線が、いちばんむりがないようだ。

いやいや、おかしい。もしそうなら、くりかえすけど、ニューヨークを発《た》つ前に、しらせてきますよ。また、たとえ、とつぜん、東京にかえってきたとしても、電話をかけてくるかなんかするにきまってる。

やっぱり、なにかあったんだな。

2

おシズが東京にもどってきてる、といいだしたのはおたくだけど、それ、どっからきいたんだい？

なんだ、三木か……。あんちくしょう、おれとおんなじで、デマばかりとばしてるからな。おれの嘘は、いくらか病《やま》いのけがあるが、あの野郎のは、健康だからいけないよ。ウソをいってる言葉も、ちゃんと常識的で健康。ウソをつく目的も健康。どうしようもない。

で、三木は、どこから？　わからんのか……。青田とおシズと二人でかえってきたといったのかい？　それとも、おシズひとりで――？　うん、青田がもどれば、あちこちさわぐからね。

じつは、あれから、いろいろ、しらべてみたんだよ。

いや、その前に、だれかが、なにか、おれのことで、おシズに悪口をいったって線さ。おたくでなければ、うちの恵子くんだとおもって、あたってみたところが、いささかギョッとしたね。

なんともいえない顔をしやがった。毛唐なら、ズラズラッと、形容詞か副詞がならぶところだ。腹をたて、気分をこわし、と同時に、そんなことをいう相手をさげすみ、あざけり、同情し……これだけの表情が、いっぺんにあらわれ、よくまあ、顔がバラバラにもならず、ワンピース、つまりひとつにまとまったままでいた、なんてさ。

なぜ、わたしが、シイ子の手紙の返事に、あなたのことを書く必要があるのよ？　渋谷の交差点で、シイ子を見かけ、おいかけようとしたけれど、信号がかわって、つかまえられなかったなんて、テレビのミステリどころか、安メロドラマでも、もうお古いはなしだわ。いくらミステリの翻訳ばかりで、自分のものが書けないのがくやしいからって、へんなフィクションはよしてちょうだい。だいたい、シイ子のことで、つまんないはなしをこしらえるなんて、不愉快よ。しかも、自分で、かってに、おかしなはなしをつくっといて、それを、ほんとのことみたいにし、ああだ、こうだってさわぎたてる――お相手をさせられるのは、もうたくさん――うちの恵子くん、てんでごきげんがわるいんだ。

しかし、どうして、みんな、おれが渋谷でおシズにあったのを、フィクションにしちまうんだろうなあ。おたくだって、腹のなかでは、そうおもってるんじゃないのかい？　腹のなかどころか、まるっきりデタラメだと……ちくしょう。

いや……おシズのことを、よってたかってむりやりフィクションにしたてるのには、なにかわけがあるのかな？　おたくにも、うちの恵子くんにも……。

いろいろしらべてみたというのは、まず、ニューヨークに手紙をだした。ところが、ぜんぜん返事がこない。げんに、おれが、渋谷で見かけてるんだから、ニューヨークにいるはずがないけどさ。

しばらくして、もういっぺん、手紙をかいたが、これも、さっぱり。よっぽど、青田宛に、おシズのことをたずねようかとおもったけど、やつとは、そんなに親しいわけじゃないし、だいいち、あんな野郎とは、口をきくのもいやだ。

それより、ニューヨークのアドレスがかわったんじゃないかとおもい、銀座にでたとき、ほら、いつか、青田の個展をやった画廊によってみた。ニューヨークにいったのも、あの画廊のマダムがむこうの画廊とはなしをつけて、いくつか、青田の絵を買う約束ができてる、とおシズがいってたからさ。

しかし、あの画廊のばばあ、高峰三枝子が、画廊のマダムの役をやってるみたいに、まるっきり、そんなふうな口のききかたをするのは、いったいどういうんだい？　以前とおなじアパルトマンじゃございませんの。ニューヨークのアパルトマンとおいでなすったね。以前とおなじ、とおっしゃるだけで、はっきりアドレスを言わないのは、このおれをうさんくさい人物とおもったのか、大人はみんなああなのか。こっちが、手帳にかいていったアドレスをいうと、たしか、そんなふうでございましたわね。ハイそれまでって顔で、よこをむきやがった。でも、アドレスがかわったのをしってて、かくしてるようには見えなかったよ。

ああ、自由ケ丘のおシズの家にもいった。青田がたてたアトリエさ。おシズがもどってるなら、いるかもしれないとおもってね。うん、自転車にのって……おれんとこは三鷹だから、一時間半ぐらいかかったかな。

おシズたちがニューヨークに発ったあとは、津久井伝兵衛が自由ケ丘の家をかりてたんだけど……あれ、津久井伝兵衛をしらない？　木彫をやってるやつだよ。その伝兵衛おやじ、てめえの娘よりまだ若い、はんぱモデルの新宿のズベ公といっしょになったとたん、死んじまってさ。でも、だれかはいるだろうとおもって、自由ケ丘の駅の南側の坂をあがっていったところが、色の白い、りっぱな顔の奥さんがあらわれて、失礼ですが、どなたさまでしょう、とおいでなすった。

べつに失礼じゃないが、おれは、いったい、どなたなんだい？　よわっちまってさ。いつもは、嘘ばかりついてるのに、つい、青田のワイフの友だちだ、ってほんとのことをこたえた。

相手はお気にいらない顔でね。で、どんなご用ですか、ときた。だから、これも正直にいったよ。そしたら——

弟たちは、ニューヨークにおります。いつかえるかも、まだしらせてきておりません、とはっきりした返事なんだ。

青田の姉さんさ。りっぱな、ちゃんとした顔をみたときから、じゃないかとおもってたけどな。

でも、青田くんの奥さんだけが、なんかの用か、病気でもして、東京にもどってきてるということはありませんか、と、おれは、すこししつこいけど、たずねてみた。

シズ子さんひとりが、こちらにかえっていらしてるなんて、わたくしどもぞんじません。

あなた……

青田の姉さんが奥に声をかけると、カーディガンを着て、パイプをくわえた亭主がでてきてね。かんがえてみりゃ、日曜日なんだよ。あれは、役人の面《つら》だな。それとも、すごく処女率の高い女子短大の学生課長かなんか……。

シズ子さんのお友だちの方なんですって――と青田の姉さんがおれを紹介すると、亭主がむつかしい顔をして――ほう、お友だちとおっしゃると、どんなお友だち？

あのまんま、二人ならべて高座にだしたら、こんなおもしろい漫才はないよ。両方とも、小むつかしい顔で、まっすぐ前をむいてさ。

おシズの妹にも、手紙でたずねてみた。おシズは、おやじさんもおふくろさんも死んじまって、きょうだいも、妹ひとりなんだよ。大森のおシズのアパートにおれがいたころから、いや、それより、もっと前だったか、まだおやじさんが生きてるときに、妹が東京にやってきてね。

中学の三年か、高校一年ぐらいじゃなかったかな。おシズに似て、色は黒いが、プッとふくれて、かわいくってさ。おシズのかわりに、つまり東京見物につれていってやったことがあるんだ。

こっちがなにを言っても、ロクに口もきかず、わらってばかりいた。おれが美大にはいったときとおんなじで、自分の訛りを気にしてたのかもしれない。

おシズのうちは四国の松山だよ。しらなかった？　松山では、昔から有名なお寺らしい。町名も番地もおぼえてないけど、寺の名前だけかいてだしたら、ちゃんと手紙もとどいた。おシズの妹から返事がきたときにはうれしかったな。

だって、ニューヨークに手紙をだしても、それっきりだし、どこできいても、そのニューヨークのアドレスにいる、ってはなしだろう。

ところが、おシズの妹の手紙をみると、逆に、こっちにたずねてるんだよ。

おねえちゃんか青田さんに、なにかあったんでしょうか？　いったい、どんなことをおきになったんです？　もともと、おねえちゃんは、わがままで、自分かってで、東京の大学にいったのはかまわないけど、せっかくいい大学にはいれたのに、うちからお金だけおくらせて、学校にはいってなかったそうで、卒業してないことも、つい最近しりました。おとうちゃんが知らなくて死んで、よかったとおもいます。青田さんは、新聞や週刊紙や、いつだったか、テレビにもでてましたし、えらいひとみたいだけど、ほんとは、おねえちゃんは長女だから、お寺をついでもらわなくてはこまります。うちの主人は、死んだおとうさんにずっとお世話になったからと言い、京都の本山にいき、資格までとってくれましたが、なにしろ大学の外科におり、こんど九大の医学部にもどり、助教授になるはなしもあって、主人は、医者と坊主は親戚みたいなもんで、べんりだ、なんてわらってますけど、福岡にはどうしてもいかなければいけません。そんなこともあり、ニューヨークに、長い手紙もかいたのに、おねえちゃんは返事もよこさず、しかも、なにを送れ、あれをたのむ、と自分に用があるときは、どんどん言ってきます。いったい、おねえちゃんは、青田さんと式をあげたんでしょうか？

おシズの妹はグチをならべてた。逆に、こっちが、説明してやるようなはめになってさ。

しかし、心配してるところは、やっぱり、おシズのことが気になるんだろう。その後、なにかわかりましたか？　なんて、なんども手紙がきてね。おシズが妹のことをしゃべるのはきいたことがないけど、妹のほうは、おそらく、毎日のようにおねえちゃんのはなしをしてるんだとおもう。

うん。おシズはお寺の娘なんだよ。そういえば、お寺さんみたいなところがあるだろ？　色即是空、ってとこがさ。いくら、男となにかあっても、それを心にもたない。だから、野郎のほうも、負担にならないし、また征服感もない。昨夜《ゆうべ》あって、今朝わかれ……いやいや、しゃべると嘘になっちまうからよそう。

そりゃ、おシズだって、欲も見栄も、ずるいとこもあるよ。だけど、おおげさにいうと、無の前に、すべては無だっていう……悟るのはけっこうだが、それこそそんな人生観をもつのは、悟ってない証拠でね。その点、おシズは、お寺さんの娘《こ》だけあって、ぬけていた。だいいち、意地とか根性とかってものがないのがいいよ。

もっとも、青田の野郎といっしょになるときは、門前の乞食みたいにみっともなく、あわれだったけどな。

ともかく、あちこちきいてみたんだが、みんな、おシズが東京にもどってきてるのをしらないんだ。ほんとに、しらないのなら、しようがないよ。しかし、純真なおれなんかには想像もつかないような理由で、渋谷でおれが見たおシズを、ウールリッチばりの《幻の女》にしたてようという、くらい、いじわるな陰謀がおこなわれてるのかもしれない。もし、そんなことなら、首魁は、おたくあたりだな。動機？　だから、理由はわからん、と言ってるじゃないか。

うん、そう、うちの恵子くんもあやしい。まだ、おたくはいいんだ。こうして、飲屋であって、いっしょに飲みながら、ネチネチさぐりをいれ、顔色をうかがうこともできるからさ。だけど、うちの恵子くんはいけません。近頃じゃ、もう、なにも言わないよ。おシズのはなしをしだすと、だまって、じいっと、おれの顔をみるんだ。じいーっとね。

うちの恵子くんが言うとおり、おれが、渋谷で、おシズを見かけたというのが、そもそもあやしいって？　だけど、おシズがニューヨークから東京にもどってきてる、と、さいしょ言ったのは、おたくなんだぜ。

3

やっぱり、おシズは東京にかえってきていた。

ほら、芸大の彫刻科をでて、今は、機械のデザインなんかやってる並木——これもおぼえがない？　おたく、近ごろ、モーロクしてるんじゃないの？　ともかく、そいつに、こないだ新宿であってしゃべってるうちに、おシズのはなしがでてさ。

並木の後輩で、あいつの事務所でアルバイトをやってる男が、おシズを見たっていうんだ。

その男は、東横線の都立大学のアパートにいるんだが、上からひょいとのぞいたら、おシズが、窓のところに俎板《まないた》をおいて、トントントンと胡瓜をきざんでたってね。

トースターにパンをつっこんで、目玉焼をつくるぐらいのことはおぼえがあるが、おシズが料理をするところはおがんだこともないし、まして、胡瓜をトントンなんて想像もつかないので、並木にきいてみたら、その男が、そう言ったんだから、しようがない、ってはなしでね。

坂になっていて、その男のアパートのほうが上のほうにたってるとか、その男の部屋は二階で、となりのアパートのおシズの部屋は階下《した》だとか、並木は言ってたが、その男をたずねていってみたんだ。

べつに坂にもなってないし、となりにアパートもないみたいだったが、その男は、おシズがいるところをおしえてくれた。だけど、あの若い男、なんで、おシズをしってるんだろう？　こっちも、きいてみなかったけどさ。

靴をぬいであがるアパートでね。おシズの部屋は二階で、ノックしたら、ドアをあけてくれたが、おシズのやつ、着物をきてるんだ。電熱のコタツがあって、いやにきれいな柄のフトンがかぶせてあり、その上に、チャブ台がのっかって、コタツのうしろに、これまた、きれいなザブトンがあって、おシズは、着物をきて、それにすわり、テレビをみてたんだな。

お昼の三時ごろだったよ。テレビは、昔の新東宝の映画かなんかやってた。

それに、部屋のなかが、いやにかたづいてるんだ。六畳の部屋で、テレビにコタツにザブトンに、茶ダンスに洋服ダンス……そんなものがあるだけで、チリひとつおちてない。

テレビの下に、雑誌入れっていうのか、あれに、週刊紙と新聞がキチンとならんでいて、もとの大森のアパートにくらべたら、セリをやってるときと、セリがすんで、水でながしたあとの青物市場《ヤッチャバ》ぐらいのちがいなんだ。

おシズのやつは、間がわるいみたいな、はずかしいような顔をして——ような、じゃなくて、ほっぺたを赤くしてたよ。

まだ、キョトンと、部屋のなかをのぞきこんでるおれを廊下におしもどして、とにかく出ましょう、という。

アパートをでて、ならんであるきだしてから、気がついたんだが、髪も、なんだか若奥さまみたいに、キチンとセットしててさ。いつも、長い髪を——やわらかい髪っていうのは、一本一本の髪がほそいのか、目でみても、さわっても、つまりヴォリュームがないもんだけど、おシズのは、くせがなくって、やわらかくて、しかもたっぷりあるのを背中にながしてるか、暑いときなんかは、グルグルにまきあげてたが、それをみじかくカットして、しかも若奥さま風のヘア・スタイルにときてるんだから、みょうな夢でもみてるような気持でね。

近所の子供の遊び場にいって、つっ立ったまま、はなしをしたんだけど、いったい、どうなってんの、とおれはきいたよ。

そしたら、今のひと、すごくやきもちやきだから、って返事なんだ。

今のひとって、青田くん？

とんでもない。青田のはなしをしても、ごきげんがわるいの。商社につとめてる、ちゃんとしたサラリーマンよ。

青田くんのほうは？

べつに……ただ、ごらんのとおり……。

だから、どっちが、さきに別れよう、と言いだしたとかさ。

どちらも、別れるなんていってないわ。青田がニューヨークからローマにいってるあいだに、あたし、かえってきちゃったの。

なぜ？

なぜって、やっぱり、かえってきたくなったからじゃない？

つまり、青田くんのほうが、フラレちまったのかい？

そんな……でも、青田が、ローマにいった留守に、だまってもどってきたんだから……。

青田くんといっしょになりたいって、さわいでたときは、今までのおシズに似あわず、オロチョロしてたのに、もう、あいちゃったのか？

青田にあきたのかどうかはわからないけど、とにかく、なにかにあきたのは事実ね。

才能があって、有名で、ゼニもとれ、しかも、誠実で、ちゃんとした男と、好きで、いっしょになっときながら……。

皮肉のつもりなの？　あんたの言うことは、みんなほんとよ。その上、青田は、あんたなんかより、ずっとすなおで、やさしいわ。

だったら、なんだって、留守のあいだに、にげだしたりするんだ？

それが、あんたになんの関係があるの？

ま、いい。青田くんは、どう言ってる？

おこってるとおもうわ。だって、別れるも別れないも、ぜんぜんそんなはなしもなかったのに、わたし、不意に消えちまったんですもの。こちらにかえってから、手紙はだしといたわ。アドレスは書かずに……。

今のひとのことは？

もちろん。だって、嘘ついちゃわるいもの。

だけど、青田くんとは、つまり、法律的には、まだ夫婦なんだろ？

ううん、届はだささなかったの。いっしょになった以上は、ちゃんと届をださなきゃいけない、と青田はうるさく、ほら、保証人っていうの、あのハンコもらってきてたんだけど……あたし、ほんとの歳をかくのがいやで……。

おれも、おどろいたよ。おたくだって、おシズの歳はしってるだろ？　だれでも知ってるよ。それを、亭主の青田が……ニヤニヤ、うれしそうな面《つら》をするなって？　バカヤロウ！

おシズも、べつに、ウソをついたわけじゃないが、青田のほうで、なぜだか、かってに、二つほど若くおもいこみ、訂正するのも、めんどうで、ほっといたらしい。そのうちになにもかも、めんどうになったんじゃないのか？　とおシズにきいたら、自分の気持なんて、もちろんわかりっこないけど、なんだか、ひょいと、ああカンケイない、とおもったんだそうだ。最近いろいろ、へんな言葉ができたけど、カンケイない、って、ほんとに、あたしにはべんりな言葉だわ、と言ってた。

今、いっしょにいる男のこともきいてみた。商社につとめてるというのに、なにしろ、キチンとかえってくるそうだ。青田に輪をかけたような、キチンとした男でね。

朝、食事がすんだあと、自分でかたづけ、部屋のなかを、キチンと掃除して、出勤するんだってさ。だから、野郎がかえってくるまで、おれがいったときみたいに、そっとザブトンにでもすわってるらしい。退屈しないか、と心配してやったら、あら、とってもらくよ、とおシズのやつ、わらってた。

でも、野郎のやきもちはひどいらしく、青田の名前をだしてもたいへんなのに、あんたのはなしなんかしたらあのコ狂うわよ、二人だけの新しい生活をきずいていくんだから、過去のひとたちとは、いっさい、つきあわないでくれ、といわれ、そんなわけで、東京にいても、どこにも電話もしてないの、あんたとも、みんなとも、当分あそべないわ、とおシズは……ああ、すこしテレてたけど、けっこうあかるい表情でね。

で、おれ、当分、ってどんな意味、とききかえしてみたところが――

だって、さきのことは、だれにもわからないでしょ、と、おシズのやつ、あたりまえみたいな顔をしてた。

だから、渋谷であったときも、おシズは逃げたのかって?

いやいや、ちがう。いくらなんでも、顔をあわせといて、にげだしたりしないよ。

アパートをたずねていき、おシズの顔をみたとたん、わかったんだ。渋谷であったのは、おシズじゃなかった。

背の高さや、からだのかっこう、髪をながくしてたとこなんか、おシズとそっくりみたいだったが、顔がねえ……いや、大森のアパートにいるころの写真をだしてみたけど、なかなかよく似てたな。

物的証拠？　おれがおシズにプレゼントした革のジャケットのこと？　あいつで、すっかりだまされちまった。

おシズたちが、ニューヨークにいったあと、青田の家には、ほら、木彫の津久井伝兵衛が……そう、こないだはなした人物がいた。伝兵衛おやじ、はんぱモデルの新宿のズベ公とくらしてたのもいったね？　伝兵衛さん、心臓がわるくなり、入院して、すぐ死んじまったんだが、そのあいだに、あのズベ公、伝兵衛のものを、みんな売っぱらって、あげくに、おシズがのこしといたものまで、もちだしたらしい。

ちょうど、からだの大きさが、おシズとおんなじぐらいで、だから、あの革のジャケットも、ちゃっかり自分できてたんだな。

そのことが頭にあったのかどうか、渋谷の交差点で、おれから、おシズと声をかけられ、いささかギョッとしてズラかったんだろう。

うん、おシズもしってるよ。おシズからきいたんだからね。でも、ひとのものを着てあるくなんていやねえ、よく若い娘《こ》は、友だちどうし、かしたり、借りたりするけど……と、たいして惜しくもなさそうだったよ。

そんなことより、おれのほうがたいへんなんだ。

やっぱり、おシズが東京にいて、見つかったもんだから、うちの恵子くんよろこぶだろうとおもい、ハリキッて、うちにかえってきたところが、おかしなことになっちまってさ。うちの恵子くん、とつぜん、別れましょう、といいだしたんだ。うん、つい、さっきのはなし。

おれ、ほんとにびっくりしてね。バカみたいに、なぜってきいてみた。

ところが、ようするに、別れることにきめたんだから、べつに理由をいう必要はない、と、ケンもホロロのごあいさつなんだ。

まるっきり、しら真剣なんだよ。酔っぱらって、自転車にのってて、道があるはずだったのに、ごつい壁にぶつかったような気持だった。

とにかく、理由を説明してくれ、とこっちは、オロオロしちまってね。

理由っていえば、だれでも納得のいく理由のこと？　いくら、わたしでも、そんなにおもいあがってはいないわ。ただ、あなたと別れる決心をしたんだから、それでいいじゃないの——と、恵子のやつ、へんに理屈のとおることをいいやがってさ。

そんなことをくりかえしてるうちに、こっちも頭にきて——冗談じゃない。おシズにやきもちをやいてるのか？　そりゃ、昔は、おれもおシズとくらしたことがある。おまえはおシズの友だちだし、よくしってるはずだ。こっちもかくしたりはしてない。だけど、そのあと、おシズは、なんども男がかわり、青田の女房になり、げんに、どっかの商社につとめてるやつといっしょで、おれたちとはあそべない、と言ってる。つまらんやきもちはよせ、とどなりつけてやった。

恵子も、いくらかシャクにさわったのか、やきもちなんて、ウヌボレないで。シイ子にも、まして、あなたみたいな男に、やきもちをやくほど、おちぶれてはいないわ。でも、渋谷でシイ子にあったなんて、いいかげんなデタラメをでっちあげてからのあなたは、いったいなによ？　あちこち、関係もないところまでたずねていったり、やたらに、手紙をだしたり、わたしがたのんだ、あなたでなきゃいけない手紙だって、ちっとも書いてくれないじゃないの。あなたのこと、みんなで、シイ子のユーレイにとっつかれ、気がへんになってる、と言ってるのよ。しらなかった？　でも、あたしは、じっと、しんぼうしてたわ。シイ子は、あなたのことなんか、べつに、もうなんともおもってないし……ううん、はじめから、なんともおもってないのよ。それを、あなたは、クレオパトラとでもくらしてたみたいに、なにかっていえば、大森のシイ子のアパートにいたときは、ともちだすんですもの。ええ、おっしゃるとおり、かくしてはいないわ。逆に、そのP・Rにうんざりしてるのがわからないの？うちに出稼ぎをおいてるようなものね。そう、あんたは出稼ぎよ。シイ子のことでもなんでも、だいじなのは、ひとのこと。ただ、わたしといっしょにくらしてるだけで、あなたは、よそのひとだわ。わるくおもいたくないけど、わたし、はじめから、利用されてただけかもしれない——ときた。

いや、おったまげたよ。そういうと、今さらおったまげたおれに、おったまげたそうだ。それっきり、なんといってもだめ。恵子は出ていく用意をはじめてね。もともと、あれは恵子の家で、おれが出るのがスジだ。それに、やっぱり女より身がるだし、だから……。

ひでえことになっちまった。

これが、昔なら、おまえのために、おんだされたんだぜ、とおシズのところにいくんだけど、商社におつとめのダンナがいたんじゃねえ。

おたくにとめてくれないか？　あ、やっぱり、だめ。いいの、いいの、おたくは薄情なのがとりえだからな。

しかたがない。昔の古巣の山谷ででも寝るか……。山谷のドヤ街って、どこいらかって？　山谷は山谷さ。区？　区はヨワいんだなあ。その、つまり……くそっ、山谷になんか住んでたことはないよ！

これから、うちにいって、おたくが恵子にワビをいれてくれる？　なにも、こっちがあやまることはねえじゃないか、え。それに、恵子は、おれとちがって、いったん言いだしたら、ぜったいきかないからな。

ともかく、はなしてみて、うまくいかなきゃ、山谷……、うん、ことわられて、もともとか……よし、その線でいきましょう。

4

わざわざ、おくってくださったの？　すみません。

夫婦げんか？　ええ、毎日よ。そのたびに、このひと、出ていく、おれは出ていく、と言いながら、いっぺんも出ていったことはないの。

シイ子が東京に？　まさか……だって、いつだったか、カナダに旅行したとき、青田さんと撮った写真の絵葉書がきてたわ。

また、このひとのデタラメにひっかかったんじゃない？

このひと、わりと筋のとおったはなしをするときは、かならずデタラメなの。

渋谷で、わたしとおなじ革のジャケットをきた、うしろ姿がそっくりの女のコに声をかけ、つまり、それが縁でなかよくなり、ホテルにいった、なんて調子のいいはなしを、ここのところしつこくきかされてるんだけど、これももちろん、デタラメよ。ダンナ、ほんとは、どうなの？

背かっこうから、着てる上着まで、自分とそっくりの男がいたので、よびとめたが、ひとまちがいで、やっぱり自分じゃなかった……バカバカしい。

でも、そんなとこかもしれないわ。昨日《きのう》も、いくら電話をかけても相手がお話中だって、男ヒスをおこし、ガチャガチャやってるから、電話機がこわれちゃいけないとおもい、見にいったら、うちの番号をまわしてるのよ。そう、自分にかけてるの。大森のシイ子のアパートに……？　ええ、このひといたわよ。わたしがシイ子の居候なのに、そのわたしのところに居候にくるんですもの。ずうずうしいったらないわ。まったく、いいところのない男ね。あなた、なにか、とりえがあるの？　うそつかないこと？　ほらね、ずうずうしいでしょ。

シイ子っていえば、このひと、シイ子がきらいらしいの。ええ、しょっちゅう悪口ばかりいって……。

あら、ほんとは好き？　ばかみたい。

離れて遠き

福島正実

《ミステリマガジン》1969年6月号

福島正実〔ふくしま・まさみ〕（一九二九〜一九七六）

樺太生まれ。明治大学文学部中退。早川書房に入社して《SFマガジン》の初代編集長を務める。数々の論陣を張りSFという新興ジャンルの定着に尽力。編集者として多くのSF作品を刊行しただけでなく、創作、翻訳、児童向け読み物、マンガ原作、特撮映画原作・原案、アンソロジーの編纂、新人賞の創設と八面六臂の活躍をみせて「ミスターSF」の異名を取る。

六九年に退社して作家専業となるが、七六年四月、細網肉腫のため、わずか四七才の若さで死去。長篇SF『飢餓列島』（眉村卓との共著）、作品集『SFハイライト』『SFの夜』『ロマンチスト』『分茶離迦《ふんだりか》』『百鬼夜行』『就眠儀式』、回想エッセイ『未踏の時代』などの他、ジュニアSF、SF童話の著作も数多い。没後、その功績を讃えて福島正実記念SF童話賞が設立されている。

SFのイメージが強いが、アンドリュウ・ガーヴ『ヒルダよ眠れ』、ロバート・ブロック『気ちがい』（『サイコ』）などポケミスでミステリやホラーの翻訳も手がけている。《ミステリマガジン》には《EQMM》時代から何度も寄稿しており、海外へ逃亡した犯罪者の心理を著者特有のペシミスティックなタッチで描いた「離れて遠き」はハヤカワ文庫版作品集の表題にも採られた秀作である。

底本：『離れて遠き』ハヤカワ文庫ＪＡ

1

此処は御国を何百里、離れて遠きバンコック、赤いネオンに照らされて、うぬは場末のバアの中。

その他愛ない替え歌の文句が、狂ったプレイヤーの繰り返しさながらに、何十度何百度となく頭の中に浮かんできて、みじめったらしくてありゃしねえ、よせってばよさないかと、わが心叱り飛ばせば、ほんの暫くはおとなしくなるが、心のタガ、神経のネジ、みんなひずんではずれてしまったと見え、ものの数分たつかたたぬか、ふと気がつけば、またぞろ同じ文句同じ節廻しで口ずさんでいるていたらくは、やっぱり、人を殺し、妻子を捨て職を抛《なげう》って、国外へ危うく逃げ了《おお》せた者の、行方定めぬ流浪の旅、ここ南国の都バンコックまでおちのびてきた、悲しさの切なさの、疲れの、ついに誤魔化しきれない証拠であった。

それにしても、よくここまで、司直の手におちることもなく、逃げ了せては来たものだった。

日頃運の強いほうではなく、いやむしろ、他人の幸運、知り合い顔見知りの僥倖、そねんだり羨しがったりして生きてきた四十年、要領も悪かったのだが、運命の女神とやらの顔ついに拝むこともなく——そのため追いつめられてとうとうあんな破目に陥ちたのだから、今度に限って、素人の浅智恵、三文探偵小説のサルまね、すべてとんとん拍子にうまくいったのは、よほどタイミングがよかったからとしか考えられない。

全く——。

羽田空港の国際線ロビーで、時間待ちの出発客やその家族、見送りたちのざわめくなかに、壁にかかった大時計の針、出発便到着便を告げるテレビ・アナウンスの映像、交互に見つめながら待っていたときは、そこいらに立っている男たちも、いま廊下をまわって歩いてきた二人づれも、税関や出国手続きの官公吏どもの意地くそ悪げな顔つきも、みな彼をうむをいわせず取りおさえるため待ちかまえている刑事に見えた。いっそ早く、たったいま逮捕するならするがいいと、怒鳴りだしたい気持を抑えるのに、ひとかたならぬ自制心が要って、そのため待ちに待った時——永遠に来ることがないのじゃないかと疑ぐりかえした出発の時《ゲートイン》が迫り、ゲートにむかって歩きはじめたときは、全身ぐったり綿のように疲れ、もうどうなろうと勝手にするがいい、このさいただ、観念した殺人犯のステロタイプだけは見せないよう、おびえないようふてくされぬよう、ただそれだけは悪びれずやろうと、下手くそな役者の初日幕明き直前の台詞おぼえの時よろしく、頭の中でつくった箇条書き、ぶつぶつそらんじていたものだった。

だが、それも何のこともなくすみ——出国査証のスタンプもらい税関の形式的きわまったりの受けこたえも終って、出国待合室に通ったときはむやみと咽喉が渇き、あえぐようにしてカウンターにかけつけハイボール一杯、流しこんでひと息つき、血液中にアルコールの分子混った安堵で何やら海外渡航特有の超然たる気分、人並みに持ちながらふりかえったとき、はるか送迎者デッキをへだてるガラス仕切りのむこうに、いるはずのない人の姿が、見えるはずのない女の顔が——美子の白い貌が見えたのだった。

思わずスツールからストンと落ちて——両手握り合わせたとき、その両の手の指の全部に、あのときの、あの白い、あの柔らかい咽喉の感触が、まざまざとよみがえってきた。温い陽だまりの、新芽ふいた青草の中に、なかば隠れた美子の顔が、しだいにどす黒く変っていき、日頃はかたちのいい小鼻のあたりに発作的な痙攣が走り見ひらいた目が白目がちにくるくるとまわって、もう間もなく息絶えるその寸前の感触だった。

思わず両手もみしだきながら、そんなはずはない、そんなはずはと心中に馬鹿のようにくりかえし、それでも反射的にガラス仕切りに近寄っていくと、その女は、にっこり、やや大仰な笑くぼ頰に浮かべて笑いかけた。その笑顔は、何度かくりかえしたはげしい痴話喧嘩のあと、女が許してくれる気持になったとき特有のものだったが、死んでしまって化けて出て、それでも許してくれるほど、それほど気のいい女だったら、最初から殺してしまう気になるはずはなかったのだ。

だからもちろん、それは他人の空似にすぎず、その結構な笑くぼも笑顔も、彼の背後に立っていた、いかにも幸福そうで退屈そうな男に向けられたものだった。といってくるりと廻れ右もできず、ガラスの仕切りへだててその女の前を素通りして行きながら、すが目に見やれば、似ている。ほんとうによく似ている。もし美子が、生きて今日ここにいれば……ことによったらご機嫌なおし、聞きわけもよくなって、そんな笑顔で送ってくれたかもしれないと思えば、それは未練さ、男らしくないさ、みっともないさとは思っていながらも、目頭じんと熱くなって、これからの見も知らぬ国への一人旅の孤独が、ひとしおしみじみと身にしみてくるのだった。

そうなのだ。

なにも、殺すまでのことはなかった。

人生四十の坂を越して、かなり息切れしていたとはいえ、心臓の機能それほど弱りきっていたわけでもなく、やけを起して、残りの人生まとめて使い棄ててしまわなければならないほど疲労困憊していたわけでもない。ただ、何もかもが生ぬるく、退屈で、仕事も家庭も、妻も子も、友人知人、飼犬の果にいたるまで変りばえがしなくなり、それはどうにか情性で我慢できるものの、はじめのうちは顔見ただけ、声聞いただけで新鮮さを感じ、生きる歓びに似たものを与えてくれていた美子までが、いつか日常の仲間入りしてしまったことに気がついたとき、はじめて、何かをしなければならないと思ったのだ。

美子が、いつまでも日陰の身の自分のことを、くよくよいいはじめたのは、ちょうどそんな時だった。もちろん美子と彼との仲は、はじめから一種の紳士協定結んだかたちのそれであり、彼は美子の私生活に口をさしはさまず、美子は彼の家庭生活を認めるという、つまりよくいう大人の恋愛というやつで、おたがいに迷惑をかけあわずおたがいに飽きが来なければ長持ちしようぐらいに思っていた。

そしてそうした関係は、一年あまり無事につづいた。美子も結構満足そうで、経営していた小さな美容院もそれなりになかなかの繁昌ぶりだったし、世の中はすこぶる平和だった。だが、そうした平和は、えてして人を考えさせる。美子の頭に、そうして毎日をのほほんと暮していることの無力感が、はじめは漠然と、しかしだんだん強くはっきりと意識されてきたのは、ある意味で当然すぎるほど当然で、いつかは必ずやってくることだったのだ。

あとはいわばお定りのコース、些細な痴話喧嘩がきっかけとなって、「わたしはいったい何なんやね、あんたわたしを何だと思ってはるの」といわでものことをいいつのり、それでこっちもつい売言葉に買言葉で「やっぱりきみもただの女か、だれでも欲しがるものが欲しくなったんだろう」などと、これまたいってはならないことをいい返して、かなり激しい諍いにまで発展してしまった。よほど空しさ激しかったのだろう、いいあううちに美子の顔は蒼白になり、唇ふるえて言葉も出ず、とつぜんがっくり落した両肩は、そのままへなへなと形のないものになり変ってしまいそうな、そんな表情たたえていた。いっそ金切り声でもあげて、泣きじゃくってでもくれれば気も紛れるものを、黙りこくった気弱な肩、か細く白いうなじにかけて、あまりひっそり静まっているので、いままで、むらむらと吐きだしていた言葉の数々が、黒く醜くそのあたりに散らばっているようにみえ、それ以上何をいっても、相性の悪さがいくらかでも隠せるものでもないと思うと、ただ唇を痛いほど嚙みしめている しかないのだった。

その日はそれきり別れたが、おたがいにつけあった切り傷の跡は癒えることもなく、もちろんそんな気持は隠して、表面は何のことなくそれからも何度か会っていたけれども、心の奥にぽっかりあいた空洞はいつも気になり、そこに吹きこむ冷たい風を意識するごとに、空しい、どうしようもなく空しい感覚こみあげてきて、それがいつの日か、二人の関係に致命的な事件を起すきっかけになるだろうことは、もちろん二人とも感じていたのだった。

だからなのだ……あの日、冗談まじりに、一緒に東南アジアを旅行しようかといったとき、美子があれほど手離しで喜んだのは。おそらく、彼には、旅の話を持ちだすことが彼らの惰性的な関係を変える要因になることが潜在意識的にわかっていたのだし、美子は、その旅に心踊らせることが自分の身に重大な変化をおこすきっかけになることを、本能的に知っていたのだ。まるで渡り鳥が季節を告げる風の一吹き、空を翔ける雲のたまゆらのたたずまい、舞い落ちる一枚の病葉《わくらば》から、旅への出発の合図を感じとるように……。

美子の喜びよう……そう、もし美子が、それほど無邪気に、年甲斐もあられもなくはしゃぎ浮かれなかったとしたら……その様子見ているうちに、たちまちこっちの胸がずきずきと痛んでくるほど、重くて、辛くて、どうしようもなく、思わず胸をおさえ目を逸らさなければならなかったほど、それほど蓮っ葉に騒ぎたてなかったとすれば——たぶん、殺意は生まれなかった。その喜びようのたとえようない透明さは、とりもなおさずわが身の罪の重さであり、その無邪気さはすなわちわが身の業の深さであり、その蓮っ葉さが、つまりはわが愚かしさわが汚なさ、無気力、無節操、無謀さのしるしであった。そこまで思い知らされては、もう、何かしないではいられなかった。そして何かをするとすれば、そんな目に自分を合わせた美子を殺すことしか――美子というものの存在をこの世から抹殺することしかなかったのだ。

話はいともスムーズに運び、コースの決定、渡航手続き、切符の手配、留守中の仕事の手順のあれこれや、残らず終って、いざ出発となったときには、美子の殺しかたから屍体の処理、当座二週間ぐらいは犯行のバレないための配慮まで、おさおさ怠りなく完了していた。

家の者や友人たち、周囲の人々には出発を一日早くいってあった。その日空港へ行くと見せかけて、じつは美子と横浜まで足をのばしたのだ。離日の前に一日だけ、のんびり日本が娯《たの》しみたいというのが、半ば真実、半ばはもちろん美子を殺すための計画の一部で、横浜につくと、タクシーをやとって、海岸ちかくまで行き、車を捨ててからS園という公開庭園へ歩いた。ここは横浜の由緒ある庭園で、さる富豪の物好きが、室町時代京都に建てられた茶室や仏堂をそっくり移転してつくった。もとは彼個人の持物だったが今は一般に公開され重要文化財の指定を受けていた。彼はかねがね、この庭園のごたごたした不統一さに、金に飽かして気障《きざ》な道楽をしてみせる成金趣味ばかり感じて好きではなかったが、庭園の奥の裏庭まで入れば、ウィークデイの昼下りなど人影もほとんどなく、松林を渡る潮風のひびぎ、人怖じせずばさばさと下りてくるカラスの面構え、雨あがりには朽ちた木材のにおい高く発散する雑草の中の古仏堂などの雰囲気は、少年時代から馴染んだ懐しみもあり、いつか何かに使えると、前から心の中で思っていたのだった。それをまさか、人殺しの舞台にするとは、流石思ってみたこともなかったのだが、考えてみるとここそ人を殺すには打ってつけで、時間さえうまく合わせれば、邪魔する人もいない上、入園出園もまったく目立たず、おまけに山影の林の中には、屍体を隠すに恰好な岩間の小洞窟もある。

ここで殺して屍体をかくし、明日なに喰わぬ顔で旅だてば、すくなくとも目的地について暫くは、誰も犯行に気づかない。かりに万が一、屍体が見つかったとしても、身元の割れる証拠品を残さないようにすれば、美子だとわかるにはかなりの時日が必要なはずだし、その頃にはこっちは海外で、ホテルを転々として行方をくらましているから、そうおいそれとはつかまるまい。もちろん帰国は最初から考えていないのだから、逃げ隠れるのに嫌気がさし、金もなくなりその日の食うにも事欠くようになって、そのときまだ死ぬ覚悟ができていなければ、そのときは……そのときはそのときだ。

そんな気持はどう隠しても、やはり表に出るとみえて、S園の裏山道、案の定人影もまったくない細い坂道を、ゆっくりゆっくりののぼりはじめた頃から、美子はなんとなくそわそわしだして、「こんなとこ、そんなに好きなん。ちっとも面白いことないわ、わたしは」

「ああ、いいだろ。静かだし、山のにおいと海のかおりと両方するし」

「そうやろうか。お兄ちゃまは物好きやからな」

「そうじゃないさ。それに、子供のときの思い出がある——日本を離れる前に一度ぜひ来ておきたかったんだ」

「あら、いやね。まるでもう二度と日本へ帰ってこないみたいないいかたをする。たった二週間の旅行やないの」

たった二週間。その言葉が、油断していた胸にぐさりと刺さって、思わずたじろぎ、そうだ、その二週間が、おれに残された人生の長さなのだ、そう思うと、とつぜんむらむらと腹が立ち、返事もせずにどすどすと足に力をこめて歩いた。そんなことをいえばこれから殺される女にとって時間はもういくらものこっていない勘定なのだが、そんな他人のことはどうでもよくなり、どうでもいいからするべきことをはやくすまして、一切合切から解放され、のんびり一人になりたかった。そんなこっちの心までは、もちろん女に通じはせず、急に不機嫌になった男への気がねで、精いっぱい一生懸命ついてくるのを、ようやくついた目的の古仏堂の前で待ちうけ、いきなり横抱きに抱いて裏の草むらに運んでいけば、女はいつもの愛撫がはじまるものと早合点して鼻にかかったあまえ声の抗議、それがたまらなく不快で吐き気がするほどけがらわしく、くそ、死んじまえ、と草のあいだに押し倒して……突然、久々にすさまじいばかりの欲情の昂ぶりを感じた。

乗りかかり両手で女の首をしめた。

そのまま、オルガスムの寄せるにつれてじりじりと指に力がこもり、殺意に気づいた美子が苦悶し、こっちの神経が悲鳴をあげ、それがいっそう快楽の波の高まりを増し、ひいひいとおめくわが声を遠く聞きながら、もう一秒、あと一秒、これですべてが終るのだと最後の力指にこめ……。

それから先、どうしてそれが終ったのか、どうして美子の屍体を始末したのか、どうやってS園を抜けだしたのか、どうしても思いだすことができないのだ。

ただ憶えているのは、息せき、喘ぎながら坂道を降りたこと、そこに港湾工事の巨大なダンプトラックが押しあいへしあいする感じで十数台、エンジンふかし、排気ガスはき散らし、大地をどろどろと高鳴らしながら走っていたこと——その怪獣の群さながらの凄まじさに、まるで子供が感ずるような純粋な恐怖を感じて、立ちすくみ、気力萎えはて、へなへなとコンクリートづくりのベンチに腰をおろして、コートについたいぬじらみの種を一粒一粒たんねんにつまみあげては棄てていたこと、ただそれだけだった。

なぜ最後のことが思い出せないのだろう？　不快な記憶を、われとわが心から消してしまうという心理学的現象のあることはものの本で読んでいたが、それが実際わが身に起ってみれば、妙に白茶けた気分しかせず、それが実際に起ったという重大さも実在感もない——何ともたよりない、ふわふわした哀しみが……とつぜん、底なし沼を見おろしたような底なしの恐怖に変って、いったいおれは何をしたのだ、何としてでもそれを知りたい、知らなければならないとわが心をこづきだす……その一歩手前で、辛うじて、立ち止まり、立ち止まれたことに、喜びに似た驚きを感じ……またしばらくたつと、なぜだろう、なぜ最後の瞬間の、あのときのことが思いだせないのだろうか、美子の断末魔がそれほど見るに耐えなかったのか、それともおれが、鬼か蛇か、人でなしの残虐行為あえてしたのか、それで思いだせないのかと、またぞろもとの疑問に逆戻りして……。

ふと気がつくと、待合室のガラス仕切りにコウモリよろしくぴったりとはりつき、口の中で何やら意味のないことを呟いているのだった。そして、そんな醜体をあまり気づかれなかったのは、スピーカーから、出発のアナウンスがくりかえされていて、人々が、もうゲートにむかい、せかせかと歩きはじめていたからだった。

「十二時三〇分日本航空四六七便香港経由バンコック行きにご搭乗のお客さまは、お早く四番ゲートより——」と、歌うたうような独特の抑揚つけるアナウンスにせかされて歩きだしたとき、ゲート入口にかかったカレンダーが目についた。今日は十三日の金曜日であった。

2

だがせっかくの十三日金曜日の呪いも、現代技術の粋をつくしたジェット機には何のききめもあらわさず、何とも無事泰平な飛行わずかに三時間余でバンコックへと着いてみれば、ここは南国、まだ春浅い三月というのに、気温は三十四度をこし、むっと周囲から押し寄せ包みこむような熱気までが、どうしたわけか、奇妙な計算ちがいの感覚をもたらした。

冷房のきいたホテルの部屋に落ち着いても、計算ちがいの感覚去りもやらず、そんな説明不能の気分殺す方法はアルコール以外にはあり得ないから、さっそく取りだしたスコッチ、たてつづけに二口三口とあおり、身体はぽっと火がついたところで、さて、と天井にらめば思った通り白く高い天井のスタッコさえにわかに意味を持ちはじめ、今ならどんなことでも判らないことはないという昂揚した気分になることができた――と思ったのは、もちろん旅の疲れと酒の酔がさせた幻覚にすぎず、つぎに気がついたときは、窓外に灯をともしたバンコックの街の夜景がひろがって……何と、他愛もなく眠りこけていたのだった。

そのときだ――まだアルコールさめやらぬ頭のしんの何処かから、あのレディメイドの哀愁こめた歌声がしずかにゆっくり聞えてきたのは。

ここはお国を何百里、離れて遠き満州の、赤い夕日に照らされて、友は野末の石の下。歌っているのはてめえの声。

思えば悲し昨日まで、真先かけて突進し、敵をさんざん懲らしたる、勇士はここに眠れるか。

センチメンタルきわまったる大安売りの涙が、胸のこのあたりまでを早くも浸して、ちきしょう、よせ、よさないかといいもあえずウィスキーの壜を口へ運んだ。辛く熱い液体咽喉を焼けば、だが歌声はとどまるどころか、ここはお国を何百里、離れて遠きバンコックと、はや替え歌の文句もできて――とてもたまらず、夜のバンコックの町へと飛びだしたのだった。

青に赤に黄に緑に、けばけばしく夜を彩るネオンの下で、何軒酒場を歩いたか、はっきりおぼえはないのだが、胃の腑と血管の中、足腰までしびれるほどに酔いはしても、頭のしんだけはまるっきり酔わず、あの歌声、執拗にからんできやあがって、赤いネオンに照らされて、うぬは場末のバアの中と、とうとう一番の文句つくってしまっても、酔い足りた気分にはまだまだほど遠く、ひょろつく足を踏みしめ踏みしめ、つぎなるネオンの下を目指して、いつまでも歩きやめようとしなかった。

だからそこが、果して何軒めのバアだったのか、例によって例のごとくまっくら闇のボックス席へ、へたりこんですぐなのか、それとも何杯か飲んでからだったのか、あとになってはさっぱり思いだせないが、とにかく、とつぜん店の中で濁《だ》み声はりあげはしゃいでいる数人のアメリカ兵どもが猛烈に鼻につきだした。東南アジアのどこの国の盛り場観光地へ行っても、まるで風景の一つみたいにのさばっているベトナム帰休兵のグループだったのだが、酒に喰らい酔い欲求不満の野獣めいたぎらぎら目ひからかして、ステージで下手くそながら精いっぱい歌っているタイ娘に下卑たヤジを飛ばしていた。それよりこっちの胸を咬んだのは、アメ公どもの脂ぎった腕に抱かれた帰休兵妻《オンリイ》たちで、金でつながった偽物の縁《えにし》かさに着、誰にも文句つけられないのをいいことに、嬌声はりあげ、わめき散らすわ唾を吐くわ、歌手のものまねしてみせるわ、いやもう傍若無人の振舞いなのだ。その光景は、嘗《かつ》て、あの敗戦直後の日本の、あちこちの街で、港で、嫌でも目にしなければならなかった屈辱の日々の思い出を、もう二十年の余も経ったのかといぶかしむほど鮮烈に、なまなましく甦えらさずにはおかなかった。口惜しいよりは空しさが、怒りよりは挫折感が、口中いっぱい、嘔吐の前の唾液のように湧きあがってきて――だみっと、ゆーふぁくんなめりかんず、しゃっちゅうあます、ういるゆう！　と、立ち上って怒鳴ってしまって、思わずバンドもミニミニの歌手も、ステージの上で棒立ちになった静寂のなかで、はじめて、あ、やっちゃった、と気がついた。隣りに坐っていたタイ人のホステスが口の中で何か叫んだ。

もちろんそれは、何かやりたくてうずうずしていたアメリカ兵たちにとって、またとないきっかけを与えたようなものだったのだ。ボックスに腰をおろすかおろさないかに、目の前に、でっかい黒いのが二人とひょろ高い白人二人、手に手にビール壜わしづかみにして迫っていた。黒いのが野獣めいた唸りをあげて口を開くごとに、人でも喰いそうな赤い口が、テーブルの上においてランプの光でぬめって見えた。誰かが何かを、どこかで喚いた。こいつはやられる。殺される。思った瞬間早くも太い腕がこっちの衿元をねらってつきだされた。とたんに、きらきら脂ぎったその黒んぼうの顔に、はげしく液体がしぶいたと見ると、何と、隣りにいたホステスが手にしていたビールをぶっかけたのだった。黒人が目をつぶされておめきたてるのと、ランプが床へたたき落されるのと、四つも五つも腕や足や身体がはげしくぶつかりあうのと、悲鳴と怒号が同時に起こった。頬げたに一発目もくらむやつを喰ってボックスからころがり落ち、ずんと重くなった頭をふったとき、耳もとで「こっち！　あんたこっち！」と片言の日本語で囁かれ、床をはうようにして声の方へのめっていくと、ばかのようにた易く乱闘から抜けだせて、思わずうしろを振りかえろうとするのを、また腑の下を息のとまるほど強くこづかれ「ぐずぐずしないで！」

どこをどう抜けたのか、気がつくともう街頭に立っていた。女の姿が見えないので、あわてあたりを見まわすところへ、はげしくブレーキの音たてて一台のタクシーが身体すれすれに急停車し、思わず身をのけぞらせる目の前にドアが開き、女の黒い目が車内からこっちを見て「はやく!」座席へひきずりこまれるのと、車がスタートするのと、酔いどれ兵士たちが獲物を求めて店からなだれ出てくるのとほとんど同時だった。車は猛然とガスをふかして疾走していた。

「ばかね、あんた」

「日本語が、できるのか?」

「あんたのホテル、どこ?」

「しかし……なぜ助けてくれたんだ?」

「ホテルはどこよ?」

ホテルの名を告げると、運転手は無造作に大通りの真中で車をUターンさせた。

「警察がうるさいのよ。アメリカ人とトラブル起すと」

「警察か……」

はじめて、面倒をおこしたことに気づいて唇をかんだ。ただでさえ避けなければならない警察なのに、わざわざ注意を誘くようなことをするというのは、あるいはやはり、間もなく自分がつかまるという前兆かもしれなかった。

「ありがとう。助かった」

「わたしも嫌いなの、あいつら」

「日本人――じゃないな？」

「ハーフブリード」

女はその言葉を溜息とも深呼吸ともつかない息とともにいうと、シートに背をもたせかけた。走り去る街灯の光で、彫りの深いインド・ユーラシアン系統の顔が浮き上って見え、その、微笑のかげさえ、いや感情のかげりさえ見えない滑らかな顔の皮膚からの連想か、妖しい魅力をたたえた仏像の化身に、いまどこかへ連れ去られるところのような、奇妙な幻想がふと湧いた。その顔に、指を触れれば、骨までこたえるほど冷たい感触がするのではないかと思うと、無闇無性に、その感触がほしくなったが、そう思いつのればつのるほど手も足も出ない感じで、といってうっかり目を閉じれば、再び目を開いたときには、車に乗っているのは自分一人、すべては酒の酔いが見せた幻想だったことに気づくのではないかと思うと、空恐ろしさにそれもならず、ただ身をかたくして、じっと車の動揺に身をまかせているより仕方がなかった。

車がスピードを落したので、目をあげるとホテルの前だった。女を見やると、ほっそりしなやかな手がすいと差しだされて――。

「お酒、ある？」

「ある」

「飲みたいわ、今夜は」

「来るか？」

そして、女が手を預け——。

飲みさしのスコッチはまたたく間になくなってしまったが、ダオン——それが女の名だった——は不平をいうでもなく、といってそのまま帰ろうとはせず、ひとりでシャワーを浴びてくると、タオルをまきつけたままながながとツインベッドの一つに横になって……やがて、当然すぎるほど当然のように、しとやかに彼に抱かれていた。そしてそれは、どうしようもなく美子に似た滑らかな肌だった。切れ切れの水溜りめいた眠りを、眠っては覚め、覚めてはまた眠って暁の光がさしはじめる頃、夢とまぎらわしい世界の中で、彼はちいさなひくい声が、どこかであの歌を、ここはお国を何百里、離れて遠きバンコックと、歌っているのを聞いた。それは彼の腕の中で目を覚ましたダオンが、すずらかな眸《ひとみ》で朝焼けの空見あげながら、昨夜教えられたメロディを忘れまいとするのだろうか、くりかえしまたくりかえし歌う歌声だった——。

3

それからの何日かを、みじめな想い、汚れた退屈、ほとんどせずにすんだのは、いうまでもなくダオンが一緒にいたせいで、二人はまったく、よくもまあ、こうも離れず暮せるものだとわれながら呆れ返るほど、昼も夜も一緒に過した。早朝のメナムを渡るランチの中、青白くよどんだ水路に、おびただしく蝟集《いしゅう》する艀《はしけ》のあいだを縫って通るウォーター・マーケット見物、無数のチャイナを象嵌《ぞうがん》して光り輝く暁の寺院《ワット・アルン》のパゴダ群や、畳つみ重ねた通路の中のそぞろ歩き、ワット・ポーの中に居《ま》ます涅槃《ニルヴァナ》の仏陀まえにしての物いうことも忘れる静謐の時、果てはスネーク・ホームと称する爬虫類動物園で、キング・コブラをはじめとして大小種々さまざまの毒蛇、ボア、クロコダイル、大とかげ、カメレオンなど色彩もあざやかな爬虫類とにらめっこしたり、香り高いパパイヤを日蔭のレストランで食べたりするときなど、二人のうちどちらかが、必ずあいての身体のどこかに触れていないと心に安定持てないような気がしていた。

もちろんそんな上ずった時間の中にも、彼にはふと現実を思いおこす瞬間があって、日本でやってのけて来た非道の行為さえなければ、おれのいましているのが久々の恋なのだと思う、しかし悔んだところで否定したところで、やってしまったことは取り返しがつかない道理、所詮はこの楽しさも一時の、ほんの小休止に似た悦楽の夢にしか過ぎないのだと、われとわが心にいい聞かせるのだった。だがそれだけにまた一層重苦しい記憶をふりはらって片《かた》方《え》を見やり、そこにダオンの輝く微笑を見出せば、ただもう嬉しく、心なごみ、その時が来るまではどうなろうが知るものかと心中に強がってみせるのが習いとなった。夜は夜とて、ほどよくアルコールの海に浸れば、きらびやかな衣裳つけ冠うちふり長い飾り爪をあやしくくねらせて踊るタイの古典舞踊もしみじみと面白く、ホテルに帰りついてダオンの柔肌、腕いっぱいに抱きしめて寝れば、ああ、美わしと、さ寝しさ寝てば刈菰《かりこも》の、乱れば乱れと、やや調子狂った古歌など思いだしている——確かに、のぼせていたのだろう。そうでなければ、彼としたことが、あんな不用意な不意打ちを、まっこうから喰うはずはありえなかったのだ。

ダオンと暮して、八日めだったか七日めだったか、朝おきだしてまだよく眠っているダオンの姿をながめたとたん、むっちりと肉づきのいい首から胸へかけての肌を何かで飾ってやりたくなり、そういえばまだ何一つプレゼントしていなかったことを思いだすと、眠っているうちに何か買ってきて驚く顔が見たくなり、子供っぽい思いつきとは知りながら、矢も楯もたまらなくなって、そっとホテルを抜けだした。街の宝石店で大粒の真珠ちりばめたペンダントを見つけ、つくらせた包みを持つと大いそぎでホテルへ引き返し、不用意に、まさに不用意きわまったりに自分の部屋のドアをあけたとたん——忘れ去っていたその時が、彼の留守をねらってやって来ていたのを、一瞬のうちに悟った。

ダオンが、ベッドの上に起きあがり、のろくさとした手つきで髪をなおしている——その手つきにも無表情な貌にも、すべてが変ってしまったことが、言葉や文字ではあらわせない、おどろくべき雄弁さであらわれていた。

「何かあったの？」

思わず気弱な聞き方をしたのは、あったにきまっていることを、すでにこっちも知っていたからで、ダオンが、みょうに老けた感じの上目遣いで、じろりとこっちを見返したときには、もうそれが、取り返しのつかないことであるのを再確認したにすぎなかった。

「ふん、くだらない」

「何が？」

「あんた、旅行者。いつか日本へ帰ること、あたりまえよ」

「いったい何をいってるんだ？」

「べつに何も」

「いいかげんにしろ。何があったのか、はっきりいったらどうだ」

「あなたのお友だち、さっきここへ来た」

「友だち？」

それで、はじめて、気がついた。それではとうとう、ここまで、探し当てたのか。全身から血が引いて、顔面みるまに蒼白になるのが自分でもはっきりとわかった。

「友だち、わたしに、出て行けといった。わたし帰るわ」

「待ってくれ、ダオン。それは友だちじゃない」

「そんなこと、わたしの知らないこと。わたし帰る」

「たのむよ、ダオン。今だから話す。ぼくは日本へは帰らない。はっきりいうと帰れない。ぼくは日本を逃げてきたんだ。人を殺して逃げてきたんだ」

すると今度はダオンの顔から、たちまち血の気がうしなわれていった。目がつりあがり、唇がゆがみ、思ってもみなかった険しい形相に変った。

「うそつき！　日本人やっぱりうそつき！」

「うそじゃない。おれは女を殺してきたんだ――しめ殺して、埋めて逃げだしたんだ。やってきたのは、そいつは警察なんだ！」

「ばか！　卑怯者《カワード》！」ダオンが金切声をあげた。「あれ、警察じゃない。警察なら、あんなこといわない、あんな写真見せない」

「どんなこと？　どんな写真？」

「あんたの奥さんもすぐ来るっていった。きれいな女のひとの写真みせた。奥さんくると、わたしが邪魔になるって……。だから、奥さんくるまえに出て行けっていった」

ダオンの顔に、ゆがんだ、ひどく少女っぽい泣き笑いが浮かんだ。

「人殺した、警察から逃げてる、あんた、へんな嘘つく人ね。ふん、ばかばかしい」

ダオンに力いっぱいつきとばされて、女のか弱い力ながら、その憎しみの強さに耐えかね、どっと床に尻もちつきながら……彼はとつぜん思いだしていた。あのとき、S園の裏山で、美子の首をしめようとして、殺されると知った美子の必死の抵抗に、もろくもはね返されつきとばされて、ちょうど今と同じように、ぶざまな尻もちをついたときのことを。美子はダオンそっくりに、見たこともない恐ろしい形相で彼をさげすみ、あざ笑い、骨の髄まで嘲笑した。ちょうどやってきた四、五人連れの入園客たちの前で、徹底的にやっつけられた。彼が無我夢中で山をおり、息せき切って逃げたのは、美子を殺したからでなく、美子の嘲笑から、ほかの男たちのさげすみから、いやそれよりも、そんな赤恥かいた己れ自身の馬鹿さ加減から、どうあっても逃げだしたかったからにほかならない。それを忘れ去ったのは、そうした救いようのないわが身のぶざまさがどうにも耐え難かったからだ。せめてそればかりは、何としてでもわが心から遮蔽してしまいたかったからなのだ。

いや今からでも遅くはない。美子がやってくる前に早くなんとかしてしまわなければならない。友だちが誰かはわからないが、あとになって、やっぱり彼を許す気になった美子に頼まれ、お節介を焼く気になってやってきた誰かだろう。おそらく美子は、どこかほかのホテルに泊って、そいつの連絡を待っているのだ。

その時までに、何とかするのだ。何とかするのだ。何とかするのだ。何とか……。

そのとき、またぞろ口に歌がせりあがってきた。

此処はお国を何百里、離れて遠きバンコック、赤いネオンに照らされて……その他愛ない替え歌の文句が、狂ったプレイヤーの繰り返しさながらに、何十度何百度となく頭の中に浮かんできりがない。みじめったらしくてしかたがないが、しかしそれこそ、妻子を捨て職を抛ってさえ人も殺せず、ここ南国はバンコックまで夢みにきた者の、悲しさの切なさの、疲れの、ついに誤魔化しきれない証拠であった……。

ドノヴァン、早く帰ってきて

片岡義男

《ミステリマガジン》1969年7月号

片岡義男〔かたおか・よしお〕（一九四〇〜）

東京都生まれ。早稲田大学法学部卒。大学在学中からテディ片岡のペンネームでコラムを執筆。六二年から本名とテディ片岡の両名義で《マンハント》日本語版に翻訳やコラムを発表する。ミステリの翻訳にカーター・ブラウン『エンジェル！』、ウェイド・ミラー『殺人鬼を追え』（三条美穂名義）、リチャード・スターク『悪党パーカー／犯罪組織』、チェスター・ハイムズ『黒の殺人鬼』、SFの翻訳にジョン・クリストファー『草の死』『大破壊』など。

七四年、『友よ、また逢おう』で本格的に作家としてデビュー。『スローなブギにしてくれ』『彼のオートバイ、彼女の島』『ボビーに首ったけ』などの都会的な青春小説を次々と発表して、たちまち人気作家となる。

〇九年にハヤカワ文庫JAから刊行された〈片岡義男コレクション〉（全3巻）には私立探偵アーロン・マッケルウェイものの全短篇集『ミス・リグビーの幸福』やミステリ系の傑作集『花模様が怖い』が含まれていた。三条美穂名義で発表された「ドノヴァン、早く帰ってきて」は惨酷なショート・ストーリー。著者には他にもミステリ系の未刊行作品がかなりあるので、単行本化を期待したい。

二、三歩うしろにさがれば、バーバーショップの天蓋が歩道のうえにつくっている影のなかに入れるのだが、その青年は、八月のオクラホマの空からいっせいに降り注いでくる残酷なほどに明るくて熱い陽光のなかに、立ったままでいた。タルサから七マイルのところにある町のはずれ、午後の二時すぎ。熱気のなかで茶色にかわきあがってじっとしている町に、人の影は、ほとんどなかった。小さなクレーンをつんだ、自動車修理工場の小型トラックが、青年の目の前を走りすぎた。トラックの運転手は、陽をうけて立っている青年を窓からふりかえり、さらにバックミラーのなかにとらえて、首を振った。

その青年が、除隊したばかりのアメリカ海兵隊の兵士であることは、すぐわかる。皮の重いブーツに略式の制服、帽子をかぶり、ぎっちりと容量いっぱいに自分のものをつめこんだダッフェル・バッグ。歩道のうえに置かれたそのバッグは、青年とは反対の方向へかしいでいた。青年が向かって立っている道路をへだてた右斜めに、軽食堂がある。『ディノズ・スナック・イン』と描かれた横長の看板が、建物の平たい額から腕木によって支えられ突き出ている。青年は、帽子のひさしの下をくぐり抜けて差しこんでくる陽の光りに眼をしかめたまま、その軽食堂のほうを見つめていた。

ひどく陽焼けしているのだが、よく見ると青年はその陽焼けの下で青ざめ、血の気のない顔をしていた。唇が、放心したようにほんのすこし開かれていて、そのすきまから、白い歯が見える。額とこめかみ、それに鼻の下から汗がにじみ出てくるのだ。額から出た汗は眼まで流れ落ちるまでにほとんどかわいてしまう。こめかみの汗は、陽がまともに当っている右のほうでは、額から出た汗とおなじように、あごまでいかないうちにかわく。左側では、こめかみから頬を伝い、特に大きくできた汗の玉だけが、ネクタイをゆるめたカーキー色の制服のエリのなかまで、流れていくのだ。鼻の下の汗は、ほんとに小さな玉になってふき出し、その小さな玉がひとつの大きな玉にあつまるまでにかわいてしまうので、常に小さな汗の半球が無数にしみ出しているように見えた。

歩道の日影のいちばん奥を、警官がひとり、ゆっくり歩いてきた。三十才をすぎたばかりだろうか、まだ体のあちこちに若いたくましさが残っていて、カウボーイ・スタイルのブーツをはいた足を力強くしかし軽くはこぶ。ガンベルトをゆるくしめ、おそらく官給品ではなく自分のものなのだろう、.357マグナムを右の腰に低く吊っている。

青年のすぐうしろまで歩いてきてからバーバーショップの前に立ち、日影のなかから青年に声をかけた。

「いとこにキミとおなじように陽焼けしている男がいてね。いまは病院で寝ているけれどそいつはふた月まえにベトナムから帰ったばかりなんだ」

青年は、ゆっくり、ふりかえった。そして、「帰ってきたばかりです、ボクも」

と、言った。

「うん」

警官は、眼を細くして、青年の制服の左の胸にぬいつけられている名前を読んだ。

「A・Jは、なんの略だろう」

「アーロン・ジェームズ」青年が、こたえた。

「アーロン・ジェームズ・ドノヴァン、無事ご帰国を祝うよ」

警官は、軽く挙手をしてみせた。

バーバーショップの三軒むこうにビューティ・パーラがあり、そこの四十九才になる女主人が、もう一時間ちかくここに立ちつくしている青年のことを警官に電話で伝えたのだ。

「この国の若い兵隊さんよ。なにか困ってることがあるみたいな様子だけど」

そう言われてしかたなく、警官は、やって来たのだ。パトロール・カーに乗るとよけい暑いので、歩いて来た。

「もう陽焼けはそれで充分だろう」警官が、言った。

青年は、黙っていた。

どうしようかとしばらく考えていたのだが、やがて決心して警官は陽のなかへ出て来た。

「この町に不慣れなら、個人的にもできるだけのことはするけれど」

「よく知ってる町です」

「じゃ、陽の強さも、知ってるわけだ」

警官は、白いハンカチを出して首をぬぐった。

「怖くて」

「え？」

「怖いのだ」

「ベトナムを経験した男に、怖いものなんかないだろうに」

「なにしろ、四年ぶりだから」

「年はいくつだい」

「二十二」

「十八才で入隊か」

「四年前に別れた女に会うのだ」

「四年も会ってなければ、いまのキミの落着かない気持ちは当然だよ」

「怖い」

青年が、おなじ言葉をくりかえした。警官が、微笑んだ。

「顔を忘れられてしまったかな。覚えがいのあるいい男だけどね、キミは」

警官は、お世辞を言った。

「それとも、四年のあいだに、彼女のほうが目じりにシワをくわえこんだかな。オクラホマの女は、老けるのが早いもんねえ」

警官の言葉に、青年は、はじめてまともに向きなおった。

「そういうことじゃないんだ。体や顔みたいな外側のことではなくて、心の問題なのだ。四年のあいだに、ボクはずいぶんかわった。四年まえの自分にくらべて、いまのボクは別人だ。同時に、彼女もかわったにちがいない。別人になっているだろうか。おたがいかわりすぎるほどかわっていて、そのかわっていくところをまったく見ていなくて、いきなり四年ぶりに会う。ボクは、怖い。この怖さを、彼女のほうも感じているのだろうか」

なん度か言葉につっかえながら、青年はひと息にこう喋った。

こたえるまえに、警官は、車も人もいない道路を、上手《かみて》から下手《しもて》まで、ひとわたりゆっくりと見わたした。そして青年の肩を叩き、「オレが保証しよう。四年の空白は、冷房のきいた部屋でふたりっきりですごす一時間で埋めることができるよ。もう待ってるころだろう、彼女は」

「待ってるはずだ」

「早く行ったほうがいい。早ければ早いほどいい。彼女はそのたくましい陽焼けをよろこぶよ。早く行って、見せてやれ」

もういちど青年の肩を叩き、

「グッド・ラック・トゥ・ユー、ドノヴァン」

と言って、警官は日影にもどり、来た道をひきあげていった。

彼はハイスクールを出ると同時に海兵隊に入隊した。卒業式のあった日の午後、彼は自分が住んでいる地区の徴兵委員会まで出かけて、志願したのだ。任地は、自分でえらぶまでもなく、ベトナムだった。徴兵委員会から帰って着替えをすませ、ジャニスを呼び出し、ベトナムに行くことを告げた。それは自分自身の決意なのか、とジャニスは訊いた。彼は、そうだ、と肯定した。そのとおりだった。

「あなたが自分でそう決めたことを私はうれしく思うわ」

片手を彼にあずけたまま、ジャニスが目を伏せてそう言った。金髪が彼女の顔の半分ちかくをかくしていた。彼の指がその金髪をやさしく彼女の頬にかきわけてよせた。そのまま掌を頬にあて、わずかに力をこめた。すなおに、ジャニスの顔が、彼を見あげた。ひらいた青い眼に、素晴らしい深みがあった。

「アーロン」

ジャニスが、囁いた。彼は、握っていた彼女の手をひいた。抱きあうと、ふたりの体はよくなじんだ。

「アーロン・ジェームズ・ドノヴァン、アメリカ海兵隊。お花を持ってお参りにいくお墓すら私には持てなくなるかもしれないのよ」

お花を持って、のちあたりからジャニスは泣き声になり、喋り終ったときはアーロンの胸に顔をうずめて、いや、いやをしていた。ジャニスを抱きしめて黙っていればやがて彼女は泣きやむのだが、アーロンはやはり余計なことを喋った。

「徴兵カードが舞いこむのを首をすくめて待っているよりも、いっそのこと志願してしまったほうがいいのさ」

「そうね」

しばらくして、ジャニスが、こたえた。こたえたとき、ジャニスの眼に涙はなく、恋人を戦地に送りだすためのけなげな微笑のはじまりだけが、あった。

アリゾナの空軍基地で六カ月と二十日間、アーロンは基本的なトレーニングをうけた。そして、サンディエゴ、ホノルル、オキナワ経由で、サイゴンへ送られた。ジャニスは、サンディエゴまで見送りに来た。

サイゴンへ着いてからは、手紙のやりとりを可能なかぎりひんぱんにした。ジャニスから届く手紙には、いつも申し分のない情感がこもっていた。

はじめの二年間、ジャニスはタイプライターをつかわずに直筆で書いてよこした。iの字に打つ点が、ふつうの点ではなく、横につぶれたかたちの丸なのだ。その丸が、アーロンには常に楽しかった。万年筆で書いた手紙を雨のなかで読み、ひどい雨だったので読み終るころにはすっかりインクが流れてしまい、あとでそれをかわかし、ボールペンでアーロンはジャニスの筆跡をたどっていった。iの字に丸点をつけるたびに、アーロンはうれしかった。

三年目のはじめに、手紙はタイプライターにかわった。一回の手紙に、七つくらい打ちまちがいがあった。

「キミのロングハンドがなつかしい。キミはすばらしい妻になることはまちがいなく、また、オフィスガールとしても愛されるだろうけれど、タイピストとしては高給はとれないね」

というようなことをアーロンは書いた。しかし、ジャニスからの手紙は、やはりタイプライターだった。

四年の兵役が終って、アーロンはアメリカに帰ることになった。ジャニスとどこで再会するかを、アーロンは手紙で決めた。ジャニスはオクラホマ州タルサのちかくにある小さな町へひっこしていて、その町で会うことに決まった。その町については、手紙でいろいろと読まされていたから、アーロンはまだいちども行ったことがないにもかかわらず、昔からよく知っている町のように思えた。

「あなたを見送ったときに着ていたドレスを着ていきます。できるだけ早くに私をみつけてもらえるよう、そして、四年たってもまだあのドレスが着れるほどにすこしも肥らずにいたという事実を証明するために」

と、ジャニスからの最後の手紙に、書いてあった。白地にいろんな大きさのオレンジ色の丸い玉が散っていたワンピースを、アーロンははじめて思い出した。

タルサに着いてからジャニスに電話を入れた。予定の時間よりかなり遅れていたので、ジャニスはもう出かけたあとだった。アーロンは、彼女が待ち合わせの場所に指定した『ディノズ・スナック・イン』へ、急いだ。

「ラジオの音を低くしろよ。店には女のコがひとりいるだけだぜ」

カウンターマンのダンが、オフィスのドアをあけてマネージャーのゴードンに言った。

昼のこの時間にラジオはたてつづけにカントリー・ソングを流していた。ゴードンは、店内スピーカーのスイッチに手をのばし、左へすこしひねった。

「こんなもんかな」

「だろうな」

ダンが、こたえた。

「暑いなあ、なにか飲みたい」

「出て来てコークでも飲めよ」

ダンにつづいてゴードンは、オフィスから店をぬけてキッチンに入った。

「すてきな女のコだな。いい金髪だ。サングラスで眼の色がみえないけど」

キッチンのドアを閉めてから、ゴードンが言った。

「うん。でも」

と、ダンが、こたえた。

「古くないか、なんとなく、たとえば白にオレンジのポルカ・ドットのドレスがさ」

「この田舎町で買えば、新しいものでも古くみえるだろう」

ふたりは、しばらく黙った。

「もう一時間ちかく坐ったきりだ」

ダンが言った。

「あの女のコか」

「そう」

「待たせる奴もいるんだなあ、あんないいコを」

「青だな」

「なにか」

「あの女のコの眼。そして、盲目だ。親類に盲の女のコがいてね、だからよくわかる。かわいそうに後天的な盲目だよ」

温泉宿

都筑道夫

《ミステリマガジン》1969年7月号

都筑道夫〔つづき・みちお〕（一九二九～二〇〇三）

東京都生まれ。早稲田実業学校中退。学生時代からさまざまな筆名で時代小説や推理小説を発表する。五〇年代に翻訳家に転身し、五六年に《EQMM》の編集長として招聘されて早川書房に入社、ポケミスのセレクトも担当して、ロス・マクドナルド、クリスチアナ・ブランド、イアン・フレミングらを日本に紹介した。

六一年に『やぶにらみの時計』を発表して推理作家として再デビュー。以後、構成にトリックを仕掛けた『誘拐作戦』『三重露出』、アクション小説『なめくじに聞いてみろ』『暗殺教程』、時代ミステリ〈なめくじ長屋捕物さわぎ〉シリーズ、本格推理〈キリオン・スレイ〉シリーズ、『七十五羽の烏』以下の〈物部太郎〉シリーズ、安楽椅子探偵ものの連作〈退職刑事〉シリーズ、ミステリ評論『黄色い部屋はいかに改装されたか?』、怪奇小説、ショートショート、伝奇小説、SFと多彩な分野で質の高い作品を発表し続けた。

《ミステリマガジン》に連載された自伝エッセー『推理作家の出来るまで』で第五十四回日本推理作家協会賞評論その他の部門、〇二年にはこれまでの業績により第六回日本ミステリー文学大賞を、それぞれ受賞している。「温泉宿」は怪談の名品「はだか川心中」の原型作。改稿版の方は光文社文庫『都筑道夫コレクション《怪談篇》血のスープ』に収められているので読み比べていただきたい。

どこまでいっても、石ころ道だった。両がわは段段畠になったり、森になったりした。古ぼけた神社もあった。たまに商店らしい家もあったが、泥と埃りで白くなった雨戸をとざしていた。まだ日がくれたわけでもないので、だれも住んでいないように見えた。

「道を間違えたんじゃないの？　もう一時間以上、走ってるわよ。お尻が痛くなっちゃった」

くちびるを歪めて、女がいった。自分もいらだってきていることを、男はさとられまいとして、元気よくいった。

「やつが書いてくれた地図のとおり、きたんだぜ。さっきの神社だって、ちゃんと出ていた。時間の点では、きっと掛け値をしたんだよ、ぼくらを尻ごみさせないように」

「お百姓さんがきたわ。とにかく、ここはまだ生きた人間のすんでる世界らしいわね」

「聞いてみようか」

男は車をとめて、窓をあけた。前のほうから歩いてきたのは、大きなかごをしょって、頬かむりをした男だった。

「すみません。温泉はまだ遠いんでしょうか？　この道でいいんでしょうねえ？」

車から声をかけると、頬かむりの百姓は、ぽとんと立ちどまった。窓のなかの男と女を、まじまじ眺めているうちに、年の見さだめにくい黒い顔が、妙な表情を浮かべた。

「いい温泉があるって、聞いてきたんですよ、宿が三軒とかあって——近いんでしょう、もう？」

重ねて聞くと、百姓は急に首をふって、歩きだした。男があわてて、

「ねえ、ちょっと！」

と、声を高めても、立ちどまりもしない。ふり返りもしないで、逃げるように、百姓は歩みさった。男が舌うちして、車を走りださせると、女はサイド・ミラーをにらみつけて、

「なあに、あれ！」

「唖かなあ。立ちどまったんだから、耳は聞こえるんだろうが……」

上り道の勾配が、にわかに急になった。それをのぼりつめると、目の下のくぼ地に、家がかたまっていて、屋根のあいだに白い湯気のあがるのが見えた。

「あすこだよ。地図は間違っちゃあ、いなかったんだ。さっきのやつも、意地が悪いな。もうすこしだっていってくれれば、元気がでたのに」

男は苦笑しながら、車をくだり坂にすべらせた。友人がすすめてくれたのは、いちばん手

前の旅館だった。古ぼけた建物の前に、車をとめると、番頭らしい男が玄関から、小走りに出てきた。

「二、三日、泊りたいんだけどね。部屋ある？」

といいながら、男が車からおりると、とつぜん番頭は立ちすくんだ。つづいて、女が車からおりた。ふたりを見くらべた番頭の顔に、さっきの百姓とよく似た表情が浮かんだ。と思うと、あとずさりして、急に身をひるがえした。

男と女は、あっけにとられながら、番頭のあとを追った。玄関へ入ると、番頭と女中らしい女が、土間に立っていた。板の間には、この宿の主人らしい初老の男が、立っていた。女中の顔にも、主人の顔にも、妙な表情が浮かんでいた。

「ぼくたち、泊めてもらいたいんですがね」

と、男はいった。番頭も、女中も、主人も、男の顔を見つめるばかりだった。

「ねえ、お部屋あるんでしょう？」

女が声をとがらした。

「へえ、それがその――お気の毒ですが」

重い口で、主人がいった。

「泊めてもらえないのかい？　部屋があいてないの？」

と、男は聞いた。

「へえ、なにしろ使える部屋が少いもんでしてねえ」

「じゃあ、しかたがない」

「申しわけねえこって」

主人は顔を伏せた。男は女をうながして、宿屋をでると、車はそのままにして、もう一軒の宿屋のほうへ、歩きだした。

小川があって、ねじくれたような古い木の橋がかかっている。その上に、丹前をきた貧相な男がしゃがんで、橋の下を見つめていた。川の水は、夕日をあびて、ねっとりと光っていた。ふと思いついて、女は丹前の男に声をかけた。

「失礼ですけど、ここの宿屋にとまってらっしゃるの？」

「ああ、あそこ」

丹前の右手がさししめしたのは、ふたりが断られてきたばかりの旅館だった。

「あすこ、満員なのかしら？」

と、女は聞いた。

「満員？　笑わしちゃいけない。ぼくひとりだよ、客は——こんな不便なところへ、季節はずれにくるやつがあるもんか。しかし、きみたち、あそこには泊らないほうがいい。雨もりはするし、縁がわには穴があいているし、食いものはまずいときている」

「でも、あなたは泊ってるんでしょう？」

「ぼくは運命を甘受するたちでね。この橋が落ちかかっていることにだって、文句はいわない。これは、由緒ある橋だそうだよ。去年、ここで無理心中があった。男の死体はむこうの木の枝にぶらさがっていて、女の死体は川のなか、この橋ぐいにひっかかっていたんだとさ。すばらしい美人で、おまけに、すっ裸だったそうだ。そういう場所へ、ぼくがきたというのも、因縁だな」

「その女のひとか、男のひとと、お知りあいなの？」

「知らない。名前も知りゃあしない。聞いたかも知れないけど、わすれちまった。なんの関係もないから、おもしろいんだ。それとも、おもしろくないといいますか？　いうのは勝手だが、ぼくの楽しみをうばう権利はないはずだ。だいいち、失礼でしょう」

丹前の男は、しゃちこばって頭をさげると、不機嫌に歩みさった。

「へんなひと」

と、女がいった。男は顔をしかめて、

「ああいうのを泊めて、ぼくらをことわるんだから、あの旅館のおやじも変ってるんだよ、きっと」

ふたりは、二軒目の宿屋へいった。玄関を入ったとたんに、だれかが妙な声をあげた。おどろいて見ると、十七、八の女中が両手で口をおさえて、立ちすくんでいる。その声を聞いて、ふとった女主人らしいのが出てきたが、これもふたりの顔を見ると、ぽかんと口をあけた。

男にも、女にも、ようやくみんなの表情の意味がわかった。丹前の男いがいは、だれもかれも、おびえていたのだ。

「あの――」

男がいいかけると、女主人は青ざめた顔の前で、大きく手をふった。

「だめです。部屋はありません。満員なんです。帰ってください」

「しかし――」

「お願いです。帰ってください。お泊めできないんです」

女主人の声は、かすかにふるえていた。

外に出てから、ふたりは顔を見あわせた。

「ここのひと、みんな頭がおかしいんじゃないのかしら?」

「わけがわからないな。とにかく、旅館はもう一軒あるはずだ。そこへいってみよう」

三軒目の宿屋は、いちばん小さくて、いちばん汚かった。頭の禿げた大男がいて、ふたりを見ると、ぎょろりと目をむいた。

「泊めることはできねえよ。帰ってもらいてえな」

なにもいわないうちに断られて、男もさすがに、むっとした。

「どうしてですか? 部屋はあいてるんでしょう? 季節はずれだから、すいてるはずだ。そう聞いてきたんです」

「ああ、部屋はあいてる。でも、おめえさまがたは、泊められねえ」

「どうして?」

「おめえさまがたが、知ってるだろうに」

「わからないから、聞いてるんです。ぼくらは伝染病の保菌者でもないし、警察に追われてる凶悪犯でもない。単なるアベックですよ。自分で強調するのも、へんですけどね。荷物を持ってないのを、心配してるのかも知れないけど、車できたんだ。車はむこうにおいてある」

「そんなことは、なんの関係もねえ」

「じゃあ、なぜ泊めてくれないのよ？」

　と、女が聞いた。

「しらばっくれることはなかろうに」

「失礼だな。そんなことをいわれてまで、泊りたくはないがねえ。いよいよ、わけを聞かないうちは、帰れないな。ぼくらがなにをしたってんです？」

　と、男が聞いた。

「そんならいうが、おめえさまがた、去年ここで、無理心中をしたではねえか。あんな大さわぎは、はじめてだった。それからあとも、幽霊ができるとか、でねえとか、うわさが立って、近在の客がめっきり減っちまった。おかげで、わしらは大迷惑だ」

「しかし、そりゃあ――」

「わしらは、おめえさまがたの顔は、一生わすれねえよ。また心中しようというんだろうが？」

「冗談じゃない。ここへ来たのは、ふたりとも初めてだ。そりゃあ、他人の空似だよ」

「ごまかしても、だめだがな。その服にも、見おぼえがある。そっちの女子衆の腹に、ほくろがあることだって、わしゃあ知ってるんだ」

「じゃあ、ぼくらが幽霊だっていうのかい？」

「幽霊なら、なんとでもなる。神主さんを呼んでくるとか、お坊さんを呼んでくるとか……おめえさまがたは当人だけに、しまつにわりい」

「当人って、そんな！」

「二十四時間、わしらで見張ってるわけにもいくめえ？　目を離しゃあ、また血みどろの無理心中だ」

「ねえ、帰りましょう」

女が男の袖をひいた。

「でも、こんなわけのわからない――」

「いいから、帰りましょうよ」

女はもう玄関を出ていた。男もしかたなく、あとにつづいた。外に出てみると、あちらこちらに、ひとが立っている。さっきまで、ほとんど人影のなかった道に、たくさんのひとが立って、こちらを見まもっているのだった。

「気味が悪いわ。早くここから、出ましょうよ」

「まったく、なんてこったろう！」

男は舌うちして、車のほうに足を早めた。血のような夕陽のなかに、こちらを見ては耳うちしあっている人びとの姿が、ものの怪《け》みたいに見えた。

「どうする、これから？」

車に入りこんで、エンジンをかけてから、男がいった。

「国道に出て、モテルでもさがしてよ。もういやだわ、温泉場なんて」

「やつら、気ちがいだ」

「でも、あたしのお腹には、ほくろがあるのよ」

「まぐれあたりさ。お腹のどこって、はっきりいったわけじゃないだろう？　お腹にあるとか、背中にあるとかっていえば、あたる率は高いぐらい、ちょっと考えただけでもわかるじゃないか」

「そりゃあ、そうだけれど……」

女はそれきり、口をつぐんだ。

男がいくら気分をひき立てようとしても、女は笑顔を見せなかった。男も不機嫌になって、夜のなかに車をとばした。

見かけだけはやたらにモダンなモテルを見つけて、その晩はそこへ泊った。女はまだ口かずがすくなく、それに比例して、男も不機嫌だった。

翌日、ふたりは東京へ帰ってきた。女のアパートが近づいたとき、車のなかで、とつぜん女がいった。

「もう、これっきりにしない？」

「これっきりって、なにを?」

「ふたりのあいだをよ」

男は怒ったが、女はかたくなに心をもどさなかった。半年後に、女はべつの男と結婚した。ごく平凡な男で、ふたりの生活は不幸ではなかったが、幸福でもなくつづいている。機械的に毎日を送っている女の耳に、ときどき前の男の恵まれた生活のうわさが、入ってくる。すると、女は思うのだった、あのとき決心していなかったら、いまごろ、ふたりは山の温泉宿で、無理心中していたに違いない、あたしは裸で、小川の橋ぐいにひっかかっているだろう、と。

暗いクラブで逢おう

小泉喜美子

《ミステリマガジン》1974年6月号

小泉喜美子〔こいずみ・きみこ〕（一九三四～一九八五）

東京都生まれ。都立三田高校卒。五九年、旧姓の杉山季美子名義で第一回EQMM短篇コンテストに投じた「我が盲目の君」が田中小実昌「火のついたパイプ」とともに準佳作となる。同年、早川書房編集部の小泉太郎（生島治郎）と結婚。六三年、前年の第一回オール讀物推理小説新人賞に投じた「弁護側の証人」を選考委員だった高木彬光の勧めで長篇化して刊行。叙述トリックを使った国産ミステリとしては最も早い成功例というべき傑作であった。

七二年に家庭内での執筆を禁じていた生島と離婚。翌年の『ダイナマイト円舞曲』で改めてデビューを果たす。長篇『血の季節』『殺人はお好き？』、短篇集『月下の蘭』『痛みかたみ妬み』『時の過ぎゆくままに』、エッセイ集『メイン・ディッシュはミステリー』『ミステリー歳時記』など著書多数。

語学力を生かして翻訳も手がけ、ジョセフィン・テイ『時の娘』、クレイグ・ライス『大はずれ殺人事件』、P・D・ジェイムズ『女には向かない職業』などの訳書がある。

「暗いクラブで逢おう」はミステリを「贅沢な嗜好品」と位置づけた著者らしい洒落た都会派小説である。

ジョーンジイが目をさますと、あたりはいつものようにもう暮れかけていて、カーテンの隙間からわずかな日の光りがななめに射しこんでいた。汗をびっしょりかいて、たいそういやな夢を見たせいで彼は目をさましたのだ。何か、遠い、荒れはてた離れ島の岩場のあたりで道に迷い、そこからぬけ出そうとして右往左往している、といったような夢だった。そういう場合の通例として、もちろん、脱出は不成功に終った。夢ぜんたいは灰色で、岩場のところどころに薄気味のわるい暗緑色の矮樹林が点在していた。

シーツが汗ですっかり台なしだった。パジャマも枕カヴァーも、何もかもだ。咽喉がかわききり、心臓が本当にその辺を走りまわったあとみたいに波打っていた。

いつでも、どこでも、このくらいの時刻にならないと目がさめないのはジョーンジイの日課だったし、寝起きの不愉快さも平常通りと言えた。

それにしても今日のはひどすぎる、とジョーンジイは思った。昨夜一晩に呑んだ酒の量を思い出そうとしてみたが、はっきりとは浮かんでこない。宿酔《ふつかよい》にはもう馴れっこになっているとばかり考えていたのに、どうやら、それはまちがいだったらしい。人間はいくつになってもいろいろとまちがいをする。

しめった、しわだらけのシーツの上に大の字になって、彼はしばらく天井を見あげていた。そのうち、徐々に、ゆっくり回復してくるだろう。今までだっていつもそうだった。今日だけが例外ということはあり得ない。

何もすることがないので、ジョーンジイは自分の住んでいる部屋をあらためて見まわした。いや、住んでいるとは言えないな。毎朝、しらじら明けに帰ってきて眠るためだけの空間だ。ベッドと洋服簞笥と本棚のほかは、たいした家具はない。屑籠とか電話機とかコーヒーわかしとかクリーニング屋のノートとかを除けば、全然何もないと言ってよい。それ以外は彼はべつに何も要らなかった。立派な書き物用机とか、インクのいっぱい入っているインク瓶なんかを置いてみたとしても、自分がじきにそんなものを見るのもいやになって行くことはよくわかっていた。

それよりも、現在のジョーンジイには鏡のほうが必要だった。鏡と櫛とブラシといくつかの男性用化粧品。ジョーンジイはひもでもおかまでもないから、周囲の注意を惹きすぎるような、強烈な匂いのトニック類など要らないけれども、あっさりした、感じのいい品をさがすのにいつも苦労していた。売り場へ行ってあれこれ並べさせてみたりすること自体に閉口してしまうのだ。いつでも、悪いことするときみたいに、手近かにあるやつをあわてて包ませるものだから、たいてい失敗した。

――しばらくして、ベッドから這いおりると、ジョーンジイはコーヒーわかしを火にかけた。本当はビールが呑みたかったのだが、ここで呑んではおしまいだという気持がした。夕刊がアパートのドアの郵便受けからはみ出しているのが見えた。

どこかの請求書とダイレクト・メールも投げこまれてあった。そのあいだに挾まるようにして、一通のつやつやした極彩色の絵葉書が混じっているのを彼は発見した。

コーヒーがわくと、せまい台所の椅子に腰をかけて呑みながら、絵葉書のちっぽけな文面を読んだ。

『お元気ですか？

わたしたちは仲よくやっています。デュッセルドルフは四季を問わず美しい都会です。つき合っているのは商社マンの家族のお仲間だけ。本屋の前さえ通らなければ、あなたを想い出さずにすみます。

では、また。独身男の早死《はやじに》に気をつけて』

ジョーンジイは絵葉書をきれぎれに引き裂き、屑籠に捨てた。気をつけろと言ったたって、何をどう気をつければいいのだ？　何年か前、彼がもうちょっとのところで求婚しそうになった女からの便りだった。が、結局、彼女は安全な道を選んだ。詩人を志しても、作家に転向しようと試みても、気がるな、肩の凝らない推理小説雑誌の編集者になろうとしても何一つうまく出来《でか》さなかった男を良人に持たなくてよかったと、今頃、彼女は考えているにちがいない。

いや、最後のやつはなかなかうまく行っていたのだ。あれが失敗したのはジョーンジイのせいじゃない。あの雑誌が売れなかったのは世の中が悪いからなのだと今でも彼は信じていた。

とは言うものの、うまい具合いに彼女と夫婦になって、現在の仕事に彼がおさまっていたと仮定したところで、そんなに永くはつづかなかった筈だ。あなたは深夜クラブのマスターなんかで一生終る人じゃないなどとじきに彼女はぶうぶう言い出すだろうし、それに、彼には、他の男たちのように女が安心してよりかかることの出来る力感みたいなものが、先天的に欠けているのだ。また、よりかかられてはたまらないと彼も思っていた。おれは大黒柱じゃないんだ。大黒柱どころか、どんな柱でもないんだ。おれは人間のかたちをしたつっかい棒じゃないんだ。それとも、男には、柱ないし大黒柱的自覚とでも言うべきものが自然と生じてくるほうが普通なのかね？　そこのところがどうもわからないと彼はときどき自問自答していた。

夕刊はざっと目を通しただけだった。べつに、引き裂いて部屋じゅうにばらまいたり噛みくだしたりしたわけではなかった。ジョーンジイは《ジョーンジイの店》という少し狂ったみたいなクラブを経営してはいるが、そこの客たちが呼び馴らしているこの名前が通用してしまっているだけで、当人はべつだん狂ってはいない。ただ、内閣の危機やドルの相場や横町で発見された死体なんかについてたいして知りたいと思わないだけの話だ。〝芸能〟と〝文化〟のページにはやや念入りに視線を走らせたけれども、ラジオとテレビの番組欄には全然、関心がなかった。この二つの驚くべき情報媒体を軽蔑したり憎んだりしているのではなくて、どんなにいい番組が控えていると知ったところで見たり聞いたり出来る気づかいはないからだ。

少しずつ、少しずつ、ジョーンジイの宿酔は去って行った。去ってくれなければ困るし、もう二度とこんな目には会いたくもない。つめたいアルカ・セルツァー水とか、熱いシャワーとか、頭を抱え、身体を二つ折りにしてじっとうずくまっている（女の子には絶対に見せられない恰好）とか、とにかく、いい年齢《とし》をした大の男が一人であたふたするのはもういい加減にやめなくてはいけない。毎日、宿酔にかかっている深夜クラブの経営者、などというのは滑稽以外の何ものでもありはしない。

出勤の身支度にとりかかる頃には、彼はどうにか二本の足で立っていることが出来た。髭を剃ることも出来たし、下腹をひっこめることも出来た。スーツを選ぶこともネクタイを選ぶことも出来た。カフス・リンクの片方を床から拾いあげることも出来た。それどころか、今夜からは絶対にひどい目に会うまいと決意することも出来たのだ。独身男の早死がこわくなったからではない。同じ死ぬならあれほど苦しまずにすませたくなってきたからだ。離れ島をあてもなくさまよったり、幻のマラソンをしたりするのはもういやだった。

慎重にジョーンジイは服を着こんだ。わりあいと古い型の、ごく控えめな感じの背広だった。毎晩、判で押したような黒い背広姿で店に出ないで、もっとさりげない、しかも金のかかった服装をしたほうがいいと、よく言われる。近頃はそのほうが粋《いき》なんだそうだ。彼にはそのこともよくわかっているつもりだった。ただ、古くさいのか、不精《ぶしよう》なのか、それとも単に臆病な性質というだけのことなのか知らないが、ともかく何らかの理由で、頑固に方針を変えずにいた。たとえ自分がおばあさんの飼い猫ほども古くて不精で臆病だとしても、フットボール見物や猛獣狩に出かけるのと大差ないような恰好で客に応対する気持にはどうしてもなれないのだった。

服と靴のブラシをていねいに彼はかけた。何から何まで自分一人でやるようになってからもうずいぶん月日も経っているから、苦痛ではなかった。それに、決して〝何から何まで〟やっているわけでもない。好きなように生きる唯一の秘訣は、決して何から何までやろうとしないことだととっくに知っていた。ハンカチを胸ポケットにつっこんでしまうと、ふたたび彼は、この発達せる高度文明社会の一員として認めてもらうことの出来るらしき風体に立ち返った。

そして、そうしながら、支払いをもう一年近くもとどこおらせている常連客の誰かれのことを考えた。来るたびに悪酔いして行く客のことも考えた。いまだに、そういう相手をどう処理するのがいちばん賢明なのか、はっきりとはわからないのだった。

だいたい、彼の店なんかにどうして客が集まるのかがふしぎでならなかった。自分が客だったら、あんな店には決して行かない。おれならもっと楽しいことのある店に行く。いや、おれの店なんかは吹っ飛んでしまえばいい。世界じゅうのありとあらゆる深夜クラブなどは焼け落ちるか、地面の下に埋まってしまえばいい。

宿酔の頭を抱えて目をさますたびに、ジョーンジイは自分の店が忽然と姿を消していてくれればいいと考えるのだったが、しかし、実際にそうなったとしたらたちまち彼は困るので、現在のところ、どう見てもそこしか彼の仕事場はないというのがジョーンジイ最大の問題なのであった。

めだつ書体の看板は出ていなかった。派手なネオンサインも見られなかった。開店したときからそうだったのだ。小さな日覆い《キャナピィ》とうす紫色の照明だけがそこの所在を教えていた。だから、何度来ても正確な場所をおぼえられないと怒る客もいたし、おまえのところの店は趣味がいいと賞める客もいた。いかにも秘密クラブめいているという声もあったし、そのわりあいには中へ入っても面白いことなんか一つもないじゃないかという抗議もあった。そのどれもが本当だとジョーンジイは思っていた。同時に、そのどれもが嘘っぱちの、まったくの口から出まかせにすぎないという気持も絶えずしていた。

彼が入って行くと、雑務の面は任せきりにしてあるマネージャーが振り返った。ひどく蒼い顔をしていたが、それがこの男のふだんの顔色なのだった。

「あの――お友だちが見えていますが」

マネージャーは彼に告げた。やや当惑げでもあり、彼の反応をうかがっている口調だった。

「どこに？」

（誰が？）とはジョーンジイは訊ねなかった。彼の友だちは一人しかいなかった。少くとも、マネージャーが今のような表情でその来店を報告するような〝お友だち〟は。

「一番テーブルです。まだ空《す》いていますからどうぞ真中のほうへと、再三、申し上げたのですが、あそこでいいとおっしゃいまして」

「ほかには？」

「まだ、どなたも。電話は二つありました。一つは——」

テーブルを予約したのは、どちらも大切な客だった。一人は流行歌手で、一人は何かを評論している。彼らの行きつけの店であるということが何冊もの雑誌の囲み記事にとりあげられて、それから《ジョーンジイの店》は繁昌しはじめたのだった。ここへ来る客は、たいてい、何かの評判を、肩書を、いっしょに持ってくる。たとえ、その評判なるものが、最近、十三回目の性転換手術に成功した寄席芸人、というようなたぐいのものであっても持ってくる。

専属の弾き語りのピアニストはまだ来ていず、ステレオのジャズ音楽が店内に低く流されていた。若いバーテンダーがビターズの瓶をならべ替えながら目礼した。

「どうしてそんな隅っこにすわっているんだい？　おい」友だちのところへジョーンジイは大股に近づいて行った。「もっといい席へ来いよ」

「ああ」と、友だちは答えたが、動こうとはしなかった。少し神経質にあたりを見まわしただけだった。

テーブルの上には薄いウイスキーの水割りのグラスが一つ、置かれてあった。アーモンドを盛った皿も灰皿も出ていなかった。給仕たちはジョーンジイの友だちのことは何も知らないのだ。

「来るつもりはなかったんだよ」友だちは弁解したが、その声は少しうわずって聞こえた。

こいつは呑むと寒くなる体質《たち》じゃなかったかなと考えながら、ジョーンジイは新しい一杯を自分のといっしょに給仕に言いつけた。

「つい、来ちまった。そこがおれのいけないところなんだ」

給仕がお代りを運んできてまた立ち去るまで、ジョーンジイは黙っていた。それから、おだやかな声で言った。

「うちはそんなに御大層《ごたいそう》な店じゃないよ」

友だちの着ているスエードのジャケットにくらべて、自分の黒い背広はいやに大仰すぎる、と彼はぼんやり考えた。そう考えながら、無意識のうちに今夜の最初の一口を呑んだ。でも、仕方がないさ。小説を書いている男は背広なんか着ないですむし、この酒場の亭主はくたびれたジャケットを着ていては困るのだ。

「いつでも呑みたいときに来てくれよ。そして、昔のようにハメットやチャンドラーの話をしようよ。そういう馬鹿話の出来るやつ、もう、おまえしかいなくなったもの」

「でも、ここはおれなんかのたびたび来られる店じゃないだろう？」

「いや、そんなことはないさ。そんなことはまったくないんだ……。それより、どうした？ 原稿、進んでるかい？ だめだぜ、おれみたいに途中でほうり出しては」

彼はちょっと笑ったが、友だちは笑わなかった。黙って、テーブルの上の酒のグラスをにらんでいた。

「だめなんだ、おれは」少ししてから友だちは呟いた。ごくりと一息に、ウイスキイを流しこんだ。「だめなんだよ、どうしても」

彼は友だちを眺めた。友だちの顔が非常に蒼いように見えたが、しかし、ここでは誰もかれもが似たりよったりの顔色に見えるのだ。

「おまえにこんなことを言う資格はおれにはないがね」と、ジョーンジイは始めた。「でも、あの頃の仲間でがんばっているのはおまえ一人だけなんだ。みんな、小説なんか諦めてしまった。少くとも、推理小説なんかはね。馬鹿々々しい、愉快な推理小説なんかはね。そんなものに馬鹿正直に取り組んでいる道楽者はいやしない。みんな、とっくに卒業しちまった。みんな、もっと役に立ちそうな、何かしみじみしてて深刻らしく見えるもののほうへと行っちまった。そうじゃないのはおまえだけなんだから、がんばってくれよ」「だめなんだよ」同じ返事を友だちは繰り返した。「おれには才能がないんだ。ないものねだりをしたって無理だ。おれも一生、諦めたほうがいいんだ」

「あいつの下訳なんかばかりやっているからだよ」

「――」

「それからもっとろくでもない雑文ばかり次々と数でこなして才能をすりへらしているからだよ」ジョーンジィはずけずけ言った。友だちだから言えるのだ。蔭では彼は絶対に言わない。「もういい加減に、ちゃんとした実《み》のある仕事を一つにしぼって書くべきだよ。おまえにはそれが出来る筈なんだ」

「書いているよ」友だちは思いがけないことを言った。「このあいだ、一つ書いたんだ」

「それで？」

「あいつに見せたんだ。いいものだったら、いつでも一流誌に紹介すると言ってくれていたんでね。でも、だめだった」

「――しかし、あいつ一人の評価をなぜそんなに当てにしなくちゃならないんだね？」ジョーンジイはやっきになった。「たしかにおれたちの仲間ではあいつがいちばん成功したよ。でも、あいつは推理小説を書いて成功したわけではないぜ。おまえがせっかく書いたのなら、見せる相手はほかにもいるだろうし、新人募集に応募したっていいじゃないか」

しばらく、友だちは黙っていたが、やがて、のろのろと言った。

「よその手づるに見せることは出来ないよ。噂はすぐに伝わるし――ひどい狭苦しい社会だからね！――あいつは気を悪くするだろう。それに、新人募集なんかに応募するのは、おれはもう疲れちまった。もう、いやなんだ」

（そりゃそうだ）と、ジョーンジイは思った。友だちの言葉はしごくもっともだった。二人とも、『新人原稿募集』という文字を見ただけで吐き気がしそうになっていた時代があった。「忘れろよ」彼は友だちに言った。「今夜は呑んで、忘れちまうんだ。そしてまた明日から新しいのを書きはじめればいい」

「あいつも同じことを言ったよ。でも、新しいのがそう次から次へと書けるわけがない。推理小説は身辺雑記とはちがうんだ。自動車や洗剤をつくるようにはつくれないよ」

「しかし、そうしなくては食えないだろう？　おれとちがって、おまえには女房や……」

子供が、と言いかけて彼はやめた。そうだ、こいつはまるで自動車や洗剤を生産するように子供を生産したんだ。

「だから、あいつが心配して、下訳や雑文の仕事なんかをまわしてくれるんだ。あいつのおかげでおれはやって行けるようなものなんだよ」

「しかし、その反面、あいつはおまえを重宝に使っているという噂だぜ」

そう言ってしまってから、彼は自分も他人の噂なんかをさも仔細ありげに口にするような人間になってしまった、と気がついた。

「ああ、そうだろうとも」友だちは答えた。「あんないやなやつはいないよ。あんないやなやつはいない」

それなら下訳なんかやめちまえ、本業に専念してあいつの厄介にならないようにしろ、とジョーンジイはどなりたかったのだが、その決心がつかないでいるうちに、入り口の扉が開いた。

「先生がお見えになりました」

二人づれの男の客が店内に入って来るのと同時に、マネージャーが評論家の名前を彼に告げた。

「こりゃ高価《たか》そうなところですな、え？　先生」

二人づれで来た男の一人は案内された仕切り席《ブース》に腰をおろすと、その辺を眺めまわした。

「なんという店ですか？　え？……はあ、《ジョーンジイの店》？　はあ……何か由来でもあるんですか？」

「さあてね」

先生と呼ばれた客は鷹揚にうなずきながら、テーブルの上に持ち出された自分の名前入りの酒瓶を観察した。給仕は細心の注意を払って、グラスやミネラル・ウォーターの瓶や角氷の容器などをならべた。そのどれもが、テーブルごとに一つずつ天井から吊された梨型の低いライトの下で、きらきらと輝いた。

「ゆっくりして行ってくれよな」ジョーンジイは友だちにささやいた。「ちょっと挨拶して来る。あとで、また話そうや」

「おれはそろそろ帰らなくちゃ」

「いいから、そこにいろよ」友だちの肩を彼は押さえつけるようにした。「このテーブルにお代りだ」傍を通りかかった給仕に言いつけた。「おれの奢りだよ」

友だちが何か言おうとしているあいだに彼はさっさと立ちあがり、評論家とそのつれとのいるテーブルのほうへ歩いて行った。宿酔は、ほとんど、征服していた。今夜はもう、これ以上は酒の色を見るのも、匂いを嗅ぐのも、酒という文字を頭に浮かべるのもやめにしたいと考えつづけていることには変りなかったが、彼の歩きかたやテーブルに身をかがめて笑いかけた表情にはそんな様子は全然見えなかった。

「これは先生、よくお見えくださいました。お久しぶりです。そうそう、このあいだの、あのお説、拝読いたしましたよ」

彼は声にうんと誠実味をこめた。誠実味という振りかけ胡椒かタバスコ・ソースのようなものがあるのはとてもいいことだ。「ぼくらごときにはよくわかりはしませんが、しかし、連中、だいぶかっかときているという話じゃありませんか」

たてつづけに彼はしゃべり、しゃべりながら客のグラスに氷をたくさん入れ、酒瓶の酒をどんどん注いだ。

客はそれさえ楽しいらしかった。すでにどこかよそで何杯か呑んだあとのようだったし、今の彼の挨拶も大体において気に入ったのだ。具体的な賞讃の辞が挿入されていなかったことだけがやや物足りないと言えば言えたのかもしれないが。

「おい、きみ」同伴者のほうを評論家は振り返った。「こいつはここのマスターでね、とぼけているが、喰えない男なんだよ――おい、マスター、こっちはぼくの後輩でね、優秀な人材なんだ。これからはせいぜいサーヴィスしてやってくれ」

「手前どもこそ、よろしくお願いいたします」ジョーンジイはていねいに頭を下げ、内ポケットから名刺を出して相手に献じた。「どうも、至ってつまらない場所でして。ちっとでもお気に召しましたら、ごひいきに」

「しかし、高値《たか》そうだね」優秀な人材はそのことばかりが気になるようだった。「入り口をくぐったときから、いかにも高級という感じだよ。先生に案内していただいたからこそ来られたが、ぼくなんかが一人で出入りできる場所じゃなさそうだねえ」

「とんでもございません。ごく普通の、ざらにある店と同じでございます。皆様に可愛がっていただいているというだけの話なんでして」

「ここは、きみ、高級なんだよ」ウイスキーをちびちびとすすりながら、評論家が言った。「いろいろなやつがよく御微行《おしのび》で来ているよ。考えても見られないような組み合わせの二人づれがな。赤新聞か三文週刊誌のルポ・ライターが見たら、とびあがってカメラのシャッターを押しそうな二人づれがしんねこでな。しかし、そんな手合いが客にまぎれて忍びこもうとしても、入り口で見抜いてがっちり追い返すだけの用意が整っているから、ここはいいんだ。だから、みんな、安心して利用するんだよ」

　そんな用意が整っていたかしらんと考えながら、ジョーンジイは客たちのグラスに酒を注ぎ足した。今にも、カメラをかまえたトップ屋が躍りこんできたら、どうしよう？　しかし、そんな事態は絶対に起こらないであろう。どうしてかと言うと、今までだって一度も起こらなかったのだ。今夜だけが例外ということはあり得ない。

「そうですか、先生もそのお一人というわけですか、今夜のような男づれだ。なあ？　きみ」

「馬鹿を言いなさい、ぼくはいつだって一人か」

ジョーンジイは微笑した。べつに余計な返答はせず、微笑とも呼べぬ奇妙な引きつりだけを唇のはしに残しておいた。それは非常に複雑な筋肉の操作であって、CIAの暗号にもまさる何かを人々の心の奥ふかく刻みつけるたぐいの表情であった。少くとも、客たちはそれで満足したらしかった。

「――そうかい、ぼくのあのエリオット論、読んだかい？」

「はい、そりゃもう、先生のお書きになるものでしたら、逃がさずに」

「きみがいまだにああいうものに興味を持っているというのは本当なんだな」

世にときめいている人間の常として、評論家もまた、自分の仕事を直接の話題にしつづけるような真似はせず、会話はもっぱら、三人のあいだで頭文字一つで通じ合うような一連の人物たちの動静へと、ボールがころがるようにころがって行った。

「そうそう……あはは……そう言えば、このあいだの例会のパーティでね……」

評論家は愉快そうに笑った。その隙に、給仕がすばやく駈け寄ってきて、さらに一杯ずつ注いだ。ジョーンジイが目で合図したからだ。

「……あいつ、あいつはきみたちと昔の同人仲間だったんだって？　ほう、そうだったのか……ここへもたまには来るかい？　ほう……」

あいつは売れっ子だし、旅行好きだし、講演やなんかで忙しいから、いったい、いつ、どこで何をしているのかさっぱりわからない、というようなことを客たちはしゃべりつづけた。

「うちの社の連中もなんとかつかまえようとしているんですがね……あれだけの流行児になってしまいますとね……」

ジョーンジイはなんとなく友だちのことが気になったので、そっちを振り返ろうとした。

「──マスター、いたの？　少しはこっちの席へも来てちょうだいよ。あたし、淋しいのよ」

甘い、やさしい、疲れた声が、どこからか聞こえてきた。

ジョーンジイは振り向いた。

若い、顔馴染みのファッション・モデルが、一つおいて向うの仕切り席《ブース》に腰をおろしていた。いつのまに来たのだろう？　正真正銘の一人ぼっちだった。

「ああ、先生、ちょっと失礼いたします」

彼は立ちあがり、無意識にネクタイの位置を直した。

彼女は黒い、なんの飾りもないドレスを着て、手首に大きな緑色の宝石《いし》の入った腕輪をはめ、栄養不良の妖精みたいな眼つきをして熱心に彼を待ちかまえていた。頬にも耳たぶにもまるきり血の気がなく、とんと、朝食も抜きのホリー・ゴライトリーといったところだった。

ひどい減食と不規則な生活と化粧法のせいだろうと彼は思った。何か、もっとべつな原因があるのかもしれなかったが、訊ねて相談相手になってやる気は起こらなかった。若い、売り出し中と称するファッション・モデルの顔色なんて、どれも同じようなものなのだ。若くなく、売り出し中でなくたって、同じような顔色をしている人間もいっぱいいる。彼は友だちのほうを振り返ろうとしたが、また一組、客が到着して、店はようやく賑わいはじめていた。

「やあ、めずらしいね」と彼は言って、モデルがすわっている席のはじっこに腰かけた。

「今夜は一人？」

「一人よ」

「本当に？」

「本当のことなんてあるの？　この世の中に」

ファッション・モデルはなげやりな、小生意気な口調で言い、自分の前に置いてあった、うす緑色がかった呑み物を一口すると、その中からレモンの輪切りをつまみ出してジョーンジイに見せた。

「ジン・ライムにレモンとは、これいかに？」

まったくだとジョーンジイは思った。レモンじゃだめだ。しかし、もし、いつも新鮮な品を絶やさないようにしようとすると、ライムの原価《コスト》は……。

「ねえ、マスター、世の中ってなに？　世間てなに？」

「そいつはむずかしい質問だね」しばらく、彼は答えずにいた。「あいにく、ぼくは世間をよく知らないんだ。この酒場しか知らない」

「あたしは知ってるわよ」

「じゃ、今夜、ぼくにそれを教えてくれ」

ファッション・モデルはくすっと笑い、残りの酒を呑み干した。そして、壁ぎわに立っている給仕のほうを目で追った。

「お代り！」ジョーンジイは景気よく指を鳴らした。「ぼくにも一杯！」（今夜、おれと寝た（この女からなら請求《と》ってもいいな）彼はすばやく頭の中で計算した。ところで、それはそれだ）

「寝てもいいのよ、今夜、あなたと」給仕が去ったとき、彼女は言った。彼の心の中なんかすっかり見抜いているみたいだった。「だからって、ここの勘定、無料《ただ》にしてくれなんて、あたし、言わないわよ。あたし、今、売れてんのよ。パリからもカッシーニのところからも契約の話が来てるのよ」

「そりゃよかった」

彼はマネージャーを呼び、スピーカーの音量のことでちょっと文句を言った。弾き語りのピアニストはとっくに出勤して来ていて、今夜は濃い朱色のドレスで『ミスティ』を弾いていた。そのドレスの色だけが店の一隅に夢の中の薔薇のように浮き出していた。

女もいいな、とジョーンジイはぼんやり思った。店にはほかには女は一人もおいていない。彼が女嫌いだったわけではなくて、なんとなく自然にそうなってしまったのだった。尻の穴まで覗けそうなスカートをはいたバニー・ガールでもやとえば、もう少し売り上げが増えるかもしれなかった。自分の店の中をそういう恰好をした連中が歩きまわっている様子を彼は想像してみた。

するとなかなか御機嫌な気分になってきて、同時に、驚くなかれ、宿酔が完全に消え失せてしまっていることを発見した。友だちと評論家とファッション・モデルのテーブルで、それぞれ一杯ずつ、ごく薄いのをつき合っただけなのだ。今夜は大丈夫。まったく大丈夫。

彼は腕時計を見た。真夜中を過ぎかけていた。彼の店がようやく活気づきはじめる時刻だった。

「一番テーブル、どうしている?」

通りかかった給仕の一人に、彼は訊ねてみた。彼がファッション・モデルとすわっている席からは、友だちの姿は柱のかげになっていて見えないのだった。

給仕は柱の向うを見定めてから、返事した。「まだ、いらっしゃいます」

「お代りを持って行け」と、ジョーンジィは言った。「あの客は底なしなんだ」

給仕は諒解したようだった。と言って、べつだんなんの名声も肩書もない、ただ、ここの経営者の友人であるというだけの理由で居据わっている客にサーヴィスしなくてはならぬとは考えていないらしかった。

「引きとめておいてくれよ」彼は給仕に念を押した。「まだ話があるんだから。あとで、ゆっくり。あれはおれの大切な友だちなんだ」最後の一言を、彼は少し照れながら低い声でつけ足した。

「――さてと、きみ、また来るよ。いや、よく呑んだ」

評論家とその同伴者が立ちあがった。ジョーンジイは丁重に二人のあとについて行った。

「それじゃ、きみの友だちのあいつが現れたら、よろしく言ってくれ」

ジョーンジイは、自分の友だちというのは、今、向こうの隅の一番テーブルにいる、あの男のことなのであって、あいつのことはあいつとしか呼ばないのだ、先方もこの店に現れるようなことはまったくない、あいつは高尚だから、こんな俗悪な場所へは現れたりはしないのだ、と心の中で説明した。そうしながら、外の日覆いの下まで二人を送って行った。

戻ってくると、彼はピアニストのところへ行って、何か陽気な曲をやってくれと頼んだ。ピアニストは承諾し、打楽器部門《パーカッション》を録音したテープのスイッチを入れ、軽快なボサ・ノヴァの曲に切り換えた。

隅のほうのテーブルでジョーンジイの初めて見る、常連客ではない若い二人づれがぴったり寄りそって、いちばん廉いビールを少しずつ呑んでいた。ビールなんかよりずっとすてきなものを彼らはまだ持っているのだ。

彼はちょっとそっちを眺めてから、ファッション・モデルのテーブルへと引き返した。友だちを待たせていることはわかっていたが、今はそこへ戻る気分になれなかった。

「本当に、今夜、ぼくと寝るかい？」

「下品な言葉を何べんも使わないでよ。こういう高級なメンバーシップ・クラブのマスターが」

「その言葉を聞いて、ようやく、自分はひょっとしたら本当に高級なメンバーシップ・クラブのマスターなのかもしれないと思えてきたよ」

店内は込みはじめた。盛り場のバーが閉店《かんばん》になったあと、呑み足りないので、あるいは同伴の女たちの手前、もう一軒立ち寄らずにはいられなくなる常連客たち。その相手をしながら、おなかだけはいっぱいにして帰る女たち。うちへまっすぐ帰りたがらない男たち。でも、最後には必ずうちへ帰って行く男たち。

いちいちのテーブルを、ジョーンジイはきちんとまわって歩いた。上流社会の連中も何人か来ていた。上流でない社会の連中も、もちろん、来ていた。それぞれの席で彼は軽口をたたいた。世辞を言った。すすめられれば屈託なく呑んだ。

そして、そうしながら、この稼業もそんなに悪くはないな、とジョーンジイは思うのだった。いろいろなことをやって失敗し、やり直し、また失敗したが、一応、ここでおちついた。《ジョーンジイの店》には客がついた。借金もどうにか返せるようになったし、売り上げも、まあまあだ。マスコミにもずいぶん書いてもらった。繁栄せる酒場の経営者、ジョーンジイ。輝ける独身男。自由と悦楽の象徴。新規に酒場を開店せんと欲するものはジョーンジイを見よ。

友だちのことが気になってきたので、彼はそのほうへ視線を向けた。友だちは依然として同じ席に同じ恰好ですわりこんでいた。その眼はジョーンジイのほうを見てはいず、どこか見当はずれの仄暗い壁の一角へと、漠然とそそがれていた。

ユダヤ系らしい、碧い美しい眼をした、だが肉食人種だけの持っているけわしい顔つきの白人客が入ってきて、バーテンダーに何か言いつけた。

バーテンダーが血相を変えてマネージャーのところへとんで行き、マネージャーがもっと血相を変えてジョーンジイのところへやって来て耳打ちした。処方のむずかしい、聞いたこともないような名前のカクテルを注文されたと言うのだ。

ジョーンジイは二人におちつくように言い、ついでに自分にもそう言い聞かせた。それから席を立ち、背広の衿の具合いを正し、姿勢を崩さずに白人客のところへ行った。即座に注文に応じられなかった失態と不行き届きを詫び（ちっとも流暢な言いかたではなかったが）、注文のカクテルの処方を訊ねた。それが『馬上の天使』という奇妙な名前のついた、だが、ごくありきたりの呑み物であることがわかると、一礼して彼はカウンターの隅に行き、バーテンダーに処方を教えた。

バーテンダーはふてくされたようにそれを聞いていた。まだ、この道に入ってそれほど経ってはいないのだ。『馬上の天使』どころか、どこの上の天使も知らない年頃だった。処方を繰り返し説明して聞かせながら、ジョーンジイは、実績《キャリア》のながい、中年の、いいバーテンダーが欲しいと思った。それから、若いのを育てるのも悪いことじゃないと思い直した。とにかく、いったん、この世界に入ったからには、水とウイスキーをかき混ぜるだけが仕事ではないことを言ってきかせよう。待遇の上で不満があるのなら聞いてもみよう。いつか、宵のくちの、あまり忙しくないときに、必ず。

　騒ぎが片づくと、ジョーンジィは流行歌手の予約したテーブルを眺めた。午前一時を過ぎたのに、歌手はまだ来ていなかった。満員の店内で、そこだけがぽっかりと穴をあけていた。『予約席《リザーヴド》』と記された小さな札の傍で、歌手の名前入りの酒瓶とグラスとがむなしくきらめいた。

（毎度のことだ。仕方あるまい。しかし、テーブルを無駄にされるのは困るな。それに、あそこの勘定は――）

　流行歌手の勘定のことを考えると、ジョーンジィはうんざりして、もう一度、カウンターのところに引き返し、かげに入って行って一杯だけ強いやつを呑んだ。いぶした薪の香りをたてるバーボンのストレートだった。呑んでしまってから、今夜からの誓いのことを思い出したが、もちろん、一杯だけならどうということはない。それに、彼にはぜひともそれが必要だった。あと、二、三時間、にこにこ笑ってそこらを歩きまわったり、しゃべりつづけたりするためにはどうしても必要だったのだ。

　弾き語りのピアノはアップ・テンポのジャズに変っていた。ピアニストは、誰が聞いていてくれてもくれなくてもいいらしく、長い髪の毛をときどき頭を振って払いのけながら唄っていた。歌詞の意味はよくは聞きとれなかったが、恋とか別れとか、あなたと別れたら死んでしまうとかいったようなおそろしい歌らしかった。

そして、その自殺歌に合わせて、一群の客たちが姿を現わした。中心人物はどこかの会社の社長で、そのまわりをたくさんの女たちがとり巻いていた。いや、どこかの酒場の女のまわりをたくさんの社長たちがとり巻いているのかしらん？　いずれにもせよ、なぜ、彼らは社長になったり酒場女になったりするんだろう？　なぜ、もっとほかのものにならないんだろう？　なぜ、この世の中は、午前二時に嬉しそうに酒を呑み歩く連中で充満しているんだろう？

彼らを迎えながら、ジョーンジイはまたもやぼんやりとあたりを見まわした。ようやく、今夜もここは彼の天国になった。天国・社長や酒場の女主人やおかまや作家や歌手や評論家や酔っぱらいやファッション・モデルや、夜中にむずかしいカクテルを呑む外国人なんかが次々と現れる彼の天国。ジョーンジイはそこが好きだった。

本当は、彼はもっとほかの場所が好きだったのだ。背広のしわに気を使ってにたにた笑いながら成金男や白痴女に頭を下げつづけなくてもすむ場所が彼はとても好きだったのだ。そこではハメットやチャンドラーやアーウィン・ショウの話をすることが出来たし、いつかは自分もそういう作家になれると考えていることも出来た。少くとも、自分たちは一生、そういう話をしつづけていられると信じこんでいることが出来た。

彼は急いで一番テーブルに戻りたかったが、まだだめだった。

「これはこれは、お揃いで！」客たちに向って彼は叫んだ。大げさに両手を拡げて見せた。「もう来てくださらないのではないかと思っていたんですよ！　さあ、ようこそ。こちらのお席がちょうどいい。皆さん、お呑み物は？　はい、水割り？　はい、そちらはブランディ……そちらはオン・ザ・ロックで？……はい、只今、すぐに……おい、給仕！　この瓶を片づけて。ええと、社長はもちろん、いつものでよろしいんでしたねえ？」

彼は一同を流行歌手の予約席へと案内した。今夜は歌手はもう来まい。約束を破ることなどなんでもない世界なのだ。約束も誓いも信頼も、ちょっとした夢でさえもスペインの城のようにがたぴし崩れて、そして、それきり、誰もなんとも思わない世界なのだ。ジョーンジイ、おい、景気はどうだい？　ジョーンジイ、いつ見てもおまえはしあわせそうな顔をしているな。おい、ジョーンジイ、今夜は呑もうよ、ジョーンジイ、ねえ、ジョーンジイ……。

友だちとさっき何か約束したことを彼は思い出した。あとで二人でゆっくり話をし直そうよとかなんとかたしかに約束した筈だ。夕方、自分のアパートで起きぬけに何か自分に約束したことも思い出した。この時刻になると、いつだって彼は何か思い出しているのだ。デュッセルドルフ。絵葉書。もう会えなくなった女。

それからまた、彼は、あの黒いドレスの、世間について彼よりはよく知っている、栄養不良の女とも何か約束したらしいことを思い出した。

彼がそっちを見ると、彼女はもう一人ぼっちですわってはいなかった。『馬上の天使』を注文した白人が、カウンターから彼女のテーブルにいつのまにか移動していた。肩を寄せ合って、彼らは何か楽しそうに話しているところだった。彼女はもう、ジョーンジイのほうなんか見ようともしなかった。

「あの──お友だちがマスターによろしくとのことですが」

マネージャーが傍に寄って来て告げた。彼はくるりとマネージャーのほうに向き直った。

「帰ったのか？」

「はい、たった今」

「勘定はとらなかったろうな？」

「ぜんぶ、すませて行かれましたが」

「馬鹿！」

初めて、自分の店の中で彼はマネージャーにどなった。立ちあがると、大股に入り口に向って走った。

「──！」

日覆いの下から身を乗り出して、彼は友だちの名を呼んだ。

社長と女たちとの一行が乗りつけたらしい大型の乗用車が、少し先の舗道の脇に停まっていた。かすかな霧雨が降りはじめているために、車は街灯の下で銀色の巡洋艦《クルーザー》みたいに光っていた。友だちのうしろ姿がそのずっと向うの闇の中に辛うじて見分けられた。

ジョーンジイはもう一度、友だちの名を呼ぼうとしたが、そのとき、一台のタクシーがすっと停まって、客たちが降りてきた。またもや、どこかの社長と女たちだ。

「──やあ」

しかし、ジョーンジイがよくよく見ると、女たちに囲まれて立っているのは、昔の同人仲間ではいちばん成功した例のあいつであって、こんな俗悪な店には決してやって来ることはないと思われていた人物なのであった。

「やあ」

とジョーンジイは答えて、ちょっとのあいだ、黙って相手をみつめていたが、すぐに気がついて、にこにこと笑い出した。両手をさしのべて走り寄った。

「なんだい、どうして今まで来てくれなかったんだい！　いつも読ませてもらっているよ」

成功せる同人仲間はジョーンジイに向って笑い返した。顔色はたいそうよくないように見えた。しかし、その微笑は顔色ほどには生気を失ってはいなかった。

「きみの店のことは、しょっちゅう、聞かされているんだ」友だちの名前が口にされるのをジョーンジイは聞いた。「あの男からね。一度来てみようと思っていたんだがね、なかなか来られなくてね。繁昌してるっていう評判じゃないか」

ジョーンジイはにやにや笑った。彼らは二人とも、にやにや笑った。

「どんなところだろうと恐れをなしていたんだよ」案内されて入り口のほうへと歩きながら、流行児はジョーンジイを振り返った。「あの男がね、悪口ばかり言うものだからね。『高価《たか》い』とか、『鼻にかけている』とか『俗悪だ』とかね。だが、いい店じゃないか」

女たちがそれに同意した。一同はぞろぞろと中へ入って行った。ジョーンジイもいちばんあとから入って行こうとしたのだが、ちょっと振り返って街の通りの向うの闇をすかし見ていた。

彼は自分で思ったよりはながいことそこに立ちつくしていたらしく、気がついたときには給仕の一人が外へ出て来て彼を呼んでいた。

「マスター、今のお客が呼んでいますよ、今夜はおおいに呑もう、って」

「ああーすまん、すまん」

素直に彼は応じ、背広の肩にかかったこの秋の最初の雨の一しずくを払った。

「すぐ、まいります、と言ってくれ。うん、さっきの社長にもな。それから、あっちのファッション・モデルと外人にも、決して粗略のないようにな。もちろん、ほかのどなた様にも」

それから、もう一度、ネクタイの具合いを直し、胸を張り、あごを上げ、腹をひっこめ、日覆いのかげのうす紫色の照明だけが照らし出している《ジョーンジイの店》の入り口を入って行った。足どりは、まだ、しっかりしていた。

死体にだって見おぼえがあるぞ

田村隆一

《ミステリマガジン》1978年7月号

田村隆一〔たむら・りゅういち〕（一九二三～一九九八）

東京都生まれ。明治大学文芸科卒。四七年、鮎川信夫らと詩誌《荒地》を創刊し、戦後詩の世界に大きな影響を与えた。詩集に『四千の日と夜』『言葉のない世界』（高村光太郎賞）『死語』『奴隷の歓び』（読売文学賞）『ぼくの航海日誌』『ハミングバード』（現代詩人賞）『帰ってきた旅人』など多数。

五一年に早川書房から刊行されたアガサ・クリスティー『三幕の殺人』以降、ミステリや絵本などの翻訳を数多く手がけた。訳書にアガサ・クリスティー『予告殺人』『スタイルズ荘の怪事件』『ゼロ時間へ』『ABC殺人事件』『なぜ、エヴァンズに頼まなかったのか？』、エラリイ・クイーン『Xの悲劇』『Yの悲劇』、F・W・クロフツ『樽』、ロアルド・ダール『あなたに似た人』『オズワルド叔父さん』など。

五三年から五七年まで早川書房に勤務。都筑道夫、福島正実、生島治郎らの上司に当たる。クリスティー作品の舞台セント・メアリ・ミード村を題材にした「死体にだって見おぼえがあるぞ」は「架空の町、幻想の町へ」特集に発表された詩。詩集『スコットランドの水車小屋』、エッセイ集『田村隆一　ミステリーの料理事典』に収められた他、七八年のブックガイド『アガサ・クリスティー読本』にも収録された。

セント・メアリ・ミードは変な村
小さな駅の商店街
魚屋　肉屋　薬屋　八百屋　雑貨屋
インチ・タクシー　バーンズ食料品店　トムズ籐製品店　毛糸屋　服地屋
お屋敷通りには教会　牧師館　それに
アン王女時代風やジョージ王朝時代スタイルの
屋敷が並んでいて　ゴシップ好きの老嬢たちが住んでいる
それから村の公会堂　図書館　郵便局　駐在所
退役陸軍大佐のかびくさい書斎には
ブロンド美人の死体があって
おまけに牧師館では殺人事件があったとさ

ジェーン・マープルは変なひと
いつもテラスの椅子にゆったり坐り
編み棒をリズミックに動かしながら毛糸を編んでいる
雪のような白い髪　桃色にかがやく高齢の顔に
柔和な瞳が微笑をうかべ
その奥の深いところ　ぼくらには見えない暗い部分に
彼女の前頭葉がかがやいているのさ　人間存在の
悲惨と滑稽とが
ユーモアのオブラートにつつまれて

ミス・マープルに観察されたものと想像されたものが
ぼくらを酔わせてくれるのさ
イングランドの秋の光りのようなシェリイの味

探偵小説って変な本
セント・メアリ・ミードの市民権もあっさり買えて
ミス・マープルとも仲よくなれて

おまけに犯人とはご近所づきあい
死体にだって見おぼえがあるぞ
死体にだって見おぼえがあるぞ

クイーンの色紙

鮎川哲也

《ミステリマガジン》1986年7月号

鮎川哲也〔あゆかわ・てつや〕（一九一九～二〇〇二）

東京都生まれ。幼少期を大連で過ごし、疎開先の九州で終戦を迎える。戦後、本名の中川透をはじめ、那珂川透、中川淳一、薔薇小路棘麿などさまざまなペンネームでミステリを発表。五〇年には満州を舞台に時刻表トリックに先鞭をつけた『ペトロフ事件』が《宝石》のコンクールで一等に入選するが、賞金の支払いをめぐってトラブルとなる。

五六年、講談社が〈書下し長篇探偵小説全集〉の最終巻を公募に充てた際にアリバイ崩しの長篇『黒いトランク』で入選。同作の刊行を機に筆名を鮎川哲也に改める。六〇年、『黒い白鳥』『憎悪の化石』の二作で第十三回日本探偵作家クラブ賞を受賞。鬼貫警部ものの『人それを情死と呼ぶ』『砂の城』、貿易商の星影龍三が探偵役を務める『りら荘事件』『朱の絶筆』、「クイーンの色紙」を含む安楽椅子探偵ものの連作〈三番館のバーテン〉シリーズなど、ほとんどの作品が本格ミステリである。

一方で鉄道ミステリや怪奇ミステリのアンソロジーの編纂、埋もれた探偵作家や遺族へのインタビュー、公募アンソロジー『本格推理』シリーズの編集など、創作以外の功績も多く、〇一年には第一回本格ミステリ大賞特別賞を、没後の〇三年には第六回日本ミステリー文学大賞特別賞を、それぞれ受賞している。

底本：『クイーンの色紙』創元推理文庫

1

それがいつの日だったか、場所が何というホテルであったか、全く記憶にはない。そのために日記をつけているのだが、日記というやつは誰しも覚えがあるとおり、いざ必要な記録を探そうとすると、これが容易なことでは見つからない。今回もその例に洩れず、数冊の日記を取り出してページをくってみたが、遂に必要な記事を発見することはできなかった。が、仮に日付や会場が判明したところで、この小篇を綴る上でさほど役にたつというものでもない。何でも、光文社から招待状が届いたことだけははっきりと覚えている。

会場にあてられたホテルは赤坂近辺にあり、クイーン夫妻は（正確にいえばダネイ夫妻だが）そこに泊ったようであった。このときの日本旅行の思い出は、未亡人となったローズ夫人が「EQ」に書いている。夫妻にとって楽しい旅であったのは結構なことだと思う。

昨今の若い人は市電といわれても何のことかわかるまいし、都電といいなおしてもやはり話が通じないだろう。いまは取り払われて姿を消した東京都交通局経営の路面電車を都電と呼んだのである。市電は東京都に昇格する前の、市内電車の略称であった。この都電の神田神保町から九段へ向けて一つ目の停留所が今川小路で、専修大学前ともいった。今川小路なるものがどの横丁の名であるかというと、数年間神田に住んだことのあるわたしも確認しなかったのでいまもってはっきりとは知らないのだが、この停留所で降りて幅広い道路を左へ向った左側のビルの半地下に、熱心なミステリーの読者なら古本の奥付でおなじみの筈の日本公論社があった。戦前の一時期にヴァン・ダインの後期の長篇をハードカバーの立派な本で紹介してくれた出版社である。

わたしがその編集部を訪ねたのはヴァン・ダインを求めるためだったろうと思うが、お目当てが何であったかきれいに忘却している。しかし編集者から「キミは探偵小説が好きですか」「好きです」「じゃ、これを上げましょう」といって渡されたのがクイーンの「ローマ帽子の秘密」だったことはよく覚えている。その際に読者カードに住所氏名を記入させられたとみえて、後日満州の自宅にクイーンの「途中の家」を発行する旨の案内状が届き、早速書店に買いに行ったものだ。七十年間人間をやっているとフロッピーのところどころに虫が喰った孔があるのは当然のことで、右のクイーン作品の訳題にしても「変装の家」だったかもしれない。

早稲田の弦巻町にあった黒白書房も海外の探偵小説を紹介してくれた小さな出版社だった。ミステリー好きで知られた某氏がとうとう自分で出版業を始めたのだそうだから、刊行される諸作品はみな面白いものばかりであった。クイーンの「チャイニーズ・オレンジ」と「スペイン岬」の初訳はここから出された。カタカナという便利なものがありながら固有名詞をむりやり漢字に当てはめるという理解し難い風習があった時代だから、「スペイン岬」は「西班牙岬の秘密」となっていた筈である。

その頃「ぷろふいる」では「フレンチ・パウダー」の訳載が始まったし、柳香書院からはバーナビイ・ロス名義による「X」「Y」「Z」をふくむ長篇探偵小説全集がスタートしようとしていたのだから、クイーンはかなり早い速度で読者のあいだに浸透していったことになる。熱心なクイーン・ファンは戦前から沢山いたのである。そしてわたしもそのなかの一人であった。

その時分は完訳が少なくて、大半が抄訳だったことはよく知られていると同時に意訳、自由訳も多かったようである。「ルパンはチャカホイなんていわないよ」というのは原書を読んだことのある渡辺紳一郎氏の座談会における発言で、それを読んだわたしは思わず笑ってしまったものだが、松村喜雄氏もまた原書を読んだ熱心な読者の一人であった。氏は、原文でルパンを読んだらどれほど面白かろうと考えたことがフランス語を学ぶきっかけの一つになったと語ったことがあるが、いざ原書に眼をとおしてみると期待したほどではなく、ルパンにチャカホイといわせた保篠龍緒氏の訳文によって面白さが増幅していたことを知ったそうである。この伝でいけば黒白書房版「西班牙岬の秘密」に登場するクイーン探偵が「どんとどんとと波乗り越えて」と唄ってもさして不思議はないだろうが、わたしが違和感を抱いたのも事実だった。

わたしがクィーンの作品を好むのはそれが謎解き小説だからである。だがROM（Revisit Old Mysteries ワセダ・ミステリ・クラブのOBである加瀬義雄氏を中心とする同人誌）によると、いわゆる本格派という名のもとに紹介された米英の作家のなかには、伏線あるいはフェアプレイといった幾つかのポイントをチェックしていくと必ずしもすべての作品が合格点に到達しているわけではないことが指摘されているのだが、その意味からしてもクィーンは優等生なのである。わたしがクィーン好きなのは他にも幾つか理由が挙げられる。が、全作品に手ぬきがなく信用して読める点がクィーンに傾倒する所以《ゆえん》であることは否定するわけにはゆかない。

そうしたわたしであったから、クィーンの顔を望遠することができる、ナマのスピーチを聴くことができるという期待に胸をおどらせて会場へ向った。パーティ嫌いのわたしだが、このときばかりは光文社の配慮が大変ありがたかった。

2

会場まで誰と同行したかということも記憶のなかから跡形もなく消えている。わたしは東京生まれではあるが赤坂一帯の地理にはうといから、単独で出かければ迷い児になることは明らかだった。誰かに連れていって貰ったことは間違いがなく、もしかするとそれは「幻影

「城」の島崎博編集長ではなかったかと思う。

夜であった。会場のホールでは荒正人氏と初対面した。氏は戦後の日本推理小説界を側面から援助してくれた人で、わたし個人のことをいうと仕事の上で三度か四度お世話になった覚えがあり、常に氏が背後にかくれていたせいもあって、礼状一本したためたことがなかった。それなのに氏はわたしのぶしつけな態度に気分をそこなうこともなく、この夜は自分のほうから名乗って挨拶されたのであった。わたしは恐縮した。

その夜の会話でわたしの記憶に残っているのは、

「平野君がすっかり痩せてしまいましてねえ」

という一言だった。それに対して肥満体をもてあましていたわたしは体重が減るなんて羨ましいことだという意味の応対をした。だがその頃の平野謙氏は手術をして退院したばかりで、結局はその病気が再発して亡くなったのであるから、わたしの返答は無神経であったといわれても仕方がない。だが荒氏はわたしを非難する様子はみせず、にこやかな笑顔で終始した。

主客がクイーンだから翻訳関係の人が多いとみえて、出席者のほとんどがわたしとは面識がない。知った顔といえば草野唯雄、山村美紗氏ぐらいのものだった。

やがてクイーン夫妻が現われる時刻となった。拍手でお迎え下さいというアナウンスがあると私語が急に止んで、全出席者が開け放たれた入口のほうを注視した。クイーンの半身のダネイ氏とはいかなる人物なのか、人々は固唾を呑んで見守っていた。

ダネイ氏は日本人と変わらぬ体つきの人だった。作中のクイーン探偵から受けるイメージとは違って小柄で、その意味で親近感を抱かされた。顎ヒゲのせいか一瞬メフィストめいた雰囲気を感じたものだが、それはわたしだけかもしれない。それにつづくローズ夫人は、わたしの記憶によれば光沢のあるバラ色のドレスを着ていたようだが、色の点は自信がない。似合いのカップルだ、とわたしは思った。

型どおりの歓迎のスピーチや答礼のスピーチがあったものと思う。それが終って各所で雑談が始まった頃に光文社の編集者が近づいて来て、クイーンさんと話をして下さいという。主賓席のほうに振り向くとすでに列ができており、先頭の人がダネイ氏と挨拶をかわしているのが見えた。遠来の客人に対してはこうするのが礼儀というものだろう。わたしはそう考えて列の後尾につらなった。

ダネイ氏と何を語ったか、ローズ夫人に何を話しかけたかということは何年か前に随筆に書いたから繰り返さないが、クイーンのそつのない応答を聞いて頭の回転のはやい人だという印象をつよく受けたことは、もう一度書いておきたい。

会はそれから一時間かそこらでお開きとなった。わたしは銀座へ行くという島崎博編集長と権田萬治氏のタクシーに便乗して、新橋駅へ向った。

「色紙を用意して来てサインして貰っている人がいましたね」

「そう、益子田《ますこだ》さんが大事そうに抱えてニコニコしている姿はボクも見たです」

うかつなことにわたしは署名のことなど念頭になかった。まして色紙を携えて会場に赴くことは思いもしなかったのである。クイーン好きのおれともあろうものが……。わたしは心のなかで地団駄踏んでいた。

「ですがね、マンフレッド・リー氏と二人のサインなら値打ちもあるがダネイ氏ひとりのサインではねえ」

心にもないことをいった。わたしはやきもち焼きであり、多分に強情な性格の持主なのである。

3

若き日のエラリイ・クイーンが「ミステリ・リーグ」という推理専門誌を編集発行したものの、売れゆきがわるくてやがて廃刊したという話は、名古屋の故井上良夫氏が戦前の「新青年」に書いた。井上氏は海外推理の評論家としてパイオニア的な存在というべく、読者は海の向うのミステリーについてさまざまなことを教えられたものだが、「ミステリ・リーグ」を巡る話もまたそのなかの一つであった。戦後になってクイーンが「EQMM」を発刊したというニュースを耳にしたとき、われわれ古い読者は、「ミステリ・リーグ」の弔い合戦というふうにこれを受け取ったものである。井上良夫氏の話では「ミステリ・リーグ」はなかなか充実した内容だそうで、アメリカの熱心なミステリーの理解者がそろって購読していた模様だが、純粋でマニアックな雑誌であればあるほど赤字経営になるのは「幻影城」の例を引くまでもない。

その「ミステリ・リーグ」全冊を翻訳復刻しようではないかという噂を聞いたのはダネイ氏が死去してから半年としない頃のことだった。版元は文庫本で知られた大手の出版社で、何人かの翻訳家のほかに、外国ミステリーを専門に手がけている評論家、主として翻訳書の装幀を描いている画家たちの企画だという。このなかでわたしが知っているのは国産の推理小説もよく読んでくれる翻訳家の益子田蟇《がま》ただ一人だった。クイーンの訳が多く、クイーンのスペシャリストとして知られている。この妙なペンネームはポルトガルの航海家ヴァスコ・ダ・ガマをもじったことと一目瞭然だが、ガマに憧れるくらいだからみずからも小型のヨットを持っていて、夏になると日本を一周したりする。浅草の衣裳店にいって高級船員の制服を買ってくると、そいつを一着に及んでいっぱしの船乗り気取りでいるんだから、ほほえましいといえばほほえましい、アホらしいといえばアホらしい話だった。

そうした或る日、ひょっこりと立ち寄った編集者の武井から、益子田のところで開かれるパーティに出ないかと誘われた。

「ぼくも招かれているんですけれどね、今日集まるメンバーは『ミステリ・リーグ』に関係のある連中ばかりでして、装幀の絵かきさんも来るし、新聞で宣伝をやるときのコピーライターも顔をみせます」

「知らない顔ばかりじゃないか」

「じつをいうと月報に鮎川さんの原稿をお願いしたいと思ってるもんで、この機会に皆さんと顔を合わせていただきたいんですよ」

ボクが編集を担当するという武井の話を聞いた途端、断わろうにも断われなくなってしまった。長篇を書くからといって、三、四回に及ぶ取材旅行をしたにもかかわらず、そしてそれから六、七年が経過しているにもかかわらず、一行も書いていない。それが負い目になっているのだ。武井は何かの拍子にそのことを思い出すと、チクリと皮肉をいったり嫌味をいったりするのである。

「わたしが顔を出したら迷惑じゃないかな」

「そんなことがあるもんですか。それに鮎川さんはほとんどアルコールも呑まないし意地がきれいだからおつまみを一人で喰っちゃうということもない。鮎川さんみたいなお客はふえようが減ろうが、あちら側にとってはなんてことないのですよ」

「早くいえば空気みたいな存在なんだ」

「そう。ですけど空気ってものはなくなったら大変だ、レーガンさんもゴルバチョフさんもみんな死んじまう。正に鮎川さんは空気なんだなあ」

なにが「正に」か知らないが彼のすすめ上手にのせられたわたしは、おっくうな気がしないでもなかったが出かけることにした。

「でも何だね、いきなり顔を出すのは失礼だと思うな。やはりまず電話で先方の意向をたずねるべきじゃないか」

「古いなあ、戦前派は。いまの新人類にはそんな考えは通用しませんよ、そういうところが鮎川さんの古さなんだなあ」

嫌味っぽくいわれて、わたしも彼の説に同調する気になった。彼らにしてみれば何気なく発言するオジンだの老体だのという言葉が、昭和ひと桁生まれのわたしの胸にグサリとくるのである。

近所のそば屋でかるく腹ごしらえをしてから彼の車に乗った。カメラと車は天才ですと自称するだけあって、衝突事故も起さずに、二十分と少々で麻布のマンションに着いた。

赤坂もそうだが麴町だの麻布なんていう一帯にも土地勘はない。豪華なマンションが軒を並べて建っているのを見て、わたしはお上りさんのようにキョトキョトしていた。そして、家賃は月にどのくらいするのだろうかなどとさもしいことを考えていた。

「こっちです」

と、武井は先に立った。原稿をもらいに何度か来たことがある、といったふうな慣れた態度だった。入口も適度に堂々としていて華美で、これで紫色のネオンでもついていたらラブホテルと間違えそうである。

エレベーターで十二階に昇った。廊下に出ると毛足のみじかいダークグリーンのカーペットが敷いてあり、その両側にスチールドアが並んでいる。益子田の部屋は内庭に面したところにあって、通路を距てた反対側は白い唐草模様の手すりになっていた。わたしは高所恐怖症ではないが、あまり気持のいいものではない。ここから落ちたら万事休すだな、などと思う。

武井はベルを鳴らし、インターフォンをつうじて「珍しいお客さんをお連れしました」と告げている。

すぐに扉が開いて益子田が顔を出した。ずんぐりとした小肥りの四十男で、強度の近視らしく厚いレンズの眼鏡をかけていた。顔の下半分は黒いヒゲでおおわれており、本人はどう思っているのか知らないがわたしは無精でむさくるしい印象を受けた。頭に水玉模様の黄色いスカーフをかぶって、横で結んでいる。これで片方の目を黒い眼帯でおおえばどう見ても山賊か海賊である。

「よオ、よく来てくれました」

山賊は顔に似合わぬ愛想のいい挨拶をした。

「迷惑じゃないですか」

「とんでもない、迷惑なことがあるもんですか。さあどうぞ」

片側によけて二人を通してくれた。

4

三ＬＤＫであることは後で知ったが、部屋が広くて専門の室内装飾店の手が入っているのだろうか、壁紙から家具にいたるまで明るい色に統一され、わたしの暗い仕事部屋とは大きな違いであった。わたしは自分の怠け癖を棚に上げて、こんな処で仕事をしたらさぞ能率が上がることだろうと考えた。

奥の部屋で笑い声がおきた。若い女の声もまじっている。

益子田は武井を振り返ると「鮎川さんをみんなに引き合わせてくれ、おれはオードブルを用意してくる」といってキチンらしき部屋に入っていった。

「こちらミステリー作家の鮎川さん」

大きなリビングルームに入ると武井は簡単に紹介してくれた。笑い声が急におさまって視線がわたしに集中した。細身の若い女性が柔和な笑顔で会釈した。猪頸の小柄の男が小腰を浮かせると頭をさげた。如才ない頭《ず》のひくい青年だ。一座のなかでいちばん年長と思われる和服の四十男は興味なさそうにそっぽを向いていた。洗濯しすぎて色があせたようなジーンズの若者が、左手をあげて「よろしく」と声をかけた。右手には罐ビールを大切そうに持っている。

「パコは何処に行ったんだ？」

と一人が訊き、

「お化粧なおしよ」

と答えるのを聞いて、もう一人女性の客のいることを知った。パコとは妙なニックネームだと思ったが、後になって「あれはペンネームなの。パコ山田という目下売り出し中のカメラマンよ」と教えられた。カメラマンの場合にペンネームというのもおかしな話だが、いまはマルチタレントの時代だから彼女も小説や随筆のたぐいを発表しているのかもしれない。

そのパコがリビングルームに戻って来たのは五分ほどたった頃であった。

「こちら鮎川さん」

と、細身の女性が紹介してくれた。さっきの青年がそうしたようにわたしは罐ビールを右手に持ったまま「よろしく」と挨拶した。女流写真家は（彼女をカメラマンと称すべきかカメラウーマンと呼ぶべきか、わたしには正確な知識がないので、敢えて女流写真家といわせて貰う）女子高校生みたいなセーラー服に真っ赤なベレーという恰好で、ひところ流行したトンボ眼鏡をかけていた。首から下は女子学生であるが、顔を見ると頭の切れる評論家といった感じがする。

「あたし知ってる。イラストレーターだわよ、ねえ」

というのが彼女の挨拶だった。間違えられるのはしょっちゅうのことだから、わたしも慣れている。

「イラストレーターとはちょっと違うんですが」

彼女に恥をかかせまいとしてわたしは曖昧に答えた。そこに益子田が武井とわたしのために皿に盛ったオードブルを持ってあらわれた。

「ちょっと益子田さん、クイーンの色紙は何処にあるの？」

「そこの壁だよ」

と、彼はパコが出て来た通路の扉を指さした。そこを通って行った処が手洗いと浴室、洗濯室になっているのだった。

「ほかの人の色紙はあったわよ、でもクイーンは見つからないのよ。じっくり探して来たんだから」

「そんなことがあるもんか、さっきハタキをかけたときは確かにあった」

益子田がミステリー作家の色紙を集めているという噂は、わたしも知っている。わたし自身も頼まれていやいやながら書いたことがあったからである。それらのなかで彼が最も大切にしているのはダネイとアルレーの色紙だった。後者は来日したアルレーが銀座の書店でサイン会をやったときに、色紙を持参して書いて貰ったものだという。

「沢山あるから見落としたんじゃないのかい?」

「見落とすわけはないわよ、時間をかけて見たんだもの。ちょうど真ん中あたりが空間になっているから、額縁ごとどっかへ行っちゃったんじゃないの?」

「わるい冗談はよしてくれ」

「冗談か冗談じゃないか、見て来たらどう?」

気のせいだろうか、ヒゲのなかからわずかに覗いている益子田の顔が急に赤くなったように見えた。くるっとくびすを返すと、先程女流写真家が出てきた黒い扉を乱暴に押しあけて、なかに姿を消した。パコが後を追い、残った連中もそれにつづいた。武井とわたしはちらと視線を交わして頷き合うと、彼らに合流した。

5

この通路も幅があって二人の大人が肩をふれ合うことなしにすれ違えるほどだったが、居合わせた全員が集まって来るとさすがに狭く見えた。

色紙は片側の壁の三段にわけて吊るされていた。上段と中断が五枚ずつ、下段だけ六枚である。廊下の向うの壁に大きな窓があるので採光は充分だった。これは人情として当然なことながら、わたしはクイーンの色紙よりもわたしの色紙が何処に掲げてあるか、それが気にかかった。

「鮎川さんはここよ」

とパコが教えてくれたので気づいたのだが、わたしのそれは下段のいちばん右の端に、一つだけはみ出した形で吊されていた。

「ときどき上下を替えるんです。今日は生憎なことに下段になっていますが」

益子田はよく気がつくたちとみえ、わたしにそう言葉をかけると、また難しい顔つきになった。

中段の真ん中に一見してアルレーとわかる横文字の色紙がある。そして写真家の表現を借りれば、その右隣がぽっかりと穴の開いた虚ろな空間になっていた。

あのときの写真家は「額ごとどこかに行ってしまったのではないか」ときわめて婉曲な言い立てをしていたが、率直な表現をすれば誰かに盗まれたといいたいところだろう。武井がクイーンにどの程度の関心を持っているかは知らない。しかしあとの者はわたしを含めて「ミステリ・リーグ」の復刻にうつつを抜かすような極めつきのクイーン好きなのである。ここに掲げられていたダネイの色紙は、俗なたとえをすればトンビを前にした油揚げの如きものだった。機会さえあれば盗んでやろうと思っていた不届者がいたとしても不思議はない。

「おい、妙な眼でみるのは止めてくれ、失敬じゃないか」

憤然として声をあらげたのは和服の男だった。これも後で知ったのだがコピーライターの坂本曲斎《きよくさい》という男。曲斎というのは本名ではなく、つむじ曲りであることを自認してそう名乗ったのだそうだ。

「クイーンの歓迎パーティにはおれも出席した、そのことはきみも知っているじゃないか。そしておれも色紙にサインして貰った。一列に並んで、きみの前におれがいたことは覚えている筈だ。忘れるほど耄碌したわけでもあるまい」

「いや、ちょっと考え事をしていたんだ、妙な眼で見たわけじゃない。ぼくの前にきみがいたことは覚えているさ」

「当然おれはシロってことになる、いいな」

曲斎は念をおすように重々しくいった。

「さあ、どうかしら」

すぐ隣でパコが発言した。

「曲斎さんがつむじ曲りならばあたしは臍《へそ》曲りなの。臍曲りというよりも疑り深いのね。だからあなたの弁明を聞いてハイそうですかって納得できないのよ」

曲斎は虚を突かれたように小柄な写真家を見おろした。彼は鼻の孔を思いきりふくらませて息を吸い込むと、感情が爆発しそうになるのを必死で抑えているように見えた。

「いってみなよ、きみの考えを」

と、意外にやさしい声を出した。

「これは仮定の話だからそのつもりで聞いていただきたいんだけど、誰かに頼まれたってことも考えられるじゃないの。たとえばさ、あなたが首ったけだという評判の銀座のお店の朱実さん。あの人にわたしも欲しいわって鼻声で甘えられたら、あなたは忽ちぐんにゃりとなるんじゃありませんこと？」

「仮定の話でおれを追及するのはナンセンスだ。それにあの女の欲しがるのは宝石なんだ、彼女にとってはクイーンの色紙も猫に小判さ」

「だからたとえてみればと申し上げたでしょ。それじゃこういう考え方はどう？　アルレーの色紙なんてタカが知れてるけど、クイーンは絶対よ。ヴァン・ダインがハイドンならクイーンはモーツァルトだわ、不滅の天才よ。あたしがいいたいのは、時間がたてばたつほどクイーンの色紙には価値がでてくるってこと。だから色紙を一枚持っているよりも二枚持っているほうが得になるのよ」

「そのくらいの初等数学はおれにもわかるさ。だがきみの大演説にはきみが気づいていない欠陥がある。時間がたてばという話だったが、その時間というのは具体的に何時間のことかね、それとも何十年のことかね。何十年も先のことならおれは死んでいる。墓の下に入ってから色紙が高く売れたところでおれには関係ないことだ。旨い物を喰ったり楽しい思いをしたりするのは生きているうちに限る。妻子がいれば話はべつかもしれないが、生憎なことにおれは独身主義でね」

坂本曲斎は鼻の先でせせら笑った。それからゆっくりと益子田のほうに向き直った。

「ずばりいわせて貰いたいんだが蟇さん、ぼくはあんたの仕業じゃないかと疑っているんだ」

「わたしが？　自分で自分のものを盗んでどうなるというんだ。わたしがクイーンの色紙を珍重しているからといって、保険をかけるのは筋が違う。保険金詐欺だと考えたらとんだ間違いだぜ」

「そんな常識はずれのことをいってるんじゃないさ。あんたはジョークだとかブラックユーモアが大好きだ。だから自分で色紙をかくしておいて、われわれがどんな反応を示すか見物しようという魂胆じゃないのかね？　われわれは舞台の上の大根役者で、見物人はきみ一人だ。客がたった一人というのはよほど台本がお粗末だってことにもなるんだが」

益子田は黙っていた。呆れ返ってものもいえない、といった顔つきだ。

「蟇さんに訊きたいんだがよ、もしわれわれのなかの誰かが盗ったとしたら、それを何処にかくしているというのかね？　どうやって持ち出すというのかね？　額縁ってものはだな、ざっと見て一辺が四十センチ、厚みが六、七センチはあるんだぜ。かなりかさばった荷物になるんだ。手品師なら帽子のなかにしまい込むって手もあるだろうが、われわれ素人にはそんな器用なまねはできやしない。それともあんたは、われわれを納得させ得るような合理的な説明ができるというのかい？」

益子田はうす汚いヒゲを太い指でいとおしそうに撫でた。そうすることで気をしずめようとしたのかもしれない。

6

蟇は細い目をいっそう細くして相手を見つめた。

「わかりきった質問をするなよ。だが、同じことをきみに対してもいえるんだぜ。わたしが色紙を盗んだというなら何処にかくしてあるか教えて貰いたいもんだ。きみがいうとおりかなりかさばった物だから、カーペットの下にちょいと隠すというわけにもゆくまい。痛くない腹をさぐられるのも不愉快だ、きみらが手分けをして家のなかを捜してみたらどうだ？　洋服だんすの隅とか冷蔵庫のなかなんかは徹底的にチェックしたほうがいい。前の女房はヘソクリをかくすときにしばしば利用していたもんだ」

その話の間中、益子田はヒゲを撫でつづけていた。曲斎が皮肉と嫌味に終始したのとは逆に、彼はゆったりとした口調で反論した。相手の質問内容を予期していたのではないかと思いたくなるほど、落ち着いた態度だった。

「どうするかね、諸君」

曲斎は益子田に対するときとは打って変わった穏やかな訊き方をした。

「蟇先生のOKがでたんだ、家宅捜索をやらせて貰うことに賛成のものは手を挙げてくれんかね？」

「あなたいつから幼稚園の先生になったの？」

パコが紫色にぬった唇をねじったように歪めて揶揄した。彼女はよほどこの色が好きだとみえて爪まで紫色に染めていた。

「その前にすることがあるんじゃない？」

「パコが何を考えているのか知らないけど、することがあるという説にはぼくも同感だな。曲斎さんが家宅捜索といったのは勿論冗談だと思うが、その七面倒くさい作業に入る前にチェックすべきことがあると思うんだ、ぼくは」

ジーンズの若者がおっとりとした調子でいった。長身でそのわりには顔が小さく、どことなくジラフを連想させた。レンズが飴色の眼鏡をかけている。売り出し中のイラストレーターなのだそうだ。

「何をやるというんです？」

と、武井が口をはさんだ。童顔のこの編集者はクイーン夫妻の京都旅行に同道して、のちにローズ夫人の日本旅行記のなかにベビーフェイスの若き編集者として登場してくるのである。彼の毒舌にはさんざん悩まされている作家たちはその旅行記を読むと一様にニヤリとして、「彼が可愛いベビーフェイスだなんてローズ夫人も買いかぶったな。よっぽど上手に猫をかぶっていたに違いないね」と囁き合ったものだった。

武井と挿絵画家とは仕事の上でつき合いがあるから、遠慮のない口をきく。

「色紙というやつは折り曲げて小さくすることはできないけども、他の色紙に重ねることは可能なんですよ。だから、たとえば鮎川さんの色紙の下にクイーンの色紙が重なっているってこともあり得る話なんです。三枚以上となるとちょっと無理だけど」

「着眼点がいい。画かきになるよりも探偵を開業したほうが成功するかもしれんぞ」

と翻訳家が割り込んできた。彼はペットの猫を愛撫するように頬っぺたのヒゲを撫でていた。

「まず引き合いにだされた鮎川さんの色紙から調べていこう」

わたしの色紙は下段に並んでいるから、小柄な益子田でも容易に手が届く。色紙には「誠」と書いてあるだけであった。なんだか新撰組の旗印みたいだが、誠実に生きるというのはわたしの信条なのである。それに、打ち明けたところを告白すると、字画の多い漢字はわたしの悪筆を誤魔化す上に効果があるのだ。

「いい字だ」

と、益子田は見えすいた世辞をのべた。わたしの色紙をいちばん下段のいちばん端にぶらさげていたことで、いささか良心が痛んでいたのかもしれない。

「どうも恥ずかしいな。裸を眺められているみたいだ」

わたしの色紙だけが金粉入りである。けばけばしく見えるだけに逆に字の下手さ加減が増幅されるような気がした。

「いやいや、立派な字ですよ。昨今の若い人はすごい字を書くからね。そればかりじゃない、字を知らないから満足に読むこともできないやつがいるんだ。と同時に誤字も多い。クイーン・ファンだという読者から手紙がくるが、十通に一通は蟇の字を間違えて墓と書く。今年の年賀状にも堂々と墓様としたものが三通もまじっていたよ」

彼は喋りながら壁際の小テーブルから花瓶を床におろすと、はずした額をその上にのせて色紙を取り出した。

「ほら、一枚しか入っていない」

益子田がわたしの色紙を大切に扱うのを見てわるい気持はしなかった。それはわたしの色紙に限ったものではなく、蟇はすべての色紙を自分自身がチェックして他人には触れさせなかった。汚れた手でいじられて、指紋がついたりすることを彼が嫌っているのは、誰の眼にも明らかだった。しかしうすっぺらな千円札や万円札を数えるのとはわけが違う。厚みのある色紙が相手なのだから、瞳をこらして注視していればそれで充分だった。二枚重なっていたらすぐにわかる。

面倒な作業ではあったが色紙はクイーンのそれをさし引いて十五枚だから、仕事は三十分とちょっとで片づいた。

「じゃ今度は部屋のなかを徹底的に調べて貰おう。何処にもないことがわかったら、みんなの検査をする。恨みっこなしだろう？」

客は互いに顔を見合わせていた。この家の主人の自信ありげな表情あるいは発言から考えれば、彼は潔白なのかもしれない。とすれば犯人は客のなかにいることになる。彼らの眼のいろが多分に疑心暗鬼に充ちているように思われたのはわたしの気のせいであったろうか。

「さっき誰かが手分けをしてとかいっていたが、見落としがあってはわたしも迷惑だ。ふた手に分れて、複数の眼でしっかりと見て貰いたい。鮎川さんと武井君は局外者だから、これもふた手に分れてオブザーバーとしてつき合ってくれ。きみたちは第三者だ、公平な立会人という意味でわたしも期待している」

なりゆき上わたしは嫌だとはいえなかったし、武井も思いは同じことだったろう。心なしかベビーフェイスが翳っているように見えた。どういうつもりだろうか彼は眼鏡をはずすと、ポケットからうす汚れたハンカチを取り出して、レンズをせっせと磨き始めた。

わたしが組んだのは曲斎とパコの班だった。武井のグループは細身のわかい女性と装幀家の加藤清正、それにイラストレーターの大林雪《きよし》の四人であった。これも後になって知ったことだが痩せた女性は神殿原ミチヨという詩人で、その名前はわたしも聞いたことがあった。まだダネイ氏が生きていた時分のことだが渡米したパコがインタビューをして、われわれクイーンの読者からするとこの上なく貴重な写真をとって来た。そして一巻の写真集として上梓したのだが、そこにはダネイとリーの生家を始めとして両名の足跡を丹念に追い、若い日の二人がストーリィを練ったホテルまでおさめられていた。そのときパコに同行したのが彼女であり、写真集に解説を書いたのもこの詩人だったのである。だから神殿原ミチヨの名はよく覚えていたのだが、依然としてわからないのは彼女の姓の読み方だった。仕方がないからわたしはシンデンバラと読んでいた。後日知ったことだが、正確な読みはコードンバルというのであった。

イラストレーターの雪という名をキヨシと読むことはわたしも知っていた。他にも雪さんという男性の文筆関係の人がいたからである。そして彼らに共通するのは生まれた日が大雪であったことだった。加藤清正のほうはおおよそ見当がついていたが、酔っ払った父親が前後の見さかいなしに付けたものだった。トラになった親爺がトラ退治の張本人の名を持ってきたというのも出来すぎた話だ。

武井たちもそうだろうがわたしの班も熱心に色紙を求めて家中を調べた。寝室では布団カバーをはがしてまで探したし、浴室ではゴムのマットまで引っくり返してみた。リビングルームと書斎は武井のグループが当った。だが結果はというと額縁も発見できなかったし色紙を見つけることもできなかった。

「残念ながら何処にもなかったよ」

キチンで雑誌を読んでいた益子田に曲斎がそう報告した。

「ご苦労さん」

ページを閉じると彼はそう答えた。

「これで気がすんだろう」

「ああ。じゃおれ達の身体検査をして貰おうか」

益子田は頭にかぶっていた黄色い布をとってテーブルの上に投げ出した。

「身体検査なんてする気はないよ。客人に対してそんな無礼な仕打ちができると思うのか」

「じゃどうするんだ」

「何もしない。何もしないが、わたしにとってあの色紙が大事なものであることは変わりない。だからみんなが帰るときに眼を光らせる。誰かがいったようにかさばるしろものだから、こっそり持ち出すことは不可能だ。それ以外に奪回するチャンスはないからな」

彼はヒゲを撫でることをしなかった。そのせいか声の調子が少しずつ激してくるように聞こえた。

「だがもう手遅れかもしれない。色紙はとうに人手に渡っているんじゃないか、そんな気がする」

遅れて来た連中も思い思いの場所に陣どって益子田の話を聴いていた。

「どうもよくわからないが」

「わからぬことはあるまい、みんな謎とき小説の読者なんだから。色紙を失敬したやつは人目を忍んでベランダから額を吊りさげる、下に待っていた仲間がそいつを受け取ってトンズラする、それだけのことだから五分とはかからんだろう」

「われわれの眼を盗んでやったとしても、近所のマンションの窓から誰が見ているかわかったもんじゃない。危険すぎる話だ」

「危険なことはないさ。コソコソやるから怪しまれるんだ、堂々とやれば荷物を運び出そうとしていると思う。心理的な盲点を突くってやつだ」

「もしきみのいうことが正しいとすると色紙は絶望的だな」

「ああ。もう手の及ばない処にいってしまった。わたしが身体検査をする必要はないといったのはそうした意味もあったんだ。わたしはきみ達が家捜しをしている時分から絶望していたんだよ」

いったん激しくなった彼の調子はいつの間にか穏やかなものとなっていた。

「もし益子田さんの話が当っていたとしても、犯人がぼくらのなかにいることは変わりがないでしょう」

口数の少ない加藤清正がめずらしく口をひらいた。おでこにひと握りの髪をたらしているのが唯一のお洒落といった感じの青年である。そのかみの清正はトラを退治したが、この青年が退治に出かけたら、逆にたべられちまうこと請け合いだ、それほどおとなしそうな若者であった。だが腕力はなくても画家としての才能には恵まれているとみえ、この装幀家が手がけた本は例外なしに好く売れるというので、いまや出版社から引っ張りだこなんだそうだ。そのうちに是非わたしの本もお願いしたいもんだ。そして洛陽の紙価を高からしめたいものだと思う。

7

武井は敬虔なクリスチャンだ。だから一切のアルコール類は口にしない。当然のことながら奥さん以外の女色はこれを遠ざけている。カクテルパーティなんぞで独りオレンジスカッシュかなんかを飲んでいる童顔の中年男がいたら、それは間違いなく武井である。

一昨日のことだが、大学時代の友人で独文学の助教授をやっている男がいて、茶飲み話に例の色紙紛失事件のことを語って聞かせると、この先生急に身を乗り出して、おれがよく行く会員制のバーにものすごく頭の切れるバーテンがいる、おれが連れてってやるから是非とも相談してみろとすすめた。

「ぼくはそんなお助け爺さんなんてものは信用しないことにしているんだけどな」

「なにも知らないからそんな御託を並べているんだ。騙されたと思って相談してみろ、エラリイ・クイーンを地で行くような名推理を聞かせてくれる」

「だって相談料が高いんだろ、ぼくは月給前だから——」

「心配するな」

助教授は胸を叩かぬばかりにはずんだ声をだした。

「そうか、わるいな」

武井は思い違いをした。助教授が払ってくれるものとばかり思ったのである。

「じゃ明後日の夜ということにしよう。明晩は家内の誕生日なんだ」

愛妻家らしいことを助教授はいった。

約束の夜がきた。武井は有楽町駅前の喫茶店で落ち合うと、昔の数寄屋橋のあとを抜けて電通どおりに入った。

三番館ビルは五分とかからぬ処にある。助教授は建物の側面に廻ると茶色に塗られたスチールドアを押した。銀座に近いくせに貧乏たらしい構えだ、と武井は思う。廊下を歩くと靴音がいやに大きく反響する。人影一つ見えなかった。

「バーはてっぺんにあるんだ」

エレベーターのなかで助教授がいった。

「いやしくもきみは大学の先生なんだぜ、もう少し上等なバーを選んだらどうだい。いつ学生に見られるかわかったもんじゃないだろ」

相手が返事をしないうちにエレベーターが停まった。

一歩廊下に踏み出した途端に、武井は前言をとり消したくなった。毛足のながい真紅の絨毯はふかぶかとしていて、うっかりすると足をとられてつんのめりそうになる。武井はこんなに上等のカーペットの上を歩いたことがなかった。

バーの内部は明るかった。いままで照明を必要以上にしぼった酒場しか入ったことのない武井には、これも意外なことだった。入ったすぐ左手に壁を背にしたスタンドがしつらえられている。蝶ネクタイを小粋にしめたバーテンダーがスツールに腰をかけた会員たちと談笑していた。

右手は、やはり絨毯をしきつめたホールで、それを横断した向う側の壁の辺りに幾つかのテーブルやボックス席があって、それらの半分はふさがっていた。大きな窓越しに銀座のネオン街が見える。テーブルの数に比べてホールの空間が広く、しかも天井が高いものだから見るからにゆったりとして、贅沢な感じがした。照明が明るいのでいかにも健全で健康的である。

助教授はあいているスツールに武井を腰かけさせ、皆に紹介した。

「大学で同じクラスで学んだ武井君です。学生時代から堅物でとおったクリスチャンでして、卒論には同級生のほとんどがゲーテやシラーを選んだのですが、彼はカルビンを取り上げたんです。いまは大手の出版社で文庫の編集長をしてます」

「ほう、まだお若いのに大したものですな」

ベビーフェイスは得である、何処へ行っても褒められてしまう。

「何をおつくり致しましょう」

エルキュール・ポアロ型とでもいうのだろうか、バーテンは美事に禿げている。左右に残った黒髪をピッタリと撫でつけて、チョッキの脇に右手の指をひっかけた姿は粋であると同時に上品でもあった。白い歯を見せた笑顔は男にとっても魅力的に映る。

「あの、甘酒ありますか」

「バーカ、ここはしるこ屋じゃないんだぞ。バーテンさん、ジンジャーエールを飲ませてやって下さい。ところでバーテンさん、武井君を連れて来たのは同君が遭遇したミステリーを解いていただきたいからなのですよ。おい、話してみろよ」

そこで武井はジンジャーエールを手に、益子田のマンションで経験したことを、主観をまじえぬように注意しながら細大もらさず語って聞かせた。バーテンはグラスを磨きながら熱心に耳をかたむけていた。その視線はグラスを見つめているようでもあり、またグラスをとおして窓の向うの暗い空を見ているようでもあった。他の会員達はこうした場面に何度となく遭遇しているのだろうか、万事心得たといった顔付になって、ただ黙々と呑んでいた。

話が終ると、バーテンは緊張から解放されたとでもいうふうに笑顔になった。その辺のバーテンが酔客に対する営業用の笑顔ではなく、難問をとどけてくれた武井に心から感謝をしているような笑みをたたえた顔だった。

武井はこのバーテンが好きになりそうであった。

「ちょっと質問してもよろしゅうございましょうか」

「いいですとも、どうぞ」

武井ははずんだ声になった。隣の助教授は長身をおり曲げて顔を突き出していた。身長に比例して顔もながい。その隣に並んだ三人の会員もグラスをなめながら、興味津々たる表情をうかべていた。

「失礼なことをうかがいますが、その鮎川さんという方はそそっかしい方だとか。何かの随筆で拝見したように記憶しますが」

予期しない質問に武井は出鼻をくじかれた顔をした。

「まあ慌て者でないといっては正確ではないですね。本人は慎重に考えて行動するのですが、それが裏目にでる場合がある、いってみればそんなことでしょうか」

武井自身が慎重な言い方になった。それが当の作家の耳に入って怒られるのがこわいのだ。とにかく気難しいことで知られた男なんだから。

「よくわかりました」

磨き終えたグラスを背後の棚に叮寧に並べながら、バーテンは笑顔を絶やさなかった。助教授は、学生には見せたことのないたるんだ表情をうかべた。何がわかったのか、彼にはさっぱり理解できなかったからである。

「鮎川さんの色紙は一段と上等のものに見えたそうでございますね？」

「ええ、金箔だか銀箔だかをふりかけたみたいにキラキラしていました。本人はそれが自慢のようでしたが」

「よくわかりました。もう一つうかがわせていただきますが、クイーンさんの歓迎パーティのときに、あなたは益子田さんを誘われたというお話でしたですね？　それは急に思い立たれたのでしょうか」

武井は自分の記憶をチェックするためにちょっと目をつぶった。

「……そうです。招待状を出し忘れたことに気づいたのが当日の夕方でした。二度ダイアルしたんですがお留守だったので、会場に行く途中でお寄りしました。ちょうど外出先から戻られたところで、益子田さんは大のクィーン・ファンですから大喜びで……」

「色紙を三、四枚持って——」

「いえ、やっとのことで一枚だけ見つかったとおっしゃって。もう買いに行く時間がなかったのです」

「バーテンさん、それが何か……」

と、助教授が先を催促するようにいった。

「はい、わたくしはこう考えましたので。金箔が散っているのは色紙の裏側でして、裏と表を間違えるのはよほど慌て者でなくてはならない、そう思いましてお訊きいたしました。鮎川さんからその色紙をもらった益子田さんはすぐ裏表を間違えていることに気づいたでしょうが、先方に恥をかかせるわけには参りませんから、ありがたく頂戴しておいたという次第でして」

「鮎川さんならやりかねないな」

「はい。その益子田さんは藪から棒に招待を受けました。大好きな作家に会えるということで踊り出したい気持でしたでしょう。このチャンスに色紙にサインでもと考えたのですが、色紙のスペアがございません。そこで思いついたのが鮎川さんの色紙の裏側でして、正確に申しますと表側になるわけでございますけど、それを利用することにいたしました」

「一挙両得ということになる、名案だな」

と、助教授が口をはさんだ。

「はい、それをお宅に飾っていました処に、いきなり鮎川さんの訪問を受けました。鮎川さんの眼に触れたら弁解のしようがありません。といって、色紙を反転させて鮎川さんのほうを表に向ければ、お客さんから、自慢のクイーンの色紙を見せてくれといわれたときに困ります。そこで急遽あたまを働かせて、クイーンのほうは盗難に遭ったということにしたのでございましょう」

「いつもそうだが、説明されてみると簡単なことだ。それに気づくことができなかったわれわれが凡庸ということになるんだが」

そう感想を洩らしたのが常連の税務署長であることを武井は知らない。

「な、すごいだろ？」

武井を見る助教授の表情はそう語っているようであった。そして彼は、武井が頬をあからめたことに気づいて不思議そうに小首をひねった。

編集者は「お助け爺さん」といったことを思い出して、胸中をひそかに恥じていたのである。

閉じ箱

竹本健治

《ミステリマガジン》1986年12月号

竹本健治〔たけもと・けんじ〕（一九五四〜）

兵庫県生まれ。東洋大学哲学科中退。七七年、二十二歳のときに《幻影城》に長篇『匣の中の失楽』を連載してデビュー。作中作と現実世界が入れ子構造になったメタミステリで、『黒死館殺人事件』『ドグラ・マグラ』『虚無への供物』のいわゆる「三大奇書」に続く「第四の奇書」と目された。

『囲碁殺人事件』『将棋殺人事件』『トランプ殺人事件』のゲーム三部作、『狂い壁狂い窓』『腐蝕の惑星』『クレシェンド』などのホラー、『クー』〈パーミリオンのネコ〉シリーズなどのＳＦアクション、ゲーム三部作に登場した天才棋士・牧場智久が探偵役を務める『凶区の爪』『妖霧の舌』などの本格ミステリ、多くのミステリ関係者が実名で登場する『ウロボロスの偽書』以下の〈ウロボロス〉シリーズ、ホラー味の強いミステリ短篇集『閉じ箱』『フォア・フォーズの素数』、囲碁をテーマにした描下し漫画単行本『入神』、学園ミステリ『闇のなかの赤い馬』、狂気をテーマにした大長篇『闇に用いる力学』シリーズと、多彩な作品を発表。

チェスタトン特集号に発表された「閉じ箱」は、不確定性原理を題材に怪論理を弄ぶブラウン神父もののパスティーシュである。

普段から死人のように青ざめた顔をしたその歴史のある街は、その日、死装束のような濃い霧に包まれていた。大通りには何か白い巨人が横たわっているふうで、そのなかを泳ぐように北へたどり、広い公園に踏みこむと、そこはもう白濁した海の底と言っていいありさまだった。

首をめぐらせても木々の緑はない。その公園は美しいブナの並木で知られていたが、それらの木々はひっそりと舞台からひきさがり、ただ白い闇にそれとない濃淡を浮きあがらせているだけだった。公園の東に大きな河が流れ、その中洲にある小さな鐘楼から、かすかな鐘の音が聞こえてくる。そしてそれが鳴りやんでしまうと、あとは物音ひとつない静寂が周囲を包んだ。

足もとを確かめるようにしずしずと歩いていた神父の前に、フワッと黒いものがあらわれ、蝙蝠傘の先にあたってカンと音をたてた。

二人がけの小さなベンチだ。いつもは若い恋人たちが、そこで愛の言葉を交わしあっているのだろう。しかし今は人びとの記憶からとり残されてしまったように、ポッンと沈黙を守っている。神父は寸づまりな背をさらに低く屈め、まるでそのベンチに礼をするようなしぐさをして、ヨッコラショとばかりに腰をおろした。

蝙蝠傘を膝に置き、もう一度周囲に眼を配る。数メートル先も見通しのきかない霧は、ますます濃くなってきているようだ。神父は帽子をとり、丸い顔をハンカチで丁寧にぬぐった。

「ゲップのでそうな霧ですね」

不意に間近から声がして、霧のなかからひょろりとした人影があらわれた。ボサボサの頭をした若い男だった。男はこれから自殺でもするかのような難しい表情をして、いいですか、と神父のとなりに席を求めた。

「散歩ですか」

神父が尋ねると、男は眉根にますます深い皺を寄せ、クシャクシャと頭をかきまわした。

「散歩……？　いえ、迷ってたんですよ」

「そうでしたか。お住まいは遠くで？」

「遠くだか、近くだか……」

うつむいた顔を神父に向け、男はようやくかすかに笑いを浮かべた。けれども瞼がやや黒ずんだその眼は、少しも笑っていなかった。男はポケットから小さな黒いピラミッド状のものをとりだし、膝の上でそれを撫でまわしはじめた。

そのまましばらくの沈黙を於いて、神父は再び口をひらいた。

「きれいな細工物ですな」

「ご覧になりますか」

男がさし出したそれは、きっちりした正四面体だった。手にとってよく見ると、それは透きとおったつややかな材質でできていた。なかでは色とりどりのものがモザイクをなし、音もなくカシャッ、カシャッと組みあわせを変えている。指でつまんで覗きこみ、じっとそれを見つめていると、めまぐるしい色の移りかわりは、何となく都市の興亡を思い起こさせた。

「何ですか、これは」

「閉じ箱です。——僕はこのなかで迷ってるのですよ」

「何ですって？」

神父はポカンと口をあけた。

男は戻されたそれを手のなかで転がし、角をつまんでクルクルとまわした。

「違うな。きっと溺れてるんだ。……五年か、百年か、二千年か……」

「おっしゃる意味がよくわかりませんが……」

神父が当惑顔で言うと、男はいきなり奇妙なことを言いだした。

「不確定性原理というのをご存じですか」

「いえ」

神父が慌てて首を振ると、男は膝をつめるようにして語りだした。

「現在、あらゆる物理現象を記述する基礎的理論は、量子論であることが確立されています。不確定性原理は、その量子論の土台となる重要な定理で、ハイゼンベルクという物理学者によって見いだされました。そしてこの不確定性原理が画期的だったのは、それまで我々が信じていた絶対的な客観性という概念を、根底から揺さぶったためなのです」

「絶対的な客観性？」

「つまり、この世のなかのあらゆる事象は、いつ、どこで、何が起こっているのか、原理的にはいくらでも正確に観測できるということです」

「どこか不遜な響きがありますが、『原理的には』という条件つきなら、そう言っていいのではないですか」

男がなぜこんな話を持ちだしたのか、その本意をさぐる顔つきで、神父は慎重に言葉を返した。

「ところが、素粒子レベルのミクロな事象を扱う場合は、そのことが成り立たないというのが、不確定性原理の主張する内容なのです」

「どういうことか、説明願えますか」

促されて、男は赤い唇を舌で湿した。

「たとえば顕微鏡で電子の動きを観察する場合を考えましょう。顕微鏡で観察するというのは、対象物にあたってはねかえってきた光を捉えて、それが伝える情報を読みとるということですね」

「ええ」

「その場合、波長の大きい光をあてると、電子の像がボケてしまって、その位置がはっきりしなくなるのです」

「――小さい波長の光ならいいわけですな」

「ところが波長の小さい光はエネルギーが高いので、ビリヤードの玉の衝突のように、電子の運動量が変わってしまうのです」

「オヤオヤ」

「電子の動きを正確につかむためには、位置と運動量を調べなければなりません。ところが運動量を正確に知ろうとすれば、位置がわからなくなるし、逆に位置を正確に知ろうとすれば、運動量がわからなくなってしまうのです。――そしてこれ以外のどんな観測方法を用いても、位置と運動量の両方を一度に正確に知ることはできず、必ず一定のあやふやさを持つのです」

神父は頷き、柔和な笑みを浮かべてみせた。

「ナルホド。言わんとしていることはわかりますよ。実際にどうなっているかは神のみぞ知る、ということですな」

「ところが、そうでもないのです」

「……何ですって？」

神父の顔から笑みが消えた。

「これは単に〝観察という作業につきまとう宿命的な不完全性〟を指摘しているのではないのです。量子論では、〝観察という作業をはさむためにあやふやになる〟のではなく、もっと積極的に、〝ものごとは本質的にあやふやさを持っている〟と考えるのです。そしてこの場合のあやふやさというのは、〝確率的な解釈はできるが、一回限りのことについては何もいえない〟ということです」

男は表情を動かさず、硬い声でそう言った。神父は少しばかり眉をひそめた。

「それこそ人間の傲慢な考え方ではないですか。私には、手段の不完全さを対象の側に転嫁しているふうに思えますが」

「いいえ、そうではありません。ミクロな現象では、〝確率的に振舞う〟というのが、見かけではなく本質だという証拠はいくらでもあるのです。――実は、かのアインシュタインも量子論の確率的な考え方が気にいらず、『神はサイコロ遊びをなさらない』と反論し、不確定性原理の不完全性を暴こうといろいろ試みたのですが、ボーアという学者によってことごとく論破されてしまったのですよ」

「ホウ」

神父は少しびっくりして言った。

「あらゆる事象は、人間が認知できるできないに関わらず、客観的であるはずだという信仰は、こうして否定されたのです」

「あなたは……もしかすると、神の存在を否定したいのですか？」

「いいえ。いま言いたいのは、そのことではありません。私が言いたいのは、マクロな事象の客観性についてです」

男は依然として硬い表情を崩さず、手のなかの箱を見つめたまま返した。

「……と言いますと」

「ハイゼンベルクの不確定性原理は、ミクロな事象に関してのものです。だからこれをそのまま拡張するわけではありませんが、マクロな出来事についても、似た解釈ができるのではないかということです」

「たとえば……？」

「何でもいいのですよ。たとえば、ある部屋で他殺死体がみつかった。いったい誰が殺したのだろうか――というようなことでも」

「お聞きしましょう」

蝙蝠傘を握りしめ、神父はピンと背筋をのばした。

「マクロな事象の解析には、ミクロの場合とは違った〝縛り〟がかかります。それは対象となる出来事を同じ条件で繰り返し再現できないという点です。特に、人間がその出来事に関わっている場合、そのことは顕著になります」

「そうですね」

「この〝現象の一回性〟のために、マクロな事象の解析においては、その回限りで必要充分な情報を集めなければなりません。けれども我々は往々にして、不充分な情報から解釈をせまられる事態に置かれるのです」

「全く、その通りです」

神父は大きく頷いてみせた。

「事件というのは、本来ひとつのブラック・ボックスです。何も情報がひきだせなければ、ブラック・ボックスのなかで何が起こったのか、窺い知ることはできません。トランプのカードを一枚つきだされ、これは何かと聞かれたようなものです。つまり、そこで何が起こったかは、無限の解釈ができるのです。そして、部屋に誰の指紋が残っていたか、周囲の人物のアリバイはどうだったか、などという情報がそろってくるに従って、次第に解釈の幅は制限され、なんとなく真相が見えてくるというわけです」

「確かに」

「ところで、突然数学的な話になりますが、すべての自然数の数は無限ですね」

「ええ」

「この範囲を大幅に制限して、10^{1000}で割りきれる自然数の数はどうでしょう」

「……やはり無限ですな」

「よく考えれば、解釈がどれだけ制限されても、我々がその事件に関わるすべての情報を知るのが不可能である以上、同じことが言えるのではないでしょうか。つまり、万人がこの解釈しかあり得ないと認めるようなことでも、やはり解釈のしかたは無限にあるということですね」

「ホホウ」

ますます深くなるいっぽうの霧のなかで、黒い箱をもてあそびながら、男は眼だけギラギラ輝かせながら語った。

「たとえば、こういう例はどうでしょう。誰もいないちいさな一軒家のまわりを百人くらいの人が取り囲んでいた。そこにAと、ナイフを持ったBがはいっていき、ものの一分くらいでBが血まみれになって出てきた。人びとがなかにはいると、Aが傷だらけで死んでいた。家をバラバラに解体してもほかの人間のかくれる場所はない。そしてB自身も俺がやったと言っている……」

「申し分のないほど明瞭ですな」

「こんな例でも、Bが犯人でない解釈は無限にあるのではないでしょうか」

「私にもひとつなら思い浮かびますよ。Bを含む百人全員が口裏をあわせているという場合ですが――」

神父が言うと、男は唇の片はしをつりあげた。

「僕はありそうもない例を言いましょうか。一瞬のうちに人間をなます切りにするような自動機械が開発され、それがBのナイフを奪ってAを殺害し、再びBにナイフを返し、ドリルのようなもので穴を掘って逃げた。……もっと極端な例をあげれば、たまたまその場に多量の宇宙線が降りそそぎ、それが一カ所で相互作用してたまたまナイフのかたちになった。同じことがたまたま十回ほど同時に起こり、Aの体を傷つけたあと、再び分散して消え去った。

Bは自分のナイフに血を塗りつけ、俺がやったと外にとびだした……」

「それはまた……」

神父はいささか呆れ顔になった。

「結局僕が言いたいのは、どんなにありそうもない解釈でも、それが物理法則に抵触していない限り、可能性はゼロではないということです。つまり、事件における真相なるものは、確率的にしか判定できないのです」

「……」

「ここで議論を厳密にするために、事件態という概念を考え、それはある事件に関して得られた情報の集合だと定義しましょう。同じ事件でも、得た情報の量や種類が違っている場合、それは別の事件態だと見なすのです」

「はあ」

「また、特定の時刻における特定の状態の世界をWとすると、事件態の解釈というのは、時刻が異なるふたつの世界W_1とW_2、および、両者を因果的になめらかに結ぶ連続体を抽出することに相当します。ところが事件態の解釈は常に確率的なものなので、それは必然的に、時刻は同一で状態は異なる複数の世界を内包しています。特定の時刻にいろんな状態の世界を想定するのですから、パラレル・ワールドのような考え方を導入しているわけです」

「……」

「さて、少し数式を使って言えば、全く同一ではないパラレル・ワールドのセット、

$\{\Psi_1, \Psi_2, \Psi_3, \ldots\ldots \Psi_n, \ldots\ldots\}$

を考え、任意の事件態に対して、そのひとつひとつの確率が、

$p(\Psi_n)$

で与えられるとします」

「数式は不得意なんですが……」

「位置座標

$(p(\Psi_1), p(\Psi_2), p(\Psi_3), \ldots\ldots p(\Psi_n), \ldots\ldots)$

であらわされる、無限次元空間のなかの点qを考えましょう。ある事件態にはひとつの点qが対応することになります。これらの点qは、

$0 \leqq p(\Psi_n) \leqq 1$

かつ、

$p(\Psi_1) + p(\Psi_2) + p(\Psi_3) + \ldots\ldots + p(\Psi_n) + \ldots\ldots = 1$

という条件により、一辺が1の無限次元正単体を構成します。ちなみに、零次元正単体は点、一次元正単体は線分、二次元正単体は正三角形、三次元正単体は正四面体です。そして逆に言えば、あらゆる事件態はこの無限次元正単体のなかに位置づけられるわけです」

「……」

「ところが、先程の定義から逆に明らかなように、ひとつの事件は様ざまな事件態をとり得ます。そして、その幅もまさしく無限です。従って、ある事件に対応するのはひとつの点で

はなく、無限次元正単体のなかにボワッとしたひろがりを持つ、点の集合になるわけです」

「……」

「以上のことを踏まえて言えば、『事件の真相を解明する』というのは、ひとつの事件に対応するすべての点の集合のうち、原点からの距離が近いものから遠いものへ、ポイントを移行させることだと考えられます。原点からの距離をノルムという言葉で置き換えれば、点qのノルムは事件の〝解明度〟をあらわすことになります」

「……」

「コンパクトな実数の集合が最大値と最小値を持つように、この無限次元正単体も、最大のノルムと最小のノルムを持っています。最大なのは、いずれかの$p(\psi_n)$が1であるような点で、これは無限個あります。最小なのは、すべての$p(\psi_n)$が無限小となるような点で、これはただひとつ存在します。——いま仮に、前者をq^1、後者をq^0とあらわすことにします」

「……」

「すべての$p(\psi_n)$が無限小というのを平たく表現すれば、どんな解釈もできないということになりますが、与えられた情報がゼロの場合はこれに相当します。情報がゼロというのは、そもそも事件そのものが存在しないのと同価なのです」

「……」

「q^0からはじまり、対応する点のノルムを大きくしてゆき、最終的にいずれかのq^1に至るというのが、事件解明の理想的な道筋です。しかし、人間はすべての情報を知り得ないので、それはあくまで理想にとどまります。しかも実際上、各パラレル・ワールドの確率を判定することなどできない人間には、ノルムの大小比較さえあやふやになります。さらに悪いことに、人間には、ひとつの事件態を与えられたとき、確率ゼロでないすべてのパラレル・ワールドをあげつらう能力もないのです」

「……」

「これらの何重もの不確定性のために、事件は常にボケたものでしかあり得ません。しかるに、それに唯一の解釈を押しかぶせ、事足りた顔ですまそうとするのは、それこそ僕にはどう解釈していいのかわからないことなのです」

男がようやく口を鎖したあとも、神父はしばらく黙ったままでいた。濃密な霧が二人の体にからみつき、びっしりと細かい水滴をまとわせる。髪からもポタポタとしずくが落ちて、まるでシャワーをあびたあとのようだった。

「……私には何と答えていいかわからない」

やがてそう口を開いた神父は、濡れた顔を男に向けた。

「ただひとつわかることは、あなたがいま語ったことも、ひとつの解釈だということです。そしてそのおおもとにあるのは、あなたの気分だということです」

「そうですか？」

男はフラリと立ちあがり、二、三歩あるいて振り返った。

「でも、それは僕にとって大した問題ではない」

「……」

「面白いことをお教えしましょうか？　二次元平面なら、あちこちデタラメに歩いていっても、いつか必ず目的地にたどりつくことができるのです。――ただし、どんなに近くても離れていても、たどりつくまでの平均時間は無限になりますがね」

二メートルほど離れているだけなのに、もう男の足もとはよく見えなくなっていた。その体にまとわりつくように、霧がゆっくり渦巻いているのがわかった。周囲の光景にも既に濃淡はなく、ただのっぺりとした白い闇だけがどこまでも続いていた。

「……こんな霧ははじめてだ……」

神父はぽつりと呟いた。帽子のひさしからも次々にしずくが落ち、深く息をつくと胸苦しいほどだった。

「裏返しましょうか？」

そう言った男の姿は、既に全体がぼやけかかっていた。

「裏返す？」

「むろん、あなたは神に仕える方だ。そして信仰は座標軸をふやすのです。神の与えたもうた座標軸にそって、この箱を裏返してみましょうか？」

「何ですって」

「……神は世界と相互作用するでしょうか？」

「神の……？　ちょっと、お待ちなさい！」

神父が腰を浮かしたとき、男の姿は霧に呑みこまれた。淡い渦が人影を押し包み、天の扉が鎖されるように、男の姿は足音もなく消え去った。

神父はしばらく耳を澄ませていた。ツグミの声もなく、カササギの声もなく、あたりはしんと静まりかえっていた。

まるではじめから、誰もそこにはいなかったように——。

しかたなく、足もとに転がり落ちていた蝙蝠傘を拾いあげ、神父は再び歩きだした。ベンチも霧に呑みこまれ、果てしない白濁だけが周囲を包むと、自分ひとりがこの世界をさまよっているようだった。森もない。噴水もない。時計塔もない。薔薇園もない。そしていつしか視界がゼロになったときには、もはやさまよう自分もいなくなってしまうのだろう。神父はパチンと傘をひろげた。そしてそれを頭の上で、クルクルと独楽のようにまわしてみた。

——この世にゆらぎがなかったなら。

表情を和らげ、そう神父は考えた。

——こうして傘をまわしていれば、やがてその動きは四方に伝わり、公園じゅうの霧が回転しはじめるに違いない。公園じゅうの、街じゅうの、そして世界じゅうの霧が渦巻きはじめるに違いない。

そんなふうに考えると、なぜかおかしい気持ちになった。人影もなく、道標もなく、地面もなく、あの箱もなく、ただ濃い霧だけが周囲を占めている。そんななかをあてもなくたどりながら、神父はひとしきりクスクスと笑った。

そうだ。それこそが閉じ箱なのだ。

溺れてしまいそうな霧のなかで、クスクスと笑いながら、神父は傘をまわし続けた。

聖《きよ》い夜の中で

仁木悦子

《ミステリマガジン》1987年1月号

仁木悦子〔にき・えつこ〕（一九二八〜一九八六）

東京都生まれ。胸椎カリエスのために幼少期から寝たきりの生活を余儀なくされ、次兄の教育で読み書きを覚える。童話を書いてさまざまな雑誌に投稿し、常連採用者となる。一方で海外ミステリを愛読し、五七年、第三回江戸川乱歩賞を受賞した『猫は知っていた』で推理作家としてもデビュー。この作品はまず作者の境遇で、次いで現代的な明るいミステリという内容の面白さで大きな話題を呼び、推理小説としては初めてのベストセラーとなった。

好奇心旺盛な女学生の仁木悦子がワトソン役、植物学を専攻する兄の雄太郎が探偵役を務める探偵コンビのシリーズもの、「かあちゃんは犯人じゃない」「粘土の犬」など子供が重要な役割を果たすもの、私立探偵・三影潤が登場するハードボイルド、少年向けミステリ『消えたおじさん』など、寡作ながら質の高い作品を発表し続けた。八一年には短篇「赤い猫」で第三十四回日本推理作家協会賞短編部門を受賞している。

クリスマス特集号に発表された「聖《きよ》い夜の中で」は著者の絶筆で、最後の作品集の表題にも採られた。脱獄犯と少年の聖夜の邂逅を描いたサスペンスフルな本作は、子供を描くのをもっとも得意とした著者らしいクリスマス・ストーリーである。

底本：『聖《きよ》い夜の中で　新装版』光文社文庫

1

西の空は、いちめん真っ赤だった。陽が沈むのだ。

ひろむは、「おばちゃん」と呼んでいる女性に手をひかれながら、片側の家々の影がすでにすっぽりと覆いかぶさろうとしている街の通りを、家に向かって歩いていた。おばちゃんがもう片方の手に提げているスーパーのビニール袋は、ごたごたした食料品でふくらんでいた。

すれ違った二、三人の女の子たちが、

「きいよし、このようる……」

と、はしゃいだ声で歌い始めた。

ひろむよりも何歳か年上らしいその子たちは、赤いコートを着込んだり、髪にピンクのリボンをつけたりして、めかしているように見えた。今晩どこかへおよばれに行くのだろうか？

今どきの幼児には珍しく、ひろむは、「およばれ」などという言葉を知っていた。つい三カ月前まで一緒に住んでいたおばあちゃんが、そういった言葉をよく使ったのだ。

「今夜はクリスマスやね。あれはクリスマスの歌や」

おばちゃんが、ひろむの顔をのぞき込んで、教えるように言った。

教えてもらわなくても、彼はあの歌が何の歌か知っていた。歌詞に少し怪しいところがあるけれど、大体歌うこともできるのだ。

おばあちゃんに連れられて行った小さな石段のある教会で、男の人や女の人がオルガンに合わせてあの歌を歌っていた。オルガンの音と歌声は、教会堂の中の白い壁に響いて、おごそかな、そして何かふわあっとした空気をつくる。彼は、その空気が好きだった。

「クリスマスは、イエス様のお誕生日なんだよ。いつもの日と違う日なんだから、今日は一日いい子でいなければね」

と、おばあちゃんに教わったことが、自然に納得されるような気分だった。

「今日はクリスマスやさかい、きっとママがケーキ買《こ》うて来やはるわ。それから、ひろちゃんの好きなおもちゃもね」

太ったおばちゃんは、黄色い歯を見せて笑った。

――違う。おもちゃはサンタクロースが持って来てくれるんだ。プレゼントっていうんだ。

――

ひろむは、心で思った。が、口に出しては言わなかった。生れて以来ずっとおばあちゃんに育てられてきた彼は、おとなしい夢みがちな子どもだった。おばあちゃんが、教会付属の幼稚園に入れようとした時も、大勢の活発な子どもたちになじめなくて、とうとう行かなくなってしまった。

おばあちゃんに死なれて、ママの住む、この西のほうの街に引取られて来てからは、いっそう口数の少ない子どもになった。

ひろむは、この太ったおばちゃんが嫌いだった。歯が汚く、息がくさいのが厭だったし、時々彼にはわからない冗談を言ってけたたましく笑うのが、子ども心に下品なような気がした。しかし彼は、この人に夕飯をつくってもらったり、風呂の世話をしてもらわなければならない。ママは大抵お昼過ぎまで寝ていて、起き出すとパーマ屋に「セット」をしに行ったり、三面鏡の前で念入りにお化粧をして、「お勤め」に出かけて行く。ママが帰って来るのは、夜中過ぎで、その時刻には、ひろむはふとんの中でぐっすり眠っているのが常だった。

ママは、ひろむを引取ることになった三ヵ月前から、近所に住む一人暮しのこの人に、夕方から夜八時頃までの間、彼の世話を頼むことにしたのだ。

「来年の春には学校へ行くんだから、いまさら保育園でもないし、第一、夜預かってくれる保育園は近くになんかないものね」

と、ママは言っていた。

ひろむはパパの顔を憶えていない。でも、おばあちゃんと一緒にいた東京の家では、小さなつくえの上に写真が飾ってあったので、パパが、少し長細い顔で、黒いふちの眼鏡をかけていた人だ、ということは知っている。このパパは、ひろむが赤ん坊の頃、病気で神様のところに行ってしまったのだと、おばあちゃんが教えてくれた。おばあちゃんは、パパのお母さんなのだ。

ママが、いつ頃からいなかったのか、それも彼は憶えていない。ずっと小さい時のことを思い出してみても、いつもおばあちゃんと二人きりだったのだ。

「パパが亡くなってしまったので、ママは遠くに行って働いているのよ。ひろむが大きくなったら、ママに会いに行けるのよ」

おばあちゃんは、たまに思い出したようにそう言った。時々、うす黄色くてへりが緑色になった封筒を郵便配達が持ってくることがある。封筒の中には、紙のお金が何枚かはいっていた。

「ママから送って来たのよ。ママは、ひろむのこと、いっつも憶えているのよ」

そう言われても、彼は、ママを懐しいと思ったことはなかった。知らない人を懐しがれるわけがない。おばあちゃんさえいてくれれば、彼は満足だった。

ところが、そのおばあちゃんがいなくなってしまったのだ。

まだ名残りのせみが鳴いていたある日、ただ一人の友だちのエミちゃんと児童公園で遊んで、家に帰って来ると、おばあちゃんは、トイレの廊下で仰向けに寝ていた。いくら呼んでも起きないので、隣のエミちゃんの家に行ってそのことを話した。

それから何が何だかわからない大騒ぎがあって、おばあちゃんは姿を消してしまった。その代わり、知らない女の人が来て、彼を新幹線でいまの街へ連れて来た。この女の人が、ママなのだということだった。

彼は、ママのことは、そんなに嫌いではなかった。お勤めが休みの日には遊園地に連れて行ってくれたり、きれいな服を買ってくれたりした。でもママは、機嫌のいい時とわるい時があり、機嫌のわるい時には、彼をぶったりした。おばあちゃんのように安心して甘えることはできなかった。

「さ、ご飯の支度するよってに、テレビでも見て遊んでなはれ」

おばちゃんは、家に着くと、玄関の格子戸を開けながら言った。

古ぼけた二間ほどの平屋のこの家は、ひろむを引取ることになった時、ママが誰かに頼んで借りたもので、この家だけは、おばあちゃんと二人で暮していた東京の家とどことなく似ていることが、彼の心をほっとさせるのだった。

2

終業のベルが鳴った。

輪転機や裁断機のモーターが、やがて、一つ二つと止まってゆく。

「今日はここまでにしようや。この何日か忙しかったが、ピークもそろそろ終りだな」

看守の堀崎《ほりさき》が言った。彼はこの印刷作業場の監督責任者であると同時に、印刷技術の指導員の一人でもあった。生家が印刷所なので、その関係でこの職場に配属されたのだ。看守としては気さくな人柄で、受刑者たちの間の評判はわるくなかった。

年末は、街の印刷所は年賀状その他の注文の殺到で多忙をきわめる。そのあおりで、刑務所内の印刷場も結構忙しくなる。外部の印刷所の下請けの仕事も引受けているからだ。しかし、このような多忙さは、受刑者たちにとってはむしろ歓迎されているようだった。

年がら年じゅう仕事に追いまくられるのでは有難くないが、ある時期、短期間の忙しさは、仕事をしたという満足感を生む。単調で変化に乏しい生活の中に、外部の季節感をもち込むことにもなるし、残業は、出所の時に渡してもらえるささやかな貯金の高を増すことにもつながるのだった。

「紙が余ったな。戻しておくか」

堀崎が言った。

「はい」

詐欺で服役中の田黒《たぐろ》が、ハトロン紙で包装した大きな直方体の包みを手押し台車に載せようとした。

「あ、わたしやります」

手をさしのべたのは、岩野昌造《いわのしょうぞう》だった。妻の愛人を殺害し、十二年の刑に服している。

「ああ、岩野にやってもらおう」

堀崎がうなずいた。紙というものは意外に重量がある。A4判五千枚の包みなどは、大の男でも二人がかりのことが多いが、もと長距離トラック運転手だった岩野は、体が大きく、腕の力も群を抜いており、大きな印刷用紙の包みの運搬には、きわだった能率のよさをみせるのだった。

つかみどころのないきちっとしたハトロン紙包みを両手で軽々と抱えあげて台車に載せる。その時、岩野の目に鋭い光が走ったのに気づいたものはなかった。

「右手のほうに積むのですか？」

きちんと重ねて積み終り、台車を押して歩き始めながら、さりげなく聞く。

「あ？　いや、この紙は当分使わないと思うから奥のほうへ入れてくれ」

堀崎が先にたつ。

作業場の一方に、仕切壁で簡単に仕切られたコーナーがある。コーナーといっても、七、八坪の広さがあって、片側にはシャッターがおりている。

印刷用紙の置き場だった。

製紙会社のトラックが、刑務所構内のべつの場所に、受注した用紙を運んで来ておろす。トラックが帰ってしまったあと、印刷作業場に所属の受刑者たちが、その紙を取りに行き、大型の台車に積んでこのシャッターから運び入れ、ここのコーナーに収納するのだ。シャッターのかたわらには小さな出入口があり、いまは当然シャッターにもドアにも錠がおりていた。

仕切壁のうしろには、さまざまな印刷用紙の、きっかりした茶色の包みが、見上げる高さまで積み重ねられている。

「ここですか？　ここは一杯でもうはいりませんが」

岩野が一番奥の壁ぎわまで台車を押して行って振返った。

「はいらない？　そんなはずはないだろう」

堀崎が、つかつかと近寄ってのぞき込んだ。

その瞬間だった。岩野の右手ににぎられた太さ五、六センチの丸棒が、堀崎の背後から打ちおろされた。

ぐわっ、と鈍い音がして、堀崎は、声もたてずにその場に倒れた。

すばやく、その体を、積み上げられた印刷用紙のすき間に押込む。その時ポケットから抜き取ったのは鍵の束だった。奪われることを防止するために、細ひもでポケットの内側につなぎとめてあったのを、岩野は怪力で引きちぎった。

作業場には、かなりの人数がいるが、この場所は、間の仕切壁のためにそっちからは死角になっている。それに、作業場にいる仲間たちは、いまは隅の手洗い場に、油や印刷インキに汚れた手を洗おうと群がっているに違いない。

一日の作業の終るこの時刻こそ、岩野が長い間考え抜いた計画に、最も適切な「時」であった。武器の丸棒は、以前、作業場の模様替えをした日、重い機械類を移動させるコロに使った中の一本で、彼はそれを、印刷用紙の山のすき間に慎重に隠しておいたのだった。滅多に使うことのない、美術印刷用のオフセット用紙の束《たば》の間に。

そればかりではない。ここ数年、彼は、生活面でも作業面でも、きわめて真面目に、模範的な受刑者として通して来た。殺人というとくに凶悪な犯罪を犯した長期刑の服役者として、最初は警戒を怠らなかった刑務所側も、近頃では、とくに彼に注目して監視することはなくなったかにみえた。

長い長い忍耐の年月であった。

鍵を開けて、早くも夜の闇に包まれている戸外に出た。日没の最も早い季節なのだ。

右手には、例の丸棒がにぎりしめられていた。

3

豆ランプだけが灯っている。天井の蛍光灯に付属している小さな電球だ。部屋の中の物が、わずかに赤茶色に見えている。

その完全ではない闇の中で、ひろむは大きく目を見ひらいていた。

おばちゃんは、いつもどおりの時刻になると、彼をパジャマに着替えさせ、ふとんに入れた。そして、しばらくそばについていたが、彼が眠り込んだものとみて、蛍光灯を消し豆ランプだけにして、部屋を出て行った。

しかし、彼は眠っていなかった。いつもは、ふとんに入れられると間もなく眠ってしまうのだが、今夜はどうしても寝つかれず、かといってそういうと怒られるかもしれないので、まぶたを閉じて寝たふりをしていたのだ。

おばちゃんが、玄関の戸を開け、また閉める音が聞こえた。自分の家へ帰って行ったのだ。ひろむは大きな目を開けて、しばらくそのまま、丸く灯っている豆ランプを眺めていたが、やがて、ふとんをまくって起きあがった。

ママの三面鏡の前から腰かけを引きずって来て、電灯の真下に置き、それにのぼって下がっているひもを引いた。

部屋が明るくなった。

畳敷きの六畳間である。畳敷きだが、一隅には三面鏡があり、その隣に洋服ダンスが置いてある。

反対側の隅に、彼の背丈よりも少し高いクリスマスツリーが飾られていた。緑色のプラスチックの葉の間に、きらきら光る星や、丸い玉や、エンゼルの人形が下がっている。ひろむは、ツリーのそばに行って、手で触ってみた。

このツリーは、何日か前にママが買って来てくれたものだ。お勤めが休みの日にどこかへ出かけ、タクシーで帰って来た。

毛皮のコートを着たママが、ツリーを抱えてタクシーからおりて来た時、彼は手をたたいて喜んだ。ツリーは、すぐこの部屋の隅に飾られた。

しかし、こうやって眺めると、このツリーはなぜか、よそよそしい顔でそっぽを向いているように見えた。

おばあちゃんと二人で、クリスマスツリーの飾りつけをした時のことが思い出された。おばあちゃんのところにあったツリーは、こんなに大きくはなかった。葉の色も、こんな明るい緑ではなく、暗い色で古ぼけていた。飾り物もこれほどぴかぴか光っていなかったと思う。

その飾り物は、古いボール箱に、まとめてしまわれていた。

「そろそろクリスマスのお飾りをしようかねえ」

おばあちゃんは、そう言って、押入れの奥から、埃よけのぼろ布をかぶせてあるツリーと、ボール箱を出して来た。

布が取りのぞかれ、暗緑色の木が現われるのを、彼はわくわくしながら見ていた。

「ほら、飾って頂戴」

おばあちゃんは、ボール箱の蓋を取り、中のこまごましたものを、一つ一つ出して彼に渡した。赤や青の丸いガラスの玉。すすけてあまり光らなくなっている紙の星。おばあちゃんが毛糸でちゃんちゃんこを編んで着せた指先ほどのキューピー人形など。それらはみな十数センチの糸がつけてあって、ツリーのちくちくする枝に巻きつけるだけで吊るせるのだ。うまくいかない時には、おばあちゃんが横から手を出して手伝ってくれた。

「このガラスの玉は古いんだよ。パパがまだひろむくらいだった時、クリスマスツリーが寂しいからって、おじいちゃんが買って来たの。この中で一番古いかしらね」

「このとなかいさんは、ひろむが生れた最初のクリスマスの時、教会の先生がくださったのよ。小さくてかわいいから、糸をつけて、ツリーのお飾りにしたの」

飾り物は、何やらひとつひとつに由来があるようだった。おばあちゃんの話してくれるそんな由来を聞きながら、長い時間かかって枝に吊るしていった。おばあちゃんはまた、イエス様が生れた夜大きな大きな星が出た話をして聞かせたり、クリスマスの歌を歌ってくれたりした。最後の仕上げの金モール銀モールを巻きつけるのと、白い綿の雪を枝のところどころに載せるのとは、おばあちゃんがやった。

ああ、あの二人でやった作業の楽しかったこと。できあがったツリーは、ほれぼれするほどすてきに見えた。

クリスマスの準備の仕事はもうひとつあった。

ツリーを飾り終えると、おばあちゃんは、ひろむを連れて近くのスーパーに買物に行った。まずお菓子の売場で、小さな細かいお菓子を数種類買う。キャラメルとか、一口で食べられる板チョコのミニチュア、色とりどりの紙で包まれたキャンディなど。――ふだんは、歯がわるくなると言って、お菓子はあまり買ってもらえないのだが、この日ばかりは、ひろむ自身があれこれと選んでいいのだった。

お菓子の買物がすむと、階段をのぼって、二階の売場に行く。おばあちゃんはそこで、紙コップを一包みと、おりがみを買った。

家に帰ると、おばあちゃんをせきたてて、買って来たおりがみを細く切ってもらう。その端を糊で貼りつけて輪をつくる。次の紙を輪に通して端を貼り合わせる。これを繰返してゆくと、紙のくさりが次第に長くなってゆく。

「ひろむは紙の選び方が上手だねえ。色どりのいい順番につなぐね」

おばあちゃんに褒《ほ》められて、彼は得意だ。

くさりができると、今度は、おばあちゃんに教えられて、紙コップにおりがみを貼りつける。赤いコップ、青いコップ、緑のコップ。――

おばあちゃんは、先のとがった小さな銀色のはさみで、鐘だの、くつしただの、ひいらぎの葉だのを切り抜く。それをコップに貼りつける。おばあちゃんは、茶ダンスの引出しに大切に溜めておいたリボンの中から、適当な幅のをより出して、コップに下げ手をつける。

「さ、この中に、お菓子を同じ数ずつ入れるのよ。キャラメルは三個ずつがいいかねえ。それからチョコレートと――」

お菓子の詰め込まれたカラフルなバケツが何個かできあがった。明日は、おりがみのくさりを部屋に飾り、隣のエミちゃんとエミちゃんの姉さんを呼んでクリスマスをするのだ。彼女たちに、お菓子のはいったバケツをひとつずつ配る時のことを考えると、ひろむは興奮で部屋をとびまわりたくなるのだ。

クリスマスツリーを自分の手で飾りつける喜び。お菓子のバケツを用意する喜び。それと並んでもうひとつの喜びは、サンタクロースだった。

「ひろむはいい子だから、きっとサンタクロースのおじいさんが、プレゼントを持って来てくれるよ。だからもうおやすみ」

言われてふとんにはいってもサンタクロースがとなかいのそりに乗って、夜空を飛んでいるさまが見えるようで、なかなか寝つかれなかった。うとうととして眼をあくと、あたりはもう明るくなっている。

昨日のことはすっかり忘れて、目をこすりながらふとんの上に起きあがる。と、飾りつけたクリスマスツリーが、視野にとび込んでくる。どきんとして見まわすと、まくらもとにリボンをかけた紙包みが見つかる。

それを開ける時のもどかしいこと。包み紙はやぶいてしまうが、リボンが固結びになってほどけない。台所にとんで行って、流しの前で何か刻んでいるおばあちゃんに、リボンをほどいてもらう。

「よかったねえ。サンタクロースのおじいさんが、ひろむが眠っているうちに置いて行ってくれたんだね」

おばあちゃんは、にこにこして言った。

去年のクリスマスにサンタクロースが持って来てくれたのは、白いクマだった。このクマはこの家にも持って来てあって、いまもひろむの親友だが、いまはもう白くはなく、ねずみ色に汚れている。

いつだったかのクリスマス――ひろむがまだ小さかった時のクリスマスには、新幹線ひかり号のおもちゃをサンタクロースが持って来てくれるはずだった。いつかデパートで見た、大きなぴかぴかのひかり号だ。

ところが、その年のクリスマスはつまらなかった。おばあちゃんが病気になってしまって、狭い家の中に床をしいて寝ていたのだ。ご飯の支度などは、隣のエミちゃんのお母さんがしてくれたのだったろうか。

もひとつつまらなかったことは、サンタクロースが、ひかり号を持って来なかったことだ。手のひらに載るほどの紙包みから出て来たのは、金色にメッキした小さな自動車で、中にキャンディが三、四個入っているものだった。

「ひかり号、持って来なかった」

失望する彼に、やっと床の上に起きられるようになったおばあちゃんは言った。

「きっとここへ来る途中で、プレゼントが足りなくなってしまったんだよ。世の中には、病気で寝ている子や、パパやママもおばあちゃんも誰もいない子がいるんだよ。きっとそういう可哀そうな子のとこに持って行ったんだよ」

「ひかり号を？」

「そう。それにねえ、ひろむ。大きい物よりも、ちっちゃい物のほうが値打があるもんなんだよ」

「値打ってなあに？」

「ほんとはずっといい物だっていうこと。ダイヤモンドは、こーんなに小さいけどすごい値打があるの。この自動車も、ごらん、金ぴかぴかで立派じゃない？」

「これ、ほんとの金？」

「そうかもしれないよ。大事にしまっておき」

そう言われると、小さな金色の自動車は、大切な宝物のように思えて来た。彼は、〈ひろむのお勉強の引出し〉と言っている茶ダンスの引出しのひとつに、大切に自動車をしまった。

新幹線ひかり号の模型は、話を聞いた教会の人たちが買って、お正月に持って来てくれた。ひろむは有頂天だった。が、メッキの自動車も依然として彼の宝物であることに変わりはなかった。彼は時々引出しからそれを取出し、

「ちっちゃい物って値打があるんだよね」

と言いながら遊んだ。

その自動車は、ママが東京の家を畳む時、

「がらくたは思い切って整理しなければ」

と捨ててしまったのでいまはもうない。

ひろむは、もう一度つくづくと、クリスマスツリーを眺めた。大きくてきれいなツリーだが、おばあちゃんと二人で一生懸命飾りつけたあのツリーよりもやっぱりつまらなく見えた。

ひろむは玄関脇の窓のところに行き、カーテンを引っぱってみた。雨戸がなく、格子がはまっているその窓からは、星がまたたいているのが見えた。

——いまごろ、サンタクロースは、空を飛んで、こっちへ来かけてるんだ。もう、あの明

るい星のへんまで来ているのかもしれない。——

ひろむは、寝間にとって返し、パジャマを脱いで、ズボンとセーターに着替えた。お使いに連れていってもらう時いつも着る茶色のオーバーも着た。玄関の戸は鍵がかかっていて開けられないので、裏口に靴を持って行った。裏口には、がちゃんと引っかける掛金がついているだけなので、彼にも開けることができるのだった。

4

岩野昌造は、血走った目で、闇の中をすかして見た。郊外の畑や林の中の道を、何キロ走り続けたろう。この辺はまだ街はずれだが、人家が少しずつふえてきている。駅へ出るまでに、どこかで食物と衣服と金を手に入れねばならない。

右手には、血のついた丸棒をまだつかんでいる。ものかげに隠れて、二人組んで構内の見まわりに来た看守の一人をいきなりなぐり倒し、呼子を口に当てようとしたいま一人も続いてなぐり倒した。鍵を奪い、通用門を開けて逃走したのだった。

あの女に復讐してやる。——ここ数年間、彼が忍耐に忍耐を重ねて準備し続けた計画の目的はそれだった。彼の人生には、もうそれ以外にはなかった。

彼は東京の下町で生れた。運送会社に勤めていた時、近くの軽食堂で働いている女にほれた。まだ若く、よく笑う女だった。結婚しようと言うと、落ちつくなら郷里の関西に帰りたいと言う。彼は、勤めをやめ、女と一緒に関西に移り、簡単だがちゃんと祝言《しゅうげん》もあげた。

彼は妻が可愛くて可愛くてたまらなかった。長距離トラックに乗るようになり、山陽道を往復して懸命に働いた。

なかなかできなかった子どもが、四年目にできた。彼は幸福で一杯だった。

ある時、予定が変わって、帰るはずでなかった日に家に帰ると、男がいた。妻はふてくされ、居直ったように突っかかって来た。彼が留守がちなのをいいことに、男を引入れていたのだ。間もなく生れる子どもも、この男の子だという。

気がついた時には、台所の出刃包丁を持ち出して、男をめった突きにしていた。妻は外に逃げて、一一〇番していた。

裁判中に送られて来た離婚届に、彼は無言で判を押した。

妻は、いまは新しい夫と、三十キロくらい離れた市で幸福に暮しているという。運転手時代に弟のように可愛がり面倒をみてやった若者が、面会に来て、ちらっと言っていたのだ。

ともかく、あの女のところまで行かなければならない。あの女が、何事もなかったように幸福にしているというところへ。

しかし、駅から列車に乗るとしても、必要なのは衣類と金だった。

何軒かの家からは、暖かい灯の色が洩れていた。その中の一軒だけが真暗だった。何やら看板が出ていて、普通の住宅というより事務所のような感じだった。

岩野はその前に近づき、様子を窺った。内部はしんかんとしている。裏手にまわって、窓のガラス戸を、錠で二枚つながったまま外《はず》した。

事務所らしいという推測は当たっていた。

一番広い部屋は雨戸がついていて外に光が洩れないことを確かめてから電灯をつけた。

宣伝用のちらし、開店を告げるプラカードなどが雑然と積みあげられている部屋だった。街の小さな広告業者の事務所らしい。

廊下の端につくられた簡易キッチンの棚に食パンの包みがあるのを見つけて、それをかじりながら、事務所の中を物色した。衣類らしい物が何も見当たらないのはまずいが、デスクの引出しには、一万円札と五千円札が十数枚はいっていた。

デスクの横にテレビが置いてあった。スイッチを入れてみる。

「今日の夕方、——刑務所より受刑者が一人脱走しました。岩野昌造、三十六歳。殺人罪で服役中でしたが、本日、職員三名を襲って逃走。行方はいまのところわかりません。襲われた職員は二人死亡、一人は重体です……」

ローカルニュースらしい。続いて彼の写真が写し出され、身長その他の特徴が読みあげられた。

「畜生」

ずいぶん速く報道されたものだ。この分では駅には非常線が張られているかもしれない。適当な車を見つけてヒッチハイクか、それともいっそ車を強奪してしまうのがよいか。

出て行きがけに部屋の電灯を消そうとして、目にとまったものがあった。棚の上に半だたみにして載せてある赤い服だった。サンタクロースの衣裳だ。

「クリスマスか、今夜は」

白いシールでふちどられたその赤い衣裳をひろげてみた。服の下からは、白い長いつけひげも出て来た。ひげには、ご丁寧に、団子鼻までついている。

赤い服は、だぶだぶに作られていて、普通の服の上に重ねて着られそうだった。

一分とたたないで、サンタクロースが一人できあがった。服とセットになっているらしい布袋があったので、脱ぎ捨ててあった作業服をそれに突込んで片手に下げた。適当な場所を見つけて捨てればいい。

何本かあったプラカードの中から、文字が薄くなって目立たないのを選び出した。

外に出て、歩き出した。この恰好なら、すれ違う人間たちは、バーの客引きか何かと思って、気にもとめないだろう。何しろ、今夜は、こんな恰好をしてもおかしくない特別の夜なのだから。

不意に、何かが足にからんだ。かがんで拾いあげた。くさりのついたペンダントだった。ペンダントといっても、子どものおもちゃらしい。プラスチック製のうさぎがぶら下がっている。彼は半ば無意識に、それを赤い上着のポケットに入れた。

彼は、駅と思われる方向に向かって歩いて行った。この服装で駅周辺まで行き、様子を見た上で警戒が薄手のようだったら、赤い服を捨てて列車に乗ればよい。

このあたりはまだ場末なので、人通りも少なく、星空だけが静かだが、本通りにはいったら、今夜は結構にぎやかなのではないかと思われた。自分の手にかけた男たちについては、完全に念頭から消えていた。

5

住宅地のとある角で、岩野は突然足を止めた。何か小さなものが、こっちへ向かって走って来るのだ。犬か、と思った。が、違った。

目の前まで来て立止まったのは、幼い子どもだった。茶色のコートを着た、五歳くらいの男の子だ。子どもは丸い目で、じっと岩野の顔を見上げている。

何、見てるんだ。——少し気味わるくなった。その時だった。子どもの顔に溢れそうな笑いが湧きあがった。

「やっぱり来たんだね。きっと、このへんまで来てると思ったんだ」

「来たって、誰が？」

がらにもなく岩野はどぎまぎした。

「サンタのおじいさんじゃない。ぼく、ずうっと待っていたんだよ」

「そうか。サンタクロースを待ってたのか」

事情は少しのみ込めてきた。が、当惑していることに変りはなかった。面倒なことには一切かかわりたくない、というより、かかわってなどいられない彼だった。

子どもを無視して、岩野は歩き出した。

「サンタのおじいさん」

子ども特有のかん高い声が叫ぶ。見ると、子どもは当然のような顔をして小走りについて来るのだった。

「なんで、ついて来るんだ」

「だって、ぼくのうちに来るんでしょ？　ぼくのうち、あっちだよ」

そう言われても、答えようがない。

「ねえ、となかいはどこにいるの？　ぼく、となかい、見たいんだ」

「となかいは、いない」

「どうして？　となかいにそりを引っぱらせて、乗って来たんでしょ？」

「乗って来なかったんだよ」

「どうしてえ？」

「そりになんか乗って来たって、置くところがないだろう」

「ああ、駐車禁止だから？」

こんな場合だというのに、岩野のくちびるに苦い笑いが浮んだ。仕方なさそうに、彼はうなずいた。

「ねえ、東京のエミちゃんのところにも行った？　東京の、目黒っていうところなんだよ」

「東京には行ってない」

「東京には、行かないの？」

「ああ」

「だったら、エミちゃん、かわいそうだよ。エミちゃんには、プレゼントないの？」

「東京には、べつのサンタクロースが行ってるだろうさ」

「サンタのおじいさんて、一人じゃないの？　おーおぜい、いるの？」

話はますます厄介なことになってくる。子どもを振切って逃げようかと思う。が、そんなことをしたら、人目にたって、通行人に怪しまれるのではないか。

「ともかく、そのエミちゃんのとこには、ちゃんとプレゼントが行っているから、心配しないでいいんだ」

「そうなの？」

子どもは安心したようだった。安心すると同時に、重大なことを思い出したらしい。

「ねえ、ぼくには何くれるの？　ぼくにもプレゼントあるんでしょ？」

うるせえな、とどなりかけて、岩野はやっと自分を抑えた。クリスマスの晩にサンタクロースが子どもをどなりつけたのでは、かたなしで、人が集まって来るだろう。

突如、妙案が浮んだ。

岩野は、ポケットに手を突っ込み、さっき拾ったペンダントをつかみ出した。

「そら、プレゼントはこれだ。いいだろう」

「これだけ？」

子どもは、ペンダントを手に取って、しげしげと眺めた。

「つまらないか？」

「うん」

「でも、値打があるんだぞ、それは」

「値打？」

子どもの顔が、ぱっと輝いた。

「そうだね。ちっちゃいものって、とっても値打があるんだね。おばあちゃんが言ったよ」

「おばあちゃん、うちにいるのか？」

「いないよ。死んじゃったんだ」

「お父さんやお母さんは？」

「パパも死んじゃった。ママはお勤め」

「お勤め？」

「うん。夕方になると行くの。夜中に帰って来るんだよ」

「そういうお勤めか」

この子どもを連れて行けば？　人質というアイディアが、岩野の心に浮んだのはこの時だった。すでに脱獄が報道されている以上、警察は必死に自分の行方を追っているに違いない。

子どもを連れていたら、人質として役に立つのではないか。おとなしそうな子どもだ。母親は夜の勤めで、家には誰もいず、ほったらかしにされている子のようではないか。今夜はクリスマスだし、母親が家に帰って、子どもがいないのに騒ぎだすまでには、まだ時間があるだろう。

「坊や、いいところに連れていってやろう」

岩野は子どもの手を取って歩きだした。子どもは逆らわず、むしろ喜んでついて来る。

「ねえ、これ、首にかけるものでしょ？」

「そうだよ。かけてやろうか」

立止まって、ペンダントをかけてやる。

また手をひいて歩きだす。

「これ、うさぎさんだね」

「そうだよ」

「ぼく、うさぎさんの年だよ」

「そうか。うさぎの年にうさぎなら、丁度いい。これはお守りだ」

「お守りって、なあに？」

「こわいことや、危いことに出会った時、このうさぎが守ってくれるんだ」

「すごいんだね。値打があるんだ」

並んで歩いている子どもの足が、遅れがちになってきた。手で、目をこすっている。

「眠いのか」

「うん」

「じゃあ抱いて行ってやろう」

ゴミバケツや、ゴミの詰まったビニール袋がかたまって置いてある角に、岩野は、プラカードと作業服のはいった布袋を捨てた。子どもを抱きあげた。

子どもは、彼の肩に頭をもたせかけると、すぐ、寝息をたて始めた。

6

どのくらい眠ったのか、ひろむは知らない。体がリズミカルに揺れるのを感じて目を開けると、顔のすぐ上に白いひげが垂れていた。さらに上を見上げると、暗い空に星がまたたいていた。ああ、クリスマスなので、サンタクロースが来てくれたんだった、と彼は思い出した。

自分を抱いている男が、駅の周辺に様子を見に行って、警戒がきびしくなっているのを確認して、あわてて裏通りに道を選んだことも、鉄道の線路脇に出て、それ以来、線路伝いに何時間も歩き続けていることも、ひろむは知らなかった。まして、子どもの行方不明に母が半狂乱になっていることも、町はずれの広告社からサンタクロースの衣裳が一そろい盗まれたという情報、幼い男の子を抱いたサンタクロースが目撃されたという情報に、警察が緊張しきっていることも、彼のあずかり知らぬことだった。

サンタクロースの両腕は、太くて力強く、安心して体を預けていられる気がした。女性ばかりしか身近に知らずに育った彼には、それは初めて経験する感触だった。

突然、体を支えている腕がぎくっと硬《こわ》ばった。サンタクロースは、歩みを止め、うしろを振返った。

「岩野。岩野昌造。動くな」

男の声が叫んだ。ばらばらと、幾人もの足音が駈け寄って来た。

「岩野。これ以上罪を重ねるな。その子どもを放せ」

サンタクロースは、いきなり走り出した。反動で体がぐらりと揺れたので、ひろむは反射的にサンタクロースの肩にしがみついた。が、取落されるという不安は感じなかった。上下に体を揺りあげ揺りおろされながら、不安定なものを感じないで、もたれかかっていられるということは、むしろ楽しくさえあった。どこかでパトカーのサイレンが聞こえた。

「あの人、だあれ？」

彼は尋ねた。

「悪い奴らだ。悪い奴らが追いかけてくるんだ」

「だいじょうぶ？」

「大丈夫だ。心配しないでつかまってろ」

「お守り、持ってるから、だいじょうぶだよね」

ひろむは、首にかけているペンダントのうさぎを、手のひらの中ににぎりしめた。どんな立派なおもちゃをもらったよりも、これをもらってよかったと思った。

うしろからは足音が追って来る。ひろむはサンタクロースの肩につかまって、こわごわのぞいてみた。そこは空地になっていて、片側に、薄暗い街路灯が並んでいた。

「三人来るよ」

「そうか」

「でも、あれ、お巡りさんみたいだよ。ピストル持ってるよ。洋服の人もいるけど」

「お巡りみたいな恰好をしているだけだ。悪い奴なんだ」

「そうだ」

「お巡りさんに化けているの？」

「ぼくも知ってるよ。へんそうっていうんだよ。お巡りさんにへんそうしてるんだね」

「ああ、利口だな、坊や」

サンタクロースは、疲れてきたらしく、荒い呼吸をしていた。

「岩野、止まれ」

うしろでまた叫んだ。

「速く、速く、もっと速く走ってえ」

「じっとしてろ。あばれたら走れねえ」

そう言いながらも、サンタクロースは、ひろむを抱く腕に力をこめ、一段と足を速めた。いつのまにか、道は、黒く塗った木の柵に沿って走っていた。柵のむこうは、がけになって、その下を鉄道の線路が通っているらしい。むこう側の家々も、ずっと目の下なので、夜空がふだん見たことのないほど広々とひろがり、星が一面にばらまかれたように光っていた。クリスマスだからだ。クリスマスだから、あんなにいっぱいお星さまが出てるんだ。――と、ひろむは何の脈絡もなく、そう思った。

背後からも、行手からも、さらにサイレンの音が、二重、三重に重なって聞こえてきた。ライトも視野にはいって来た。しかし、パトカーは、それ以上近寄っては来なかった。ひろむとサンタクロースを遠まきにして止まった。ばらばらとおりて来た男たちも、近づこうとはせず、中腰になってこちらを窺っていた。

「あれ、みんなわるい人なの？」

「そうだ。ちょっと黙ってろ」

サンタクロースは、うるさそうに言って、ひろむを自分の体の前面に来るように抱えなおした。

「岩野、子どもを放せ。無邪気な子どもに危害を加えるな」

声が、どこからかどなった。機械みたいな声だな。――とひろむは思った。よく街をやって来るちり紙交換の声と、それは似ているように思えた。

「いやだ。パトカーを全部引揚げさせろ。そしてタクシーを一台よこせ。タクシーで目的地まで行ったら、子どもを放す」

サンタクロースがどなり返した。しばらくは両方から怒声のやりとりが続いた。ひっそりと暮すことになれているひろむは、その声で頭ががんがんした。彼は両手で耳を抑えた。手を放しても、サンタクロースは、彼をがっしりと支えていた。サンタクロースにしっかり抱かれている限り、怖いという気はしなかった。

「ひろむ――ひろむ――」

突然女の声が起こった。遅れて到着した一台のパトカーから、ころがり出るようにおりたのは、ひろむの母だった。

「ひろむ――」

そう繰返すだけで、あとの言葉は何も出て来ない。時々、手を顔に当てて、すすり泣いているように見えた。

――ママは、どうして泣いているんだろう?――

ひろむは不思議な気がした。大人が泣くのを初めて見たからだった。

――悪い奴があんなにいるからだろうか?――

でも、その悪い奴たちは、ママをいじめているようではなかった。一人などは、ママの肩をなでさすって、慰めているようにさえ見えた。

――そうか。ぼくが黙って来ちゃったからだ。――

そう考えつくと、納得がいった。おばあちゃんは、いつもそう言っていた。

「遊びに行く時は、ちゃんと言ってから行くのよ。黙って行ってしまってはだめよ。おばあちゃん、心配だからね」

と。

ママと一緒に住むようになってからは、ママは一度もそんなことを言ったことはなかった。でも、ママもきっと、おばあちゃんとおんなじなんだ。言わないで、こんなところまで来てしまったので、心配してるんだ。

「ねえ、ねえ」

ひろむは、サンタクロースの耳を引っぱって、自分のほうに注意を向けさせようとした。

「なんだ、うるさい」

「ねえ。ぼく、もう帰らなきゃ。黙って来たんで、ママ、泣いてるんだ」

「ママのところへ帰りたいのか？　悪い奴があんなにいるんだぞ」

「でも、ママがいるからだいじょぶだよ。悪いことしようとしたら、ママが怒ってくれるよ」

サンタクロースは、前向きに抱えていた彼の体を抱きなおし、自分のほうに向け、その顔を見つめた。

「ぼく、ことしのクリスマス、いちばんすてきだった。ほんとにサンタのおじいさんに会ったんだもの。こんどのクリスマスにも来てね」

サンタクロースは、ひろむがいぶかしく思うほど長い間、黙って彼の目を見つめていた。

が、やがて、白いひげの中のくちびるをゆがめて、ちょっと笑った。

「そうだな。じゃ帰りな」

サンタクロースは、ひろむを高く差上げ、一番前にいた若い警察官に向かって、ボールでも投げるように投げた。

次の瞬間、ひろむは、警官の腕に、がきっと受けとめられていた。

「ひろむう」

ママが駈け寄って、奪い取るような勢いで彼を抱きとった。

抱きしめる母の腕の中で、彼は身をよじって、うしろを振向いた。サンタクロースは道に沿ってのびている柵の上にとび上がろうとしていた。

そしてひろむは見たのだ。

一筋二筋光の帯が見えはじめた空に向かって、赤い服を着たサンタクロースが舞いあがるのを。

あっ、というような声が、周囲で起こった。

ひろむは、母に頬を押しあてられ、一瞬何も見えなくなった。

次に振返って見た時には、悪い奴と言われた男たちが二、三人、柵に駈け寄って、身をのり出して、下をのぞいているところだった。男たちは、顔を見合わせて、互いにかむりを横に振った。

そんなとこを見たって、サンタクロースがいないのは当りまえじゃないか。――と、ひろむは思った。サンタクロースは、空を飛んで帰って行ったのだ。どこか知らないけど、雪の降る、遠いところの、サンタクロースの家へ。

「あのねえ、サンタクロースって、となかいがなくても空を飛べるんだよ。ことしは、となかいは連れて来なかったんだって」

母は、わかったのかわからないのか、無言で、ただこくんこくんとうなずいた。いつも三面鏡の前で念入りに貼りつけるブラシみたいなマツゲが、半分はがれて、ずり落ちている。目のまわりはマスカラが涙で流れて、たぬきみたいだった。でも、その母からは、お化粧のいい匂いがしていた。

——おばあちゃんの匂いと違うけど、ママの匂いも好きだ。——

と、ひろむは思った。

空には、さらにバラ色の光の筋が、何本か数を増していた。

陽がのぼるのだ。

少年の見た男

原　尞

《ミステリマガジン》1988年4月号

原　尞〔はら・りょう〕（一九四六〜）

佐賀県生まれ。九州大学文学部卒。上京してフリージャズのピアニストとして活動するが、その後、帰郷して小説を執筆。八八年、私立探偵の沢崎が登場する『そして夜は甦る』を早川書房から刊行してデビュー。作者が心酔するレイモンド・チャンドラーの雰囲気を見事に日本に移し変えたハードボイルドで、大型新人としてミステリファンの注目を集めた。

八九年の第二作『私が殺した少女』で第百二回直木賞を受賞。九〇年の短篇集『天使たちの探偵』をはさんで、九五年の第三長篇『さらば長き眠り』を発表後、しばらく沈黙していたが、〇四年に久々の新作となる第四長篇『愚か者死すべし』を刊行した。これまでに書かれた作品は、すべて〈沢崎〉シリーズである。チャンドラーやロス・マクドナルド、結城昌治らのすぐれたハードボイルドと同様、原尞の作品にも緻密な伏線と意外な犯人が常に用意されており、本格好きからの評価も高い。

「少年の見た男」は沢崎ものの短篇第一作。少年からある女性のボディガードを頼まれた沢崎は調査の過程で銀行強盗事件に遭遇。そこに隠された真相とは？　本作が収められた『天使たちの探偵』は、子供が関係する事件で統一された作品集である。

底本：『天使たちの探偵』ハヤカワ文庫ＪＡ

1

梅雨《つゆ》どきの金曜日の昼下がりのことだった。その少年は交通安全の黄色い傘と臙脂《えんじ》のトレーナーから雨の滴《しずく》をたらしながら、事務所のドアのところに立っていた。〝労働基準法〟によれば、十五才未満の子供を雇うことは禁じられている。たとえ修学時間外であっても、十二才未満の子供を雇うことは違法である。いや問題は逆で、十二才未満の子供が探偵を雇うことは可能なのかということだった。十二才未満の子供あてに発行した探偵料の請求書は、正当なものと見なされるだろうか……。少年が事務所のドアを開けて入ってきたとき、私が最初に考えたのはそのことだった。

「何だ？」と、私は戸惑いを押さえて訊《き》いた。

少年は「あの……」と言っただけで、すでに水溜まりのできつつある事務所の床に眼を落とした。

「冗談だったら、相手をしている暇はない」と、私は言った。「用があるんなら、ドアの外のベンチにその傘を置いてこい」

少年は言われた通りにして、戻ってきた。二度と戻ってこないような、厳しい応対をしなかったのは間違いだった。私は読みかけの大竹英雄著『布石の方向』の黒番必勝と言われた秀策流のページに、両切りの〝ピース〟の空箱を栞《しおり》がわりに挟んだ。

「ドアを閉めて、こっちの椅子に坐るんだ」私はデスクを立って、ロッカーのところへ行った。タオルを出して、来客用の椅子に坐ろうとしている少年にほうり投げた。

「大丈夫です。濡れても平気だから……」少年はタオルを返そうとした。

「見ているこっちが風邪をひく。さっさと拭いてしまえ」

少年は言われた通りにした。トレーナーの下は黒い半ズボンに白いハイソックス、黒いスニーカーという恰好で、頭に〝ヤクルト・スワローズ〟の野球帽をかぶっている。私は、子供は前年の日本一のチームのキャップをかぶるべきだ、などと考えていた。実は――十二年前、渡辺という当時のパートナーの留守に――初めてひとりで依頼人を迎えたとき以上に、私はあがっていたのだ。

「何の用だ?」私はデスクに戻ると、新しいタバコの封を切って、火をつけた。

少年はタオルを使う手を休めて、まじめな顔で答えた。

「ボディガードをしてもらいたいんです」

「何だって?……きみは、いじめられっ子か？　いじめっ子からいじめられないように守ってくれと言うんじゃあるまいな」

「ぼくのボディガードじゃないです。ある女の人を守ってほしいんです」

「ほう……女の人って、誰だ？」

少年はしばらく考えてから、慎重な声で言った。

「ボディガードを引き受けてくれますか」

なんと一人前に駆け引きをしている。少年は十才前後で、身長は百四十センチくらい、陽に灼《や》けた顔にまじめそうな眼が光っていた。そして、思い出したように言い足した。

「お金は持っています。その女の人をあしたの朝まで守ってもらうのに、いくらかかりますか。ここに五万円ありますが、足りなければ――」

「黙れ、小僧」と、私は言った。「二度とお金のことを口にするな。私はおまえみたいなガキに雇われるつもりはない。今度お金のことを言ったら、ただちにそのドアから叩き出す。わかったか」

少年はびっくりしてタオルを取り落とし、慌《あわ》てて拾いながらうなずいた。

「これは、子供のおまえが、大人の私に助けてもらいたいことがあって、それが私にできることなら手を貸そうという話だ。ただし、私よりも、おまえの親だとか、おまえの学校の先生だとか、あるいは警察のほうがもっとうまくおまえを助けられると判断したら、話をそっちへまわす。いいな？」

少年は私を穴が開くほど見つめていたが、その顔は正直そうに見えた。だが、大人が邪悪であるとは限らないように、子供が正直であるとは限らない。

「でも、ぼくの話はあいまいではっきりしないので、警察ではちゃんと聞いてくれないと思う。だから、ここへお願いに来たんです」

私はメモ用紙を引き寄せて、言った。

「私の名前は沢崎《さわざき》……きみの名前を教えてもらおうか」

少年はかすかに躊躇《ちゅうちょ》したようだが、すぐに答えた。

「榎本《えのもと》大介です」近頃の子供はどういうわけかみんなダイスケだった。

「年齢《とし》はいくつで、小学校の何年生なんだ？」

「十才。淀橋第四小学校の五年です」

「住所は？」

「北新宿三の五〇、新宿第二公団アパート三号棟、二〇五」

「電話番号は？」

大介少年は思い出すような顔つきで、北新宿方面の局番のついた番号を告げた。私はタバコを消し、デスクの電話の受話器を取って、その番号をまわした。

「あの……」と、大介は抗議しかけたが、すぐに口を閉じた。

呼出し音が四、五回鳴って、先方が出た。

「もしもし、榎本でございます」少年の母親か、お手伝いかと思われる年輩の女性の声だった。

「大介君はいらっしゃいますか」と、私は訊ねた。眼の前にいる本人は、観念したような顔で、うつむいてしまった。

「大介はお友達のところへ遊びに行くと言って、出かけておりますけど——」

「淀橋第四小学校五年の榎本大介君のお宅ですね」

「ええ、さようですが……どちら様でしょうか」

私は受話器をフックに戻して、訊いた。

「ボディガードをしてもらいたいと言う、女性の名前は？」

大介少年がほっとしたような顔をあげた。

「西田サチ子、という人です」

「どっかで聞いた名前だな」

少年はきょとんとした顔をしていた。この年齢の子供たちはそういう名前の流行歌手は知らないのだろう。

「その女性は、きみとどういう関係があるんだ？」

「どういう関係って？」

「きみの親戚か、友達か、ガールフレンドか、学校の先生か」

「いいえ、ぼくとは関係ありません。全然知らない人です」

「ほう……ボディガードをするとなると、その人がどこにいるのかぐらいは知っている必要があるんじゃないか」

「ああ、それならわかります。その人は、副都心の〝ブラック・ビル〟の二階にある〈ディヴェルティメント17〉という宝石店に勤めているそうです」

「なるほど。では、その西田という女性のボディガードを私に頼む理由を訊かせてもらおうか」

大介はうなずき、子供らしい早口で話しはじめた。

「きょうは先生たちの職員会議の日で午前中授業だったので、学校の帰りに友達と〈兜神《かぶと》社〉の境内を寄り道しながら帰っていたんです。そしたら、雨が急に土砂降りになってきて、ほかの友達はみんな駆け出して帰ったんだけど、ぼくと正史《まさし》君だけ、神社の床下に潜り込んだの。しばらく二人で遊んでいたけど、雨が小止みになると正史君も帰ってしまった。ぼくは、うちへ帰ったらすぐにヴァイオリンの稽古へ行かされるから、もう少し遊んでいたかった……正史君から借りた『キン肉マン』のマンガを見ていたら、男の人が二人で、神社の正面のところで雨宿りしながら話を始めたんです。最初のうちは、何の話をしているのか聞きもしなかったけど、マンガを読み終えて帰ろうかと思ったら、片方の男が「副都心のブラック・ビルの二階にある〈ディヴェルティメント17〉という宝石店に勤めている、西田サチ子という女を始末してもらいたい」と、言ったのです」

「始末してもらいたい、と言ったのか」

「そうです」

「始末する、ってどういう意味なんだ？」

「それは……殺す、ということじゃないんですか」

「そうかね。で、相手の男は何と答えた？」

「『いつまでに』と訊きました。そしたら『今日中に始末してもらいたい』と言うんです」

「それで？」

「『わかった』と答えました」

「きみは、その二人の男を見たのか」

「いいえ。話を聞いたら怖くなって、神社の床下でじっとしてたから……でも、二人のうちのどちらかが神社を出て行くのをちらっと後ろ姿だけ見た。痩《や》せて背の高い男としかわからなかったけど」

私はしばらく考え込んだ。少年は不安そうな面持《おもも》ちで、私の様子をうかがっていた。

「なぜ、おとなしくヴァイオリンの稽古に行かなかった？」

「うちへ帰ったら、先生が風邪できょうは休みにするって、連絡が入ってたから……それで、貯金箱を開けて、まっすぐここへ来たんです」

「なぜここへ来たんだ？」

「だって、この下の通りはよく通るので、ここに探偵事務所があることは知ってたから。ほかには、探偵事務所なんて知らないもの」

「きみは、マンガやテレビに出てくる探偵と実際の探偵は違うってことは、わかっているんだろうな？」

「それは……」彼は困惑していた。「でも――」

「もういい、いまの質問は忘れてくれ。それより、きみは会ったこともない女の人のボディガードを頼むために、自分の小遣《こづか》いをつかうつもりだったのか」

「だって……人の命は、お金よりも大切なんでしょう?」

「誰にそんないい加減なことを習った? お金を出して、見せろ」

大介少年は、半ズボンのポケットから折りたたんだ一万円札を出して見せた。言った通り、五枚ばかりありそうだった。

「わかった。しまっていい」

彼は、私の気が変わってお金を受け取ってくれないだろうかという顔つきで、わざとのろのろと札をしまった。

「それにしても、一度聞いただけで〈ディヴェルティメント17〉なんてむずかしい名前が、よく憶えられたな?」

「ヴァイオリンの教室で、耳の勉強だって、いつもクラシックを聴《き》かされるんです。モーツアルトは退屈じゃないから『ディヴェルティメント17番』って曲があるのを知ってた」

私はタバコをくわえたが、火はつけなかった。この少年の話を、どう扱えばいいのか見当もつかなかったのだ。

「西田サチ子という女の人を守ってもらえますか」と、大介が訊いた。

「考慮中だ」と、私は答えた。最も正当かつ穏当な処理は、少年を連れて近くの警察署に出頭することだろう――間抜け呼ばわりされるのを覚悟の上で。

「あの……」大介少年が立ち上がって、言った。「ぼく、おしっこしたくなったんですが、トイレを貸して下さい」

「ドアを出て、左の突き当たりだ」

少年は椅子の背にタオルを掛けて、事務所の外へ出た。私はデスクを離れて、窓のところへ行き、雨に煙る駐車場の向こうの通りを見おろした。窓ガラスには、パートナーがいた頃のまま剝《は》げかけたペンキで〈渡辺探偵事務所〉と書かれていた。それを見て、大介少年のような子供がどういうイメージを抱くのか、いままで考えたこともなかった。大人の反応なら考えるまでもないことだった。

少年が戻ってこないことに気づいたのは、二分ほど経《た》ってタバコに火をつけたときだった。私は急いで事務所を飛び出したが、共同便所に少年の姿はなく、待合室がわりの廊下のベンチの黄色い傘もなくなっていた。いったん事務所に戻ったが、思いついてふたたび事務所を出ると、狭い階段を駈け降りて、ビルの出入口へ行った。鍵のかからない錆《さび》だらけの郵便受けを開けると、思った通り湿っぽい一万円札が五枚、折りたたんだまま入っていた。

私は否《いや》も応もなく十才のガキに雇われてしまった。

2

副都心の高層ビルの一つ、ブラック・ビルは外観からの通称にすぎず、正しくは〈東神ビル〉という名前だった。地下に東神電鉄のターミナル駅があり、ビルは東神本社、東神デパート、パークサイド・ホテル、それに〈ブラック・パールズ〉と呼ばれるテナント部門で四分されていた。去年の秋、私はある事件で東神本社に足を運んだことがあったので、周囲のほかのビルよりは詳しかった。めざす〈ディヴェルティメント17〉という名の宝石店は〈ブラック・パールズ〉の二階のほぼ中央にあった。

私はその斜向《はす》かいにある〈杜若《かきつばた》〉という喫茶店にいた。すでに〈ディヴェルティメント17〉を訪ねて、西田サチ子に面会を求めていた。同僚の女店員が、西田は午前中からお得意様へ外交に出ていて留守ですが、遅くとも三時までには戻るでしょう、と答えた。私は方針を変え、後刻電話すると言って、店先を離れた。そして、女店員に気づかれないようにこの喫茶店に舞い戻ったのだ。〝炭火焙煎〟と称するカビ臭いような味のコーヒーを一口飲んでから、新宿署の錦織《にしごり》警部に電話を入れたが、きょうは非番で出署していないという返事だった。

二時三十分ちょうどに、瀟洒《しょうしゃ》なアタッシュ・ケースをさげた四十才前後のすらりとした女性が〈ディヴェルティメント17〉へ入って行くのが見えた。彼女はいったん店の奥へ消え、アタッシュ・ケースと白い薄地のレインコートを片づけて、店内に戻ってきた。白いシルクのブラウスに黒いウィンザー・タイと黒のロングスカート――よくある、宝石店の女店員のユニフォームだった。私が口をきいた女店員が彼女に近づいて、二人で話しはじめた。

私は喫茶店のカウンターから立ち上がって、店の奥にある電話ボックスに入り、調べておいた番号をダイヤルした。帰ってきたほうの女店員が同僚のそばを離れ、電話の受話器を取るのが見えた。遠いので、彼女の表情までは摑《つか》めなかった。

「もしもし、宝石の〈ディヴェルティメント17〉でございます」年齢のわりに、澄んだ弾《はず》みのある声だった。

「西田サチ子さんはおいでになりますか」と、私は訊いた。

「はい、わたくしですが――」

「私は先刻そちらへうかがった者で、沢崎と申します」

「ええ、いまちょうど話をお聞きしたところです……あの、どういうご用件でしょうか」

この場合は単刀直入に訊いてみるしか方法がなかった。

「失礼ですが、あなたは誰かに命を狙われるというような、そういう心当たりがおありではありませんか」

「何ですって？　一体どういうことでしょうか」声から弾みが消えていた。

「二人の男が〈ディヴェルティメント17〉に勤める西田サチ子という女性を今日中に始末するという相談をしていたのを、耳にした者がいるのです。そう聞いても思い当たることはありませんか」

「いいえ。二人の男って、一体どういう人たちなのですか」

「それは不明なのです」

「仕事柄、かなり高価な商品を持ち歩くことがありますので、一般の女の方の仕事に較べると危険が多いと、常日頃《つねひごろ》上司からも注意されていますが……まさか、そんな小説じみた危害を受ける憶えはありません」

「そうですか」

「沢崎さんとおっしゃいましたね？　失礼ですが、警察の方ですか」

「いや、そうではありません。しかし、あなたの身の安全を心配している者であることは信じていただきたい。ところで、あなたは榎本大介という少年をご存知ではありませんか」

「いいえ」と、彼女は答えた。「少年って、いくつぐらいの子でしょう？」

「十才です。淀橋第四小学校の五年生だそうですが」

「その子が、さっきの話を聞いたと言うのですか」

「そういうことです。まだ子供ですから、何か聞き違いをしているのかも知れません」

「たぶん、そうだと思いますが……」

「西田さん。あなたはお子さんはいらっしゃいますか」

「ええ……おります。中学生の女の子が」

彼女の澄んだ声が、少し曇ったような気がした。電話では嘘をついているかどうかまでは判らなかった。

「……とにかく、そういう次第で電話をしたのです。万一と言うこともありますから、明朝まではくれぐれもお気をつけになるようにおすすめします」

彼女は上《うわ》の空にも聞こえるような礼を言って、電話を切った。私はカウンターの元の席に戻りながら、宝石店内の彼女から眼を離さなかった。彼女は戻した受話器をふたたび取って、どこかに電話をかけた。だが、二言三言口をきいただけで、すぐに受話器を置いた。遠目にも、彼女の態度が落ち着かないのが判った。彼女は、さっきの同僚のところへ行って、ちょっと言葉を交わした。相手がうなずくと、急いで店の奥に消えた。私は勘定をすませるために、喫茶店のレジに向かった。西田サチ子が白いレインコートを手に店の奥から姿を現わして〈ディヴェルティメント17〉をあとにしたとき、私も喫茶店を出た。

尾行の相手は、エスカレーターで地階に降りてから、連絡通路を利用してブラック・ビルを出た。行く先は新宿駅の西口方面だった。地下通路づたいに、新宿一丁目の銀行や生命保険会社の密集する区画まで七、八分歩いて、彼女は地上に出た。外の雨は、霧雨に近くなっていた。〈新宿郵便局〉の先を右に曲がって、彼女は急ぎ足で五、六階建の灰色のビルの入口に近づいた。見上げると、ビルの角に〈第一興業銀行〉の青い大きな看板があった。すばやく腕時計をのぞくと、すでに二時五十五分を過ぎていた。私は彼女に続いて、その入口を入った。たとえ口座も預金もない尾行中の探偵と言えど、私は銀行にとってのその日の最悪の客ではなかったようだ。先客に二人組の拳銃強盗がいたのだから。

3

最初に眼に入ったのは、ニットの斑模様《まだら》のスキーマスクをかぶった頑丈そうな体格の男が、銀行のカウンターの中央に飛び上がるところだった。もう一人の黒いマスクをかぶった痩せて背の高い男は、私の左後方の壁を背にして立っていた。すでに私がこの場を脱出するのは無理な状況だった。二人の手には〝コルト〟か〝スミス&ウェッソン〟らしい自動拳銃が握られていた。にもかかわらず、それからの十数分間は映画やテレビの銀行強盗シーンとは違って、誰もが冷静で敢《あ》えて言うならのんびりと進行した。

「少し早いが、閉店時間だ」カウンターの上の男がよく響く声で言った。

私のすぐ前で呆然と立ちつくしていた西田サチ子が、本能的に逃げ出そうとして、私にまともにぶつかった。

「動くな！」と、壁際の黒いマスクの男が拳銃を突き出して言った。

「誰も怪我させたくない」と、カウンターの男が言った。「立っている者は、ただちに一番身近な椅子に坐ってくれ」

二、三人の銀行員と数名の客が言われた通りにした。私も西田サチ子の腕を取って、近くにある正方形の四方から坐れるレザー張りの椅子に坐った。行員は全部で十人前後、客の数も同じくらいだった。

「よろしい。これからおれに無断で立ち上がる者は、この拳銃で撃たれる覚悟で頼む」カウンターの男は、足下《もと》にいる女子行員に拳銃の銃口を向けて、安全装置をはずした。女子行員は恐怖で身をすくめた。

「誰か入口のシャッターをおろせる行員は手を挙《あ》げてくれ」

入口に近い隅のほうにいた若い男子行員が恐る恐る手を挙げた。

「では、あんたに頼む。申しわけないが、三十秒以内にシャッターをおろしてもらおう」

若い行員は急いでカウンターから出てくると、入口のほうへ向かった。黒いマスクの男がその行員を追った。

「ちょっと待て」と、カウンターの男が行員に言った。「おれの頼んだこと以外の素振《そ》りを見せたら、この娘だけでなく何人かのお客さんも死ぬ」

若い行員は生唾《なまつば》を嚥《の》み込んで、うなずいた。彼はガラスの自動ドアから出て、ビルの入口の脇の大理石模様の壁に近づいた。黒いマスクの男が外から見えにくい位置に立って、自動ドアのガラス越しに行員に銃口を向けていた。行員は逃走して警察に通報すべきだった。そういう教育を受けているはずだが、いざとなると万一死傷者が出ることを考えて、思いきった行動はできないのかも知れない。彼は壁に取り付けられた金属パネルを開けて、シャッターのスイッチを入れた。正面の壁時計を見ると、分針がほぼ真上を差そうとしていた。三時ちょうどに、銀行は密室になった。

〈第一興業銀行〉の新宿西口支店は、入口からの奥行が約十五メートル、入って右側に店内を縦に二分するカウンターがあり、客の背後の壁から行員の背後の壁までの幅が十二、三メートルの小ぶりな銀行だった。新宿駅東口の〈三越〉のそばにある新宿支店のほうが大きくて、こちらはその出張所的な規模だった。しかも、客の出入口は一ヵ所で、二人組の強盗には手ごろな銀行だった。

シャッターをおろした行員がカウンターの中に戻ると、強盗たちはそれぞれグレーの作業着ふうのジャンパーのジッパーを下げて、折りたたんだズックの手さげバッグを取り出した。

「ここの責任者は手を挙げてくれ」と、カウンターの男が言った。

行員たちの一番奥の、ひときわ大きいデスクについた五十才前後の男が手を挙げた。ダークブルーのスリーピースの背広と金縁の眼鏡はいかにも銀行マンらしかったが、黒くて濃い眉毛や頭髪と、身体のわりに大きくて関節の太い手は、球技か何かのアマチュア・スポーツのコーチのような感じだった。

「あんたは誰かね？」と、カウンターの男が訊いた。

「支店長の武藤栄治《むとうえいじ》だ」

「元気がいいな。取り引き相手に接しているように、丁寧《ていねい》な口をきいてもらいたいね。現在お宅の金庫には、いくら入っている？　ちょっと待った。調べて嘘だとわかったら、女子行員の一人の膝を撃ち抜く。だから、慎重に答えてくれよ」

「一億二千万円前後のはずだ。きょうの業務の分までは正確にわからない」

カウンターの男が口笛を吹いた。

「そいつは凄《すご》い。こんな小さな支店にそんな大金が置いてあるのかね。そうは聞いていたが、日本は本当に裕福なんだな。では武藤さん、このバッグを取りに来てもらおうか」

支店長は行員たちの机のあいだをぬって、カウンターの男に近づいた。三メートルの距離で、男はストップと声をかけ、ズックのバッグをほうった。

「バッグはもう一つある」

黒いマスクの男がすばやく動いて、カウンター越しにバッグを支店長に投げ渡し、またすぐに元の位置に戻った。

「何をぼんやり立っているんだ？　武藤さん。次にやることは解《わか》っているだろう。幸い金庫室の扉は開いているし――」彼は支店長の近くの二人の女子行員をあいているほうの手で指さした。「きみときみ、支店長を手伝ってもらおう。それと、三人のうち誰かがおかしな真似をしないようにお互いに見張ってくれ。たとえば、お金をごまかすとか、金庫室の中の非常警報のスイッチを入れるとか……もしものことがあれば、三人で連帯責任を取ってもらう」

支店長と二人の女子行員は金庫室に向かった。

「お客さんたちの不愉快な時間が一秒でも短くてすむように、手際《てぎわ》よく頼むよ。銀行というところは入金に関してはスムーズな癖に、金を支払う段になると何かと手間をかけるからね。大いに改善の余地がある」

三人が金庫室に入った。

「シャッターをおろしてくれた彼、――」と、カウンターの男が呼んだ。若い行員が弾《はじ》かれたように立ち上がった。

「あんたの腕時計には秒針がついているかね？」

行員は怪訝《けげん》な顔で、ありますと答えて、数回うなずいた。

「すまんが、金庫室にも聞こえるような大きい声で、一から秒を読んでくれないか」

行員は戸惑いながらも、うわずった声でカウントしはじめた。三十八秒まで数えたとき、支店長と二人の女子行員が姿を見せた。支店長がバッグを一つ、女子行員二人がもう一つのバッグを重そうにカウンターまで運んだ。カウンターの男が銃口の先で示した少し離れた位置に、三人ははち切れそうにふくらんだ二個のズックのバッグをのせた。

「ご苦労さん」と、カウンターの男が言った。「自分の席に戻っていいよ。これで、取り引きは友好のうちに無事――」

轟音とともに、カウンターの男が後ろ向きのまま宙を飛んで、後頭部から床に叩きつけられた。冷静でのんびりしたムードは一転して恐慌状態《パニック》になった。支店長の武藤がズックのバッグの蔭に隠していた回転式の拳銃《リボルバー》で、いきなり男の胸を撃ち抜いたのだった。

4

銀行内の客と行員の大半は、驚きと恐怖の声をあげて、銃撃のあった地域からいち早く遠ざかろうとした。私は黒いスキーマスクをかぶった男の反応を見た。彼は床に大の字になった相棒と、カウンターの向こうで拳銃を突きつけている支店長の武藤を交互に見較べた。マスクの中の二つの眼が信じられないというように大きく見開かれている。彼自身の自動拳銃は細長い身体《からだ》のわきにだらりと垂れさがっていた。

「もう、諦《あきら》めるんだ」と、武藤が落ち着いた声で言った。「金庫室で警報のスイッチを入れたから、いまごろは銀行の外は警察が取り囲んでいるはずだ」

黒いマスクの男は、言葉にならない怒声をもらして、拳銃を構えた。銀行内の誰もが、どちらかの銃声を予想して身を縮ませたが、一瞬の空白があった。

「あなた、危ない！」私のわきに坐っていた西田サチ子が突然立ち上がり、支店長の武藤に向かって叫んだ。

拳銃を手にした二人は同時に、声を出した女を振り返った。支店長は驚きの表情を見せただけだが、黒いマスクの男は反射的に拳銃の銃口の向きを変えた。私は、突っ立っている西田サチ子の膝の上を狙って、可能な限り早く、強いタックルをかけた。二人で床に激しく倒れながら、銃声といっしょに私の背中のすぐ上を銃弾が通過するのを感じた。

銀行中に悲鳴が上がり、その悲鳴を切り裂くように、もう一度銃声がした。私は、支店長が黒いマスクの男を撃ってくれたことを期待して、床から顔を上げた。そうではなかった。黒いマスクの男はカウンターに駈け寄り、ズックのバッグの一つを鷲掴《わしづか》みにすると、銀行の出入口へ逃走した。自動ドアを開けながらこっちを振り返り、天井に向けてさらにもう一発拳銃を発射した。

「誰も動くんじゃないぞ！」

彼が壁の金属パネルに駆け寄り、シャッターのスイッチを操作するのが見えた。シャッターが上がりはじめると、スキーマスクを剝《は》ぎ取ってジャンパーのポケットに突っ込んだ。シャッターと床の隙間が五十センチぐらいになるのが待ちきれないように、ズックのバッグを抱くようにして外へ転がり出た。

私は上体を起こし、なかば私の下敷きになっている西田サチ子を助け起こした。彼女は小さな声ですいませんと言って、レインコートの汚れを払ったが、いま自分がどういう状況にあるのか理解している様子ではなかった。

私は立ち上がって、カウンターの向こう側をのぞき込んだ。支店長の武藤が右胸を撃たれ、シャツを血だらけにして倒れていた。呼吸するたびに、唇に血の泡が浮かんだり消えたりした。

出入口のほうを見ていた客や行員たちが、いっせいにほーッ、と言うような喚声をあげた。見ると、開いたシャッターの向こうで、武装した警官隊が両手を高々と挙げた逃走犯を取り囲んでいた。痩せて背の高い男の後ろ姿には抵抗する気配はかけらもなかった。別の武装警官の一隊がその入口から、どっと銀行内へなだれ込んできた。

最初に新宿署の捜査課の刑事たちが乗り込んできた。救急車が到着し、重傷の武藤支店長が担架で運び出された。西田サチ子が、自分は武藤栄治の別居中の妻で病院へ同行したいと申し出て、認められた。銀行の床に倒れたままの斑模様のスキーマスクの男の死亡が確認され、写真を撮《と》られたり、撃たれたときの状況を調べられたあと、黒っぽいビニールラバーの死体収容袋に入れて運び出された。黒いマスクの男の銃口の角度が、もう十数センチ低かったら、私のほうが一足先に入れられていたかも知れない収容袋だった。それから、いあわせた客と銀行員からの事情聴取が始まった。客の大半は住所と氏名を控えられ、簡単な供述を取られただけで解放された。とくに念入りな聴取を受けたのは、支店長不在のあとの責任者である経理課長、支店長と一緒に金庫室に入った二人の女子行員、死亡した犯人に銃口を突きつけられた女子行員、シャッターをおろさせられた若い男子行員、比較的近くで三度の発砲を目撃した行員と客数名、それに私だった。

新宿署の刑事たちの中には二、三知った顔があった。去年の秋の事件で、多少接触があったからだ。名前を憶えていたのは田島《たじま》という主任刑事だけだった。彼は私に気づいていたはずだが、そういう素振りは見せなかった。捜査の指揮を執っていたのは捜査課の課長で、苦虫を噛みつぶしたような顔と相手を不安にすることだけが生き甲斐《がい》みたいなしゃべり方をする五十代後半の警視だった。警察が踏み込んでからおよそ一時間が経過した四時二十分頃、見たくない面構《つらがま》えの錦織警部が、裏口に通じている行員専用のドアからぶらりと入ってきた。きょうは非番だったはずだから、田島主任からの連絡があったに違いない。

私の事情聴取が終わったのは四時半過ぎだった。だが、担当の刑事は帰っていいとは言わなかった。錦織警部は捜査課長や田島主任と言葉を交わし、集められた調書にざっと眼を通したあと、ゆっくりと私に近づいてきた。

「ついてこい」と、彼は不機嫌な声で言った。だが、その顔は舌舐《したな》めずりこそしていなかったが、一死満塁のピンチを背負ったピッチャーを相手にバッターボックスに入るときの、往年の強打者・豊田泰光にそっくりだった。

5

銀行のあるビルの裏口の路地に停めたセドリックの車内で、錦織警部と私はタバコを喫《す》っていた。外はすでに薄暗かった。雨がお気に入りのジャン＝ピエール・メルヴィルの映画のように、また強くなった雨が車のフロントガラスを滝になって流れていた。

「なぜあの銀行にいた？」と、錦織が訊いた。

「セールスさ。大金を引き出した客をつかまえて、ボディガードは要らないかと売り込む」

「むだ口を叩くな。用もないのに、おまえがあんなところをうろついているはずがない」

「おれだって銀行には行くよ」

「フン、おまえの口座がどの銀行にあって、どれくらいの残高があるか知らないとでも思っているのか。それとも、五年前に渡辺からもらった分け前の五千万円を、この銀行に偽名で預けてあるのか」

渡辺というのは私のかつてのパートナーで、昔は錦織の上司だった男である。六年前に、警察の囮《おとり》作戦に協力するふりをして一億円の現金とそれに匹敵する覚醒剤を持ち逃げした、アル中の手配人物でもあった。錦織は、私がその件に加担していないことは承知の上でいやがらせを言っているのだ。

「新規に口座を開こうと思ってね。きょうも一日で五万円という仕事が入って、なかなか商売繁盛なんだ」

「三時ぎりぎりに銀行へ出かけてか」

私は彼の問いには答えず、タバコをウィンドーの隙間から外へほうった。

「おれの街を汚すな」と、錦織が棘《とげ》のある声で言った。

「おれのタバコは葉っぱと紙だけだからいずれは土に還《かえ》る。だが、そのフィルターって代物は地球が滅びるまでフィルターのままだそうだ」私は、ダッシュボードの灰皿を出してやった。

「うるさい。おまえがそういう料簡《りようけん》なら、強盗の三人目の共犯の容疑でしばらく拘留してもいいんだぜ」

「どこからそんな容疑が出てくるんだ？」

「欧州あたりでは、仲間の一人が普通の客の恰好で紛《まぎ》れ込み、不測の事態が起こったときに手を貸すことが多いらしい。そう考えると、調書にあるおまえの行動は仲間の無意味な殺人を防いで、罪を少なくしようとしたともとれるな」

「相変わらず、ひねくれた頭だ。勝手にしてくれ」

錦織は、去年の秋と同じ黒ネクタイをぐいとゆるめた。

「それより、こういうのはどうだ。銀行の表で待機している新聞記者やテレビの連中に、人命救助の名探偵として派手に紹介してやるってのは？　大手の新聞まで乗ってくるかどうかはわからんが、三流新聞やスポーツ紙なら飛びつくだろう。このクソ梅雨で、野球の試合は中止だからな。おまえの顔写真入りで〝人命救助者か？　共犯者か？〟という見出しは受けるだろうよ」

私は溜め息をついた。誰にも顔を知られている探偵など聞いたことがない。錦織はただの脅《おど》し文句を口にするような刑事《デカ》ではなかった。

「尾行の仕事だよ」と、私は言った。

「誰を？」

「質問するだけむだだ。答えないことは知っているはずだ」

「そいつがこの銀行強盗や拳銃による傷害事件には関係がないと言い切れるのか」

「関係があるということを示すものは何もない、と言い切れる」

「その尾行を頼んだのは誰だ？」

私はゆっくりと首を横に振った。

「依頼人は、尾行の相手以上に銀行強盗などには何の関係もない人物だ」

「その判断をするのはおれだ」

「いや、違う。おれだ」私は苦笑して言った。

「おまえの判断が間違っていた場合、責任を取るのは誰だ？」

「おれ自身さ」

「いや、違う。おれだ」彼は笑わずに言った。

私は、本気でそう思っているらしい隣りの座席の〝公僕〟をからかう気がしなくなった。

「その必要があれば、近いうちに必ず連絡する」

「その言葉を忘れるな。後ろの座席の傘を持って、出て行け」

私は助手席のドアを開けて、言った。

「遺失物係からくすねてきた傘だろう。それに触《さわ》った途端に、窃盗の共犯で逮捕されちゃかなわない」

セドリックを飛び出して、新宿駅に通じている地下通路への降り口に着くまでに、私はすっかり濡れてしまった。

6

翌日の朝刊には〈第一興業銀行〉の強盗未遂事件が大々的に報道されていた。銀行強盗などいまや珍しくもない事件になってしまったが、支店長が武装して犯人と銃撃戦を演じ、その一人を射殺したのでは、世間を驚かすには充分だった。〝……人間が犬に嚙みついたら記事になる〟を地で行ったわけだ。

新聞の論調はもちろん武藤という支店長の行動に否定的だった。第一に銃器の不法所持は違法であり、第二に周囲の一般客や銀行員を非常に危険な状況に陥れた責任があり、第三に犯人の一人を射殺したのは過剰防衛である——そう、述べていた。だが、全面的に否定していないところがミソだった。昨夜のテレビの報道番組での取り扱い方も似たようなものだった。〝激増しているこの種の犯罪に対して、私たちは非暴力の美名（あるいは虚名）のもとに、あまりにも無力であり無為無策でありすぎはしないか〟これが言葉の端々に見え隠れする本音のようでもあった。

「あの支店長はちょっとやりすぎだと思うよ」と、インタビューに答えたサラリーマンは「それにしても他人様《ひとさま》の財産を預かっているのに、いくら保険でカバーできるとは言え、あまりにも簡単に盗《と》られっぱなしじゃないのかね」と付け加えた。〈第一興業銀行〉の副頭取は「何よりもお得意様に危険を及ぼしたことを深くお詫びし、今後二度とこのようなことのないように厳重注意する」と陳謝したあと「個人的には、武藤君が刑期を終えて社会復帰するときには、自分にできるだけのことをするつもりだ」という所感を述べて、物議をかもしていた。記事の中に、武藤支店長は十数年前の課長時代と六、七年前の埼玉の小さな支店の支店長時代に二度も銀行強盗に襲われた経験があると報じていた。同僚の経理課長が「そのせいでしょうが、武藤さんは銀行の警備の強化には非常に積極的な意見を持っていたし、日頃から強盗事件などのニュースを耳にすると憤りを感じていたようだ」と、同情的なコメントをしていた。ある大学の社会学の教授にいたっては「このような〝眼には眼を〟的な発想は絶対に許せない」と言いながら「せめてもの効果として、これがこの種の犯罪の減少に役立つことを期待する」などとわけの解らぬ意見を述べていた。いささか短絡的ではあるが、これを〝自衛隊問題〟にからませて否定する一派がいて、同じ理由で肯定する反対派もいた。〈新宿警察病院〉で治療を受けている武藤支店長は、弾丸の剔《てき》出手術も無事に終わり、重傷ではあるが命に別状はないと書かれていた。別居中の妻に関する記事は一切載っていなかった。

犯人の身許《みもと》は、死亡した男が堂上忠男《どうがみただお》という四十六才の倒産寸前の不動産業者で、生き残ったほうは浅田誠也《あさだせいや》という三十三才の無職の男だった。浅田はすでに、犯行はすべて堂上ひとりの計画で、自分は彼の指示に従っただけだという、予想された通りの供述を始めていた。

拳銃に関しては、支店長の武藤が所持していたのは三八口径のフィリピン製の改造拳銃だった。彼が今年の正月休みに東南アジア旅行に出かけていることが付記されていた。それよりも犯人たちの拳銃が意外だった。支店長を撃ち、西田サチ子に向けて発砲した浅田の拳銃は三八口径の〝スミス&ウェッソンM52〟だったが、堂上が持っていたのはコルトに似せたモデルガンにすぎなかった。武藤支店長は先に撃つべき相手を間違えたのだ。

新聞に眼を通したあと、十一時まで待って、私はブルーバードで北新宿の第二公団アパートへ出かけた。梅雨の晴れ間とまではいかないが、どんよりと曇っているだけで雨は落ちていなかった。三号棟の二階の五号室で、〝榎本〟という表札のかかったアパートを見つけた。ブザーを押すと十才くらいの少年が応対に出たが、きのう私の事務所を訪れた少年とは似ても似つかなかった。

「榎本大介君は……きみか」私は悪い予感が的中するのを感じた。

「ええ、そうです」と、少年は答えた。

あのガキは偽名で私を操っていたわけだ。いい度胸だ。あるいは、よほどの事情があったに違いない。

「うちの人は誰かいる？」

「お昼には母さんが戻ってくるけど。土曜日はエアロビクスのサークルだから」

私は腕時計を見た。二、三十分の余裕はありそうだった。

「きみに少し訊ねたいことがあるんだが、いいかな？」

「ええ……」少年は不安そうな表情を浮かべながらも好奇心にかられ、サンダルを引っかけてドアロまで出てきた。

「きみの友達で、男の子だけど、きみの住所や電話番号を知っている子はいるかな？」

「いるよ。だって同じクラスの子ならみんな知ってる。〝連絡簿〟ってのがあるから、それを見ればみんなの住所と電話番号が書いてあるもの」

きのうの少年は最初から偽名を使うつもりだったのだろうか。いま思うと、とっさに榎本大介の名前を使ったような感じだった。だが、あの少年なら連絡簿なるものから適当な隠れ蓑《みの》を用意してきたとしても驚くにはあたらなかった。

「きみのクラスには男の子は何人いる？」と、私は訊いた。

「確か……二十三人だったと思うけど」

少なくない数だった。それにきょうは土曜日だった。しかも、小学校の事務の窓口というのは探偵にとって非常に厄介な訪問先の一つだった。誘拐事件の多発以来、大蔵省の造幣局なみにガードが堅いのだ。同じクラスの生徒の中から見つかるという保証もなかった。あの少年を捜し出すのは多少手間がかかりそうだった。

「いや、二十二人になったんだ」大介少年は軽く自分の頭を叩いて、訂正した。「去年の夏に正史君が転校していなくなったから、一人減ったんです」

正史君だって？　聞き憶えのある名前だった。正史が大介で、大介が正史ということか。

「その正史君なら、きみの住所や電話番号を憶えているだろう？」

「うん。親友だったからね。ぼくたち、電車の写真を撮るのが好きなんだ。三鷹に引っ越したんだけど、最初のうちは手紙を書いたり電話をかけたりしていたから――」少年の顔が悲しそうになった。「でも、三月頃にお祖父《じい》さんの目黒の家に移るかも知れないって手紙をくれたっきり、連絡がなくなったの……そのとき、お父さんとお母さんが離婚するかも知れないって言ってた」

「そうか。確か、正史君の苗字《みょうじ》は……？」

「武藤です。武藤正史……そう言えば、きのう正史君のお父さんが銀行で――」大介少年は急に言葉を切った。彼の前に立っている私が、突然醜悪な何かに変身したような顔つきだった。

「おじさんは、誰なの？　警察の人？」

「いや、そうじゃない」子供には嘘をついてはいけないと言う。この世に子供と嘘が同時に実在している以上、そんな勝手な理窟が通用するとは思わないが、この場合は奨《すす》めに従うことにした。「私は正史君に頼まれて、きのうから彼のお母さんを守る仕事をしている探偵なんだ」

「おじさんは西新宿の〈成子天神〉の近くの探偵事務所の人？」

「そうだが……知っているのか」

「うん。去年、友達の幸治君が家出していなくなったとき、正史君がおじさんの探偵事務所に頼んで捜してもらおうかって、あのビルの入口まで行ったことがあるの。でも、怖くてやめにしたんだ。幸治君も翌日には戻ってきたから頼まないでよかったけど」

私は、少年が友達の飼っていた行方不明のポチのことを思い出したりしないうちに話を切り上げて、公団アパートを出た。

それから五日が過ぎた。その間に、武藤栄治と西田サチ子――西田は旧姓で、まだ離婚したわけではないので、正しくは武藤サチ子――の夫婦仲について少し調査した。離婚を要求しているのは妻のほうだった。彼女は十五才の佐栄子《さえこ》という娘と正史という息子を自分が引き取るということだけを条件にしていて、慰謝料は一切要求していなかった。亭主は離婚に真っ向から反対していた。その理由は、奥さんを愛しているからだと言う者もいたし、二人の子供を手放したくないからだと言う者もいたし、銀行マンとしての出世に響くからだと言う者もいて、確かなことは分からなかった。二人の激しい口論を耳にしている知人や隣り近所の住人の話も聞いた。夫婦は三月から別居状態で、娘は母親と同居し、息子は父親と同居していた。いずれにしても、周囲の人たちはかなり面倒な離婚裁判になるだろうと心配していたようだった。

新宿署の錦織警部に電話を入れ、常人の一年分の悪態を聞いたあとで、銀行強盗の当日の正午前後の浅田誠也の所在地を調べてもらった。正史少年が〈兜神社〉の境内で、痩せて背の高い男ともう一人の男の会話を盗み聴きした時間である。しかし、翌日に聞かされた返事は、浅田には完全なアリバイがあるというものだった。錦糸町《きんし》のバーのホステスが、前夜から強盗事件直前の午後一時頃まで、吾妻《あづま》橋の近くのホテルで一緒だったと証言したのだ。世の中の男の九分の一は、痩せて背が高い。私の憶測はみごとにはずれた。

ほかにも二、三調べることがあったが、それで五日もかかったわけではなかった。私は武藤支店長の身体の回復を待っていたのだ。

7

〈新宿警察病院〉は新宿署と〈東京医大病院〉のちょうど中間にある、三階建の白亜の建物だった。一階ロビーの喫煙所でタバコを喫っていると、錦織警部が両肩を雨で濡らしたコートを脱ぎながら、玄関を入ってきた。彼は私を確認しただけで、ロビーとは反対のほうへ足を向けた。受付の制服警官に警察手帳を提示し、その後方にある改札口のような仕切りを通って、〝事務局〟という掲示のあるドアの中へ消えた。間もなく、そのドアから出てきた錦織は、今度は向かい側の〝警務局〟という掲示のある部屋に入った。そして、制服の婦人警官をともなって出てくると、私にこっちへこいという合図をした。手に持っていたコートは消えていた。

私はタバコを消し、ロビーを出て受付の後方の仕切りのほうへ向かった。錦織が仕切り越しに止め具のついたプラスチックの通行証を渡した。

「それを胸につけて、ついてこい」

私は錦織の言う通りにした。私たち三人は事務局と警務局のあいだの廊下を通って、突き当たりにあるエレベーターに乗り込んだ。婦人警官が三階のボタンを押した。彼女と錦織の胸にも、私と同様の通行証がつけられていた。エレベーターが三階に着き、私たちは婦警の案内で病院の廊下を進んだ。一般の病院とは違って、廊下をうろついている患者や見舞い客の姿はなく、二人の看護婦と擦れ違っただけだった。

三〇三号室の前には二名の制服警官が詰めていた。私たちが近づくと、ちょうど病室のドアが開いて白髪《しらが》頭の小柄な医師と若い看護婦が出てきた。

婦警が医師に言った。

「留置人に面会を申請された、新宿署の錦織警部です」

医師は名前を名乗り、看護婦の差し出すカルテを一瞥《いちべつ》した。

「面会は三十分以内にして下さい。患者を疲れさせないように。看護婦が付き添いますので、その点は彼女の指示に従っていただきます」

医師と婦警は去り、看護婦が私たちを病室へ入れた。窓に鉄格子があることをのぞけば、そこはまったく普通の病室だった。中央のベッドに、右肩をギプスのようなもので固めた武藤栄治が、上半身を少し起こした恰好で横になっていた。予想していたような医療器械に取り囲まれていないところを見ると、武藤の回復は予想以上に順調なのだろう。ベッドの向こう側の椅子に坐っていた武藤の妻の西田サチ子と初老の肥満体の男が立ち上がった。

「新宿署の錦織警部です。こちらは、電話でお話しした事件参考人の沢崎という者です」

初老の男が警戒するような顔つきで、挨拶した。

「武藤さんの弁護士の、醍醐《だいご》と申します。本人はご存知ですな。こちらは奥さんのサチ子さんです」

看護婦が部屋の隅から折りたたみ式の椅子を運んできたので、私たちはベッドのこちら側に並んで腰をおろした。弁護士と西田サチ子も椅子に戻った。

醍醐弁護士が咳払いをして続けた。

「正直申し上げて、武藤さんにはこの会見はお断わりすべきだとおすすめしました。すでに、彼は銃器不法所持その他の容疑事実を全面的に認めており、検察庁の起訴を待つばかりですから……これ以上は法廷で審議すべきことで、もはや警察の訊問に応じる必要はない。お電話では、強盗事件に関して新事実があるということでしたが、武藤さんはそういうことなら会見に応じても構わないということなので、こうしてこの場が設定されたわけです。その点を、はっきりご承知おき願いたい。そちらのお話の前に、えー、沢崎さんでしたか、事件参考人とおっしゃったが、この方のご出席の理由及び資格をまずお訊きしたいですな」

錦織は、私が強盗事件当時その現場にいあわせた者で、支店長夫人が犯人の拳銃によって被弾するのを防いだ人物であると説明した。

西田サチ子はすぐに私の顔を思い出した。

「主人があんな状態でしたので、あのときはお礼を申し上げることもせず、本当に失礼しました。あとで子供たちに話したら、お母さんは本当にぼんやりだからと息子に叱られましたわ」ベッドの武藤も、妻の命を助けてもらった礼を丁重に述べた。

「すると、沢崎さんはあの事件の証人でもあるわけですな」醍醐弁護士は少し態度をやわらげた。「その沢崎さんが、何か新たな事実を証言なさろうというわけですか」

私はうなずき、錦織の許可を得てから話しはじめた。

「強盗事件から少し話が離れますが、大事なことなので聞いていただきたい。私が事件現場にいあわせたのは、単なる偶然ではなく、武藤さんの奥さんを彼女の職場から尾行していたからなのです」

武藤夫妻と弁護士は不審な表情を浮かべた。

「それは、奥さんの命が狙われるかも知れないので、翌日まで彼女のボディガードをしてもらいたいという依頼があったからです」

西田サチ子がウェーヴのかかった前髪をあげながら、眼を細めて私を見た。銀行強盗のショックで記憶の片隅に押しやられていた、あの日の私からの電話を思い出しかけているような表情だった。

「家内のボディガードだなんて、一体誰がそんなことを依頼したのです？」武藤の声は、ギプスのせいか内心の動揺のせいか、低くこもったような感じだった。

「淀橋第四小学校の五年生で榎本大介と名乗った、十才の少年です。しかし、それは友達の名前を無断借用したもので、武藤正史というのが私の依頼人の本当の名前です」

「息子が？」と、武藤は大きな声を出し、患部の苦痛で顔をしかめた。

「大丈夫ですか」と、看護婦が訊いた。

武藤は看護婦を無視して訊いた。

「息子があなたに家内のボディガードを頼んだ、と言うのですか」

私はうなずいた。私の言ったことが武藤の頭にしみ込むのを待って、私は言った。

「このことをお知りになれば、新事実は、武藤さん、あなたのほうからお話し願えるんじゃありませんか」

武藤はしばらく私の顔を凝視していたが、急に顔をそむけた。

「どういうことですかな」と、醍醐が口を出した。「この方は、強盗事件とは関係のない何だかわけのわからない話で、武藤さんを困惑させているだけのようだが――」

「もう少しわかるように話しましょう」と、私は言った。「あの事件の前夜、武藤さんと奥さんは電話でかなり長時間におよぶ口論をしていますね。これは、奥さんの離婚訴訟の弁護士からの情報ですが、武藤さんはその直後に腹立ちまぎれにその弁護士にも脅迫めいた電話をなさっている。今度はその弁護士が奥さんに電話を入れて、最近でもいちばん派手な口論をしたことを聞いた、と教えてくれたのです。しかも、正史君はそういうお二人の夫婦仲をすべて知っていたようですね」

武藤夫妻は私の言葉を否定せず、ただうつむいた。

「これは、強盗事件に関する会見ではなくて、ご夫婦の離婚問題に関する会見かね」醍醐弁護士が皮肉っぽく言った。

「強盗事件に関する話をしましょう」と、私は言った。「ただし、武藤さんが十一年前と六年前にあった二つの強盗事件のことです。これは、新宿署がすでに詳しく調査済みのはずだから、錦織警部の話を聞くほうが早い」

錦織は不快そうに私の顔を見つめ、不承不承口を開いた。

「十一年前の〈第一興業銀行〉渋谷支店の事件は二人組の銀行強盗で、車で逃走中に警察との銃撃戦になり、主犯格の男は射殺された。もう一人の犯人と九千五百万円の現金はその車から発見されず、いまにいたるまで行方不明。六年前の埼玉県の与野支店での事件はライフル銃を持った男の単独犯で、これも未解決。奪われた金はおよそ六千万円」

「それで？」と、私は先を促した。

錦織は私をじろりと睨《にら》んでから続けた。

「捜査本部には、十一年前の逃亡した犯人と、六年前の単独犯の男が、今回の主犯・堂上忠男と同一人物の可能性あり、という意見もある。確かに年齢と体格に関しては矛盾しないようだが、二つの事件からだいぶ時間が経過しているので捜査ははかどっていない。何よりも堂上が死亡したことがネックになっている」

「堂上という男の銀行での態度は、小学生を前にしたベテラン教師みたいに手馴《てな》れた様子で、とても初犯だとは思えなかった。もし、その三人がすべて堂上だということが立証されたら、その三つの支店に勤務していた武藤氏の立場はどういうことになる？」

「待ちたまえ！」と、醍醐弁護士が鋭い声で言った。「きみたちは武藤さんが銀行強盗の共犯者であることをほのめかしているのかね。何を証拠にそんなでたらめな推測をするんだ」

弁護士の威勢とは裏腹に、武藤夫妻は疲れたような表情でお互いを見つめ合っていた。

「証拠はない」と、私は言った。「しかし、正史君は両親の離婚話と繰り返される二人の激しい口論に、心を痛めていた。そしてある日、父親の所持品の中に子供にも本物だと判る拳銃があるのを発見した……警部、武藤さんの住居の家宅捜査はしたはずだが、拳銃に関する証拠品は何か押収できたのか」

「ああ」と、錦織が不機嫌な声で言った。「彼の洋服箪笥の隅にあった〝JAL〟のフライトバッグの中から、残りの銃弾三十発と拳銃を包んでいたと思われる油紙が発見された。あの家には鍵をかけて何かを隠せるような場所や金庫の類《たぐ》いは一切なかったな」

「子供の旺盛な想像力から、その拳銃は父親が不仲である母親に対して使用するつもりではないかという不安に取り憑《つ》かれた。少年は父親の留守に、拳銃がいつもの場所にあるかどうかを確かめるのが日課になってしまった。そこに拳銃がある限り、彼の母親は安全だからだ。強盗事件の当日、彼はその拳銃がなくなっているのを発見した。まず、母親に連絡したと思われるが、彼女は外回りに出かけていて職場にいなかった。父親に連絡したかどうかはわからない。たぶん、怖くてできなかったのではないかな。もちろん警察には行けない。父親が必ず母親を撃つつもりだとは限らないし、その場合は何もしない父親を警察に訴えることになるから」

私は言葉を切って、武藤夫妻の様子を見た。二人は自分たちの関係が幼い息子に与えた苦悩に身をすくませているように見えた。

「正史君は、新宿に住んでいる頃に見憶えた私の探偵事務所のことを思い出した。〝探偵〟に関する彼の知識は、テレビかマンガに登場する探偵のそれだったようだ。母親を守ってくれる者は、あの窓ガラスの向こうにいる者しかいないということになった……」

私は間をおいて、結論を口にした。

「武藤さん、あなたがあの日拳銃を職場に持ち込んだのだとしたら、超能力者でもない限り、あなたはあの日銀行強盗が起こることを知っていたことになる」

病室を沈黙が支配した。武藤栄治は胸の下で組んでいた両手を関節が白くなるほど握りしめて、黙り込んでいた。緊張の最後の壁をくずすには、もうひと押しする必要があった。

「証拠は何もない」と、私は繰り返した。「しかし、もしあなたが強盗の共犯であることを否定されるなら、たぶん警察は正史君を訊問しなければならなくなる。正史君のことだから、あなたを守るために沢山の嘘をつくだろう。だが、最後には警察は必要な答えを訊き出しますよ。正史君は、自分が慌てて探偵なんか雇ったことが、父親の計画を滅茶苦茶にしてしまったことに気づくはずだ。父親の罪が暴かれたのは自分のせいだと考えますよ。今度は、あなたが息子さんを守ってやる番ではありませんか」

「あなた……」と、西田サチ子が哀願するような声で言った。

武藤は妻に何度も深々とうなずいてみせた。

「解っているよ。正史を法廷に引き出すようなことはさせない」彼は錦織を振り返って訊いた。「何もかも供述するまえに、一つだけ約束してもらえませんか」

「何をです?」

「三時に、その息子と娘に面会できる許可がおりています。どうかそれだけは取り消さないでいただきたい。あの子たちに会えれば、あとは思い残すことはない。安心して法の裁きを受けられます」

錦織はしばらく考えてから答えた。

「供述なさろうとなさるまいと、あなたはお子さんたちに会える。誰もその権利を取り上げたりはしない」

武藤はほっとした顔でうなずいた。

「おっしゃる通り、私は三つの強盗事件の共犯者です。彼の言うことに間違いありません」

「待ちなさい」と、醍醐がすばやく言った。「武藤さん、それ以上はしゃべってはいけない。あなたには黙秘権があって――」

「いや、醍醐さん、私には自分を守るまえに、自分の息子を守る義務がある。私の好きにさせて下さい」

弁護士は口を閉じるしかなかった。

「なぜ、堂上を殺したのです？」と、私が訊ねた。

「これ以上、銀行強盗を繰り返したくなかったからです。あの男はどんな大金を手に入れても、結局それを遣《つか》い果たすだけの能力しかない男でした。こうでもしなければ、彼に強《し》いられて永久に強盗に加担するしかなかった。最初のときは、あの男はただの従犯者でした。警察との銃撃戦で死んだ大藪《おおやぶ》という男が主犯で、私はその男に不正融資の証拠を摑まれて、無理に渋谷支店の強盗計画に引きずり込まれたのです。それがすべての悪夢の始まりでした」

「なぜ、浅田を撃たなかったのです？　堂上の拳銃のほうが本物で、浅田はモデルガンを持っていると思っていたのですか」

「そうです。計画ではそういうことになっていたのです。私が共犯者であることは浅田には知られていなかったので、彼を撃つつもりは最初からありませんでした。彼の銃で撃たれたときは、本当に驚きましたよ。どうして彼らが拳銃を交換していたのか判りません」

　錦織が専門家の意見を口にした。

「おそらく、カウンターの上にいて背後の見えない堂上より、全体を見渡している浅田のほうが本物の銃を持っているべきだと、考えなおしたのかも知れないな」

　私は夫妻の顔を見較べて訊いた。

「奥さんが離婚を要求されたのも、今度の強盗事件に関係がありそうですね？」

　躊躇している妻に代わって、夫が話しはじめた。

「堂上は一年ほど前から三度目の銀行強盗をしつこく強要しはじめたのです。銀行の内部に協力者がいる利点については、警部さんたちにはお話しする必要もないでしょう。最大のプラスは金庫の中身を知った上で決行できるということです。私が拒否し続けると、堂上は家内へのいやがらせの電話で私に圧力をかけてきました。私は家内に、昔の二つの事件のことも含めてすべての事情を打ち明けました。二人で力を合わせて、二、三ヵ月はしのぎましたが、堂上は今度は中学生の娘を標的にしてきたのです。「おまえの父親の財産は非合法な手段で作られたものだ」そういう類いの電話や手紙を何度もよこすのです。十五才の娘の反応はお話しするまでもないでしょう。家内は、私が自首して過去を清算することを切望しました。実際、そうすべきだったのです。しかし、私は愚かにもあの〝計画〟でこの悪夢から抜け出せると確信していたのです。計画の内容までは、家内には話せませんでした。堂上を射殺することを話せば反対されることはわかっていましたから。家内は、私が今度も結局は銀行強盗に加担するしかないだろうと考え、まず別居することで娘と自分自身を私から遠ざけました。それから、離婚と息子を引き取ることを要求してきました。慰謝料を不要だと言うのは、私の財産は子供を育てるにはふさわしくないお金だと思っていたからでしょう。私の父の話では、息子の正史は自分が父親のそばに残って、姉や母親と別れ別れになっていれば、いつかは両親が元の鞘《さや》に納まってくれるかも知れないと考えていたようです。それをいいことに、私はあの子を最後の心の拠《よ》りどころとして、この数カ月間堂上に向けて拳銃の引き金を引く瞬間だけを考えて生きてきた……皮肉にも、あの子が私の〝計画〟の命取りになってしまった。いや、あの子が本当の意味で私の悪夢を断ち切ってくれたんだ。そういうことでしょう？」

8

病室の外で、私は武藤サチ子と少し言葉を交わした。彼女は、私の電話で十才の少年の話を聞いたとき、息子のことではないかと思ったそうだ。電話を切ってから、淀橋第四小学校の頃に大介という友達がいたことも思い出した。だが、あの時点ではそれがどういうことなのか想像もつかなかった。正史少年とは二カ月以上も会っていなかったらしい。折り返し武藤の父の目黒の家へ電話を入れたが、正史少年をつかまえることはできなかった。

「それで、とにかく一刻も早く主人に会わなければと思って、銀行へ駈けつけたのです」

私は別れる前に、彼女に探偵料の残金の入った封筒を渡した。三十分前後のボディガード料は一万円で十分だ、と言った。十二才未満の子供あての領収書は書かなかった。彼女はお金を受け取るのを拒否しようとしたが、これからは払った一万円も惜しくなるような生活が始まりますよと脅《おど》して、むりやり受け取らせた。

私は雨の中を新宿駅に向かって歩いた。きのう持病の喘息《ぜんそく》の発作を起こしたブルーバードを取りに、吉祥寺《きちじょうじ》の自動車修理工場まで行かなければならなかった。〈小田急ハルク〉の前の横断歩道で信号が変わるのを待っているとき、通りを隔《へだ》てた真正面に正史少年が立っているのに気づいた。六日前と同じ黄色い傘をさしていた。少年のそばにいるのは中学生の姉の佐栄子で、その隣りはたぶん少年たちの祖父にあたる武藤栄治の父なのだろう。武藤が言っていた三時の子供たちとの面会に、祖父が付き添って行くのではないかと思われた。信号が青に変わって、彼らはこちらへ向かって歩きはじめた。私は身を隠すことを考えたが、すでに遅かった。正史少年は真っすぐに私の顔に視線を注いでいた。私も足を踏み出した。この場所なら、正史少年も私が新宿警察病院から来たとは考えないと判断したからだった。ここは、私の事務所から新宿駅へ向かう道筋でもあるのだ。私たちの距離はゆっくり縮まっていった。どちらも視線をそらさなかった。そらすことができなかったのだ。そらしたりすれば、相手が声をかけてしまいそうな気がしていた。擦れ違うときに、少年の傘の端が私の二の腕に触《ふ》れてクルリとまわった。少年が振り返ったかどうかは分からなかった。

『私が犯人だ』

山口雅也

《ミステリマガジン》1990年4月号

山口雅也〔やまぐち・まさや〕（一九五四〜）

神奈川県生まれ。早稲田大学法学部卒。ワセダミステリクラブに所属していた在学中から、ミステリ評論を発表。《ミステリマガジン》に旧作を新鮮な切り口で紹介するコラム「プレイバック」を連載した他、J・D・カーやC・ブランドの文庫解説、ムック『エラリイ・クイーンとそのライヴァルたち』『ミステリーの友』の編纂などで活躍する。

ゲームブック『13人目の名探偵』（87年／JICC出版局）を経て、八九年に東京創元社の書下ろし叢書〈鮎川哲也と十三の謎〉から刊行された『生ける屍の死』で本格的に作家デビュー。同書は、死者がよみがえる世界でなぜ殺人を犯すのか、という謎に合理的な解釈を示したオールタイムベスト級の傑作である。

以後、〈キッド・ピストルズ〉シリーズ、短篇集『ミステリーズ』『マニアックス』『モンスターズ』、長篇『奇偶』など前衛的な本格ミステリを次々と発表、九五年には前年の連作短篇集『日本殺人事件』で第四十八回日本推理作家協会賞を受賞している。近作に現代の異色作家短篇集というべき『謎《リドル》の謎《ミステリ》その他の謎《リドル》』がある。

ミステリの始祖E・A・ポーの作品を踏まえた「『私が犯人だ』」は、前述の作品集『ミステリーズ』に収録された。

底本：『ミステリーズ《完全版》』講談社文庫

……ゆっくりと、しかしはっきりした印象的な声でこう言ったのである

――「お前が犯人だ」と。

E・A・ポオ『お前が犯人だ』

1

「私が犯人だ」

と、チャールズ・グッドマンは言った。

しかし、戸口に立った痩《や》せた青年は、まるでそこにグッドマンなど存在しないかのような顔で、ぐるりと部屋を見渡しながら言った。

「やあ、ひどい状態だなあ、この乱暴狼藉《ろうぜき》ぶりといったら……ねえ、警部？」

警部と呼ばれた初老の男は、勝手知ったるといった感じで部屋にずかずかと入ってくると、やけにかん高い声で言った。

「おお、なんたることだ！　ここでは、なにか兇悪な犯罪が行なわれたとみえるね、ジョーンズ刑事？」

グッドマンは戸惑《とまど》った。ふたりの捜査官らしき男たちは彼の存在などまったく目に入らないかのように、部屋の真ん中に突っ立ち、わめき散らしている。

——そうだ、私のことに気づいていないのだ、とグッドマンは思った。私がさっきまで倒れていたところは、ちょうど入口の扉の陰になっているあたりだ。彼らには見えなかったんだろう。それに、私の声も小さくて聞き取りにくかったのかもしれん。

グッドマンは、もう一度、ゆっくりと、はっきりした声で、言うことにした。

「私が犯人だ。私が殺したんだ」

しかし、状況は変わらなかった。ふたりの捜査官は、彼の声などいっこう耳に入らぬ様子で部屋の中を調べている。中年の警部は倒れたソファの横にかがみ、痩せた平刑事は窓のそばの空《から》になった鳥籠《とりかご》に驚いたように見入っている。グッドマンは、もう一度試みることにした。今度は叫び声に近かった。薄くなり始めた髪をかきむしって言った。

「わ、た、し、が、犯、人、だ！」

刑事の肩がぴくりと動いて、こちらのほうを振り向いた。グッドマンはなにか安堵《あんど》感が湧きあがってくるような気分になった。やっと気がついてくれたのだ。

刑事は部屋を横切ってグッドマンのほうへ歩み寄ってきた。もうすでに観念していたグッドマンは、首をうなだれ、さあ手錠をかけて下さいとばかりに刑事のほうへ両腕を突き出した。

——ああ、これでやっと楽になれる……。

しかし、グッドマンの安堵感は、急転直下、ふたたび奇妙な不安に変わってしまう。刑事は差し出されたグッドマンの両腕をまったく無視して彼とすれ違うと、さっきまで彼が倒れていたあたりの床にかがみ込み、そこに転がっている石膏《せっこう》胸像を調べ始めたのだ。昨夜、レノラと争ったあとに書棚から落下してきて、グッドマンの毛の薄い頭にあたった女神パラスの胸像だった。それがためにグッドマンは、ひと晩じゅう気を失っていたらしい。ひどい頭痛とともに目覚めてみると、その胸像がまるで死の添い寝でもしていたかのように彼の横に転がっていた。そして、さきほどようやく起きあがったグッドマンが、これが悪夢か現実かの見きわめもつけないうちに、早くもふたりの捜査官が部屋に現われたというわけだった。

だが、これは悪夢ではなく、現実に起きていることのはずだった。

なぜなら、こんなにはっきりした映像と感触をもつ夢などあるはずがないし、だいいちグッドマンは、さっき自分の頬をそっとつねってみたのだ。——痛かった。確かに。

しかし、それなら、目の前で忙しそうに立ち働いているふたりの捜査官の不可解な挙動は、いったいどういうことなのだろう。彼らは、聾者《ろうしゃ》のようにグッドマンの声を聞かず、盲者のように彼の存在を認めない。

——いや、確かに目は見えているはずだ、とグッドマンは思い直した。彼のかたわらに来た刑事は胸像を手に取って熱心に検分しているし、彼の上司のほうも、今度はソファのそばの絨毯《じゅうたん》の端をめくって下を覗《のぞ》き込んでいる。彼らは確かに見えているのだ。

グッドマンは、気味悪くなって、差し出したばかりの自分の両手を見つめた。血管が浮き、節くれだった中年男の手指。不恰好《ぶかっこう》だが確かに血の通った生身の手がそこにあった。けっして透明人間や幽霊のものではない、生身の手が……。

そのとき、警部が不意に頓狂《とんきょう》な声をあげた。

「おい、ところで、被害者はどこだろう？　血痕はこの絨毯のところにあるんだがな」

グッドマンはぎくりとして警部のほうを見た。そして、さらに混乱した。死体は、血まみれのレノラの屍《しかばね》は、さっきから、ふたりの捜査官の目の前に見えているではないか。それがわからないなんて……。

グッドマンは唾《つば》をぐっと嚥《の》み込むと、暖炉のほうへよろけるように踏み出した。

部屋の一面を占める見事な大理石の暖炉の中に、レノラ・ヒメネスの死体があった。

彼女の死体は、まるで西海岸のインチキなヨガ教師に教えられた田舎者の生徒のように、奇妙な具合に身体を折り曲げて、暖炉の中に納まっていた。死体の脚は煙道のほうにねじ込まれ、頭のほうは首を極端に曲げた恰好で炉床に接している。ちょうど、暖炉の中で無理な逆立ちをするか、あるいは、屋根から煙突を通って落下し、首の骨を折ったようにも見える。目をおおいたくなるような無残な死体――だが、これはグッドマンがやったことだった。

彼がレノラを殺し、自分のしたことを隠したい一心で、彼女の死体を暖炉に押し込もうとしたのだ。いま眺めると、ひどく残虐で馬鹿げた行為に思えたが、あのときは気が動転していたのだと、グッドマンは心の中で自分自身に必死に言い訳をした。

炉床で首をかしげたレノラの顔色は床に転がっているパラスの石膏像よりもさらに蒼白《あおじろ》く（そう、まるでチョークのように白く！）、こじ開けられた貝殻よろしく大きく開かれたままの瞳は、生気のかけらもないまま、こちらを見返していた。

胃のあたりに突きあげるものを感じたグッドマンは、あわてて死体から目をそらした。

　吐き気をこらえながら、こいつが、連中の目に入らぬわけがない、とグッドマンは思った。こんなに自己の存在を派手にアピールしている死体なんてほかにあるだろうか？　レノラの無残な死体は、部屋に入ってきた者なら、戸口に立った時点ですぐ目に入るはずだった。だからこそ、グッドマンは観念して、自首して出たのではないか。

　——不法侵入した他所者《よそもの》の男女。女のほうは死に、男のほうはそのそばでひと晩じゅう気絶していた。部屋の中には争ったあとがあり、マントルピースの上にはご丁寧にも凶器の拳銃が置かれている。グッドマンはその拳銃に自分の指紋がべったりついたままなのを知っていた。殺人者にとって逃れようのない八方ふさがりの明白な事件だった。

　だからこそ、自首したのだ。

　グッドマンは我慢しきれなくなって、また、例の畳句《リフレイン》を繰り返した。

「私が殺《や》ったんだ。私が犯人なんだ。なあ、そこの暖炉の中の死体が見えないのか？」

　やはり、反応なし。胸像を調べている刑事のすぐ鼻先に暖炉があって、その中では逆さ吊りの死体がもの凄い形相《ぎょうそう》でこちらを見返しているというのに、彼はそれを見ようともしない。なにか、見るのを避けているようにさえ思える。

　刑事は、相変わらずグッドマンを無視したまま、粘土遊びに飽きた子供のように胸像を手放すと、すっくと立ちあがって言った。

「ほんとに、これだけの血痕と争った跡があるんだから、被害者——ひょっとして死体がどこかにあるはずなんだが、それにしても……」

「なにを、とんちんかんなことを言ってるんだ！」グッドマンは苛立《いらだ》って叫んだ。「あんたの後ろに、死体があるじゃないか！」

だが、刑事は振り向こうともしなかった。業を煮やしたグッドマンが刑事のほうへ詰め寄ろうとしたとき、背後で声がした。死体を先に見つけたのは警部のほうだった。

「なんてこった、ジョーンズ君、見ろ、被害者だ。暖炉の中だよ、なんてむごい……」

グッドマンが振り向くと、警部は、しらじらしくも、いま初めて気づいたといった驚きの表情を浮かべ、暖炉のほうを指差している。

なんとも奇妙なズレだった。ふたりの捜査官は目も見え、耳も聞こえていた。だが、グッドマンの存在だけは認めず、彼の言動とはまったく合わないタイミングで事を運んでいる。

警部にうながされた刑事は、初めて暖炉のほうを見ると、言った。

「ほんとだ、こいつはひどい。こんなことをする奴はいったい……」

「だから、こんなことをした奴は、この私なんだと言ってるのに！」

グッドマンはそう言いながら、もう一歩踏み込めば刑事の身体に触れられるほどの距離に詰め寄った。ところが、今度もまた刑事はグッドマンを避けるようにしてすれ違い、警部のいるほうへ、さっさと行ってしまった。

置いてきぼりになった恰好のグッドマンは、ただただ、呆《ほう》けたようにぽかんと口を開け、ふたりの捜査官を見つめるばかりだった。グッドマンのそんな表情にはおかまいなしに刑事が言った。

「しかし、犯人はどうやってこの部屋から脱出したんでしょうね？」

「ふむ、いいところに気づいたね、ジョーンズ君」警部がゆっくりとうなずいた。「君は密室の謎のことを言ってるんだね？」

グッドマンは思わぬ展開にあわてた。

「ちょっと待て。あんたがた、現にこの私が殺《や》ったって言ってるのに……」

——当然、これも無視される。

警部は部下に向かって重々しく言った。

「こいつは名探偵のご登場を願わねばな」

「名探偵!? いったいあんたがたは、なにを言ってるんだ。これは現実のことじゃないのか？ 犯人は私だと言ってるのに、さっきからわけのわからないことばかり……」

グッドマンの必死の抗議は、背後から聞こえてきた咳《せき》ばらいの音で中断された。そちらのほうを振り向くと、三人目の男が戸口のところに立っているのが見えた。

男は大時代がかった白い頬髭《ほおひげ》を生やした老人で、年齢に似合わぬ子供のような悪戯《いたずら》っぽい目を輝かせながら、部屋の中を見まわしている。

「やあ、名探偵の先生がいらした」警部が嬉しそうな声をあげた。

そのとき、部屋の中にぱっと閃光《せんこう》が走った。

その強烈な光は窓の外から来たものだった。あいつぐ事態の急変にあわてたグッドマンがそちらのほうを向くと、今まで気づかなかったが、二つある窓の外がすでに黒山の人だかりになっている。フィリーズの野球帽を被《かぶ》った中年男、窓に頬をおしつけている子供、赤い唇を歪めてなにかを囁《ささや》いている婦人——それら窓の外に鈴なりになった顔の群れは、一様に好奇心一杯の目で部屋の中を覗き込んでいた。

グッドマンは大きく溜め息をついた。事件はあまねく知れ渡り、近所の物見高い連中が集まってきたのだろう。さっきの閃光はカメラのフラッシュらしい。そうだとすると、すでにマスコミの連中も到着しているものとみえる。

——《高校教師、痴情の果てに教え子を惨殺》

グッドマンの脳裡にきょうの夕刊の派手な見出しが浮かんだ。いよいよ、出口なしの八方ふさがりだ。——だが、それにしても……。

名探偵と呼ばれた老人は、ふたりの捜査官に向かってうなずきながら、いささかも迷うことなく、暖炉に近いほうの窓へ歩み寄った。

「密室の謎に悩むことなぞないぞ。ほれ、こういうふうに、この窓は開くのだ」

よく通る大きな声でそう言うと、老探偵は二重窓を引きあげた。窓の外のヤジ馬連中はあわてて後ずさりし、窓のすき間からは彼らのざわめきや笑い声が漏れ聞こえてくる。老探偵はしたり顔で説明をつづけた。

「狩猟用語で言えば、わしはいっぺんだって『途方に暮れ《アット・フォールト》』たことがない。この不可能な謎については、警官《ジャンダルム》の諸君、帰納《ア・ポステリオリ》的に説明がつくんだ。ほれ、この窓枠の錐穴《きりあな》をご覧になれば……」

グッドマンはしだいに腹が立ってきた。――よってたかって彼を無視して、これじゃあ猫が鼠をもてあそんでいるようなものじゃないか。

グッドマンは意を決すると、つかつかと老探偵の背後に近づき、肩をぐっと摑んで言った。

「ちょっと、あんたまでわからんことを言うのか。私がせっかく自首しているというのに、窓のことなんぞガタガタ言って……」

今度は確かに反応があった。ちゃんと相手の肩を摑《つか》んでいるのだから、いくらなんでもこれは無視できない。老探偵は説明を途中でやめて、苛立たし気にグッドマンを一瞥《いちべつ》した。このささやかな初めての反応にグッドマンがすがりつくような気持で口を開きかけたとき、またしても彼をくじけさせるような事態が起こった。

老探偵は、まるでそこに蠅《はえ》がとまったとでもいうように肩におかれたグッドマンの手を払いのけると、彼のそばをすり抜けて、暖炉のほうへ行ってしまった。そしてまた、とってつけたように演説を始める。

「なんという無残な事態。死体をこんなにするなんて、犯人は相当の怪力の持ち主とみえる……」

――冗談じゃない、こっちはオクスフォードの辞書より重いものを持ったことはないんだ。

グッドマンの怒りはついに沸点に達した。彼は今度はこの場の中心人物である警部に摑みかかり、わめき散らした。

「おい、いったいあんたがた、さっきから私を無視してどういうつもりだ。私の声が聞こえないのか？ この姿が見えないのか？ 私は幽霊にでもなったというのか？ おい、答えてくれよ！」

グッドマンが言い終わると、部屋の中が静まり返った。今度こそ成功だった。三人の男たちは、凍りついたように動かぬままグッドマンのほうを見つめている。

これは彼が望んだことだった。だが、いざそうなってみるとグッドマンは改めて自分がなにか別の意味で落ち着かない気分になっていることに気づいた。そして、彼を見つめる三組の視線の中に驚きよりも激しい怒りの表情があるのを読みとったとき、グッドマンはふたたび混乱の淵《ふち》に落とされた。

——彼らはひょっとすると狂人なのかもしれない。……いや、狂っているのはむしろ自分のほうなのだろうか？

グッドマンは涙声の懇願調になって、最後の訴えをした。

「……頼む、うう……私が犯人だって言ってるのに……お願いだから……みなさん……」

しかし、警部はこの憐れな犯人に同情する素振りなど微塵《みじん》もなく、グッドマンの腕を振りほどくと、反対に彼の襟《えり》をわし摑みにして自分の鼻先まで引き寄せ、おし殺した声で囁いた。

「おい、お前こそ、どういうつもりなんだ？ 邪魔をするな。さっさとここから出て、自分のするべきことを考えるんだな」

「え？　自分のするべきことって……」

警部は有無を言わせなかった。目顔で部下に合図をすると、ふたりがかりでグッドマンを両脇から抱え、部屋の外へと連れ出した。

それから、ふたりの捜査官はすぐ部屋に戻ってしまった。ひとり廊下に取り残されたグッドマンのほうは、茫然自失《ぼうぜんじしつ》の態で部屋の扉のすぐわきに据えられた長椅子にへたり込んだ。

「……するべきことって……殺人者のすべきことは、自首じゃあなかったのか？　私が犯人だって、こんなに言っているのに……」

誰からも相手にされない世界一孤独な殺人者がそんなふうに呟《つぶや》いていると、部屋の中で交わされている会話が、扉のすき間から漏れ聞こえてきた。

警部の声が、「先生、そうすると、もうこれ以上捜査の必要はないわけですね？」

老探偵が答えて、「そう、最早《ネヴァーモア》ない」

長椅子の背にぐったりと凭《もた》れていたグッドマンの脳裡に老探偵の言葉が谺《こだま》した。

――最早《ネヴァーモア》ない、最早《ネヴァーモア》ない……その畳句《リフレイン》は、グッドマンにとって忘れられないものだった。

最早《ネヴァーモア》ない……。

グッドマンはその言葉をきっかけに、こんな不条理世界に自分が迷い込むにいたったそもそもの経緯《いきさつ》を思い出し始めていた。

それは、きのうの午後のことだった……。

2

「最早ない《ネヴァーモア》」

ハンドルを握りながらグッドマンはうっとりとして言った。

「——憂愁を帯びた、なんと素晴らしい畳句《リフレイン》なんだろう。最も引き延ばせる子音rと最も響きのいい母音oの結びつき。この畳句《リフレイン》をひねり出したポオはまさに天才だね」

グッドマンの隣りで車窓を過ぎる景色を不機嫌そうに眺めていた赤毛の女は、

「あんた、そんなに飲んでて運転のほうは大丈夫なの？　事故でも起こして、ふたりの命は最早ない《ネヴァーモア》なんてことにならないでしょうね」

と、冷たく応じた。

「授業で教えたろう。ポオの『鴉《からす》』と『構成の原理』。偉大な天才作家の幻想性と論理性を学ぶに恰好の作品だ。『鴉』の有名な畳句《リフレイン》——『最早ない《ネヴァーモア》』は、さっき行った記念館で着想され……」

赤毛の女は「あー、うるさい、うるさい、こんなとこでお勉強なんかたくさんよ」と言って、カーラジオのスイッチをひねった。

すぐにグッドマンの嫌いな大音量のロック・ミュージックが車内に溢《あふ》れ出し、それがために少し機嫌がよくなった赤毛の女は、リズムに合わせて頭を振りながら言った。

「まあね、その『なんとかの原理』ってほうはちっとは参考になったけどね、計算しながら詩を書くって考え方、ヒット狙いの売れっ子ソング・ライターみたいでカッコいいじゃない。あたし、ヘビメタ・ロックの作詞家になろうかと思ってんだ。『最早ない《ネヴァーモア》』か。サビのとこに使えるかもな……」

グッドマンは溜め息をついた。自分が敬愛する作家が厭《いや》らしい長髪のポップ・スターのブーツで踏みつけにされたような気分になって、オールド・クロウの壜《びん》からまたひと口飲んだ。

東部の高校で文学を教えている教師のグッドマンにとって、エドガー・アラン・ポオは、教職を離れた立場でも心酔し敬愛している別格の作家であった。そしてまた、いつか自分が憧れる天才のように、この世の美なるものを幻想の中に封じ込めた小説や詩をものしてあっさり教職を辞める――というのが、頭の薄くなりかけたグッドマンの抱《いだ》きつづけている未練がましい夢でもあった。

しかし、彼がポオに匹敵するほどのなにかを体得しているとしたら、それは肝腎《かんじん》の文才ではなくて、皮肉にもその文才を滅ぼす原因となった天才作家の有名な悪癖――すなわち、飲酒癖のほうというのがオチだった。

いっぽう、この冴えない中年教師の偶像を踏みにじった赤毛の女――レノラ・ヒメネスは、彼の教え子の女子高生だった。彼女はグッドマンが勤める高校に半年ほど前に転校してきた奔放なヒスパニック系の混血娘だったが、彼女にとってグッドマンは「先生」であると同時に「お客さん」でもあった。レノラは放課後のアルバイトに娼婦をしていたのである。いや、彼女の熱意の度合いからいったら、娼婦がたまたま高校に通っていたと言い直したほうが正確だったかもしれない。

ふたりが関係をもってから、もう四ヵ月になっていた。最初はレノラが自分の成績改竄《かいざん》を条件に〝特別サーヴィス〟を申し出たのがきっかけだったが、二度目からは完全なビジネスに発展した関係となっていた。レノラの商魂はたくましかった。彼女は、すべての行為に価格をもうけ、背広をハンガーに掛けることにさえ二ドルを要求した。

それに引きかえ、グッドマンのほうは、いささかウブが過ぎたと言わねばならない。文学なんぞに心を捧げてしまった男にはありがちのことだが、彼も俗世の男女関係に誤まった夢を抱いていた。自分がレノラに与える金はあくまでも愛の〝プレゼント〟なのだと健気《けなげ》にも思い込もうとしていたのである。

その根拠なき夢が悪夢に変わるのは時間の問題だった。グッドマンが四ヵ月がかりで預金の大半をレノラに貢《みつ》ぎ、彼女がそれを、服と麻薬とヒモの懐《ふところ》に三分割して費したころ、ふたりの関係が学校にばれた。三日ほど前に校長のもとへ匿名《とくめい》電話の通報が入ったのだ。その話はほどなくグッドマンの癇癪《かんしゃく》もちの妻の耳にも入った。

免職――失業、離婚――慰謝料。さすがの夢想家グッドマンも、目の前に迫った苛酷な現実には震えあがった。だが、ここに至っても、彼が選んだ路《みち》は、文学なんぞに入れあげた男にありがちな軟弱で自暴自棄的なものだった。グッドマンはありったけの現金を持ち出すと、レンタカーを借り、途中でレノラをひろって現実からの逃避の旅に出たのである。

人生にも当面の行き先にも確たるあてなどなかった転落教師がまず訪れたのは、フィラデルフィアのポオの記念館だった。そこはポオが《グレアムズ・マガジン》の編集者時代に数々の名作をものした家であり、彼の幼な妻ヴァージニアが喀血《かっけつ》した家でもあった。天才作家の栄光と挫折の歴史を刻んだ館――そのコロニアル風コテイジを初めて目にしたグッドマンは痛く感激したが、レノラのほうはひどく退屈して、この冴えない修学旅行にも法外の〝料金〟を請求してやろうと思うだけだった。

ふたりが、ポオの記念館を出て一時間ほど走ったところで雨が降り出した。

レノラがラジオのダイアルをひねると、州北部を低気圧が覆《おお》い、ひどい暴風雨になるでしょう、という天気予報が流れてきた。

「ああ、やんなっちゃう」レノラが鼻を鳴らした。「嵐だってよ。この雨風の中を、いったいこれからどこへ行こうっていうの？」

「州北部のクエーカー教徒の村にポオ縁《ゆかり》の地があってね……」

レノラは天を仰いだ。

「ああ、また、ポオ？　なんでそんな陰気な作家に入れあげるんだろうね。あたしはフィラデルフィアのディスコへ行きたかったのに。そこじゃあ、いまだにオカマの黒人がファルセットで歌ってるんだってよ。ねえ、面白そうじゃ――」

グッドマンが話にのってこないので、レノラは咳ばらいをひとつしてから言った。

「まあ、あたしは、料金さえ払ってもらえれば、どこにでも行きますけどね」

グッドマンは返事をするかわりに、黙ってレノラの膝に皺《しわ》くちゃになった紙幣を投げた。そんなふうにしながらも、彼はレノラを天才作家の幼な妻に見立てたプラトニックな愛の幻想を捨て去ったわけではなかったのだが……。

予報どおりに風雨は強まり、夜半ごろには、車に乗っているのだかナイアガラ瀑布《ばくふ》めぐりの遊覧船に乗っているのだかわからないという状態になってきた。ワイパーがいくらぬぐっても、滝のような雨がフロント・ガラスを覆い、暗い山中を走る車は、いつしか道に迷ってしまうことになる。

暴風雨といえば、車の中のふたりの精神状態もそれに近いものがあった。自暴自棄になったグッドマンは、もうほとんど運転不能なほどに酒を飲みつづけ、レノラのほうも憂鬱な気分を吹きはらうためにとっておきのコカインをやってラリった境地に入っていたのである。

そして、とうとう車が立ち往生するときがきた。車輪がぬかるみにはまり、動けなくなってしまったのだ。車中ではカーラジオが、州北部の暴風雨はこの後もつづき山間部では崖崩れの恐れもある、とそっけない調子で伝えた。それを聞いたレノラは不満を爆発させた。

「ねえ、あんた、どうすんのよ！　こんなとこで車中泊はご免よ。あたしは狭いとこは苦手なんだ。リムジンならともかく、こんなボロいクーペの中でおねんねは厭だからね。ねえ、モーテルかなんか探してよ」

グッドマンは酔いのために緩慢になった口調で言い訳した。

「……でもな、車がおねんねしちまったんだから、しょうがないだろ。それにこんな山奥じゃあモーテルって言ったって……」

「じゃ、あそこに泊めてもらおうよ」

レノラが指差す方向にグッドマンが充血した目を向けると、車のヘッドライトをかすかに受けて、館らしきもののシルエットが闇に浮かんでいるのが見えた。

まるで豪雨に逆らうかのように屹立《きつりつ》する急勾配の切妻《きりづま》屋根と細長い煉瓦《れんが》造煙突。その妻部分の破風《はふ》板にピクチャレスク風を強調した凝った彫刻が施されているのは車内からでもわかった。田舎にはときどき見られる町大工の手によるゴシック風の古い館だった。グッドマンはその陰鬱《いんうつ》な館のシルエットを眺めながら、なにか言い知れぬ戦慄《せんりつ》に襲われるのを感じた。

――不吉な、気味の悪い館だ。あそこにふさわしい住人といったら、死に至る業病やみの姫君と夜ごと『マインツ教会聖歌隊による死者のための通夜』を耽読《たんどく》するその兄上といったところかもしらん……。

グッドマンはそんなふうに考えながら思わず身ぶるいをした。

車を降りてずぶ濡《ぬ》れになったふたりが、イギリス城郭風の入口ポーチを急いでくぐり、玄関扉を押すと、それは意外にもあっけなく開いた。中へ入ると、まっ暗なホールは静まりかえっている。ラリっていささか調子にのっているレノラが大声で家人を呼ばわったが、誰かが出てくる気配はまったくない。ふたりは仕方なく左手の廊下のいちばん手近な部屋に入ることにした。

闇の中でやっと照明のスイッチを探しあててひねってみる。だが、明かりはつかなかった。ふたりは途方に暮れてしばらく手探りをつづけたが、そのうち目も慣れてきてサイド・テーブルの上に古風なランプが置いてあるのを見つけることができた。こちらのほうは使えた。グッドマンがライターでランプに点火すると部屋の様子がぼんやりした光の中に浮かびあがった。

そこは居間か書斎にでも使われている部屋らしく、立派な大理石の暖炉と革の背表紙の本が並んだ書棚が壁の一面を占め、座り心地のよさそうな菫《すみれ》色のソファが二脚とローズウッドのテーブルが据えられていた。

暖炉の中を覗き込んだレノラは、「ちえっ、薪《たきぎ》一本ありゃしない。シケた家だよ」と毒づくとソファに沈み込んだ。「ねえ、あんた、そんなとこに突っ立って、なに見てんのさ」

グッドマンが見上げていたのは書棚に飾られた石膏の胸像だった。彼はのろのろと口を開いた。

「……パラスの胸像だ。驚いたな……」

「パラス？」

「ああ。ギリシア神話の女神だ。またの名をアテナ、ローマ風にはミネルヴァとも言う。ゼウスの頭蓋《ずがい》から生まれた知恵の女神。学者は啓示を求め、裁判官は明晰《めいせき》と公平を求め、作家や詩人は霊感を求めて彼女に祈るんだ。現にポオも《鴉》の詩句の中でこの像について触れている」

「ああ、またまたポオの話？　先生のお堅い授業はもうウンザリだと言ってるでしょ。もっと気の利いた話題はないの？　それに、これからあんた、どうするつもりなのさ？」

グッドマンは悲し気にレノラを見つめた。ポオの《鴉》は逝《ゆ》きし佳人への悲歎の情を歌った詩だが、あの中に出てくる乙女の名はレノアといった。

彼の脳裡に詩の一節が去来した。


天使らがレノアと名づけた世に稀な光り輝くその乙女——

その名前も、この世には今はない《ナッシング・モア》

ところが、彼の目の前でソファにだらしなく沈み込んでいる、光り輝く乙女と一字違いの名前をもつ女は、爪に緑色のマニキュアを塗りたくった女子高生娼婦ときているじゃないか……。

中年教師は顔をしかめて頭を振った。だが、いまの自分にはこの女しかいなかった。

グッドマンは力ない調子で言った。

「私の望みはね、そう、こんな家に住んで小説や詩を書きながら、お前と暮らすってことだと思う。そして、日々、パラス像に祈り……」

「お、お、お前と暮らす!?」レノラは鸚鵡《おうむ》返《がえ》しに言うとソファから跳ね起きた。「冗談じゃないわ、誰があんたなんかと！」

「厭なのか？ 愛してくれていたんじゃないのか？」

レノラは鼻で笑った。

「愛？ これだから素人《しろうと》さんは困るわ。あたしたちの関係があくまでもシホン主義の、えーと、需要と供給の関係だってことがわからないの？ あんた、学校の先生だから、この理屈わかるでしょ？」

グッドマンがさらに懇願しようとレノラのほうへ歩み寄りかけたとき、突然、部屋の窓を叩く音がした。驚いて立ち止まり、そちらのほうを見るグッドマン。また、彼の脳裡に詩の一節が浮かんできた。

確かにこの物音は格子窓からひびく音、

ともあれ何であるかをこの眼に見て、この不思議を明かしてみよう——

せめて、ひと時私の心を休めさせて、この不思議を明かしてみよう。——

恐らくは風、ほかにはない《ナッシング・モア》！

——そうだ、たぶん風に揺れた梢《こずえ》が窓を叩いた音だろう、とグッドマンは自分に言い聞かせ、レノラのほうに向き直って言った。

「ポオと愛妻ヴァージニアのように、お前と一緒に暮らしたいんだ。それが、いまの私に残《と》された唯一の夢なんだよ。そして、お前はヴァレンタインの日にヴァージニアが作った『永遠《わ》にあなたと歩みたい』の詩を私に詠《よ》んでくれるんだ……」

　レノラは嘲《あざ》けり笑った。

「おいおい、冗談はよしてよ。料金さえ払ってくれれば、黴《かび》が生えた詩でもクールなレゲエでも、なんでも歌ってあげるけどさ。永遠《とわ》にあなたと歩む――ってのだけはご免だわ」

「私にもう金はない。お前は、文無しの私とはもうこれ以上一緒にいてくれないのか？」

　グッドマンの涙声交じりの問いにレノラが答えようとしたとき、今度は聞き違えようのない、気味悪いしゃがれ声が部屋中に響いた。

「最早《ネヴァーモア》ない！」

　胆《きも》をつぶして声のするほうを見たふたりは、部屋の隅に黒いビロードの布をかけた大きな吊《つ》り鐘《がね》状のものを吊るしたスタンドがあるのを発見した。声は、どうやら、そこから発せられたものらしい。間髪を入れず最初に行動を起こしたのは、物怖《ものお》じしないレノラのほうだった。彼女はスタンドのそばへ歩み寄ると、さっと黒布を取りはらった。

　布の下から現われた吊り鐘状のものは、大きな鳥籠《とりかご》だった。その中の止まり木には、一羽の黒檀《こくたん》色の鳥が鎮座していた。その鳥を見たグッドマンは愕然《がくぜん》として呟《つぶや》いた。

「……古えの聖《ひじり》の御世のいかめしい一羽の鴉……。なんてこった……」

　だが、グッドマンの驚きはまだ序の口だった。その鴉が口を開いて、こう言ったのである。

「――最早《ネヴァーモア》ない！」

　不吉な凶鳥《まがどり》のひしゃげた声は部屋じゅうに響き、レノラは耳を押さえて顔をしかめた。いっぽう、グッドマンのほうは、その鳥に魅せられたようにふらふらと二、三歩踏み出した。ランプの光の加減で鳥の落とす影は巨大な怪物のそれのように床にのび、その中に踏み込んだ彼は、まるで逃れようもない幻影領域に呑み込まれた迷い子のように見えた。

グッドマンは凶鳥に向かって恐る恐る詩の一節を詠《えい》じた。

「語れ、夜の領する冥府《めいふ》の岸にお前の王侯の名を何と言うのか！」

鴉は答えた。「最早ない《ネヴァーモア》！」

グッドマンは憑かれたような目つきになって詩の引用を続ける。

「ほかの友達は早く既に飛び去った――明日になれば、これも私を去るだろう、『望み』が既に飛び去ったように」

鴉は答えた、「最早ない《ネヴァーモア》！」

酔いで頭の混濁したグッドマンの引用は怪しくなってきていた。

「……予言者め！　鳥か魔神か、ともかく予言者よ、教えてくれ……天使がレ、ノ、ラと名づけた清い乙女を、わが魂の抱《いだ》く日が来るかどうかを……」

鴉は答えた、「最早ない《ネヴァーモア》」

グッドマンがポオの詩にあるレノアの名をレノラと言い替えたのは故意にしたことだった。すべての望みも愛も、凶鳥の前に否定されたグッドマンは床にひざまずき、力なく泣き崩れた。これを苦々しげに見ていたレノラは、なにを思ったのか、部屋の二重窓を押し上げ、つぎに鳥籠の蓋《ふた》までも開けてしまった。それに気づいたグッドマンがあわてて止めようとする。

「なにをするんだ、やめろ！」

「あたしはね、フライドチキンはともかく生身の鳥は大っ嫌いでね、この阿呆な九官鳥には、こっから出てってもらうんだ。ほら、出ろ、シッ、シッ」

グッドマンの手が届く前に、漆黒の凶鳥は鳥籠から飛び出し、それからひと騒動がはじまった。窓から雨風が吹き込む部屋の中で、凶鳥は羽根をばたつかせて、あるときはマントルピースの上、あるときは書棚のパラスの像の肩にという具合に飛びまわり、ふたりを嘲けるかのように「最早《ネヴァーモア》ない、最早《ネヴァーモア》ない！」の畳句《リフレイン》を繰り返した。

「ああ、気が狂いそう、もう我慢できない！」

そう言って、レノラはハンドバッグからなにかを取り出した。それが銀色に光る小型拳銃だということを知って、グッドマンは驚きの声をあげた。

「おい、それは、なんのまねだ」

「ふん、あたしみたいなやばい商売をしている女には護身用具が必要なのよ。こいつであの馬鹿鳥の息の根を止めてやるんだ」

「よ、よせ」

今度もグッドマンの制止は間に合わなかった。凶鳥が開いている窓のほうへ向かったとき、銀色の拳銃が火を吹いた。しかし、鳥はそのまま窓の外の闇に消え去ってしまう。凶鳥は嵐の中へ――夜の領する冥府の岸へと帰って行ったようだった。

「弾《たま》は当ったのかなあ？」

レノラは虚脱したような表情で窓の外の闇を見ていたが、すぐに窓を閉めると、グッドマンのほうに向き直った。グッドマンは手を差しのべて言った。

「さあ、そいつを渡しなさい。

「いやよ！」レノラは拳銃を構えたまま放さない。「そこをどいてちょうだい。ここから出て行くんだから」

「出て行く？」

「そうよ、もうこんな猿芝居はたくさんなの。車をなんとか動かしてボストンに帰るわ。そして、あんたのことなんか忘れて、また楽しくやるの」

「なんだと！」

遂に絶望的な怒りに駆られたグッドマンはレノラに摑みかかり、ふたりは激しく揉《も》み合った。鳥籠のスタンドが倒れ、ソファが転がり、書棚に激しくぶつかった。――そして、ふたりの間に挟まれた拳銃が第二弾を発射した。

グッドマンの腕の中でレノラの身体は急に糸の切れた操り人形のようになり、少女は床にくずおれた。

暴発した拳銃の弾はまさしくレノラの心臓をつらぬいていた。

冷たくなったレノラの屍《しかばね》をグッドマンはしばらく呆けたように見つめていたが、突然、恐怖がこみあげてきた。さっきは誰も出てこなかったが、この家のどこかに住人が寝ているのかもしれない。それがさっきの銃声で目を覚まし、この部屋の扉のすぐ外にまで来ていないとも限らないのだ。

しかし、酔いと疲れで朦朧《もうろう》としたグッドマンの頭は不合理な考えで占められつつあった。彼はすぐ逃げ出そうとはせずに、まず死体を隠す挙に出たのである。あるいは、危急の場に立たされて、獲物を隠す獣の本能のようなものが甦《よみがえ》っていたのかもしれない。ともかくもグッドマンは、死体の脚を引きずって、手近の暖炉まで運んだ。部屋にはほかに隠し場所などが見あたらなかったのだ。

死体の身体を折り曲げ、悪戦苦闘の末にそれを暖炉の中に押し込むと、グッドマンはふらつく足どりで出口のほうへ向かった。だが、あまりの疲労で脚がもつれた彼は、途中でよろけて書棚にぶつかってしまうことになる。

そして、パラスの像が落下してきた。

さきほどのレノラとの争いで書棚にぶつかったとき、像は棚板の際までずれ動いていたのだろう。重い石膏像は天誅《てんちゅう》のように容赦なくグッドマンの後頭部を襲い、彼は床に昏倒《こんとう》した。

薄れゆく憐れな殺人者の意識の中で、また例の詩句の最後の一節が谺《こだま》した。

……私の魂の遂に逃れ出ることは
――最早《ネヴァーモア》ない！

3

かつてフランスの著名な詩人が「わが法廷に引き出された、額に〝八方ふさがり〟と刺青をした不幸な男」と評したポオ。その非運の作家にも劣らぬ「八方ふさがり」状態の殺人者グッドマンは、ようやく回想から我に返った。

だが、彼の気分のほうは、さきほどとは明らかに違っていた。

廊下の窓から差し込む朝の陽光がグッドマンの膝元に心地よい日溜まりをつくり、外界が、昨夜の嵐などなかったかのような上天気であることを教えていた。

——そう、なにごともなかったかのようだ、とグッドマンは思った。いかなる幻想も燦然《さんぜん》と輝く太陽の下では、その影を失ってしまう。ひょっとしたら、昨夜の出来事は夢だったのかもしれん。いや、よしんば本当のことだったとしても、決して八方ふさがりとは言えないんじゃないか……。

グッドマンの思考は陽光の下で次第に現実的なものに変わってきていた。

——けさがたの出来事は確かに不条理極まりないが、向こうが捕まえないというのなら、なにも馬鹿正直に自首なんぞすることはないじゃないか。それに、幸い、いまは廊下にひとり自由の身だ。

——いまのうちに逃げ出すんだ。

そう思った瞬間、グッドマンの横の扉が開いた。

「おんや、まだいんのか？」

そう言って部屋から出てきたのは、例の警部だった。彼の背後には老探偵の顔も見える。

警部は不快そうに顔を歪めると、グッドマンに向かって言った。

「おめ、早《はえ》えとこ準備してくれや」

警部の口調にはさっきと違うひどい訛《なま》りがある。グッドマンは戸惑った。警部はお構いなしで、なおも言う。

「ともかく、おめの出番だで、早えとこエテ公の着ぐるみを着てきてくんねえか？」

「エ、エテ公……？」

グッドマンが面くらっているのを見て、老探偵のほうも苛立った。

「なんだ、使いものになんねえだなあ。せっかくフィラデルフィアの俳優斡旋《あっせん》所から呼んだっちゅうに、なあ」

警部が同調する。「んだ。この男、阿呆みてえに、『私が犯人だ』って、間違った台詞《せりふ》言うばっかりで、芝居が台無しだ」

「芝居!?」グッドマンは目を剝《む》いた。

「そうだよぉ。――なんだ、斡旋所に台本は行ってなかっただか？　あんたら、えらく早くから記念館に入っとったから準備万端だと思うとったのによ。ま、こっちも、観光客がきのうの嵐でどこも行けなくて、きょうは朝からここの見学を楽しみにしてたんで、ぶっつけ本番でやらざるを得なかったんだがよ。おめの前任のジムとはたんと演《や》ったから、事情はわかってると思ったんだが……」

老探偵が少し同情して言う。「まあ、新米なんだろうから、許してやれや、村長」

「でもな、長老、おらたち、ほら、なんちゅうたかな——そう、アドリブっちゅうやつがでけんから、台本で憶えたとおり台詞を喋って事を運ぶしかなかろう？　窓の外ではお客さんたちも見てるでな、下手はできんて。それを、この男は勝手に喋くって……。最初は相手にしなかったが、場をとりつくろうのに苦労させられただ……」

グッドマンはふたりの会話を聞きながら、忙しく頭を回転させた。

——警部が村長で、名探偵が長老、そして、ここが記念館で、さっきの不可解な出来事は芝居だった……。

グッドマンはこれらの手掛りから、突然あることに思い当った。きのう行こうとした州北部のポオ縁《ゆかり》の地はここだったのだ。そのクエーカー教徒の村ケトルバラでは、フィラデルフィア時代のポオが訪れたという記録が最近発見されていた。ほかに売り物がない村のこと、これを利用しない手はない。ポオが宿泊したという旅籠《はたご》は記念館に仕立てられ、そこでは種々の展示や催しがなされているとガイド・ブックにも書いてあった。観光客誘致に躍起になっている僻村《へきそん》にはありがちのことだ。

やっと合点がいったグッドマンは用心深くかまをかけてみることにした。

「あー、ポオがこの近辺で起こった事件をもとに書いたとかいう短篇は、たしか……」

虚を突かれたといった表情で村長が答えた。

「ええっと、『お前が犯人だ』だっけかな、ありゃ」

「そうでしたね。そうすると、さっきの観光客相手のアトラクション芝居のほうは、やっぱり……」

「『モルト街の殺人』に決まってるだろ」村長は自信あり気に言ったが、長老がすかさず訂正する。「――『ボルドー街』だべっ」

グッドマンは天を仰いだ。自分はポオの小説をもとにしたアトラクション芝居の新米俳優と間違えられていたのだ。本物の俳優連中は、おおかた、昨夜の崖崩れかなんぞで到着が遅れているのだろう。――なんて間抜けた話なんだ。グッドマンはいままで彼を取り巻いていた幻想が陽光の中で溶け去っていくような気がして苦笑した。

「まあ、この男はダイコンだが、あの女のほうは迫真の演技だったでねえか」

長老の言葉にグッドマンははっと我に返った。

まだすべての恐怖が去ったわけではなかった。けさがたのことは芝居だろうが、昨夜の出来事はそうではなかった。彼は依然としてレノラを殺した殺人犯なのだ。

だが、まだ連中はそのことに気づいていない。暖炉の中の死体も演技だと思い込んでいるのだ。

グッドマンは、さきほどの決心を実行に移すことにした。

――逃げ出すのだ、いまのうちに！

グッドマンが長椅子から立ちあがって、そこから離れる言い訳をしようとしたときに、再び部屋の扉が開いて、刑事役の青年が顔を見せた。

「村長、これ、見てくださいよ。ひでえもんだ」

青年がそう言って差し出したものは、一羽の鳥の死骸《しがい》だった。雨水と泥と血で濡れそぼっているが、それが昨夜グッドマンたちを怯《おび》えさせた凶鳥――鴉であることは間違いなかった。レノラが撃った弾丸は鳥が窓から逃れるときに確かに当ったらしい。青年はなおも村長に訴えた。

「庭に落ちてたって、観光客のひとりが拾って部屋に放り投げてきただ。畜生、ペラちゃんを誰がこんな目に……」

「ペラちゃん？」思わず口を挟むグッドマン。

青年はきっとなって言った。

「そうだ、九官鳥のペラちゃんだ。おらが、鍛冶屋《かじや》仕事の合い間に、せっかく『最早ない《ネヴァーモア》』ってあの詩ん中の言葉を憶《おぼ》えさせて、白斑《しろぶち》も黒く染めて本物の鴉みてえにして、記念館の人気者になってたのによ……」

「冥府の岸の不吉な予言者ではなかったのか……」グッドマンは情けない声で言った。

「なに、わけわかんねえこと言ってるだ、こいつあ、おらの可愛いペラちゃんだ。……おめ、どうも怪しいぞ。さっきから変なことばかり口ばしって。おめが、ひょっとして、ペラちゃんをこんな目にあわせたんでねえのか？」

グッドマンはあわてて言った。

「い、いや、私が殺《や》ったんじゃない。私は犯人じゃないんだ」

「おらも、こいつはおかしいと思ってたんだ」村長がこわい顔でグッドマンのほうに詰め寄る。「こいつ、おらたちが来る前から記念館にいただろう？　きのうの晩は大嵐で、誰もここには来てねえはずだし、そしたら、どうしても疑わねえわけにはいけねえべ」

村長の口調の険悪さに震えあがって、グッドマンはゆっくり踵《きびす》を返そうとしたが、時すでに遅かった。村長と青年が本職の警官さながらにす早く動き、グッドマンを両脇からがっちりと摑まえた。それから、村長が長老にお伺いをたてた。

「こいつ、どうしますべ？」

長老は顎《あご》をかきながら重々しく答えた。

「そうさな、重要な村の共有財産をだいなしにしたのなら、それは許すことはなんねえだ。保安官の事務所に連れてって、牢にぶち込んどくんだな」

「長老も来られますだか？」

長老は頭を振った。「いや、わしは、あの暖炉ん中でとぼけとる娘っ子を叩き起こして、後から連れていくだ」

——グッドマンは凍りついた。

部屋に戻ろうとする長老の背中に向かって、グッドマンは涙声で訊いた。

「私が、助かる道はないんでしょうか……」

長老は振り向きもせず答えて曰《いわ》く、

「――最早《ネヴァーモア》ない！」

――FADE OUT――

▼文中の引用は、『お前が犯人だ』（丸谷才一訳）、『鴉』（福永武彦訳）。
――共に創元推理文庫版を使わせていただきました。

城　館

皆川博子

《ミステリマガジン》1991年4月号

皆川博子〔みながわ・ひろこ〕（一九二九〜）

京城生まれ。東京女子大学外国語科中退。幼少時からさまざまな小説を耽読し特に幻想小説、推理小説を愛好する。七二年、児童文学『海と十字架』でデビュー。翌年には「アルカディアの夏」で第二十回小説現代新人賞を受賞して一般文芸誌にも進出する。

推理小説、幻想小説、時代小説の各分野にまたがって質の高い作品を次々と発表。ミステリ中篇『壁・旅芝居殺人事件』で八五年の第三十八回日本推理作家協会賞を、時代長篇『恋紅』で八六年の第九十五回直木賞を、幻想小説集『薔薇忌』で九〇年の第三回柴田錬三郎賞を、それぞれ受賞。

九八年に第三十二回吉川英治文学賞を受賞したミステリ長篇『死の泉』以降は、『冬の旅人』『総統の子ら』『薔薇密室』『海賊女王』などの海外を舞台にした長大な歴史ロマンに健筆を振るう一方、『結ぶ』『蝶』『影を買う店』などの硬質な幻想小説集を刊行。一二年に第十二回本格ミステリ大賞を受賞した『開かせていただき光栄です』はシリーズ化され、続篇『アルモニカ・ディアボリカ』が刊行されている。一二年にそれまでの功績により第十六回日本ミステリー文学大賞を受賞。近年は旧作の復刊も相次いでいる。

少年を語り手にした「城館」は、著者得意のノスタルジックな幻想譚である。

たちまち、城は、焼け失せた。

ボール紙の城だから、ひとたまりもなかった。

城の中の骸も、灰になった。

母家から鉤の手に突き出した叔父の部屋には、松脂を塗ったような色合いの一抱えもある地球儀とか、彼には持てないくらい重いアコーディオンとか、柄に浮き彫りのある青銅のペーパーナイフとか、九歳の少年の目をひくものが無数にあった。

戸棚には、断面に木の葉の痕や貝の痕がくっきりと印刻された石が並んでいた。透明なガラスの嵌まった戸には鍵がかかり、少年の手を拒んでいた。

絨毯を敷き、窓際にデスクと椅子を置き、一見洋室にみえるが、絨毯の端から畳がのぞいている。窓から入る陽光は、くすんだ黄銅色に変色し、部屋の底に溜まった。廊下に面した入口は鍵のかかるドアではなく、襖なので、少年は好きなときに出入りできた。

石塊を並べた戸棚の置かれた壁の半分は、引き違いの板戸で、開けようとしたのだが、これも鍵がかかっていて、彼をがっかりさせた。

昼間は、祖母しかいない家である。叔父は大学の講師をしていた。

「夏休みなのに、叔父さん、学校に行っているの？」

叔父と遊ぶのを最大の楽しみにしていた少年は、不在と知って、声を尖らせたのだった。

「学校じゃなくてね」

都会に出て来てからの年数は、少年のこれまでの生より長いのに、祖母の口調には、田舎の訛がからみついていた。

「お仕事の旅行だよ」

「いつ、帰ってくるの？　ぼくがいるあいだに帰ってくる？」

祖母には、彼は遠慮ない口をきけた。

何をしても、祖母は叱らないとわかっている。

「ぼくが泊まりにくるの、叔父さん、知ってたんでしょ」

たいへんに不当な扱いをうけたような気がした。裏切られたといってもいいほどだ。

去年の夏休みも、この、母の実家に泊りがけで遊びにきたが、このときは、母と兄がいっしょだった。

叔父は、大学が休みなので、彼と兄の遊び相手をした。

たいがいの遊びは、彼には少しむずかしかった。

彼の頭の上で、バレーのボールが兄と叔父のあいだを行き来した。

彼には手のとどかない高さだった。

彼はじれて地団太をふんだ。

キャッチボールのとき、叔父は、兄には力いっぱいボールを投げたが、彼には手加減した。

それでも、彼のバットは空振りした。兄は、高々と打った。空を切るボールを、叔父は、ジャンプして取った。

彼がトンネルゴロをしても、

「いいよ、いいよ、こいつは、みそっこ」

兄は言い、彼は、おみそ扱いされているのに気がつかないふりをした。

茶の間で祖母も加わり、コリントゲームやカードで遊んだときも、彼はおみそだった。

「うまくいかなかったね。いいよ。＊＊ちゃん、もう一度やってみたら」

兄は寛大に言い、彼は傷ついたのだった。

「叔父さんの部屋に入ってもいい？」

そう訊いたのは、彼だったのに、叔父が許可すると、当然のように、兄も入ってきた。

西陽がさす叔父の部屋には、独特のにおいがこもっていた。

書棚からあふれ床に積み重ねられた、おびただしい書物がただよわせるにおいであった。

黒い扇風機がぬるい風を送っていた。

そのとき、戸棚は鍵がかかってなかった。

「これは、何？　叔父さん、これは？」

熱心に兄はたずね、叔父は一つ一つ取り出し、説明したのだった。アンモナイト。レピドキクリナのかせき。ちゅうせいだいのクラゲのかせき。

兄と叔父のかわす言葉のなかで彼が理解できたのは、〝クラゲ〟の一語だった。

「どこにクラゲがいるの？　ねえ、ねえ。クラゲなんかいないじゃないか。石ころばかりじゃないの。ねえ」

「静かにしていなさい。おとなしくしていないと、おうちに帰しちゃうよ」

兄はたしなめ、

「叔父さん、それで？」

と、先をうながし、

「スカムラリアは、わんそくるいの一種で、石灰岩のにじょうきそうから採集されたんだ」

呪文のような言葉を、叔父はつづけるのだった。

途中で、彼は、手洗いに立った。

部屋に戻ると、兄は分厚い本をひろげ、叔父が何か話をしていた。

彼は兄の肩ごしにのぞきこんだ。その本には、外国の文字が並んでいた。

叔父が、翻訳して話してやっているのだと彼はさとり、

「ねえ、始めから話して」

要求した。

「聞いたって、どうせ、＊＊ちゃんにはわからないんだから。叔父さん、かまわないから、先を話して」

「始めから話してよ。お兄さまだけ、ずるいよ」

「うるさいことを言うんなら、おうちに帰りなさい」

兄は、母の口調をなぞった。

「始めから、話してってば」

「閉じ込められていたカスパールは」

叔父は話をつづけた。

開かれたページの片側に、肖像写真がのっている。

写真がよく見えるようにと、彼が本に手をのばそうとすると、

「よく拭かなかっただろう。濡れた手でさわっちゃいけないよ」

兄が払いのけた。そのとき、母が、もう帰りますよ、と呼びにきたので、〝閉じ込められていたカスパール〟の話はそれきりになったのだった。帰るのはいやだ、と彼は抵抗したが、無駄であった。

帰途の列車の中で、彼は兄に、聞きそびれた話の説明をもとめた。

兄は叔父の話を理解はできても、要約して弟につたえるのは手にあまったらしい。辻褄の

あわない、断片的な言葉を兄は口にし、弟が何度も聞き返すので、

「＊＊ちゃんにはまだ早すぎる大人の話」

という極まり文句で、話を打ち切った。

〝閉じ込められていたカスパール〟は、彼の心の中で肥大した。


今年の夏、祖母と叔父の棲む家に彼だけが滞在することになったのは、少年にとって、すばらしい幸運であった。

夏休みの間だけではない、学校も二学期からこちらに転校し、しばらくいることになるらしい。取り残されるような不満がないわけではなかったが、

「外国といったってね、勉強に行くんだからね」

ヴァイオリンをケースにおさめながら、兄は少年に顔をしかめてみせたのだった。

「＊＊ちゃんは、ヴァイオリン、好きじゃないでしょう。ぼくは、むこうで、毎日、十時間も練習するんだよ。そんなの、いやでしょう。お祖母ちゃんのところにいってるほうが、ずっと、いいでしょ。ぼく、＊＊ちゃんがうらやましいよ」

はずんだ声で、兄はそう言い、夏休みの始まる直前に、母と二人で羽田の国際空港から、飛行機で飛び立っていった。

出発ロビーで母と兄を見送ってから、少年は、右手を祖母に、左手を父にあずけ、空港内のレストランに入り、ソフトクリームを食べた。叔父は見送りに来なかった。

タクシーで祖母の家に行き、父は彼の頭を撫でて、その車で家に帰った。彼は、祖母のところにとどまらされた。最初からそういう約束だった。

叔父が不在なのはあてがはずれたが、仕事で旅行といっても、

「＊＊ちゃんが、あと十寝たら、叔父さん、帰ってくるから」

そう祖母になだめられ、我慢することにした。

その夜は、祖母と蒲団を並べて寝た。

叔父さんが帰ってきたら、叔父さんの部屋でいっしょに寝ようと彼は思った。

翌日、彼は家中を探検してまわった。

十畳と八畳、二間続きの座敷。薄縁《うすべり》を敷いた回り縁。六畳の茶の間。広いけれど薄暗い板敷の台所。

去年来たときより、家の中はずいぶん広く感じられた。

おいしいものを最後までとっておくように、離れの叔父の部屋は、後回しにし、庭に出た。

去年来たとき、兄は、石燈籠の脚の下に、蟻地獄をみつけた。

見てみる？　と兄に言われ、彼は辞退した。帰り道、兄は母に蟻地獄の話をした。＊＊ちゃんは、いやだって見なかったんですよ。

気持ちがわるいもの。地面がびっしりと蟻だらけなんて。

彼が言うと、兄は、蟻地獄というのは、ウスバカゲロウの幼虫の名前で、擂鉢のような穴の底にかくれていて、蟻をひきずりこんで食べるのだ、＊＊ちゃんの指くらい、くいちぎっ

てしまうのだと、兄は彼の誤解を正した。

成虫の名をウスバカ・ゲロウと思った少年は、ずいぶん情けない虫だ、幼虫のときの凄まじさは、成人するとなくなるのだなと、哀れんだ。

鬱蒼と庭木が生い茂った庭の、築山におかれた石燈籠のふんばった脚の下を、少年は、しゃがみこんで覗いた。

土のにおいが鼻をついた。

そのとき、ふりそそぐ蟬の音が耳を打った。

叔父さんが帰ってきたら、いっしょに蟬をとろう。

ふいに思いついた。

網を忘れてきちゃったな。お父さんに、持って来てもらわなくちゃ。

そう思いつくと、気がせいた。

ほんとに、おばあちゃんのところにくると、することがいろいろあって、いそがしい。

忘れないうちに電話をかけようと、母家に戻った。

黒い電話機は、茶の間の茶簞笥の上にある。祖母は台所で、流しの前に少し背をかがめていた。手の動きから見ると、豆の莢をむいているらしい。

彼は、ダイヤルに指をいれ、家の番号をまわした。

もしもし、と応じたのは、女の声であった。

まちがえた、と、あわてて切った。もう一度、慎重にダイヤルをまわした。

「もしもし」

同じ声が応えた。

「もしもし、どなた？」

受話器を置き、

「おばあちゃん」

彼は助けをもとめた。

「ぼくんちの電話番号」と数字を言って、

「……だよね」

「そうよ」

「ねえ、かけて」

「うちに？」

「そう」

「だれもいないでしょ。お父さんは会社だし」

「この電話、番号をちゃんとまわしても、まちがえて、よそにつないじゃうことある？」

「あるだろうね」

庭に、彼は出た。

電話をかけるのは、少し時間をおいたほうがよさそうだ。たてつづけにかけると、電話は、また、女のひとのところにつないでしまうかもしれない。そう思ったのだ。

蟻地獄の点検を再開した。

石燈籠の下は、平らだった。兄が言った擂鉢状の穴は、消えていた。

膝を土まみれにして、彼は、最後の楽しみにとっておいた叔父の部屋に入りこんだ。

石を並べた戸棚も、隣の部屋への板戸も、鍵が彼を拒んでいるのに落胆しながら、『閉じ込められたカスパール』の本を、さがした。

書棚は戸がなく、どれでも自由にとれた。

彼の名を呼ぶ祖母の声を聞いた。

お使いに行こうと、祖母は誘っていた。

「あとで」友人の誘いをことわるきまり文句を彼は口にした。

「留守番できる?」と、顔をのぞかせた祖母に、

「できる」と断言して、閉め出した。

風は窓の外で睡っていた。ふくれあがった草むらが、風の裾をつかみ、たわむれていた。

室内では、真鍮色の陽光が、彼の足を染めた。

片端から本をとりだして開き、ようやく、記憶の中の絵をさがしあてた。

絨毯の上に腹ばいになり、装飾の多い、意味は不可解な外国の文字と絵とを眺めながら、彼は、〝閉じ込められたカスパール〟の身の上をあれこれ思いめぐらせた。

ふと、彼の耳は、かすかな音をとらえた。

木の軋む音である。目をあげると、板戸が、少しずつ開くところだ。

薄闇色の隙間が次第にひろがり、その空間に、女が立っていた。

「だれ？」

彼が訊く前に、女が、その言葉を口にした。

彼が名をいうと、

「ああ」

知っているというふうに、女はうなずいたので、彼はほっとした。

「どうして、ここにいるの？」

女に訊かれ、いろいろな理由のなかから、彼は一番簡単なのを口にした。

「カスパールの本を見ていたの」

「ああ、閉じ込められていた？」

「そう」

女の背後の薄闇から、埃のにおいが、ただよい流れた。

「おばさん、カスパール、知っているの？」

彼が訊くと、女の長い髪が、ゆらいだ。

「おねえさんと呼びなさい」

女は言った。

本を読んでくれると嬉しいんだけれどな。

心の中で思っただけだったが、〝おねえさん〟は見通したように、

「閉じ込められたカスパールなら、こっちにいるわよ」
と、背後の薄闇をさした。

火事の後で、彼は、警察から取調べを受けた。
わからない。彼は、そう言い張った。
何もわからない。
火遊びをしたのだろう？　叱りはしないから、正直に言いなさい。
閉じ込められたカスパールの話を、この警察の人は知っているだろうか。
そう彼は思った。
城の中には、数え切れないほどの骸があった。
蝶の死骸であった。
鱗粉は剝げおち、触ればほろほろと砕けそうな翅が幾重にも折り重なっていた。
火をつければ、おかあさんが帰ってくる。そう思ったのではないのかね。
警察官は、彼の思いもつかなかったことを言った。
そうか、おかあさんが、帰ってくるのか。
母はさぞ機嫌が悪いだろう。帰ってきてほしくはなかった。
入院は、彼ははじめてで、珍しかった。
どこも、怪我はしていないし、病気でもなかった。

なぜベッドに寝ていなくてはならないのか、わからなかった。

怖かっただろう、怖かっただろう、と祖母は涙声でくりかえし、彼が否定すると、けなげに我慢していると言って、また涙ぐんだ。

父が、来た。見知らぬ女といっしょだった。〝おねえさん〟ではない。

その見知らぬ女は、ベッドのそばに身をかがめて、かわいそうにね、とか、甘ったるいことを言った。声に聞き覚えがある気がした。

電話が、まちがえてつないだ女の声とよく似ていた。

女は、父の肩を押して、帰って行った。


叔父は、帰ってこない。

決して帰ってはこない。おねえさんは、そう言っていた。

欧羅巴は、遠いものね。


紙の城は、両手をのばして指先がようやく両端にとどくくらいの大きい台紙のうえに組み立てられていた。古い傷だらけの机の上に、それは置かれていた。

城壁には銃眼があけられ、四隅に高い塔があった。

城門の上の紋章は、後肢で立ってむかいあった二匹の獅子が描かれていた。

この絵も、シュウちゃんが描いたのよ。

おねえさんは、そう言ったのだった。

「シュウちゃんって、だれ?」

「叔父さんの名前、知らなかったの?」

彼は知らなかった。叔父さんは、〝叔父さん〟だった。

城の他に、その部屋には何があったのだったろうか。

彼は記憶していない。たぶん、納戸のような部屋だったのだろうと、後になって思ったが。

「シュウちゃんがつくったのよ。このお城」

そう、おねえさんは言った。

「シュウちゃんが、中学二年のときよ。あたしは中一だったわ。あたしは、アサミさんと仲がよかったから。アサミさんて、だれだか、わかる?」

「おかあさんと同じ名前だ」

彼は言った。

「アサミさんは、中学の三年だったの。シュウちゃんがこのうちに来たとき」

〝アサミさん〟と〝シュウちゃん〟は、姉弟なのだから、おねえさんのいうことは少しおかしいと、彼は思った。

「シュウちゃんは、蝶を採るの、上手だったわ。蝶ばかりじゃない、蟬も蜻蛉も」

「ぼくも、叔父さんが帰ってきたら、蟬とってもらうんだ」

「帰ってこないわよ、シュウちゃんは」

と、おねえさんは言った。

「アサミさんは、蝶をお城に棲まわせたがったわ。それで、あたしに、シュウちゃんの採ってきた蝶の翅をもぎとるように言ったの。気持ちが悪いからいやだって、あたしが言ったら、それなら、翅はもがなくていいから、殺しなさいと言ったわ。翅をもぎとるよりは殺すほうがやさしいから、あたしは、そうしたわ。胸をほんのちょっと押すだけでいいんですもの」

アサミさんは結婚しちゃったから、あたしがお城の番人をしているの、と、おねえさんはつけくわえた。

「あたしは、ここでお城の番人をしてあげているのに、アサミさんが欧羅巴に行ったら、シュウちゃんも行っちゃったわ。だから、あたし、お城に火をつけようと思うの」

「もったいないな」

「すごくきれいよ、きっと」

彼は、机に頬杖をついて、城をながめ、それからのびあがって中庭の蝶を見下ろした。

二学期から転校したとき、彼の苗字は、叔父と同じものに変わっていた。祖母の苗字でもある。

おかあさんも、この苗字にもどったのだと、祖母は教えた。でも、母は、帰って来なかったし、おねえさんの言ったとおり、叔父も帰ってこなかった。

「シュウちゃんはね、中学三年のとき、おかあさんが再婚することになったので——おかあさんていうのは、つまり、きみのおばあさんのことよ、わかる?」

おねえさんは、そう言ったのだった。

「それで、シュウちゃんはこのうちにきたのよ」

お使いから帰った祖母が、離れの納戸の、扉の隙間から煙がただよい流れ、きなくさいのに気づき、しかも扉は内から鍵でもかかったように開かないので、あわてて消防車を呼んだ。扉をこじあけたとき、中には、彼がひとり、煙にまかれて倒れていたという。

後で思い返すと、彼は、記憶に自信がなくなる。

叔父が、再婚した祖母の連れ子であったことも、父と母が離婚したことも、叔父が、母と同棲するために渡欧したことも、すべて、ずっと前から知っていたような気もする。

警察官の言ったことが、正しかったのかもしれない、とも思う。母を呼び戻すために、放火した……。

納戸は焼けてしまった。そこに蝶の骸をおさめたお城があったのも、あとから彼がつくりあげた贋の記憶かもしれない。

叔父だの母だの父だののことを話題にしようとすると、祖母は話をそらす。まるで、彼が生まれた最初から、祖母と彼とふたりきりで暮らしていたのであって、その他のひとたちは存在しないみたいなふうにする。だから、お城のこともおねえさんのことも、確かめられないでいる。

おねえさんの手が、燐寸をすった。
塔の窓に投げ入れた。灯がともったように明るみ、ちろ、と炎の舌がのびた。

鳩

日影丈吉

《ミステリマガジン》1991年7月号

日影丈吉〔ひかげ・じょうきち〕（一九〇八～一九九一）

東京都生まれ。アテネフランセ卒。フランス料理の研究に携わり、料理人にフランス語を教える教師となる。四三年に応召して台湾で終戦を迎えた。四九年、「宝石」のコンクールの短篇部門に投じた「かむなぎうた」が二等に入選してデビュー。五六年、短篇「狐の鶏」で第九回日本探偵作家クラブ賞を受賞。明治期を舞台にした捕物帳〈ハイカラ右京〉シリーズ、春日検事が登場する本格ミステリ『善の決算』、作品集『恐怖博物誌』『幻想博物誌』などの幻想ミステリ、『イヌの記録』『夜の処刑者』などのアクションもの、『応家の人々』『内部の真実』などの台湾を舞台にした長篇ミステリ、『真赤な子犬』『移行死体』などのユーモラスなミステリと、多彩な作品を発表。ジョルジュ・シムノン、ボアロー＆ナルスジャックなどフランスミステリの翻訳も多い。

九〇年には幻想小説集『泥汽車』で第十八回泉鏡花文学賞を受賞。単行本未収録の作品も多かったが、〇二年から〇五年にかけて国書刊行会から『日影丈吉全集』（全8巻、別巻1）が刊行され、全業績を通覧できるようになった。《別冊クイーンマガジン》以来の常連作家で、《ミステリマガジン》には「鳩」のような奇妙な幻想小説を十本以上発表している。

底本：『日影丈吉全集　7』国書刊行会

そんなに大きな病院に入院したのは私にははじめての経験だった。その病院は私の家からはかなり遠かった。入院していた近所の病院の医者に、その病院に入って簡単な手術を受けるように勧められ、最初のときはこちらの病院の車で送られて行った。

病院の前の坂を下って低地の町を幾つか過ぎると、隣りの県に入る。丘を登ったり下ったりして、低地の中でもいちばん低い、低地の底といえそうな平坦地の、町町をつなぐ長い道路に出る。しばらく行くと眺望がひらけ、ひとつの丘をほとんど塞げてそそり立っている、巨大な病院が見えるところに来る。そこから曲って丘を登って行く道は、二つの違った場所から、この病院を到達点として来るバスの専用路になっている。

病院の名は聖セシリア医科大学病院という。だが、この私の家から低地を通って病院に行く道は、プロのタクシー運転手の中にも、知る者は少い。それほどわかりにくい屈曲の多い道順なのである。

病院は大きいだけでなく、あらゆる分科を網羅し、設備も整った一流の施設だった。私は外来の診察室で検査を受けると、七階の病室に入れられ、それから入院生活がはじまった。

病室は入れこみだが、ゆったりして明るい。廊下の反対側が全部、窓になっているからだ。窓の下は一本の樹も生えてない中庭なのだが、その窓からよほど首を突き出さないと、下の土は目に入らないほど、七階というのは高い。窓の前に立って外を見ると、四方から庭を囲んでいる建物の裾の近くまで見えるが、虚実から無限の底を見ているような気がする。灯がついてから対面の建物を見ると、明るくなった窓の中に何があるかは、よくわからないが、看護婦らしい帽子の影が映っていることもあり、日がたつに連れて、どの窓の部屋は何をするところということが、いくらかわかって来る。

だが、患者が予定の日課に縛られている昼間には、そこは巨大なコンクリートの壁が何もない庭を囲んで、高さを競い合っているだけで、庭に人影を見ることもない。ただ、この庭の住人というか、毎日そこに姿を見せるのは、数羽の土鳩で、たぶんそれは建物のあいだから僅かに見える向うの丘から、餌を求食《あさ》りに来て、しばらくいて、またそこに帰って行くのだろうと思うが、餌の乏しい庭にはほとんど居つかず、予想外の身軽さで七階までかるがる飛びあがって来る。

誰か患者で餌をやる者でもいるのか、七階の窓にはしばらく止まっているのが多い。私の病室にも窓の外に来て、中をのぞいているのが、いることもある。土鳩の飛翔力というのは意外に強靱で、高い建物に囲まれたかなり広い空間を、時には気ままに乱れ飛んで、からかい面に高層の窓をのぞいたり、それにも倦きると一斉に、さっとどこかへ飛んで行ってしまう。

夜になると患者達の生活は一変する。医師は患者から眼を背け、用があれば宿直の看護婦が病室に来るぐらいで、患者達は点燈から就眠までのあいだ、ほしいままにしていることができる。といっても病人の日常では、たいしたことができるわけでもない。

私のいた七階のフロアは眼科と共有で、私の病室の先には眼科の病室が並んでいた。眼科の患者には失明の危険はあっても――現に眼の見えなくなった人も数えるほどはいた――生命の危険はない。腹の中に病根がひそんでいるわけではないから、だいたい元気である。この人達の夜は喋るのに費やされた。私のベッドは入口のそばにあったから、寝ていても廊下はよく見えた。廊下には、眼科の患者のお喋りのためではないだろうけれども椅子が並んでいた。

私は手術を受けて多量の血を失い、貧血のおそれのために輸血されたそうだが、それは麻酔中のことで私の意識には残っていない。手術の夜があけて気がつくと、私は強烈な幻覚にとり憑かれていた。白無地の天井には克明に派手な細密画が描かれている。その日一日、私は幻覚に占領されていた。その晩、私の病室に返されると、今度は物凄い喧騒に悩まされた。考えてみると、その部屋の幾つかのベッドに寝ている患者達が、一斉に口をあけて罵り騒いでも、それほどの喧騒になるはずはなかった。しかも、その騒ぎはお祭りのような楽しい雰囲気なのだった。

だから、その何だかわからない喧騒は、夜になると廊下の椅子に並んで、お喋りに熱中しだす眼科の患者達の話し声が、私の神経に拡大して聞こえたものに違いなかった。その晩以後は、それほど騒がしくはなくなったが、あいかわらず賑やかで、時には五月蠅《うるさ》いほどだったのは間違いがない。

眼科には患者も多かったが、ちょっと見ると何のために入院しているのか、わからないような、つまり丈夫そうな人が、かなりいた。だが、見かけだけではわからない重大な危機感を、みんなが持っていた。船舶の作業員で、危険物を甲板の上で細心の注意をはらって、小さな金槌で叩いていた。だが、やはり爆発を起こして眼をやられた。一見頑強そうな中年男だったが、金槌で叩くところを綿密な手真似でやって見せるのが、その男の内心の恐怖をダブって見せた。

廊下に灯がともると、眼科の患者達が椅子を占領して、そんな話を交換するのだ。私の室の患者では、その気があっても、椅子は塞がらない。眼科の患者の中にも、お喋りの常連はいる。喋り馴れた話のうまい、まるで漫才の二人組みたいのもいた。

その一人は年よりの女形役者のような痩せた老人で、眼はむしろ爽やか、頰の筋肉が伸びて、左右から喋りやすそうに口をおさえている。この人は椅子にきちんと掛けて、顔の筋肉は動かさず、口だけを始終、右に左に歪めている。私の寝ているところからは聞こえないが、絶えず喋り続けているのである。この人が日常の用事で口をきくとき、つまり必要なことをいうのを、風呂場を使う順番が私のところに廻って来て、風呂場の鍵を届けに来てくれたとき、聞いたことがあるが、それは野太い男の声だった。だが、ただのお喋りのときは、顔つきも老女のようだし声も優しいに違いない。この人の話し相手は、いつも変らないが、この一組などが最高の口達者といえるだろう。

かれらは夕食後、廊下が明るくなると、そこに集り、就寝時間に看護婦が来て追い払われるまで、熱心に喋り続ける。それは賑やかなのを通り越して、すこし五月蠅い。だが、患者の自由時間のことだから、誰も文句をいわない。いえば喧嘩になるが、私の部屋には騒動を起こすほどの人もいない。一時的な賑わいとして、笑って見すごしていた。

この病院には看護婦も、ほぼ十分にいた。医師は日に一度、回診に来るだけだが、看護婦は何度も病室に来る。患者の世話は、すべて看護婦の用事である。手術の日には主任級の看護婦が一人、徹夜でつきあう。病院に来てみると、看護婦のはたらきが如何に大きいか、つくづく考えさせられる。

聖セシリア医科大学病院は、この大病院が本部だが、分院というのか、ほかにも何箇所かに同系の病院があるらしく、その全部ではたらいている看護婦の数は、相当なものと考えていい。そのため、どこかに看護婦の養成所があって、そこで教育された卒業者が、同系の病院にそれぞれ配属される仕組になっているようである。

その証拠といっていいか、陽気がよくなって来たとき、この病院には若い看護婦が急にどっと増え、ある日、白い服を着て新しい帽子をかぶった潑剌とした娘達が、隊列をつくって廊下いっぱい溢れるように入って来たのには、眼を見はらされた。彼女達が入って来ると、病室は新しい光源ができたように、急にぱっと明るくなった。みんな白ずくめのさっぱりした少女だが、中にはふっくらした可愛い女の子もいた。

彼女達は患者の世話ばかりでなく、患者に関することは何でも、やらないでもよさそうな事務的なことまで、やらされていた。新しい患者が入って来ると、その人の年齢職業、家族の状況、病気の前歴など、ベッドの前に坐って用紙に書きこみ、書類を作るのは彼女達である。要領のわからない老人などをつかまえて、いたわりながら綿密にやっている。それも前から看護婦の役目だったのだが、新人達が入って来てやっているのを見ると、こんなことまでという気がするのだった。

前からいる看護婦と彼女達の間には、軍隊の古年兵と新兵の関係のようなものが、いくぶんあるような感じだった。新人が入って来ると、古い看護婦が急に年をとったように見え、急に偉くなったように見えるのも不思議である。

私の病室にはベッドが六台あって、みんな塞がっていた。私より古い患者が二人、あとの三人は私のあとに入室し、その中の一人はまだ入ったばかりだった。ある日、新しい看護婦が私のシーツを替えに来たとき、病室には三人が外に出ていて、二人は眠っていた。

「患者さんは小説家だって、ほんとうですか」と、看護婦は私にきいた。新鮮な可愛い娘だった。

「ああ、そうだけど」

看護婦は私が何という名で小説を書いているのか知りたがった。ペンネームを教えても、たぶん知るまいと思ったが、私は名乗った。看護婦は黙ってうなずいて、知らないとはいわず、どんな小説を書いているのかときいた。

「そうだね、ちょっと、こわいお話を書いてる」

「あたし、こわいお話、大好き」と、看護婦は響きが返って来るように、こたえた。

私はこの看護婦が気に入った。可愛い顔をしていたからだ。また来てくれればいいなと思った。だが、それきり彼女は姿を見せなくなった。ほかの階へ配置変えになったのかも知れなかった。

すこしたつと、また変化が起こった。一時は廊下を埋めるほどいた新しい看護婦たちが、急に少くなってしまったのだ。ほかの聖セシリア病院へ転属させられたのかも知れなかった。それでも、まだ三分の一は残っていた。はじめは多すぎた感じもあったから、この病院を看護婦教育の最後の段階として、一応ここに集めたのかも知れない。

古い看護婦達が新人達を批判的に見ていたのは、はじめから、そういう目的があったからで、その関係はいまも習性のように残っており、病院に残った新人達はいまだに古参者から、教育的監視を続けて受けているとも考えられるのだ。若い看護婦が古参者と廊下ですれ違うとき、こわい者を避けるような顔をしたのを、見たこともある。

ナース室の前で興奮して新人をたしなめている古い看護婦を、中年の婦長が笑いをこらえた眼で見ている光景に、出喰わしたこともあった。「ばかにしてるよね、まったく」と若い看護婦達が、婦人便所の前で話し合ってるのを、通りがかりに耳にしたこともある。

「自分達だけじゃ用が足りないから、私達が来てるんじゃないの。気に入らなけりゃ自分達だけでやればいい。はっきり失敗したときに文句をいわれるなら、わかるけど、なんだかわけのわからないことで、うじゃうじゃいわれるなんて冗談じゃないわよ」

「ほんとうだわ。あたしもそう思うわ。どこか楽なところへ転属にならないかな」

「そうだね、飛び出しちゃおうか」

彼女達のいうことを聞いていると、私が最初、彼女達から受けた天使のような印象とは、だいぶ違っているように思えた。私は彼女達を、世間並みの女の子のような悪い傾向のすこしもない、清らかで善意に満ち、病院の勤務に献身的な熱意を持っている少女達だと思っていた。だが、そんな聖女が集団的に出来あがる教育なんてものが、あり得るだろうか。

叱られるような失策をし、気がきかず、叱られれば文句をいう。その方が普通の見習い看護婦ではないだろうか。それでは何故いけないのか。何故、私がはじめに考えた、ルネッサンスの壁画に描かれた少女のように、無垢な純潔さでなければいけないのか。

だが、おかしなことだが、病室へ患者の世話を焼きに来る彼女達は、あい変らず口のきき方も初初しく、清潔な頬をして、すこしも無垢な純潔さを失ってしまったようには見えない。私も自分が見聞きした彼女達の、反抗的なところを忘れてしまい、満足して彼女達を見、食事の後に車に乗せて押して来る銘銘の薬を、感謝して頂戴したりするのだった。

この彼女達の二面性をどう考えるか。聖女あるいは天使性と人間性を、どちらも彼女達が持っていることは、認めなければなるまい。病院の勤務でいえば、表が聖女で裏は人間だ。

そう思えば、それで解決するではないか。それ以上、気にしたり、現実を変えようと気を揉むことはなかろう、と私は結論していた。

この病院には、食堂などがあるかわりに病室の占める空間のない階があり、そこの廊下のおくに、カトリックの聖堂がある。院長がアメリカの婦人で、信仰心の厚い人なのかも知れない。

私はときたま、そこに入って、並んでいる椅子の一つにかけ、しばらく眼をつぶっている。聖堂には、いつも誰もいない。だが、ドアには鍵をかけず、誰でも中に入れる。病院の患者の中に、ここに冥想をしに来る人がいるのかどうか知らないが、たぶん、いる場合を考えてドアを開けてあるのだろう。現に私もその一人だった。だが、私は冥想するために、そこに入るわけではない。怪しまれずに眼をつぶって坐っていられるところは、ほかにないからだ。

聖堂の中は一応、小さな教会のように出来ている。だが、カトリックの教会にあるような、マリアやヨセフの像は飾ってない。そういうものは場所が狭いせいか、ここには一切おいてなかった。

カトリック教には一月六日の主顕節から、十二月二十五日の降誕祭まで、いろいろなお祭りを並べて書いた教会暦というものがある。ここの聖堂には何もおいてないが、お祭りでもするときには、相応の飾りつけでも考えるのか、現に私もいつか、そこに入ったとき、二三人の若い女の人が、入って行った私には眼もくれずに、しきりに色紙を切って何か作っているのを見た。何を作っているのかはわからなかった。私もその人達を無視して、しばらく眼をつぶっていたのだから。

だが、お祭りのときは別として、不断の聖堂の中には何もおいてなかった。教会らしいものは何も、と正確にはいわなければならない。だが、そういうと、いい忘れていたものが一つだけある。しかも最も簡単に最も顕著に、そこが聖堂であることを示すものが。

ドアから入って正面の壁に、長さ一メートルほどの木の十字架が掛けてあったのである。塗料は塗ってあるが、厚い細長い板を二枚、縦横に組み合わせただけで、迫持《せりもち》型にも尖頭形にも削ってない、四角な板のままだ。これは勿論、教会の屋根の十字架のように、教会の存在を示すためのものでなく、裸形のキリストはついてないが、外国の古い教会でよく見られる磔刑像である。

たとえキリストのいない、ただの十字架だけであっても、それが教会の祭壇に掲げられているときは、キリストを省略した磔刑像と見るべきだと、私は思っている。キリストはいなくとも、手のひらを貫いた釘や、茨の冠で血まみれになった額は見えるはずだ。最初この木の十字架を見たとき、これを作った人は、たぶん磔刑像を飾るつもりだったと私は思った。

木彫や鋳金のキリスト――小さな小学生ぐらいの大きさが適当だろう――を十字架につけることは、その人には不可能だった。だが、キリストはいてもいなくても、十字架があるだけで――何のための十字架か――その上に釘で打ちつけられた者の幻影は不可欠なのである。その人は物足らないと思ったか、それともそれでいいと思ったか知らないが、とにかく彫像をつけることができなかったとすれば、木の十字架だけにして、それを見るものが自分の好きなキリスト像を添えて、見てもらえば、あるいは見てもらう方がいい、と考えていたかも知れない。

そういう想像の基盤だとすれば、装飾のない板の組合わせだけの十字架は、むしろひどく適切な存在になって来る。こういう考えから私の頭の中で、その不愛想なぶっ違いの木は、ここにあるのが適当でないとは、いえないものになっていた。

ところが、この十字架に妙なものが添えてあるのを、ある日、聖堂に入った私が見つけたのである。その日、そこに入ろうとすると、いきなりドアが開いて、新人の看護婦達が五六人そこから出て来た。この連中が全部カトリック教徒だとは思えないから、たぶんこの場所に好奇心を起こして、中に入ってみたのかと思った。ひょっとすると彼女達は身をかくすために、ほとんど誰も来ない聖堂を前から利用していたのかも知れない、とも考えた。

彼女達は私を見つけると、互いに顔を見合わせて、くすくす笑いながら、早足に廊下を去って行った。そのあとで私は聖堂に入ったのだが、そのとき正面の壁の十字架がいつもと違うのに、気がついたのだった。もう、ただの十字架ではない。何かが加わっている。それが何だかわかるまでに、ちょっと時間がかかった。聖堂の中は、いつも薄暗くしてある。その中を十字架の前まで、行かなければならなかったからだ。

十字架は真黒なTシャツを着せられていたのである。着せられていたといっても、横木の上に縦木が首を突き出したところへ、シャツがかぶせてあるだけで、シャツの両袖は左右の横木の上に、投げかけてあった。だが、十字架はもともと人体を考えて作られたものだから、なんとなくシャツを着ているように思えたのである。

それに縦木の首の部分には、黒いきれが頭巾のように巻いてあった。木兎のように両耳をぴんと立てて。なんだ、これは、と私は思った。それをやったのが、あの新入りの看護婦達かどうかはわからなかったが、たぶんそうだろう。私はしばらく十字架の前に立って、呆然とながめていた。もし、この悪戯をやったのが、あの看護婦の少女達だとしたら、彼女達の意図は何だったのか、と考えていたのだ。

すると私は不意に底知れぬ恐怖に捕われた。そのTシャツと、耳の立った頭巾をかぶせられた、黒ずくめの十字架が、あるものに見えて来たのだ。悪魔である。キリストの強大な敵対者、悪魔だ。もし少女達がキリスト教の祭壇に、悪魔を飾ろうとしたのなら、それは何のためか。ほかに目的は考えられない。黒弥撒をあげようとしたのだ。

五六人いたはずの彼女達は、ここで実際に悪魔の礼拝式をやったのか。それとも単なる厭がらせで十字架を、そんな恰好にしただけなのか。いずれにせよ彼女達に悪意が感じられ、それが私に恐怖を与えた。あの娘達の正体はいったい何か、と私は真剣に考えるようになった。

私の病室のむかい合わせのベッドに、名前は聞いたが忘れてしまったので、仮に星川と呼んでおく男がいる。私が入院したとき、この男はもうそこに寝ていたし、この病院でも古い方の患者なのに、いまだに何というのか尿の自然に溜まる袋を、ぶら下げて歩いている。職業は鼈甲の眼鏡枠をつくる職人とか聞いたが、これも私の記憶が正確ならばの話である。この男はニュースをつかまえる才能を持っていて、廊下を歩いては何かを聞きこんで来る。

「Kさん……」と、ある日、星川は私に話しかけた。ちょうど私達がむかい合わせに、ベッドの上に坐っていたときだ。

「今度、入って来た若いナース達ですね、可愛子ちゃんもいるが、どう思いますか、あの連中……」

「どう思うかって聞かれても、別に意見もないな。だが、何故ですか」

「どうも、いうことをきかないらしいですよ、古い連中の」

「でも、よくはたらいてるじゃないの」と、星川の隣りのベッドの新入りの患者が、むっくり顔をあげて話の仲間入りした。

「私もそう思うんだが、古い連中の気には入らないらしいですな。よくやってるんだが、古い方が心得てるやり方とは違う。注意しても、いうことをきかない。直す意志はないんだな。だから古い方は頭に来る」

「単に新旧の問題だね」と、隣りの男がいう。

「すこし年が違うと、考えてることは大きく違う。そういうぶつかり合いは、どこの社会にもあるんじゃないか」

「それだけのことでしょうかね」と、星川は私の顔をのぞきこむようにして、いった。

「何かあるとすれば、もっと本質的な違いがあるんじゃないでしょうか」

新しい看護婦が古い看護婦と本質的に違うものだというのか。私には星川のいうことがわからなくて、彼の問いかけに答えることができなかった。しかし、彼が本質的というのは、どの程度のことか知らないが、星川も新しい看護婦達に、何か異常を感じているのではないか、という気がした。

二三日すると、星川はまた私の顔を見て、その話を蒸しかえした。それが当分続くだろうと私が覚悟していたように、その問題に彼はひどく興味を持ったらしかった。

「新旧の看護婦の対立は、ますます激しくなって行くようですよ」と、星川はいった。

「こないだ偶然、古い看護婦の一人の意見を聞いたんですが、その人にいわせると、若い連中がいくらよくやってくれても、結果が古い人達の考えと全然、噛み合わないんじゃ、どうにもならない。看護婦の足りないのも困るが、ただ多いからいいってものでもない……」

「それはどうかね。やっぱり多い方がいいんじゃないのか」

「つまり、その人はもう投げているんですよ。役に立たなければ、いてもらっても仕方がない。むしろ混乱を大きくするだけだから、どこかへ行ってもらった方がいい。その方が清清する、っていうんです」

「それはその人だけの個人的な意見かね。それとも古い人はみんな、そんな風に考えてるんだろうか」

「そんなところじゃないですか」

古い連中は病院幹部のやり方を知っている。いざとなったら、その人達がどんな行動をとるかは、何度か経験している。そして、もし、古参のかれらが若い看護婦達との決裂を、その後始末に責任をとって、積極的に承知するとすれば、幹部もその決裂を受け入れるはずだ、と私は思った。結果がどうなるか誰にもわからないとしても、やり直しの機会はあるからである。どこかで看護婦の養成は続いている。

新人達は志向調査の結果、ここから追い払われ、分院に転属でもさせられるのだろう。それでは彼女達に対して、あまりに冷血な苛酷な取りあつかいであるし、そういうやり方は病院のためにもならないように思えた。私には、彼女達がはじめて病院に来た頃の、あの初初しく爽やかなようすが忘れられず、その貴重感がこんな風に簡単にぶち毀されてしまうのが、残念でたまらなかった。そして、こういう場所に、いつまでも保守的な物の考え方が根を張り、権力と結びついているのかと思うと、どうにもやりきれない気がするのだった。

星川君の諜報行為はまだ続いていた。

「Kさん、いよいよはじまりますよ」と、ある日、彼はいった。

「婦長さんと古参の看護婦が中心になって、勤務規則修正研究会の第一回委員会とかいうのが、はじまるそうです。場所は手術室があいているとき、そこを使うんですって。なんとなく、こわいですね。その日に同時にやるのか、それとも日を変えてやるのか、何人かの新人看護婦を名指しで呼んで、試問会をやるとか、いってますよ」

「それはほんとうですか、星川さん」と、私は不安を感じて、いった。

「それがどういうことか、あなたはご存じでしょうね。そういうことをすると決めたのは、古い人達が新旧の決裂を覚悟した証拠ですよ。若い連中はそれに、どう対処するでしょうかね」

「自分達の処置に関しては、若い連中は無力なんじゃないですか。結果は、ほかの病院へ転属ってことでしょうね」

「それでいいと思いますか。折角、人員をふやしたのに、こういう結果になる。その影響は私たち患者の上にも出て来ますよ」

「看護の手不足ってことですか。どうせ新しい連中のやることは不十分だし、古い連中がそのつもりになれば、何とかなるんじゃないですか」

星川はあまり先のことまで考えてはいなかった。いつもその場かぎりで、すませてしまい、何か後に残れば、黙って自然消滅を待つ。残り滓がぶら下っていても、あまり気にしないという、ありがちの生き方をしているように見える。いつ直るかわからない病いを持ち、人生に決定を下せない彼にしては、仕方のないことかも知れない。見かけは陽気にへらへらしているが、腹の中ではいつも痛切に自分の運命の悲劇を嚙みしめて、泣きたい星川君なのだからだ。

星川が見せる陽気さが、どこから来るか私には不思議だったけれど、一皮剝けば彼は悲痛なのだった。そういう彼に真面目な意見を求めても、無駄だという気がした。結局、彼の意見は中途で屈折してしまうだろうからだ。

彼は私が新しい看護婦達に好意を持っていることを知っていた。そういう私を揶揄的に見
ていた。だから、私をからかうつもりで、次のようなことをいったのに違いなかった。

「古い看護婦達はかなり意地がわるくなってますし、新しい連中は反抗心を燃え立たせています。いったい、どっちが魔女の魔力を発揮するでしょうかね」

「古い人達は、かなり魔女的になっているんですか」

「若い連中もですよ。むしろ若い方が魔女度は強いかもね」

「あの子達は魔女的じゃないね。妖精的ではあるがね」

「いえいえ、むかし何時代だったか西洋で、子供の魔女がたくさん出たことがあるでしょう」

「ああ、セーラムのときも、そうだったね」

「あの新しい看護婦達は、まだ子供っぽいが、あれは間違いなく魔女ですよ」と、星川は興奮して、おもしろそうにいった。


勤務規則修正ナントカは実際に行われた。新しい看護婦も五六人、強請的に出席させられたらしい。幾日にやったのか私は知らなかったが、やったのは早朝で、場所はやはり七階の、病室よりはやや離れた大きい方の手術室だったそうだ。そこは大きな手術があるとき関係者しか行かない、一般の患者には物物しい感じのする隔絶した空間だった。

五六人の新しい看護婦も呼びつけられたというから、査問会のようなことも行われたこと

が考えられる。だが、そこでどんなことが行われたか、その内容は遂に外部には洩れなかった。査問を受けた少女達も、その後で仲間の少女達に、そのことについて何も話さなかったのか、それとも話したけれども、みんなで相談して、そのことを暗黙裏に葬ってしまったのか。

研究会に集った人達も、そのときのことは忘れてしまったような顔をしていた。星川のような新米のスパイでは、どこにも取りつく島はなかったのだ。

だが、そういうことがあった後で、新しい看護婦達はどうしているだろうか、と私は考えた。ただ大人しく、じっと転属の日を待っているだけなのだろうか。それですむ事態だろうか。しかし、見たところ彼女達は何の影響も受けていないようで、あい変らず明るい爽やかな顔をしていた。

そして、ある日突然、病院内の複雑な事情とは何の関係もなく、そのことは起こった。それを見たのも私一人だった。病院に残っていた新人の看護婦達は、二十人ちょっとぐらいいたろうか。その連中が真白な制服を着、真白な帽子をかぶり、みんな揃って廊下を歩いて行くのを、私は見たのだ。廊下には、ほかに誰もいなかった。

真白な看護婦の行列は私の病室に入って行った。そこにはいつも眠っている古い病人が一人、あい変らず眠っているだけで、ほかに誰もいなかった。看護婦達は、わらわらと窓に駈けよって、あとからあとへと窓枠の上にあがり、硝子の戸をあけて次次に外へ飛び降りるのだった。

私も吃驚して窓に駈けよった。窓から顔を突き出し、彼女達が下まで落ちていないのを確かめた。看護婦達は続いて窓から飛び降りると、とたんに真白な鳩になって、羽撃きながら舞いあがった。次次に飛び降り、次次に舞いあがった。

素晴しい快晴の日で、真青な空に看護婦達の鳩は、出来たばかりのように綺麗な白い羽をふるって、競うように飛んだ。それから一度、空中で隊伍を組み直すと、むこうの春には桜の花で埋まる丘の方へ、そろって飛んで行った。

船上にて

若竹七海

《ミステリマガジン》1996年11月号

若竹七海〔わかたけ・ななみ〕（一九六三〜）

東京都生まれ。立教大学文学部卒。在学中は立教ミステリクラブに所属して書評などを発表していた。業界紙の編集部勤務を経て、九一年、『ぼくのミステリな日常』を刊行してデビュー。この作品は社内報に連載された短篇が作中作として挿入され、その中に伏線が隠されているという凝った構成の作品で、たちまちミステリファンの注目を集めた。

パニック小説『火天風神』、ホラー小説『遺品』、『プレゼント』『依頼人は死んだ』などの〈私立探偵・葉村晶〉シリーズ、超能力を持った占い師が探偵役の連作ミステリ『製造迷夢』、トリッキーな構成の学園ミステリ『スクランブル』、『ヴィラ・マグノリアの殺人』『古書店アゼリアの死体』などの葉崎市を舞台にしたコージー・ミステリと、多彩な作品を発表。多くの作品で舞台や登場人物が共通して独自の作品世界を構成している。

短篇の名手として知られながら、なぜか賞に縁がなかったが、一三年、「暗い越流」で第六十六回日本推理作家協会賞短編部門を受賞。一四年には同作を表題とする短篇集も刊行されたのは喜ばしい限り。豪華客船を舞台にした「船上にて」は初期の力作で、翻訳もののような趣のあるストーリーと、ミステリ読者をニヤリとさせるオチが効いている。

1

予定の三カ月をはるかに越えて紐育《ニューヨーク》に滞在し続けていた自分は、国からのしきりの嘆願についに腰を上げ、帰朝を決めた。

〈ローリング・トゥエンティーズ〉と言われた二十年代の紐育は、極東の島国からやってきた自分を熱狂させるだけの、濃厚な魅力を放っていた。実家からの豊富な仕送りをふところにした自分がその匂いにひかれて大都会の密林へと、最初はおそるおそる、次第に後先顧みず、わけいるようになったいきさつは、くだくだしく説明することもないであろう。今日はメトロポリタン・オペラ・ハウス、明日はマジソン・スクエア・ガーデンで競馬、まばゆい電光と奇抜な広告灯に満ちたグレイト・ホワイト・ウェイなど、いくら往復したか数え切れぬ。

しかし、人間はひとつことのみ繰り返しては生きられぬものだ。濃厚な食事も女も娯楽も、毎日毎日ではげんなりさせられようというもので、実のところ、自分はそろそろ帰朝の機会をうかがっていた。五年前に排日移民法が制定されてからというもの、黄色人種に対する蔑視はいわば国の後盾を得たような格好で、自分としても、幾度か不愉快な思いをさせられた。もちろん、アメリカ人というのは万事合理的な人種であるから、こちらがそれなりの教養と礼儀を示せば、手のひらを返したように親しみを見せ、なかには友人と呼べる人間もできた。けれど、ここらが潮時だな、と思ってもいたのだ。

にもかかわらず、なぜ帰国の要請を無視し続けたかといえば、そこにひとつのもくろみがあったからである。自分は渡米の際、横浜をたって桑港《サンフランシスコ》に降り立ち、そこからユニオン・パシフィック・システムの寝台車でうんざりするほど時間をかけて、かの東海岸までやってきたのである。また同じ道筋をたどるのはどうも感心しない。どうせ長い旅路につかねばならぬというのならば、欧州経由で帰朝させてもらいたい。

この強訴を親は思ったよりも簡単に承諾し、為替を送って寄越した。自分はさっそくCGTの事務所へボーイを走らせ、出港間近のイル・ド・フランス一等の乗船券を手に入れた。「ギャングウエイを渡って乗船したら、もうそこはフランスです」というこの船会社の宣伝文句に、自分は強くひかれていた。このとき、アメリカ人がフランスへ旅行することが、いわば流行りとなっていたのだ。きまぐれな自分の性質をつらつら鑑みるに、船が気に入れば、今度はフランスに腰を落ち着けやしないかとも思ったのだが、ともかくかの国へ行き、そこから極東航路を使って日本を目指せば良い、そう考えたのであった。

乗船券を手に入れるや、実に慌ただしく友人たちに別れを告げ、荷物をまとめ、ブレンタノス書店へ駆け込んで洋書を手当たりしだいに買い込み、長きに滞在したアンソニア・ホテルのボーイに別れの言葉と多分の心づけを渡して、新たな旅立ちに胸ときめかせつつ、埠頭へと駆けつけたのである。

イル・ド・フランスは、宣伝文句に恥じぬ船であった。まず、なにしろ大きい。三本の煙突から黒々と煙を吐き出しつつそびえ立つその姿は、とてつもない。こんな巨大なものが海に浮かんでいるとは、信じ難いものがあった。もしや、CGTの雇った催眠術師に、乗客一同夢を見せられていたのであって、実は漁船に毛のはえたようなもので波に思うさまゆさぶられながら、釣り上げられたマグロのように大西洋を渡ったのではあるまいか、その後、船で遭遇した事件を思い返してみても、そのようなことをふと、真面目に考え込んでしまうことがある。

さて、ギャングウェイを渡って一等船客用の入口へと踏み込んだ自分は、思わず嘆声をもらした。なんと、四階分の天井が吹き抜けになっていたのだ。この広々とした空間には、まったく驚くよりもあきれ返るばかりではあった。しかし、飾りつけは、どちらかといえばすっきりとして、モダンなアール・デコ調。やたらに装飾過度な紐育よりも、かえって豪華に思え、これが世界文化の中心を自ら歌いあげるフランスというものかと、自分はしきりに感心した。

もちろん、感心していたのは、自分ばかりではない。きら星のごとく輝くアメリカ上流階級の乗客たちですら、初めて乗る人々は、みなOHだのAHHだのとしきりと溜息をついている。客室備えつけの案内書を読むと、一等船客だけで実に六百七十名を収容できるという この船には、その航海時、まあ満室というわけではないにせよ、四、五百人の一等船客がいたわけで、溜息とざわめきは耳をおおわんばかりであった。知り人もなく、ましてやこれだけの大勢で誰に話しかけたら良いものか見当もつかず、自分は出港後の二日間を、まことに心細い思いで、買い込んだ本だけを相手に暮らした。

三日目の午後のこと、例によってデッキの片隅でひとり、寂しく読書にふけっていると、ひとりの老紳士が話しかけてきた。それなりにくだけた服装のひとばかりのデッキで、彼は一分のすきもないりゅうとした身なり、言葉づかいもたいへんに丁寧であった。

「失礼ですが、あなた」

彼は礼儀正しいながら、ひとなつっこさをたたえた青い瞳で自分を見下ろし、

「すばらしい本をお読みになっていらっしゃいますね」

言われて自分は本の表紙を返した。そのとき読んでいたのは、O・ヘンリーという作家の〈*The Four Million*（四百万）〉という短篇集であった。

「ええ、紐育滞在中にひとに勧められました本です。これを読まなければ、紐育がわからないとまで言われたものです。ですが、滞在中には読書にまで手が回らなかったものですから、かの地を離れてから、慌てて読んでいるのです」

「お若い方なら、そうでしょう。あの街は行動するための動機をかきたてる街です」

老紳士は奇妙な言い方をして、よろしいでしょうか、と自分の前の椅子を指した。人恋し

さが募りつのっていた自分は、一も二もなく椅子を勧め、読み終わりかけていたその短篇集を看に、我々は会話を始めた。

老紳士はジェイムズ・ハッターという、引退した宝石商であった。引退後まもなく妻に死に別れ、

「ふたりで行くはずだった世界旅行を、こうしてひとりで始めた次第です」

と屈託なく言った。フランスからイギリスに渡り、北欧を見物後ドイツ、最後は鉄道で日本まで行くつもりだそうだ。日本に来訪の節はぜひ当方に寄られたい、と自分はお愛想ではなく勧めた。人恋しさ、会話恋しさをさしひいても、ハッター氏は会話の相手として上等の部類に入っていた。こちらのつたない英語を熱心に聞き取り、ときおり鋭い意見を挟む。経験も豊富で、なにかといえば小話を披露したがるアメリカ人のなかでも特に、面白い話の引き出しは数え切れぬほどであった。

ハッター氏の方もどうやら自分がお気に召したらしい。思うに、デボラという妻に死に別れ、ひとりぼっちで異国へ旅だった彼の寂しさは、少なくとも帰りを待つもののいる自分の比ではなかったのであろう。年齢に似合わず好奇心旺盛な彼は、名のみ高く実態の知られていない我が国について熱心な質問を繰り返し、自分の答えにいちいちたいへんな興味を示していた。要するに、我々はすっかり意気投合し、夕食も一緒にするほどとなったのである。

天井の高いイル・ド・フランスの一等食堂の壁には、さほど狭いとはいえぬ日本の我が屋敷が、すっぽりと納まってしまうのではあるまいかと思われるほどの、巨大な滝の絵がかけ

られていた。食堂への入口の一つとして、ステージよりもステージめいた、巨大な階段がしつらえられ、ご婦人客は贅沢と粋のかぎりをつくし、孔雀も顔負けするほどの装いでしずしずと降りてくる。それをまた、食事中の客たちがしげしげと鑑賞するというわけなのだが、これまで自分は隅の、目立たない、お世辞にも上席とはいえぬ席を与えられていた。が、老紳士と共に食堂に現われると、給仕が満面に笑みを浮かべ、走り寄ってきて、アペリチフの用意を尋ね、すぐさま案内されたのは、例の階段正面の席であった。その日は波も荒く、船はときおりそちこちで悲鳴があがるほど揺れたが、老紳士と自分はたっぷりと目の保養をしつつ、大いに食事と会話を楽しんだ。

スウプを飲み終らぬうちに、もうひとり、新たな客が加わった。彼はハッター氏の妻の甥の孫という人物で、トマス・ウエストホワイトという若い男だった。彼らはおたがい同じ船に乗り込んでいるのを、二日もの間気づかなかったのだ。その一事をとっても、いかにイル・ド・フランスが巨大な客船かしれようというものだが、さて、このトマスなる男、たいへんな額の遺産を十五歳のときに相続したとかいう大富豪で、そういう人物にありがちな、きわめてのんきな性質であった。ハッター氏をおじさんと呼び、親しげに話しかけたが、我々の会話を中断したことにも気づかない様子である。といって、礼儀を知らぬわけでもない。ただ、彼は自分の目先のことのみに注意がむく、熱中しがちな人間のひとりなのだ。そして、彼の頭は、そのときあることで満杯だったのである。

「実は出港まえに、すごい宝物を手に入れたのです」

トマスは目を輝かせた。

「おじさんにここで会えてよかった。本当にすばらしいのですよ」

そのとき、食堂が一瞬静まり返り、我々の視線は自然と階段に向いた。なにかまぶしいものが、降りてきたのだ。ハッター氏が言った。

「御覧なさい。あれは、グロリア・スワンソンですぞ。御存じですかな」

米国中の人気を一身に集めているこの有名な映画女優は、のちになって、この年三十二歳と聞いたが、とてもそれほどの年齢とは思えなかったものだ。視線を吸い寄せては光に変え、また放っているように見えた。なるほど、スターなのである。

「紐育のシアターで〈Male and Female〉[註]を見ました」

「イル・ド・フランスの常連客だと聞きましたが、ここで会えるとは。デボラが生きていれば、さぞや喜んだことでしょう」

トマスは世紀の大女優をつまらなそうに一瞥し、すぐに話を戻した。かのスワンソンですら及ばぬほどの宝物とはいったいなにか、と自分はトマスに続きを促した。

「これがすごいんだ。こんなものを持っているのは、おそらく世界にもぼくひとりですよ。ぼくは置き去りにするにしのびなく、ついにそれを隠し持って船に乗りましたよ。すばらしい。じつにすばらしいものです。あれは、ウエストホワイト家の家宝にするつもりです。あとで、おふたりにもお見せしましょう」

「すばらしいはよくわかった。いったいそれは、なんなのだね、トマス」

さすがにハッター氏はしびれを切らせてトマスの前口上を遮った。トマスは給仕が持ってきた料理の皿を無造作に脇に寄せ、身を乗り出して声をひそめた。

「少なくともまだ、誰にも言わないで下さいよ。いいですね。話すのはあなたがたが初めてなのだから。……その宝物というのは、頭蓋骨なのです」

「頭蓋骨？　それはまた、変わった収集を始めたものだな」

「ただの頭蓋骨ではないのです。それは、ナポレオンの頭蓋骨なのです。ナポレオン三歳の時の頭蓋骨なのですよ」

ハッター氏と自分は白け返って顔を見合わせた。我が国でも、義経五歳のおりの頭蓋骨であるとか、ジンギスカン二十歳の頭蓋骨という、まあ古典的な笑い話があるが、こういう冗談は洋の東西を問わぬものと見える。あまりのことに、笑うべき場所で笑い損ねたことに気づいた自分は、慌ててお義理に顔を歪めて見せたが、トマス君は、

「なにを笑っているのですか」

不思議そうに我々の顔を見比べている。

「ぼくは、そのために今、邸宅の一室を保管用に改造させているところです。極上のクルミ材を取り寄せましてね。天井にフラスコ画を描かせようと考えているのですが、適当な職人が見当たらないので、フランスやイタリアで探そうと思っているのですよ」

自分はおそるおそる、そのナポレオンの頭蓋骨にいくら支払ったのか尋ねてみた。トマスのあっさりとした答えに、思わず目が回った。それだけの金があれば、一族郎党引き連れて

イル・ド・フランスを借り切ることができる。いや、牛車を仕立てて月まで行くことも可能やも知れぬ。

「あなたがたは本当に運がよろしい。邸宅に落ち着かせたら、一度だけ親しい友人を呼んで披露会を催し、あとは門外不出にするつもりですからね。願ってもない機会ですよ。あとでおじさんの部屋に見せに行きましょう。あなたもいらっしゃるといい」

どこまでも本気らしいトマス君は人の良さそうな顔をほころばせて、我々をうかがった。ハッター氏が咳払いをして、それでは三時間後に、というと、彼は食事を取るのもすっかり忘れて、踊るような足取りで立ち去った。ハッター氏は詫びを言い、溜息をついた。

「つまりは、ああいう男なのですよ。子どもの頃からそうです。性質は憎めないのですが、ウエストホワイト家がビスケット一枚残さずに跡形もなく消えてしまうまで、さほどの時間はかかりますまい。といって、私の口から、その、真相を話して聞かせるというのも」

自分は大いに同情し、喜んで騙されてやることをハッター氏に約束した。

2

食事がすむと、自分は堅苦しいディナージャケットを脱ぎに、部屋へ戻った。波はいよいよ高く、船はますます揺れ動き、積んであった本は床に投げ出されていた。船酔は体質というが、自分は揺れには強い性分である。もっともこれは幸運であるらしく、廊下にはほとんど人影もなく、バケツをかかえたボーイが船室から船室へと駆け回っていた。

着替えのあと、ハッター氏の部屋を訪問した。ハッター氏の部屋は特別室で、ベッドルームの他に応接室がついていた。応接室には手頃な大きさのサイドボードが備えつけてあったが、本来なら置かれているはずの銀の水差しが床に下ろされ、代わって沢山の書物が二重に、ずらりと並んでいた。挨拶もそこそこに背表紙に見入っていると、ハッター氏が微笑みながら近寄ってきた。

「どの本も、私の人生のよき道連れです。トマスの言葉ではないが、それこそ置き去りにするにはしのびないのですよ。私は愛書家ではありません。稀少な本に大枚をはたこうとは思わない。しかし、幾度読み返しても飽きぬ、いや読むたびに深みにはまっていく本、これらを捨て去ることはできませんね」

自分は紐育滞在中に買い込んで、頁を開きもせずに親元へ送った本の山を思い出し、赤面した。ハッター氏は一冊一冊手にとって、作家について、作品について、彼の思い出について、丁寧に説明をしてくれた。数冊にわたっての講釈を拝聴しているうち、自分の視線はとある本に落ちた。それは、装丁こそ違うものの、自分が読んでいたのと同じ〈*The Four Million*〉であった。

「これは、中身が優れているという以上に、私にとっては忘れられない本なのです」

視線に気づいたハッター氏は、いとおしそうに本をとりあげて、撫でさすった。

「友人がこれをくれたのですが、私がこの本をもらったいきさつをお話しするとなると、とても長くなります。ご迷惑ではありませんか」

自分はぜひ、話を聞きたいと答え、ふたりは向かい合ったソファに腰を下ろした。

「一八九八年の話ですから、いまから、そう、かれこれ三十年ほどまえのことになりますか。私は刑務所に服役していたことがあります。いえ」

ハッター氏は自分の顔つきに苦笑をもらし、手を打ち振った。

「人を殺したとか、列車強盗をやらかしたとか、そういった物騒な話ではありません。私は横領の罪に問われたのです」


当時、私はまだ三十代の若さで、デボラと婚約して間もないころでした。私は将来、父のあとを継いで宝石商になるつもりでした。父の商店で一生懸命働き、少しは私の働きもあったのでしょう、店は順調に顧客を増やし、やがて父がハッター父子商会と店の名を改めてくれたときには、私は天にも昇る心地でした。言ってみれば、私の人生はそのときまで、実に順風満帆だったのです。

デボラとの婚約が決まると、父は私を呼び、結婚生活に入るまでの一年間、他店で修業をしなさいと言い出しました。父はまずオハイオの有名な宝石商のもとで働いてみっちりと商売のノウハウを学び、それから独立したものですから、ずっと自分の手元だけで働かせた私を、いわば、多少危なっかしく見ていたようです。この際、自分も息子も若いうちに、世間の風にあててやりたいという、これも親心だったのです。私は父に逆らうことなど思いもよらず、かといってけして喜んでというわけではなく、デボラに大袈裟な別れを告げると、紐育を離れ、父のもとの勤め先だったオースチン市の宝石商へ働きに出たのでした。

私が入ったとき、その宝石商の店は、父が働いていたときとはくらべものにならぬほどひどい有様でした。まず、父の、いってみれば商売上の恩師が数年前に亡くなり、後を継いだその甥のロックウォールという男が、商売のことなどなにもわからない素人だったのです。素人なら素人らしく店を他人に譲るなりすればいいものを、この甥は相当な頑固で、抜け目がなく、欲が深かった。そのくせ地道に働こうという気はさらさらなく、帳簿はとぎれとぎれ、品物はクズばかり、といった調子で、先代が蓄えていた人脈も今は死に絶え、代わっていかがわしい連中がやたらに出入りをしておりました。

私はその模様を父に伝え、帰らせてほしいと嘆願しましたが、父は聞き入れませんでした。私が弱音を吐いているものと思ったようです。もちろん、仲間内のことですから、そこそこの情報は入っていたでしょうが、父は噂というものはとかく大袈裟に伝わるものだ、という信念の持ち主でしたし、頼み込んで雇ってもらった私を数日で引き上げるのでは、まるで、そう、敵情を視察に赴かせたようで、外聞も悪かったのでしょう。このときの父の決断が、のちに父の命を縮めることになったのだと思うと、私は今でもいたたまれない。父に背いてでも、荷物をまとめて逃げ出せば良かったのだと、思わずにはいられないのですよ。

さて、働き出して三ヵ月が過ぎた頃のことでした。南部の夏の暑さはそれはひどいもので、若い私もさすがに疲れ切っていたものです。店に、初めて顔を見る客が訪ねてきて、奥の部屋で散々ロックウォールとひそひそ話を繰り返しておりました。客を送って小一時間ほど店を空けていたロックウォールが、やがて戻ってくるなり突然、残業を命じたのです。

これはまったく不愉快な話で、それというのも、その日は閉店と同時に帰らせてもらいたいと、数日前からわざわざ申し入れていたのです。翌日は私の休みでしたし、デボラが両親とともに私に会いに来ていたのですから。ロックウォールはおもねるような卑屈な笑みを浮かべ、散々詫びとお愛想を振り撒いたのちに、たった一時間、ただ事務所で番をしてくれたら良いのだ、と言いました。

「あるひとから貴重な品を預かっているのだよ。それを奥の私の部屋にある金庫に入れておくのだが、自分にはどうしても、閉店後一時間はかかる重要な用事がある。きみのために、必ずそれまでには戻ってくるから、頼む」

「その、貴重な品というのはなんですか」

私は思わず尋ね返しました。

「ダイヤモンドの原石だよ」

ロックウォールは粘り着いたような笑みを浮かべ、

「みせてあげよう」

と革袋に入った白い石を、ちらりと私に覗かせました。全部で、そう、親指の先程のものが五、六個はあったでしょうか。

ダイヤモンドの原石というのを御覧になったことがあるでしょうか。あれはまあ、磨かれてこそ宝石の王であって、細工をするまではただの白っぽい石ころにすぎません。それに、私はその石を手に取り、丹念に鑑定したわけでもないのです。ただ、ロックウォールの言葉によれば、その革袋の中身は、今日の客から預かったダイヤモンドだということでした。それはともかく……。

　私はロックウォールと同僚のスミスとともに、奥の部屋に行き、彼が革袋を金庫にしまいこむのを見届けました。スミスは先代とともに長年働いてきた実直な男で、父の友人でもありました。彼はなにかにつけて私に目をかけてくれ、それでいて厳しい指導も与えてくれ、気のめいるような職場にあって唯一のなぐさめでした。ロックウォールの目を盗んで、スミスは私に耳打ちしました。

「きみも私も、あの男には振り回され続きだな。私もいったん家に戻り、一時間後には戻ってくるから」

　私は驚きました。今晩、ロックウォールとスミスはふたりで寝ずの番をするというのです。ロックウォールはともかく、この暑いなか、年配のスミスにそんな真似をさせられない、自分が代わると申し出たのですが、彼は笑って首を振りました。自分はこちら生まれで暑さには慣れているし、せっかくの婚約者の訪問の邪魔をするほど野暮ではないというのです。

　ロックウォールは帽子をつかむと、私に金庫の鍵を押しつけ、一時間ほど頼むと言いました。私が鍵を返したのは、いささか、そう、うさんくさいものを感じていたせいでした。これまで、この店では見たこともないほどのダイヤモンドが突然店に届いた。スミスとロックウォールはふたりでそれを守るという。そこまではいいのですが、では、なぜ私を一人残して、ロックウォールは外出するのでしょうか。それほどの大切な用件というものがあるのか。まあ、そのときはそこまで考えていたわけではありませんが。

「この鍵はあなたが持っていてください、ロックウォールさん」

私はきっぱりと言いました。

「万が一、私がこの店にいる間に強盗がやってきたとしましょう。鍵があれば、金庫を開けざるをえませんが、なければ渡すことはないでしょう」

ロックウォールはなにか言いかけましたが、スミスが強く私を支持してくれました。

「そのほうがよろしいでしょう」

そういってこちらを見やったスミスの目つきで、彼も同じことを考えていることに気づきました。ロックウォールは嫌な顔をしましたが、しぶしぶ鍵を受け取り、でかけていきました。そして約束の時間までに、まずロックウォールが、続いてスミスが戻ってきて、扇風機がかきまわす生温い風にぐったりしていた私は、挨拶もそこそこにデボラに会いに飛んでいきました。

翌日の夜、あらためてデボラに街を案内してまわり、戻ってくると私の部屋に警察が来ていました。例のダイヤモンドが、革袋のみを残してすっかり消え失せたというではありませんか。

しかも、驚いたことにダイヤモンドを盗めるのは、私しかいなかったというのです。

3

かたずを飲んで聞き入る自分に、ハッター氏はブランデーを勧め、ひとくち味わってから続けた。

ここで店の構造を説明しておく必要がありますね。店は、まず表のいわゆる店舗の部分、顧客用の特別室、その奥に事務の部屋があり、さらにその奥がロックウォールの部屋という具合に、四つの部屋が道から奥へ順繰りに並んでいます。ロックウォールの部屋に窓はありましたが、いわば飾りで、三方を別のビルにぎっちりと囲まれていて、カレイかひらめのような体型の人間ならいざ知らず、普通の人間が出入りできるわけがないようになっています。

その晩、ロックウォールは一番奥の部屋、つまり金庫の真ん前で、近くの店からポットで運ばせておいた熱いコーヒーを、何杯も飲みながら一夜を明かし、スミスはその手前の事務室にいた、というのがふたりの証言です。途中で、スミスがなにかが割れるような音に気づいて様子を見に奥へ行くと、床にグラスが砕け散っていて、ロックウォールが照れ笑いを浮かべていた、などといういきさつがあったものですから、コーヒーも飲んだでしょうが、実際には酒をたらふくやっていた、というのが真実だったとは思います。ロックウォールはコーヒーは女子どもの飲み物だと言って、日頃あまり好いてはいませんでしたから。

しかし、彼が酔っていたから泥棒に気づかなかった、ということにはならないわけです。たったひとつの出入口にはスミスが頑張っていました。その彼が、ロックウォールは朝になって別の従業員たちがやってきたころ、金庫のなかからダイヤモンドが消え失せたと血相を変えて飛び出してきた、そのときまで、部屋を一歩もでなかったと証言しているのですから。

事件を知って、スミスはすぐに従業員の一人を警察に走らせ、自分はロックウォールから一瞬たりとも目を離しませんでした。もちろん、そんなことをしたのは、スミスが彼を疑っていたからで、盗難を言い立ててダイヤモンドの原石を横流しし、不正に儲けようとしているのではないかと思ったからです。捜査にやってきた刑事のひとりにそのことを耳打ちし、警察はロックウォールの身体検査までおこないました。部屋もくまなく調べ、それでも見つからぬとなると店中、それこそ狭い壁の間まで調べましたよ。しかし、原石はついにみつかりませんでした。

となると、原石を盗み、しかもそれを持ち出すことのできたのは、私ひとりということになります。金庫の鍵の件は問題にもされませんでした。鍵はもう一本、ロックウォールの机の、鍵のかかっていない引き出しに入っていたのです。そしてそのことは、なるほど私も知っていたことでした。私はまんまと彼の罠にはまってしまったのです。

私は逮捕されました。父が有能な弁護士を頼んでくれ、保釈金を積んでいったんは自由の身になりましたが、このままでは、その自由がまさに束の間のものだということは、火を見るより明らかでした。私自身の苦悩もさることながら、デボラ、そして父の心配は深くなる一方でした。原石の預け主はテキサスで市長を務めたこともある立派な人物で、彼がロックウォールと手を組み、不正を謀ったということは考えにくい。ロックウォールは、確かに原石を私に見せてから金庫に仕舞った。仮にその時点で原石が偽物とすりかえられていたとして、あの謎のロックウォールの一時間の外出がそれをさばくためのものだったとして——たぶんそうだったと私は思いますが——では、その偽物の石はどこへ消えたのでしょう。もちろん、ロックウォールはひとりで金庫のそばにいたのですから、スミスに見られずに石を取り出すことは可能です。が、それをどうしたのか。部屋という部屋はすべて調べ尽くされていました。まさか飲み込むわけにもいかないでしょう。死ぬ気になれば出来ない技ではありませんが、石を一握り飲み込んでけろりとしているなど、誰にでもできることではありません。

父はもちろん、デボラもその両親も有力な親戚を動かして、精一杯手を打ってくれてはいたのですが、成功したのはせいぜい事件を盗難ではなく、横領に変えることくらいでした。父が原石の預け主に示談を申し入れ、結局そのひとも、ロックウォールさえも告訴をとりさげようとしてくれたのですが、たまたまその事件の検事は、デボラの親戚側と深いつながりのある別の検事との間に、いろいろと政治的な思惑もあって、裁判は続行されました。判決は有罪。懲役五年という、もっとも軽い刑ではありましたが、収監されることに代わりはありません。私がいかに落胆し、また恐れ、不安におののいたか、いうまでもないことでしょう。唯一の救いは、刑務所に移される日の前日、デボラが会いに来てくれたことでした。彼女はそれは美しい、みごとなとび色の髪の持ち主でしたが、それをばっさりと切り落としていたのです。

「わたくし、あなたをお待ちしますわ、ジェイムズ」

デボラは、気をきかせてそっぽを向いている警官の耳を気にしながら、囁きました。

「一番大切な髪を、わたくしからあなたへの贈物にしたかったの」

私は感動のあまり声も出ませんでした。結局、めっきり老け込んでしまった父を元気づけてほしい、とだけ、私は喉に詰まった塊を押し殺しながら言い、オハイオ州刑務所へ送られたのです。

刑務所の生活は、予想していたものよりもはるかにひどいものでした。まず、食事がひどい。どうやら刑務所の上のほうの人間が、受刑者の食費として州から支給される金をピンハネしていたようで、豚よりもひどいものを食べさせられていたといっても、過言ではありません。どんなにひどかったか説明すれば、一冊の本ができあがるでしょうから、ここではただ、自殺が日常茶飯であったことだけを、申しておきましょう。当初は私も、自らこの苦しみを終わらせることを思いつめたものです。

それでも私という人間の性根は、思ったより座っていたようです。実際に罪を犯したわけではなく、あくまで濡衣で、ここにいる犯罪者たちとは違うのだというその一点だけを頼りに、私は日がたつにつれ、地獄のような生活にも慣れていき、何人かの友人もできました。たまたま口をきくようになり、昔かわいがっていたヘンリーという猫が、いやまえに飼っていた白猫のサムが、そういえばチェスという黒白のぶち猫がいて、と猫談議を交わすうちに親しくなったビル・ポーターも、そのひとりでした。

彼は不思議な人物でした。銀行の金を横領したとか、それが無実の罪らしいとか、さまざまな噂が彼を取り巻いていました。そのせいで私は彼に親近感を覚えたわけですが、彼自身は結局、最後までその事件については一言も口にしませんでした。誠実で温厚な人柄、模範囚で所員の信頼も厚く、ドラッグ・ストアで働いた経験があったとかで、薬局の仕事を与えられていました。囚人たちから話を聞き取っては――他に娯楽もないものですから、囚人というのは他人の話を聞きたがるし、聞かせたがるものなのですが――ノートをつけたり、囚人仲間の顔を戯画として描いたり、気が向くと両手で別々の絵を書き上げる技を見せて、人気を博していました。その一方で、凶悪な列車強盗、ジェニングス兄弟ともじっこんの間柄、まあ、何度も言うようですが、不思議な男でしたね。

私たちは絵や小説の話をすることで、次第にうちとけました。私は最初の晩、自分は無実だと叫んで、他の囚人たちに笑われるという経験をしてからというもの、事件の話は誰にもしませんでしたが、ビルだけには、父やデボラへの思いを打ち明けたりもしました。ビルの妻も、デボラと同じくとび色の髪の持ち主だったそうで、彼はそんなことから私が気に入ったようです。デボラが髪を私への贈物にしてくれた話をしたときなど、ビルの目にも涙が浮かんでいたものです。

　こんなことがありました。ある日、私は殺風景な刑務所に耐え切れなくなって、彼に言いました。

「日ざしもなく、動物もいない。そしてなにより植物など見ることもできない。こんなところにいたら、ぼくはそのうち、気が狂ってしまうよ」

「動物ならいるじゃないか。ほら、あそこにゴリラとチュウ公がいる」

　ビルは含み笑いを漏らして、顎で遠くを指しました。ゴリラというのは強盗犯人の大男で、全身毛むくじゃらでがに股、大変な力の持ち主で、怒らせたくないものですから面と向かってそう言ったものはないけれど、陰ではそう呼ばれていました。この男、なぜか部屋に迷い込んできたドブネズミを愛玩し、餌付けして飼い馴らし、ポケットにしまいこんで大切にしていました。凶悪な面構えの大男がネズミにアニーなる名前をつけ、赤ちゃん言葉で話しかける姿は、それは面白い眺めでした。

　私は少し笑ったものの、すぐに溜息をつきました。

「植物の姿が見たいよ。咲き乱れる花、風にざわめく大木とはいわない。木の葉一枚でいいんだ。ニューヨークの父の屋敷に這い上る、蔦の葉が懐かしい」

　友人からの手紙で、デボラの見舞いにもかかわらず、事件の衝撃に父が日に日に弱っていることを知らされたばかりの私は、病床で父が眺めているであろう屋敷の蔦を思い、うなだれました。

ビルはなにも言いませんでしたが、翌日目を覚ました私は、ベッドの脇の壁に、突然木の葉が、それも蔦の葉が生え出しているのをみて、びっくり仰天しました。目を近づけてよく見ると、それは絵でした。ビルは私が昼間の疲れで寝込んでいる間に、一晩かかってその傑作を仕上げたのでした。

これには参りましたよ。私はビルの手をとり、涙とよだれをたれこぼしながら、とぎれとぎれに感謝を述べました。彼は内気そうに笑っていましたが、これで、私の彼への信頼はいっそう厚くなりました。私はビルに、私が刑務所にはいることになったいきさつを、寸分漏れなく話して聞かせました。彼はノートを取りながら聞いていましたが、話がすむと、顔を上げて、こんなことを言いました。

「ぼくにはロックウォールのやり口がわかったような気がする。もちろん、それが正しいという保証はないが、調べてみるだけのことはあるのではないだろうか」

私は事件が起きて初めて、希望の味を思い出し、身を乗り出しました。

当時のハッター氏同様、自分は思わず身を乗り出した。そのとき、突然ばたんとハッター氏の船室の扉が開いた。話を打ち切られた我々は、やや不愉快に侵入者をにらみつけた。にらみつけられるのは気の毒な話で、これはそもそも自分がハッター氏の船室を訪問するそのきっかけを作ってくれた、トマス君だったのである。

トマス君は大股に船室へ入ってくると、一言、こう叫んで気を失ってしまった。

「ナポレオンの頭蓋骨が盗まれた」

4

襟元をゆるめてやり、ブランデーを飲ませ、気合いをいれてやると、じきにトマスは気がついてひとしきりむせ返った。それから泣き出しそうな顔で話し出した。

「ぼくは食堂でおじさんたちと別れたあと、急に腹が減ってきたのでそのままラウンジへ赴き、バーで酒とつまみをやっていたのです。つい過ごしてしまい、十分ほど前に約束を思い出して、慌てて部屋に戻りました。すると、家宝がなくなっていたのです」

自分とハッター氏は顔を見合わせた。トマス君はしきりと応接間を往復しつつ、

「消えてなくなるはずがないのだから、誰かが盗んだに違いない。しかし、いったい誰が盗んだのだろう。あれがぼくの船室にあるのを知っているのは、おじさん、あなたとこちらの東洋の紳士だけだ」

トマスは言葉を切り、疑い深そうなまなざしで自分を上から下まで眺め回した。ハッター氏は毅然として背筋を伸ばし、トマスを叱りつけた。

「なにを言う。私の友人を犯人呼ばわりするつもりか」

「いいえ、そういうわけでは」

トマスは怒られてべそをかきながら、それでも抗議をした。

「証拠もないのに、疑いたくはありません。でも、では誰が頭蓋骨を盗んだりするのですか。ぼくは興味をひかないように、頭蓋骨を無造作に紙に包んで、お菓子の空き箱に投げ込んでおいたのです。ぼくの部屋には鍵がかかっていませんから、誰でも自由に出入りできる。鍵を渡してある担当のボーイは船酔のお客がたくさん出て、忙しそうに走り回っているし、よしんば盗みを働こうと思ったにせよ、頭蓋骨が貴重品であることがどうしてわかるのですか。札が付いているわけでもない、見た目はただのこじんまりとした頭蓋骨です。失礼ですが、あなたはずっとジェイムズおじと一緒だったのですか」

トマスはこちらをじろりと見て、慇懃に尋ねた。自分は仕方なく首を振った。

「食事のあと、一度ハッターさんとは別れて部屋に戻り、着替えをしました。それからここへお邪魔したのですから、三十分くらいの間、私はひとりでした」

「いや、せいぜい十分だった」

ハッター氏は断固として口を挟んだ。

「私はよく覚えていますぞ。いや、あなたはなにもおっしゃらなくてよろしい。着替えをしたうえ、盗みを働くような時間も暇も、あなたにはありませんでした。そもそも、私やあなたが頭蓋骨を盗むはずがない。いや、この船の人間のなかで、我々ふたりほど犯人から遠いものはいないのだ」

なるほど、トマスにとっては高価な買い物だが、その実二束三文の値打ちもないことを知っているのは、もし彼が誰にも頭蓋骨の秘密を打ち明けていないのだとすれば、我々だけだ。そして、大いなる矛盾ではあるが、知っているからこそ、自分やハッター氏にとってナポレオンの頭蓋骨なるもの、危険を犯して盗み出すほどのものではないのである。

「なぜ、あなたがたふたりがもっとも犯人から遠いのです？」

いまだにあれを本物と信じ切っているらしいトマスは、うさんくさそうに我々を見比べ、手を振って、

「まあ、おじさんがご友人をかばいたいお気持はわかります。しかしですね、失礼、この方はあの頭蓋骨の価値を、よく御存じだ。ぼくが自分で話したのですからね」

「馬鹿な。まだわからんのか。価値を知っているからこそ、手を出すはずがないのだ」

ハッター氏は次第に頭から湯気を立て始めた。トマスは天井を仰いで、どうやらその辺にいるらしい誰かに向かい、お聞きになりましたか、なんと説得力のある答弁でしょう、と言った。自分は、この状態ではハッター氏がナポレオンの頭蓋骨について説明を始めるのではないかと思い、慌てて口を挟んだ。

「ウエストホワイトさんが私をお疑いになるお気持はよく、わかります。しかし、私は誓って犯人ではありません。といって、このままでは無実を証明して見せることもできない。なにに誓ったところで、消えた頭蓋骨が忽然と姿を現わすわけでもなく、ウエストホワイトさんの疑いを解くことはできないでしょう。そこでひとつ、提案があります。船長に事情を話して、捜査をお願いするのです。むろん、私の身体検査、荷物や自室の捜索など、気のすむ

まで行なってくださって結構です」

トマスは尻尾を股の間に挟み込んだ小犬のような目つきになり、そうまでおっしゃるなら信じます、と言った。ハッター氏のこわばった顔つきがみるみる穏やかになり、トマスは額の汗を拭いつつ彼の目を避けた。

「申し訳ない疑いをかけました。ぼくはひょっとして、東洋の方ならナポレオンほどの力のあるものの頭蓋骨なら、なにか興味深い技に使えるのではないかと、それも心配いたしました」

何を言われたかわからずにきょとんとなった自分は、次の瞬間、状況を忘れてふき出してしまった。この世間知らずの青年は、東洋人はみなえたいの知れぬ魔術を使えるとでも思っているのだ。御年三歳のナポレオンをよみがえらせ、イル・ド・フランスのへさきに立たせ、堂々マルセーユに入港するおのが姿を思い浮かべ、自分は微笑を禁じ得なかった。ハッター氏は言った。

「トマスの無礼をお許しください。このような無茶を申しましたのに、船室の捜索や船長の捜査まで申し出ていただけるとは、あなたはまことに公明正大な紳士と存じます。しかし」

西洋人の正面きっての誉め言葉は、幾度聞いても自分の顔を赤くする。だが、ハッター氏の次の言葉は自分とトマスを驚かせた。

「船長への報告は、少し待ったがいいでしょう。まず、私が自分でトマスの船室へ行き、頭蓋骨紛失の謎を考えてみたいと思います。そうしてもらえるな、トマス」

自分はようやく気がついた。ナポレオンの頭蓋骨うんぬんというろんげな話がまず、船長に相手にしてもらえるとは思えない。この話はあっという間に船中に広まって、気の毒なトマスはいい笑い物になってしまうだろう。いかにトマスの行動にあきれ果てているハッタ一氏とはいえ、愛する妻の親戚にそのような恥を受けさせたくはないのだろう。

トマス君はトマス君で、フランスの船で軽々にナポレオンの話なぞ持ち出すのは、いかにも困ったことだと思いついたのであろう。驚きが冷めるとあっけなくハッター氏の申し出を受けて、さて我々は揃って彼の船室を訪れた。

トマスの船室の構造は、ハッター氏のそれとまったく同じだった。違うのはハッター氏の部屋が全体に緑を基調としたものになっているのに対し、こちらは紫を基調としていた。もっとも、部屋の印象の違いはそれには留まらない。ハッター氏の部屋は、本の他に余分なものは何一つ見当たらなかった。それにひきかえ、トマス君の部屋は、驚くべき散乱ぶりであった。一足踏み込んだとき、これはやはり泥棒にやられたのでは、と思ったほどだ。壁はせっかくのイル・ド・フランスのインテリアをすべてぶち壊すようなごてごてした絵画が、傾いてかけられている。テーブルには高価なベネチアングラスの皿が並び、ソファには由来も値段も見当のつかぬ見事な綴織が投げ出されてある。床には中国産とおぼしき青銅製の壺が所狭しとならび、それが折からの大揺れに、あるものは倒れ、あるものは転げ、互いに触れあってすさまじき音響を発し、かつ、足の踏み場もないほどであった。ハッター氏はこの有様にぼう然となって一言、よくボーイから苦情が来ぬものだ、と呟いた。

「心配いりませんよ、おじさん。この部屋の権利を買い取ったのです。いわば、ぼくの別宅ですよ」

トマス君はけろりとして、嬉しそうに周囲を見回した。

「落ち着くでしょう、この部屋。ぼくの好きなものだけで飾りつけたのですよ」

落ち着くもなにも、立つ場所すら見当がつかぬ。おそるおそる踏み出した途端、足にひときわ巨大な壺が倒れ落ちてきて、自分は日本語でひとしきり、悪態をついた。ハッター氏はステッキで壺をかき分け、尋ねた。

「それで、くだんの品物はどこにあったのだ」

「そのサイドボードのうえにありましたよ。歩きにくくてすみませんね、おじさん。もとはその壺、床に行儀よく並んでいたんですが、この揺れで転がってしまったようです」

「となると、頭蓋骨も箱ごと下に落ちたことになりますね」

口を挟むと、トマスは肩をすくめ、

「そりゃあ、落ちたでしょう。落ちて、しかしどうなったのです。帰ってきたとき、扉はきちんと閉まっていました。閉じている扉を通り抜けて、廊下へ滑り出ていったとでもいうのですか」

そのときは開いていた扉が、次の揺れで閉まったのかもしれないではないか、鍵はかかっていなかったのだから、と自分は思ったが黙っていた。ハッター氏は無言でサイドボードに手を滑らせ、なにかを見つけて匂いをかいだ。トマスは再びいらいらが募ってきたものとみえて、また自分をうさんくさそうに眺め始めている。

「それにしても、誰が頭蓋骨を盗んだりするのだろう。失礼ですが、東洋のほうでは頭蓋骨をなにか特殊な目的に用いますか」

「チベットでは宗教的な儀式の際、酒を入れる器として使うことがあると聞いたことがあります。飲み薬に使うという話は、中国だったでしょうか。どれも、私が直接見聞きしたことではないので、確信はありません。しかし、お尋ねが私の国に関することでしたら、少なくとも私は聞いたことがありません」

西行法師の話などしようものなら、トマスの幻想は果てもなく広がりそうだったので自分はそう言い切った。彼は不審な顔つきになった。

「中国とあなたの国は同じものでしょう」

「そのように間違えておられるひとは、多いですよ。私の国は確かに中国の影響を受け続けておりますからね。しかしそれは、フランスとイギリスは同じ国ではないのか、という質問と同等のものと、ご理解ください」

トマスは膨れっ面で黙り込んだ。今度は床にはいつくばっていたハッター氏が立ち上がり、いつまでも犯人扱いはやめなさい、と厳しく叱りつけた。

「トマス、おまえは頭蓋骨の話を耳にしたのが、我々だけだと思っているようだが、それは間違いだ。他にもその話を聞く機会があったものがいる」

「誰ですか」

「まず、食堂ボーイだ。宝物の話がでかけたとき、ちょうどおまえに料理を運んできたボーイがいただろう。彼がその話を聞いていたとしても、少しもおかしくない」

「ボーイが、話を聞くような位置におりましたか」

トマスのように、常に顔色をうかがわれる側の生活を送っていれば、ボーイなど空気も同然の存在なのだろう。

「さあ。聞いていなければいいと、私は思うがね。ところで、トマス。問題の頭蓋骨だが、どんなものだったかな」

「どんな」

トマスは目をぱちくりさせたが、すぐに言った。

「飴色の頭蓋骨でしたよ。大きさはこのくらいでしょうか」

こぶしを軽く握って見せた。自分は危うく失笑するところだった。いかに三歳児でも、それほどに小さな頭などあるわけがない。

「誰から、どうやって手に入れたのかね」

「これは口外してもらっては困るのですが」

散々悩んだ挙句に、トマス君は口を開いた。彼が軽率きわまりない人間であることが、ここにおいて決定的となった。秘密を胸の奥に秘めておくことなど、しょせん、できかねる性質なのだ。

「実にお気の毒なご婦人なのです。フランスの貴族の末裔に生まれながら、生活は貧窮をきわめておられる。上品で頭がよいのに、質素な身なりをし、病気の父親を抱えて苦労しているのだ。似合いもせぬきらびやかな服で身を飾っている上流階級の馬鹿娘どもとは、そもそも格が違う。にもかかわらず、彼女はますます苦労し、やつれていき、馬鹿娘どもは肥え太る。こんなことが許されていいはずはない。ぼくは援助を申し出たのですが、これは彼女の誇りを傷つける結果に終わりました。しかし、彼女の父親の病状が悪化し、彼女はぼくをたよらざるをえなくなりました。だが、彼女としては、ただぼくに金を吐き出させるような真似はできない。自尊心にかけて、そんなことはできなかったのです。そこで、家宝である頭蓋骨を差し出したのですよ」

トマス君は夢見るような表情となった。

「彼女は言いましたよ。『これだけはなにがあっても手放すまいと思っていたのですが、あなたのようなすばらしい方のお手元で大切にしていただけるのなら、先祖も皇帝陛下もおゆるしくだされるでしょう』とね。ぼくは感激し、できるだけの代価を支払ったというわけなのです。それだけのことはあったと思いますよ。それに、ぼくがどれほど頭蓋骨を大切にしているか、彼女にわかってもらえれば……ああ。ぼくはなぜ、あれを邸宅から持ちだしたりなぞ、したのだろう」

頭を抱え込むトマスに、ハッター氏は慈愛とも哀れみともつかぬ視線を投げかけて、手を差し伸べた。

「まったく、死んだ父の言い分はまことに正しかった。人間、苦労しなければ一人前にはなれない。そう思えば、今度のことはおまえが一人前の男になるための、神から与えられた試練なのやもしれない。トマス、おまえは甘やかされ、かわいがられ、欲しいものはなんでも与えられて大きくなった。そのおかげでおまえは同情が厚く、ひともよく、誠実に育った。それは実によい性格だ。もし、犬を飼うのなら、私は迷わずおまえのような性質の犬を飼うだろう。犬ならば、だ」

あまりの言われように、トマスは恨めしげにハッター氏を見上げた。ハッター氏はにべもなく話を続けた。

「しかし、例えば共同経営者であるとか、娘の人生の伴侶に選ぶ、または友人として期待する、といったことはありえない。少なくとも、現在のおまえではね。おまえは今回のことで、大きな教訓を得る。それを今後の人生に生かせるように、私も微力を尽くそう。それで、トマス。頭蓋骨は飴色だと言ったね」

返事もせずに口を尖らせるトマスの目の前に、ハッター氏がつきだしたものがあった。

「飴色とは、こんな色かな」

なにかのかけらのようだった。トマスはそれをひったくり、しげしげと眺めて蒼白になった。

「おじさん、これは……」

「どうやら間違いのないようだな。それが、おまえの頭蓋骨の破片だよ」

「つまり、頭蓋骨は欠けたというのですか」

口も聞けないトマスに代わって自分は尋ねた。ハッター氏は首を振った。

「いや、違う。頭蓋骨は欠けたのではありません。砕け散ったのです。いいですか、船は揺れるのですよ。特に今晩の揺れは激しい。頭蓋骨は、さきほどあなたがおっしゃられたように、床へ落ちた、いや叩きつけられたのです」

「しかし、仮にも骨が、床へ落ちたくらいで砕けますか。そうか、下に青銅の壺があれば——いや、それでも欠けることはあっても、こなごなに砕け散るということは、ありえないのではないでしょうか」

「骨ならね」

ハッター氏はトマスの手から破片をとって、自分に手渡した。自分はしげしげとそれを眺めて驚きの声を上げた。

「これは、骨ではない。焼き物のかけらではありませんか」

「そうです。ナポレオンの頭蓋骨は、ナポレオンの部分だけではなく、頭蓋骨という意味においても、偽物だったのですよ」

背後でトマス君が、再び気を失った。

5

今度ばかりは哀れなトマス君を目覚めさせるのもしのびなく、ベッドにかつぎ込んで部屋を出ると、廊下の向う側でハッター氏がメイドと立ち話をしていた。戻ってくると、彼はいささか度が過ぎるほど丁寧に、迷惑を詫びた。もう時間も遅いようだが、よろしければもう一度部屋にお越しいただき、お詫びの印に簡単な夜食とブランデーでもという誘いに、一も二もなく従った。白状するとかなり腹が減っていたし、好奇心も抑え切れずにいたのだ。

酢漬け野菜を添えた洋ウドとハムのキッシュという美味なる夜食をすませると、自分は廊下でメイドになにを尋ねていたのか、と聞いた。ハッター氏は面白くもなさそうに答えた。

「なに、トマスの部屋に入らなかったか尋ねてみたのですよ」

「それで、どうだったのですか」

「片づけに入ったそうです。私は先刻、あれを犬に例えましたが、縄張り意識の強さの点でもまさに犬。我ながらよくなぞらえたものです。船室の権利を買い取って、勝手に絵を掛けるため、壁に釘を打つ。掃除が終わっていないと大騒ぎをするくせに、自分がいるときに掃除をされるのは嫌だ。しかし、いつ部屋を離れるか、どの程度離れているのか、言おうともしないのですよ。本人に悪気はないから誰もが困惑しながら諦めてしまう。そのためにますます、他人に対する真の思いやりが身に付かないのです」

ハッター氏は溜息をついたが、少し笑った。

「メイドは、菓子箱が床に落ち、一面に茶色のかけらが飛び散っているのを見つけて、慌てて掃除をしたそうです。つまり、そのかけらは菓子箱の中身、焼き菓子のそれだと思ったわけですな。当然のことですが」

「どうしてそこまで細かく砕けたのでしょうか。床に落ちただけでは、さほどのものとも思えませんが」

「あれだけ部屋中にまんべんなく、重い壺がいくつも転がっていたのですよ。粉砕機にかけられたも同じことでしょう」

自分は納得して黙り込み、しばしブランデーの芳醇な香りを味わった。それから、ふと、思い出して尋ねてみた。

「ウエストホワイトさんは、頭蓋骨をくれた女性に恋しておられるのでしょう。今度のことで熱が冷めますか」

ハッター氏は返事の代わりに鼻を鳴らした。自分はなおも言った。

「たまたま相手が彼のような、信じやすい気質の青年であったから、ナポレオンうんぬんの口上を素直に受け入れたわけですが、普通でしたらそんな馬鹿なことは言わないのではないでしょうか。その女性のほうでも、自尊心のための苦し紛れの言い訳を、ウエストホワイトさんが黙って認めたものと、勘違いをなさったのではないでしょうか」

ハッター氏は唇に薄い笑いを刻んだ。

「あなたもまだ、お若いのですよ。いや、失礼。別に若さをあなどるつもりはありません。しかし私とて、無意味に年齢を重ねてきたわけでもない。私なら、病気の父親を抱えた貴族の末裔などという看板を、金持ちの青年相手にやたら見せびらかすような娘を、一瞬たりとて信じやしません。もちろん、若いうちなら話は違ったでしょう。美しい娘というものは、若い男に対して、あらゆる罪悪を隠すほどの力を持っているものなのです。デボラのような娘は——さよう、千人にひとりなのですよ。なにが本当にすばらしい贈り物なのか、知っているような娘はね」

「それで、思い出しました」

自分はブランデーグラスをテーブルに置いた。

「先程のお話の続きをぜひ、承らなくては。今晩、私は眠れません」

「そうですね。私もこのままベッドに入っても、とても眠れたものではないでしょう」

亡くなった妻に思いを馳せていたらしいハッター氏は、そこで茶目っ気のある笑みを見せた。

「ですが、このまま解決を話してしまってよいものか。あなたも窮地に陥った当時の私になったおつもりで、少し、考えてみてはいかがですか。私は悩みに悩んだものですよ。なにしろ未来すべてがかかっておりましたから」

「そうおっしゃられますと、苦労なくあなたやビル氏の成果をむさぼるようで、心苦しいばかりです。そこで、実は、思いついたことがあるのです」

自分は控え目に口にした。

「とは申しましても、さきほどの、頭蓋骨事件のあなたの解決に接して思いついたのですから、自慢できたものではありませんが」

「ほう。それは面白い。今度はこちらが拝聴させていただく番ですな」

ハッター氏は目を輝かせた。

「金庫に入れたのをあなたやあとのふたりが確認した後、ロックウォールの部屋から、偽物であれ本物であれ、ダイヤモンドは持ち出せなかった。警察の捜査にも全く手抜かりなどなく、スミスとロックウォールの共謀でもないとするなら、ロックウォールが不寝番の間に、何らかの形で石を処分したという他はありません。となると、どうやって処分したのか。

スミスさんの証言に、ひとつ興味深いものがあります。それは、ガラスの割れる音にロックウォールの部屋を覗いたところ、床にグラスが落ちて割れていた、というものです。そう、床にはガラスの破片が散らばっていたのです」

ハッター氏のまなざしはいよいよ温かみを増してきた。自分はそれに勇気づけられて、続けた。

「ダイヤモンドが、金庫に仕舞い込まれた時点で偽物であった可能性は、あなたがご指摘されたとおりです。私はあなたとちがって宝石にはくわしくありませんが、ダイヤモンドの偽物は、よくガラスで作られるそうですね。ロックウォールは、スミスさんの目を盗んで金庫から革袋を出し、中身をそっくり床に置き、踏みにじるか叩きつぶすかして細かく砕きました。そのうえで、わざわざグラスを割って、ガラスの破片すべてがグラスのもののように見せたのです。

グラスを割ったのにはもうひとつ意味がありました。コーヒーを浴びるように飲んでいたひとが、酒を飲みたくなるとは思えません。ロックウォールが黙ってガラスを片づけてしまったら、あとで、ごみ箱に残ったガラスになんらかの注意を引きつけることになります。グラスを確かに割った、その証人さえいれば、そのこと自体は見過ごされてしまうのではないでしょうか。すばらしい。すばらしいが、ビルの考えついたこととは、違います」

ハッター氏は穏やかに首を振った。自分は失望して、下を向いた。

「いや、しかし、これはあなたの落ち度ではないのですよ。私の話し方がまずかった、というより、その推理にはかなり早い段階で行き着いていたことを、お話ししなかったのです。そしてそれは、私やスミス、そしてロックウォールですら、よく承知していたことでした。スミスは偽ダイヤモンドはガラスを主原料に作られる、あなたのおっしゃったとおりです。そしてそれは、私やスミス、そしてロックウォールですら、よく承知していたことでした。スミスは割れたガラスを見た途端に、そのことに気づき、注意深く見聞しました。警察はグラスの再生を試みもしたのです」

ありきたりな推理だから話さなかったといわれては、一言もない。自分は腹を立てながらも続きを待った。

「ロックウォールはまったく悪賢く、かつ底意地の悪い男でした。私やスミスに嫌われ、こと起こるやすぐに疑われることを知っていた彼は、言ってみれば我々の鼻先に人参を押しつけてみせたのです。問題はグラスのほうではありませんでした」

「グラス……の、方ではない？」

自分がぽかんとしていると、ハッター氏は勝手に合点をした。

「そう、あなたも努力を示してくださったのですから、ロックウォールのようにいつまでも答えを教えないというわけには参りますまい。ビルに、オハイオ刑務所に、戻ることといたしましょう」

私は事件が起きて初めて、希望の味を思い出し、身を乗り出しました。彼の答えは実にあっさりとしたものでした。

「ロックウォールは原石を飲みこんだのさ」

私は気落ちのあまり倒れそうになりました。父の容体の悪化を知り、私の無実を信じてくれながら、あまりにむごい冗談ではないかと思ったのです。ビルはそんな私の肩を叩きました。

「いや、すまん。こういえば良かった。原石に見せかけたものを、飲み込んだのだ」

「たとえ偽物であっても、石を飲み込むことはできませんよ」

「石ならね。しかし、一見石に、つまり固形物に見えながら、それなりの処置を施してやれば、形を変えるものはいくらでもある。例えば、氷だ」

「氷だったというのですか」

私は呆れ、内心こんな話を聞かせるのではなかったと思いましたよ。この男にとってはしょせん他人ごとで、真面目に考えるようなことではないのだろうと。

「それでは金庫のなかがずぶ濡れになってしまう。いくらオースチンの夏が暑くても、金庫のなかの氷を水蒸気に変えることはできないだろう。しかし、なあ、考えてみたまえ」

ビルはノートの頁をめくりました。

「きみは、ロックウォールはコーヒーを好まないと言った。彼は蒸し風呂のように暑い部屋のなかへ、わざわざ熱いコーヒーをポットで運ばせた。そして、実際にそれを何杯も飲んだのは、なぜだろう」

「眠り込むのが嫌だったからでしょう」

「そうかな。そうかもしれない。そして、実際にダイヤモンドを盗んだのはきみだったのかもしれない」

「やめてください」

怒った私をビルはからかうように眺め、

「ぼくはひとが、日頃とは違った行動をとるのがひどく気になる質なのだよ。例えば兄ジェニングスに聞いたのだが、ひとは強盗にでくわす事態にあってなお、慌てふためきながら日常的な行動を取る。寝入りばなを襲われたある老人は、拳銃を突きつけられながらチョッキを着るのに必死だったそうだ。ロックウォールは日常とは違う場面にいた。しかし、その場面は降って湧いたわけでもないのに、慌てて嫌いなものを注文するなど、ピント外れも甚だしくはないかね」

「すると、どうなるのです?」

私は一抹の光を見いだした思いで、尋ねました。彼は温かい笑みを浮かべました。

「さあ、ぼくが思うに、ロックウォールは問題のものをコーヒーに入れて飲んでしまったのだ。熱い液体になら溶けて、飲むことができ、しかも白っぽい小石に似たものといえば、ぼくには氷砂糖くらいしか思い浮かばないけれどね」

溺れるものは藁をもつかむという言葉がありますが、私はこのことをスミスに知らせました。内心、半信半疑だったのですが、スミスは迅速に行動してくれたのです。弁護士やデボラの応援を仰ぎ、探偵を雇って近くのドラッグストアをしらみつぶしにあたらせ、ついに、問題の日の昼過ぎ、ロックウォールが氷砂糖を買い込んだ店を見つけ出したのです。事件から日がたっていることもあり、それだけではどうにもならなかったでしょうが、これで意を強くした弁護士たちは、ロックウォールが大金を隠し持っていることを調べあげました。そして遂に、二十四時間の猶予と引き換えに、彼らはロックウォールからサイン入りの告白書を手に入れたのです。これが認められて、私は司法当局からの謝罪とともに、自由を取り戻すことができました。

ロックウォールは逃亡途中に列車から飛び降りて死にました。少しも同情を覚えませんでしたが。心臓の弱かった父には、事件の衝撃が大きすぎたのです。楽しみにしていたデボラとの結婚式を待たず、父は旅立ちました。ですが、ビルのおかげで、私は父の死に目に間に合うことができたのです。

にもかかわらず、私はビルにはなにをしてやることもできなかった。それがいまだに負い目となって残っています。ビルは一九一〇年、四十七歳の若さで亡くなりました。

ハッター氏は深く息を吐き、思いを込めて〈*The Four Million*〉を指先で撫でさすりつつ、これで、この本にまつわる物語はおしまいです、と言った。しばしのあいだ余韻にひたっていた自分は我に返り、慌ててハッター氏を引き止めた。

「待ってください。あなたの事件のいきさつはよくわかりました。この本をくれた友人とはビル・ポーターなのでしょう。でも、なぜビルは、この本をあなたにくれたのですか。その話はまだ、お聞きしておりません」

「おや、あなた、まだ気づかないのですか」

ハッター氏は話し疲れた頬に、かすかな笑みを浮かべた。

「ずいぶん、ヒントをさしあげたつもりだったのですが」

それから、ハッター氏は自分に、表紙を開いて御覧なさい、と本を差し出した。自分は言われたとおりに本を受け取った。年月に薄くなったインキの走り書きが、目に飛び込んできた。

〈親愛なるジェイムズ。物語のいくつかはきみのものだ。ビル・シドニー・ポーターこと、O・ヘンリー〉

註〈Male and Female〉一九一九年、米映画、邦題「男性と女性」

〈参考文献〉

『O・ヘンリー　ミステリー傑作選』所載解説　小鷹信光／河出文庫
『O・ヘンリー短編集（一）』所載解説　大久保康夫／新潮文庫
『昭和十年版　欧米漫遊留學案内　米國篇』瀧本二郎／歐米旅行案内社
『豪華客船の文化史』野間恒／NTT出版

川越にやってください

米澤穂信

《ミステリマガジン》2008年1月号

米澤穂信〔よねざわ・ほのぶ〕（一九七八～）

岐阜県生まれ。〇一年、学園ミステリ『氷菓』で第五回角川学園小説大賞ヤングミステリー&ホラー部門の奨励賞を受賞してデビュー。いわゆる「日常の謎」スタイルに新風を吹き込んだ同作は〈古典部〉シリーズとして書き継がれ、一二年にはテレビアニメ化もされた。『春期限定いちごタルト事件』以下の〈小市民〉シリーズや、長篇『さよなら妖精』など学園ミステリを得意とするが、私立探偵ものの『犬はどこだ』以降は、さまざまなタイプのミステリを精力的に発表している。SFミステリ『ボトルネック』、デスゲーム小説『インシテミル』、奇妙な味の連作短篇集『儚い羊たちの祝宴』、五つのリドルストーリーを作中作として内包した『追想五断章』と、その作品は多彩かつ質が高い。異世界ファンタジー『折れた竜骨』は、同時に作品世界内の法則にしたがって事件が解説される本格ミステリでもあり、第六十四回日本推理作家協会賞を受賞した。

本作は単行本未収録の短篇。夢の話だと断っていながら、ちゃんと意外なオチが付けられているのはさすがである。最後に名前が挙げられている作家の作品タイトルは明記できないので、ノンシリーズ短篇集の表題作というに留めておこう。

　こんにちは。米沢です。

今回、ミステリっぽいショートショートか、ミステリについてのエッセイをということでご依頼がありました。ですがこれ、存外に難しいご注文です。やっぱり星新一の呪縛なんでしょうか、ショートショートと言われれば似非《えせ》でもなんでもＳＦっぽいものしか浮かびませんし、エッセイなんて柄じゃない。困っていたのですが、ちょうど都合よくいい夢を見たので、それをエッセイ代わりに書くことにしました。

　他人の夢の話ほどつまらないものはないと言いますが、いちおう推理小説を書いている人間がどんな夢を見るのか、まったくつまらないわけでもないだろうと信じて、どうか一席お付き合いください。

　ええと、この夢を見て目を覚まし、それから着替えて東京創元社主催の鮎川哲也賞授賞式に出かけたのですから、十月の初めのことでした。

私は、身ひとつで青梅街道の道端に立ち、タクシーを待っておりました。夜でしたが、あたりはずいぶんと明るく、人の気配も絶えてはいませんでした。どうも記憶を照らし合わせると、荻窪か西荻窪か、そのあたりの駅に近い場所だったようです。どちらにせよ一度降りたか降りないかという駅なのに夢に出てきてしまうあたり、どんな経験がどこで生きるかわかりません。

私が拾ったタクシーは濃い緑色に塗られておりました。実は社名まではっきりわかっているのですが、まあ、そこまで書く必要もないでしょう。タクシーを、駅のそばを通る青梅街道で拾った。それだけ了解していただければ大丈夫です。

さて、乗り込んだ私は、運転手さんにこう言いました。

「川越にやってください」

ところで、東京のタクシーの運転手さんはたいてい、気がいいですね。私、そんなに裕福ではありませんので、タクシーを使うというと旅行先での話が多いです。ただのイメージですので抗議はご勘弁いただきたいんですが言ってしまいますと、京都のタクシーの運転手さんは、三人に一人は機嫌が悪い。五人に一人ぐらい、やけに愛想が良かったりしますが。それはさておき、夢の中でまで気まずい思いをしたくなかったのか、乗り込んだタクシーの運転手さんは、実に話しやすい人でした。

「はい、川越ですね。川越のどこにやりましょうか」

はたと困りました。そう言われても、私は川越のことは何も知らないのです。知っているのはただ二つ。ひとつはそこが観光地であるということ。もうひとつは、埼玉県にあるということです。

駅までお願いしますと言おうと思いましたが、川越に駅がひとつだけとは限りません。「駅ですね。で、どの駅に?」と訊かれては面倒です。私はちょっとぶっきらぼうに、「向こうで指示しますから、とにかく、川越にやってください」

と言いました。運転手さんは気を悪くした風もなく、はい、と車を出してくれました。

タクシーは青梅街道を一路、西へ、西へ。道中、運転手さんと私は、天気がどうしたとか株価がどうしたとか、どうでもいいような話をしていました。初乗り運賃の距離は瞬く間に超えて、メーターはぐんぐんとまわり始めます。私は、この際、出費のことは仕方がないと諦めていました。

ところで、ふと気づいたんですが、私は川越にはどう行けばいいのか知らない。私が知らないことを、私が夢見ている運転手さんが知る道理もありません。ずいぶん来て、もう西東京市だか田無市だかに入っているところで、運転手さんが言い出しました。

「ああ、すいません、ちょっと道がわかりません。地図を見ますから、少し車を停めますね」

いまはパソコンで作業しているので、インターネットが使えます。なるほど、川越街道こと、国道二五四号線で行けばいいんですね。すると青梅街道からはひたすら西じゃなく、どこかで北に向かわなければいけなかったようです。

思うにこのとき、私は、いいから先に行ってくれと言うべきでした。ところが私が何を言い出すより先に、運転手さんはボウリング場の駐車場に、車を入れてしまいました。

「すみませんね、これでも舐めててください」

と、運転手さんは飴玉をくれました。

このあたり、ちょっとおかしいです。夢に出てきたこのボウリング場、なかなかの規模を誇っておりまして、複合アミューズメント施設といった体《てい》でした。地方には、こういう郊外型アミューズメントパークや、ショッピングセンターは珍しくありません。自動車がなければ夜も日も明けないというほどモータリゼーションが進んだ結果、都市中心部よりも外縁部の方が交通の便がいいという逆転現象が起きたからです。

要するにまあ、駐車場の問題です。こうした郊外型大規模施設の登場は、人の流れに対し遠心力として働き、結果として街の中心部は活力を失いシャッターストリートと化します。一方郊外型施設は街の持つ空気や歴史を反映しないので、地方都市は顔を失い、のっぺりとした、似たような景色が並ぶことになるのです。私もいくつかの街に住んできましたが、よく見た光景です。

ただ、夢の中とはいえ、ここは東京都。青梅街道をいくら西に走ったところで、そうやすやすと「郊外」になるとは思えません。ここは私のミスでしょう。もっともそれを言うなら、いまどきのタクシーにカーナビが積んでないこと自体、ちょっと描写が甘い気がしますが。

私は早く川越に行きたかったのですが、運転手さんが誠実そうだったこともあって、無理に急かそうとはしませんでした。もらった飴玉をばりばりと嚙み砕きながら、停まったタクシーの窓から、青梅街道を見ていました。……するとですね、車体のサイドにでかでかと、「警視庁」と書かれたパトカーが見えたわけなんです。見えたどころじゃない、パトカーはウインカーを出すと、私の乗っているタクシーに、まっすぐ向かってきました。

ひやりとしながらも、私は、これは運転手さんが何かやらかしたのかなと思いました。パトカーに乗っていたのは制服警官二人。ちゃんと二人一組で行動しているんですから、私の夢も捨てたもんじゃありません。警官は運転席の窓をノックして、にこにこと愛想よく言いました。

「すいませんねえ、ちょっと、飲酒運転の検査をさせてください」

警官の愛想が良かったのは、私が話したことのある警察官の中で、ただ一人だけ愛想が良かったのが警視庁交通機動隊の巡査だったことと無関係ではないでしょう。他の警官は、あれが盗まれたときもそれが盗まれたときも、そりゃあもう木で鼻をくくったような……。あ、まあ、もとい。

愛想のいい警官と、気のいい運転手。運転手さんは「ご苦労さまです」とか何とか言いながら、袋の中に息を吹き入れる。二人組の警官の太った方が、「大丈夫みたいだね」などと頷いております。私は少なからずいらいらしながら、検査が終わるのを待っていました。私はとにかく、一刻も早く、川越に行きたかったのです。

ですのに、運転手さんの検査を終えた警官は、私に向けて言ったのです。

「じゃあ、次はあなたの検査を」

確かに、運転手さんがにこにこと耐えたのですから、私ももちろん、検査されるのがスジというものです。しかしあいにく、そのときの私には、検査に応じられない理由がありました。

「いま、飴を噛んでます」

「はあ」

察しの悪い警官です。私はちょっとだけ、口を開けてみせました。

「じゃりじゃりで、検査なんてできませんよ」

警官は、なるほどと納得してくれました。……普段、私は飴を噛んだりしませんよ。飴は舐めるものです。

運転手と警官は、まだ少し話があるようです。きっと何か、ムツカシイことを話しているのでしょう。私はその間に、ちょっと用を足しに行くことにしました。ボウリング場のトイレはなかなか掃除が行き届いていて、不快な感じはしませんでした。しかし私は手を洗いながら、嫌な予感を覚えていました。あの警官、本当に飲酒運転の検査に来たのでしょうか。そういえば交通課とは思えないフシがありました。どんな、と言われても困りますが。だいたい、夢の中で予感などするから良くないのです。ハンカチで手を拭きながら戻ってきた私を迎えたのは、緑のタクシーと気のいい運転手ではなく、警視庁のパトカーと太った警官でした。ああ、これはやられたな、と思いました。警官が言いました。

「さあ、乗ってもらいましょうか」

もうちょっと、あとほんの数百メートルで県境だったんですが、どうやら及ばなかったようです。タクシーの運転手さんが、つまりは私が、川越への道を知っていれば間に合ったかもしれないのに。

そうです。私はもちろん、川越に行きたかったわけではありません。私は川越のことを何も知らないのですから。知っているのはそこが観光地で、埼玉県であるということ。……県境を跨《また》いでしまえば、管轄は警視庁ではなく埼玉県警になります。少しは時間が稼げると目論《もくろ》んでいたのですが。

しかし、私は既にマークされていたようです。事ここに至って、じたばたする気はありません。あれだけのことをしたのですから、最後は潔くいきたいものです。私はおとなしく、パトカーに乗り込みました。青梅街道を東へ東へ、パトカーは私が来た道を容赦なく戻っていきました。

車中、私はなんとなく、太った方の警官に尋ねました。

「ところで、私が何をしたというのですか？」

こういう場合、警察官は警察署に連れて行くまで、容疑のことはあまり話さないらしいですね。ところがこの警官、さすがに愛想がいいだけあって、私を宥めるような笑顔で教えてくれました。

「君、新宿の○○珈琲店を知っているね」

「はい」

打ち合わせでよく使いますから。

「じゃあ、××という女給さんを知っているね」

確かに知っています。もっともその人、本当は新宿じゃなくて吉祥寺の喫茶店の人なんですが、多少の齟齬《そご》には目を瞑《つむ》りましょう。私は頷きました。

すると警官は言いました。

「君は今日の夕方、××さんを殺したね」

私は心底、驚きました。まさかそんな、と。

驚きはしましたが、それを顔には出さないよう必死に努力し、冷静な口調を保って言い切ります。

「私はやっていませんよ」

「うん。後で話を聞かせてくれるかな」

これは抜き差しならない状況です。抗弁ができない。ぐっと息を溜め、私は腹を決めました。

「よくわかりました。あなたたちは私を、その殺人の犯人だと思っているんですね。あるいは違ったとしても、そう仕立て上げようとしている」

夢というのは、こういう後出しじゃんけんが効くから便利です。殺人事件が起きていることなど、これまでどこにも出てきませんでしたからね。私はもう一度、はっきりと言いました。

「私はやっていません」

しかし私は、おそらく自分の言い分が通らないだろうことを知っていました。彼らは私を犯人だと見込んでいる。そうなればもう、どうにもならない。彼らは私を犯人にしてしまうだろう。……この不信感は、寝る前に甲山《かぶとやま》事件のことを少し調べていたからでしょうか。それともこの間、志布志《しぶし》事件の特番を見たからかもしれません。

パトカーは、やがて青梅街道を逸れて、警察署へと入ってきます。建物の前には、既に報道陣と、野次馬が集まっているようでした。いえ、ほとんどが野次馬でした。彼らは私に向かって、なんという人非人だ、この人殺し、と罵声を浴びせてきました。私はこれから、この罵声に耐え続けねばならないことを覚悟しました。おそらく、私は裁かれるでしょう。新宿のウェイトレスさんを殺した罪で。もちろん私はやっていない。ああ、しかし……。

と、私は野次馬の中に、恋人の姿を見つけました。

私はその人のことを心からいとしく思っていますし、この世でその人にだけは、私のことを誤解されたくないと願っていました。……すごい！　存在すらしていない人間でも、夢には出てくるのですね。目が覚めているいまなら、言えます。恋人って、誰だよお前。そんなのいねえよ。

その人は、しかし、私を信じてくれていました。パトカーから引き出される私に向かって、

「あなたはやってないよね！」

と叫んでくれました。

そのとき、私は初めて、悲しみを感じました。そうです、私はやっていない。しかし抗弁はできない。抗弁が認められないのではありません。できないのです。警官は言いました。君は今日の夕方、××さんを殺したと。それは違っています。殺していない。ですが私は、決してアリバイを主張できません。

どうして私が、荻窪だか西荻窪だか知りませんが鉄道の駅のそばにいながら、青梅街道で川越に行こうとしたのか。普段は使わないくせに、出費を度外視してまでタクシーで……荻窪にせよ西荻窪にせよ中央線の駅ですから、それに乗っては、なかなか東京都を出られない。警視庁の管轄から脱出できない。確かにそれも理由のひとつです。でも、すべてではありません。

私は、もうすぐ鉄道が止まることを、知っていたのです。

恋人を見つめたまま、私は心の中で謝っていました。ごめん、信じてくれているのに、ごめん。ぼくは自分の無罪を主張できない。

なぜなら私はテロリズムグループの一員であり、今日の夕方は新宿のウェイトレスさんを殺していたのではなく、鉄道駅に爆弾を仕掛けていたのですから。

鉄道駅爆破の犯人として裁かれるより、ウェイトレス殺しの犯人として裁かれる方がいいのです。罪も軽いでしょうし、何よりテロリズムグループとの繋がりをあばかれないで済む。

私はさっき、パトカーの中で殺人犯と言われた時、内心では安堵すらしていたのです。

ですが恋人よ。あなたが私の無実を信じてくれていることが、私にはつらくてたまらない。いまここで、やってないよねと叫んでくれるあなたに、頷いてみせることさえ私にはできないのだ。

これからの私の沈黙を、かなうことならどうか、赦してください。赦して……。

ここで、目が覚めました。

部屋の遮光カーテンは、完全には閉じられていませんでした。わずかな隙間から朝日が差し込んでいます。ぱちりと開いた私の両目からは、涙がこぼれていました。胸には重苦しい罪悪感、申し訳なさが、澱《おり》のように沈んでおりました。夢はあまりに生々しく、鮮明でした。涙の跡を拭《ぬぐ》うことさえできません。その朝、私はぽつりと一言、こう呟くのが精一杯でした。

「それは泡坂に先例があるなあ」

怪奇写真作家

三津田信三

《ミステリマガジン》2008年8月号

三津田信三〔みつだ・しんぞう〕

奈良県生まれ。出版社勤務を経て、〇一年、作者と同名の作家・三津田信三が登場する『ホラー作家の棲む家』（文庫版は『忌館　ホラー作家の棲む家』と改題）を刊行。以後、『作者不詳　ミステリ作家の読む本』『蛇棺葬』『百蛇堂　怪談作家の語る話』などを次々と刊行してホラーファンの注目を集めた。〇六年の『厭魅《まじもの》の如き憑くもの』以降の〈刀城言耶〉シリーズでは土俗的なホラーと本格ミステリの融合に挑んで、ミステリファンからも高い評価を得る。同シリーズの『水魑《みづち》の如き沈むもの』は一〇年の第十回本格ミステリ大賞を受賞している。他に『禍家《まがや》』『凶宅《きょうたく》』『災園《さいえん》』の〈幽霊屋敷〉シリーズや、『十三の呪《じゅ》』『四《よ》隅《すみ》の魔《ま》』『六蠱《むこ》の軀《からだ》』『五《ご》骨《こつ》の刃《やいば》』の〈死相学探偵〉シリーズなどがあり、ホラーとミステリの両ジャンルにまたがって活躍を続けている。

《ミステリマガジン》の「幻想と怪奇　作家の受難」特集に発表後、第一作品集『赫眼《あかまなこ》』に収録された「怪奇写真作家」は、三津田信三らしい虚実が渾然となった怪異譚である。サイモン・マースデンの怪奇写真集がトレヴィルから刊行されているのは事実なので、実話なのかと思って読んでいくと、いつの間にか著者の術中にはまる仕掛けだ。

底本：『赫眼《あかまなこ》』光文社文庫

サイモン・マースデンというイギリス人の写真家をご存じだろうか。日本では十年近く前に、今はなきトレヴィルから写真集『幽霊城』と『悪霊館』を立て続けに出している。ただ、その二冊以外では、エドガー・アラン・ポーの怪奇小説「黒猫」「アッシャー家の崩壊」「モレーラ」「楕円形の肖像画」「ベレニス」「ウィリアム・ウィルソン」の六篇を彼の作品によって彩る試み『ポーの黒夢城』（大栄出版）が刊行されたくらいで、残念ながら日本では一部の怪奇愛好家のみが絶賛しただけに終わった、という印象の写真家なのだが……。

マースデンの作品は、イングランド、スコットランド、ウェールズ、アイルランドで撮られているものが多い。主にイギリスで、と決して一括《ひとくく》りにはできない雰囲気が個々の写真にはあり、怪異の多彩さを我々に見せ付けてくれる。彼の被写体となるのは、それらの地方に現存する古《いにしえ》の城や城館、その廃墟、無気味な伝説が残る遺跡や土地、更に様々な彫像や墓碑など、どれも歴史の感じられる建造物や風景ばかりである。

彼は各々の場に潜む闇の世界を、赤外線カメラを用いたモノクロの、ざらざらとした独特の質感のある写真に封じ込めてしまう。その瞬間、作品には独自の気配が漂いはじめる。もちろん被写体そのものが異様な気を放っているのだが、彼にはそれを増幅させる能力があるとしか思えない。誰もが色々な媒体で見慣れているはずのヴェルサイユ宮殿も例外ではない。彼の手に掛かると見た目は壮麗な華飾の園さえも、歴史の闇に埋もれ隠れてしまった忌まわしい暗部が、一瞬にして暴かれ晒《さら》されることになる。

マースデンの視線は、明らかに異界人のそれだ。彼の瞳には被写体がはっきり映ると同時に、全く別の世界が広がっているに違いない。その眼力によって彼は、異界を現出させることができるのだ。しかも眼前に現れるのは、単に怪奇に映るとか幻想的に感じられる、といった光景に決して留まっていない。恐ろしさの中にも美しさがあり、美しさの中にも悲しみがある――そんな何処《どこ》か東洋的な幽玄という言葉が似合いそうな、今一つの世界を我々に垣間見せてくれる。

そのうえ更に凄いのは、彼が非常に特異な写真家であるばかりか、素晴らしい語り部でもあるという事実だ。撮影した場所に纏《まつ》わる禍々《まがまが》しい記憶、奇怪な伝承、物悲しい死、悍《おぞ》ましき幽霊話などを取材して、写真と共に伝えようとする。ビジュアルだけで十二分に訴え掛けるものがあるため、読者によってはテキストなど不要だと思う人がいるかもしれない。しかし被写体に纏わる話はどれも見事なほど、その地域に根差した独自性を有している。つまり、そこに登場するのは飽くまでもイングランドの古城に伝わる怪奇であり、スコットランドの館に潜む陰鬱であり、ウェールズの墓碑に漂う哀惜《あいせき》なのだ。イギリスでの作品だけを取り上げても、決してグレート・ブリテンという一国には括れない時代の闇が、各々の写真と文章には秘められている。彼は歴史の闇に沈んだ地域から地域へと遍歴を重ね、異界を撮り続ける旅人なのである。

そんなサイモン・マースデンの写真を一見しただけで、たちまち僕が虜《とりこ》になったのは言うまでもない。

当時——九〇年代の半ば頃から——僕はドイツで出版されている《GEO》という月刊誌の、日本版の副編集長を務めていた。この雑誌は世界の民族、自然、動物、文化、科学、冒険といった幅広いテーマを取り上げるビジュアル誌で、《NATIONAL GEOGRAPHY》のドイツ版とも言える性格を持っていた。ただ、元版のジャーナリスティックな内容では日本の市場に合わないため、やや観光的な視点を取り入れた誌面作りを行なう必要があった。尤《もっと》も単なる旅行雑誌ではないため、一般的な観光ガイドめいた企画は問題外で、毎号の目玉となる特集を担当する者は頭を抱える羽目になる。

まだ関西に編集部があった頃、僕は九五年の十二月号で〈ロンドン・ミステリー・ツアー〉と題する特集を企画した。ミステリー好きなら常識の範囲内ながら、一般読者には大して馴染みのないテーマを切口に、ディープなロンドンを巡る内容である。幸いにも好評だったため、僕は趣味と実益を兼ねた第二弾を、九七年の一月号で考えようと思っていた。《GEO》の編集部に異動になる前の僕は、どちらかというと活字派だった。企画によっては絵画、写真、図版なども扱うが、主となるのは文章であり、絵はそれを補助するものに過ぎない。私生活で読むのも大抵が活字ばかりの書籍で、そもそもビジュアル雑誌など眼中にはなかった。それが《GEO》を担当して逆転した。何よりもビジュアルの質が優先される雑誌だったからだ。物凄い冒険を行なった人が、その体験を迫力のある文章に起こせたとしても、肝心の写真が使い物にならなければ没になる。そういう世界をはじめて体験した。

編集部に届く何百枚という写真に、常に目を通し続けた。また、書店の雑誌コーナー、写真集の棚、写真家の個展、フォト・ライブラリーといった場所にも顔を出すよう心掛けた。もちろん仕事だったからだが、恐らく新しい表現手段が——それまで僕が見向きもしなかっただけに過ぎないけど——限り無く新鮮だったのだろう。そういう生活を続けていると、写真の技術的な知識の有無に関係なく、やはりある程度は目が肥えてくる。そんなときに出会ったのが、マースデンの写真集『幽霊城』である。

もちろん当初は飽くまでも自分の趣味で、彼の写真集を購入した。それが、いつしか特集企画の候補として、本書の写真を眺めていた。《GEO》に掲載された夥《おびただ》しい枚数の写真と比べるまでもなく、それらの写真は余りにも異質だった。しかしビジュアルの強さという面に於いては、どれほど物凄い報道写真や現場写真にも負けない力が、ざらついたモノクロの世界には存在している。他の極めてジャーナリスティックな写真と同等に見ることは、はじめからナンセンスだったと思う。でも、その時期にサイモン・マースデンと巡り会えたこと、他の写真との《GEO》での共演が決して不可能ではないと判断できたこと、それが単純に嬉しかった。

　ただし編集部の企画会議では、全員が戸惑いを露《あらわ》にした。余りにも世界が違ったせいだろう。とはいえ個人の好き嫌いは別にして、誰もがビジュアル・インパクトの強さは認めざるを得なかった。更に〈ヨーロッパ・ゴースト・ツアー〉という特集の内容を説明するに及んで、あっさり企画は通った。断わるまでもないが、仮に僕が考えた企画内容を一割とすると、マースデンの写真の威力が少なくとも九割はあったからだ。

　僕は早速、『幽霊城』の版元に連絡を取った。いや、正直に書くとトレヴィルの編集担当者に電話をしたのが、企画を通した後だったのかどうか、確固たる記憶がない。月刊誌の編集というのは、とにかく目先の仕事に追われるため、企画会議の後だったとは思うのだが、この件に関しては先走っていたかもしれない。間違いないのは、季節が初冬だったということだ。

　トレヴィルは当時、井の頭線の神泉の駅から十数分ほど歩いた松濤《しょうとう》のマンションの一室にあった。対応に出たのはGという女性の編集者で、マースデンの連絡先を訊いたり、イギリスで出版された写真集を借りたりと、色々とお世話になった。

　ところが、そのGという人も『幽霊城』に続く第二弾の『悪霊館』をそのとき既に企画していたほど、怪異なもの全般について興味があるらしく、気が付くとお互い仕事はそっちのけで怪奇放談に耽《ふけ》っていた。

　G曰く――『幽霊城』は扱う写真が特殊なだけに、とある印刷会社の静岡の工場まで何度も通う必要があった。そのたびに新幹線が事故を起こして止まる。もちろん新幹線が遅れたりするのは珍しくないが、彼女の場合ほとんど毎回だったらしい。また、デザイナーが色校の出張校正で、印刷会社の校正室に詰めていたところ、鈴の音を耳にした。最初は室外からかと思ったが、ふと気付くと自分のすぐ耳元から聞こえていたという。そんな妙なことが、この写真集の編集作業には付いて回ったのだと教えてくれた。

奇妙な話を淡々と語るGを見ているうちに、もしやと思って訊いてみると、やはり彼女自身が昔から奇っ怪な体験をよくしていたらしい。

学生時代に、友達と四人でレンタカーを借りてドライブをした。借りたい車がなかったため、代わりの車をレンタルしたのだが、その車は助手席のドアがどうしても開かない。少し不便だが、仕方なく助手席側からの乗り降りは諦めて出掛けることにした。幸いドライブ中は故障もなく、無事にレンタカー会社まで帰って来た。

ところが、車を返そうというときに、後部座席に乗っていた男の友達が、とんでもないことを言い出した。

「最初に言うと、皆が気にすると思って黙ってたんだけど、この車が走っている間、ずっと助手席側の窓の外に、髪の長い女が張り付いていたのに気付かなかった？　じっと車内の俺たちを見ながら……」

それを聞いた彼女と後の二人は当然、なぜもっと早く教えなかったのかと彼に抗議した。しかし彼は、下手なことを言うと事故でも起こしそうで、どうしても口にできなかったと言い訳した。

そんな変なものが憑《つ》いた車に乗っているだけで、充分に事故を起こす可能性があるだろう――とGは思ったらしいが、今になって言っても仕方がない。

それでも車を返すときに、「この車は、ひょっとして事故車じゃないんですか」と店の人に聞いてみた。すると驚いたことに、あっさりと店員はその事実を認め、レンタル料金を大幅にまけてくれたという。

これに勇を得て、「この車には、何か変なものが憑いていませんか」と思い切って尋ねると、「車じゃないんです。うちのガレージに憑いているようで、従業員も時々見るんです」と店員は答えた。つまり日によって、どの車に憑くのかは分からないのだと。

このドライブでカメラを持っていたのは、後部座席に乗っていた男だったそうだが、彼女も後の二人も、誰も現像された写真は見ていない。フィルムをプリントに出したのは、間違いないらしいのだが……。

いや、話が逸《そ》れ過ぎた。要はサイモン・マースデンという怪奇写真家の件で訪ねながら、いつしかGとは仕事には直接関係のない怪異な話を、お互いに語り合っていたのである。

時計を見ると、もう夕方だった。かれこれ三時間近くも話し込んでいたことになる。僕は改めて礼を述べると長居を詫び、やや慌て気味に先方を辞した。

マンションを出ると、そのまま駅へと向かう。午後に訪れたときは地図と電信柱の住所表示を見るのに夢中で、周囲に広がる住宅街に人通りが全然ないことを気にも留めなかった。

それが帰り道では妙に閑散とした、少し怖いくらいの気配が漂っているのを感じ取り、何とも言えない気分になった。きっと朝の出勤時と夕刻の帰宅時間以外は、いつもこうなのだろう。そう頭では理解しても、人間が生活している空間に、肝心の人が全く見当たらない光景というのは、やはり薄気味が悪い。

そんな人気《ひとけ》の感じられない初冬の物寂しい、何処か非日常的な町並みを縫うようにして、ぶらぶらと駅へと向かっているときだった。

後ろから誰かに呼ばれた。

周囲の雰囲気が異様だっただけに、一瞬ぞくっとした。だが、忘れ物でもしてGが追い掛けて来たのだろうと考え、急いで振り返った。

見知らぬ女が立っていた。

再びぞっとしたが、目の前の女性の容姿がはっきりするに従い、たちまち僕の恐怖心は霧散した。

ほっそりとした身体付き、両肩を超える黒髪、肌の色白さといった眺めが病的に映ると同時に、それが何処か上品さも醸《かも》し出している。全身に気品を漂わせながら、そこに儚《はかな》さも匂わせる何とも不思議な女性だった。

「何かご用でしょうか……。いえ、僕のことを呼び止められました？」

しばらく見蕩《みと》れてしまったことを誤魔化すように、やや早口で尋ねる。

「はい……。突然すみません。私、水木予里子《みずきよりこ》と申します。実は――」

か細い声で喋る彼女の話を聞いて驚いた。つい先程まで、この女性もトレヴィルにいたというのだ。

言われてみれば、Gと打ち合わせをした部屋の奥に衝立《ついた》てがあり、その向こうに人の気配があった。ぼそぼそと男性の声が聞こえていたので、編集者が電話を掛けながら何か作業でもしているのだろう、と思っていた。しかし実際は、そこに彼女もいたらしい。本人が囁《ささや》くような声音のうえ、僕はGと怪談を語るのに夢中になっていたため、彼女の存在に気付かなかったのだ。状況が分かると、急に恥ずかしくなった。

「そうでしたか。それは申し訳ないことをしました。さぞかし煩《うる》さかったでしょうね。奥でも打ち合わせをされているとは、全く知らなかったものですから」

ほとんど自分たちは仕事の話をしなかった、という後ろめたさもあり、反射的に頭を下げて謝る。だが、どうして彼女は僕を呼び止めたのだろう。まるで、こちらの後を追い掛けて来たようにも見えるのだが……。

突然の謝罪に彼女は困惑した風だったが、折り入って話があると切り出された。

「はあ……。何でしょうか」

取り敢えず聞く態勢になったが、なぜか彼女はなかなか口にしない。

「立ち話も何ですから――」

相手の様子に好奇心を刺激された僕は、すっかり彼女の話を聞く気になっていた。

喫茶店を探して住宅街から駅まで歩いた挙げ句、ようやく線路を越えた先の路地の中程に、古惚けた一軒の店を見付けることができた。

「すみません。わざわざお時間をお取りいただいて……」

店内に客は一人もいなかった。それでも何となく奥の席を選んで座り、それぞれ珈琲の注文を済ませると、彼女が改めて挨拶をしながら名刺を差し出した。

そこにはフリー編集者の肩書、それに企画・編集の得意分野が記され、水木の名前がある。裏に目をやると、荻窪の住所と電話番号とパソコンのメールアドレス、そしてM・Yという全くの別名が表記されていた。

「このM・Yさんというのは？」

「あっ、そっちが本名なんです。雑誌に署名記事を書くこともあり、せっかくフリーになったのだからと、表のペンネームを考えました。でも、郵便物や原稿料の振り込みなど、先方に本名が分からないと困る場合もありますので」

彼女の話によると昨年まで、とある大手出版社の編集者だったという。見た目は二十歳そこそこに思える容姿だったが、その退職するまでの仕事振りから考えると、少なくとも三十は超えていると知り驚いた。思ったより年齢が高かったショックよりも、むしろ余りに幼く見えることに衝撃を覚えた。

一通り彼女の自己紹介が終わったところで、実は衝立の向こうで聞くともなしに僕とGの話を耳にしたのだと、恥ずかしそうに打ち明けられた。そこで僕が何者であり、どんな用事で来ているのかが分かったらしい。

こちらとしては仕事をそっちのけで、憑かれた如く怪談に興じていたため、逆に恐縮した。しばらくはお互いが恥じ入り合うような、とても妙な空気が流れた。

「ところで、沐野好《もくのよしみ》という写真家をご存じでしょうか」

やがて僕と喋ることに慣れてきたのか、ようやく本題らしき話を口にした。

「ヨシミというお名前ですが、男性です」

「生憎《あいにく》ですが……。尤も雑誌編集者と言っても僕の場合、それほど写真家の方を存じているわけではないので――」

「いいえ、メジャーな写真家ではないと思いますから、ご無理ないと思います。私も昨年、たまたま目にするまでは知りませんでした」

「どういうことです？」

「まだ会社勤めをしていたときです。仕事で吉祥寺に行きました。次の用事まで少し時間ができたので、ふと目に付いた画廊に入ったんです」

そこで開かれていたのが、沐野の写真展だった。彼女も趣味でカメラをやっているため、それで興味を覚えて観る気になったらしい。ただ肝心の写真は惹かれるというよりは、逆に思わず身を退《ひ》いてしまいそうになったという。

「どんな作品だったんですか」

「被写体は、病院や雑居ビルや学校の廃屋、人気のない神社や寺や教会、墓地、路地裏、奇岩、雑木林、崖、沼といったもので、それをモノクロの明暗を暈《ぼか》した調子で仕上げている、そんな感じなのですが――」

サイモン・マースデンと似ているなと思った。しかし彼女は続けて、

「それが皆、いわゆる心霊スポットと呼ばれる場所ばかりのようで……」

「えっ、そうなんですか」

「入口に冊子……というより、ほとんど本の体裁をした解説書があったので、写真を観ながら読みました。すると、体験談とも小説とも付かぬ文章が幾つも載っていて――」

「テキストの内容が、一枚ずつの写真と対応していたとか」

「ええ、仰《おつしや》る通りです。ほとんどが怪談めいた話でした。それを読んでから改めて該当の作品を観ると、何も映ってなくても心霊写真のように思えてきて……」

「なかなか面白そうですね。でも、余りあなたの好みではなかった？」

「はい……。ところが、写真家さん本人のような男性が出入口に座り、熱心に読書されながらも、ちらちらと私を窺《うかが》っていらっしゃるみたいで……。すぐに出るのは失礼かと思い、一通り見て回りました」

そして帰ろうとしたとき、記帳を求められたのだという。そういう場合、大抵は名前と住所を記すだけなのだが、前の記帳者が肩書までも書いていたため、つい彼女も会社名を出してしまったらしい。

「すると男性が、その人が沐野さんだったわけですが、急に話し掛けてきて――」

はっきりと彼女が口にする前に、僕には何となく事情が飲み込めた。恐らく沐野は、彼女

に自分の写真を使う気はないかと尋ねたのだ。もしかすると写真集の刊行を持ち掛けさえしたかもしれない。

沐野はアマチュアカメラマンで、写真展も自費で開いた。客もほとんどが知人で占められていた。そんなところへたまたま水木が――いや、当時は大手出版社の編集者であるM・Yが現れた。彼としては絶好の機会だとばかりに、猛烈な売り込みをはじめたのではないか。

咄嗟《とっさ》に感じたことを述べると、彼女は困ったような表情を浮かべながらも頷いた。

「私では、とても無理ですって申し上げました。でも、何かアドバイスを欲しいと頼まれまして……。そのう――……彼の妹さんに私が似ているので、とても他人のような気がしないとも……」

まるで女性を諄《くど》くための、安っぽい文句のようではないか。僕は沐野の図々しさに呆れるよりも不快感を覚えた。

「最後には、そのとき彼が読んでいた新刊の怪談本まで引き合いに出してきて……。怪談が百話も載っている本だったのですが……」

気になったので詳しく訊くと、どうやら木原浩勝・中山市朗『新・耳・袋』のことらしい。もしかすると沐野は、両氏が書籍上で試みた実話怪談の百物語という形式の、写真版をやりたかったのかもしれない。

「それで仕方なく、こういう作品を撮るにしても、やはりテーマを絞られた方が良いように思いますと、尤もらしいことを口にして、お茶を濁したんですが……」

自分の予想が的中して、僕は少し得意になった。だが、すぐある可能性に思い当たり、「あっ」と声を上げ掛けた。

彼女の話の流れからして、沐野の申し出を断わったことは想像に難くない。しかし彼が諦めず、その後も執拗に付き纏い、自分の写真を売り込み続けたとしたら、どうだろう？　それが余りにも常軌を逸していたため、彼女は会社に居づらくなり辞めてしまった。にも拘《かかわ》らず沐野は離れない。

悩んでいたところ、仕事の打ち合わせに行った先で僕とGの話を漏れ聞いた。つまり彼女は、沐野を僕に押し付けて厄介払いする気なのではないか。

目の前で訥々《とつとつ》と喋る女性を眺めながら、そんな疑念がふつふつと胸の奥底から浮かび上がってきた。

「それで僕なら彼に興味を示すかもしれないと、そう思われたわけですか」

陰険なやり方だったが、わざと彼女の説明に割り込むように尋ねてみた。

「は、はい……。漏れ聞こえたお話から、この方なら沐野さんの写真に、正当なご理解を示されるのではないかと……」

そこで僕の態度が硬化していると気付いたのか、急に彼女は狼狽《うろた》えながら、

「す、すみません……。突然こんなお話を、わざわざ呼び止めてまで、初対面の方にしてしまって——。ご迷惑なだけだったら、本当に申し訳ありません」

深々と頭を下げる様子を目にした僕は、余りにも自分は先走り過ぎたのではと不安になっ

のではないか。少なくとも沐野に悪い感情を抱いている風には見えない。むしろ彼女は好意を持ったのではないか。ただし、会社での出版は無理だった。でも、何とかしてあげたい。

そんな風に考えたところで、まだ会ったこともない沐野好という男に、嫉妬を覚えている自分がいた。

「やっぱり……ご迷惑ですよね」

黙り込んでしまった僕を勘違いしたのか、恐る恐るといった感じで彼女がこちらを見詰めている。

「いえ、そういうわけでは……」

結局その場で僕は沐野の連絡先をメモすると、近いうちに訪ねるかもしれないとだけ返事をした。確約しなかったのは、自分でも説明できない抵抗感のようなものを覚えたからだ。しかし、写真家に会いに行くことは分かっていた。理由は二つ。その無気味な写真を単純に見てみたいと思ったのと、ここまで彼女を熱心にさせる男とは一体どんな奴なのか、どうしても確かめたくなったからである。

とても嬉しそうに微笑みながら礼を言う彼女を促し、僕は何とも奇妙な感情を抱いたまま神泉の駅へと向かった。もう少しで夕食に誘いそうになったが、そのまま自宅に帰るという彼女と、渋谷に出て会社に戻る僕とは逆方向になるため、仕方なく駅で別れた。それで良かったのだと思う。彼女の左手の薬指の指輪に、遅蒔きながら気付いたのだから……。

沐野には翌日の午前中に電話を入れた。長い間ずっと呼び出し音が鳴り続けた後で、ようやく先方が出た。口元からかなり受話器を離しているのか、ぼそぼそと弱々しい声は聞き取り難くて大変だったが、それでも週末に訪ねる約束をした。すぐに雑誌の方が忙しくなるため、会うなら今しかない。

一応は報告をと思って彼女に電話するが、留守録になっていた。少し迷った挙げ句、沐野の件だけを吹き込んでおいた。

約束の土曜日、休日だったが昼前に出社して夕方まで仕事をすると、僕は吉祥寺に向かった。ちょうど帰り道になるため、休日の夕刻とはいえ気楽なものである。電話で確認した住所が吉祥寺と三鷹の境目辺りの住宅街だったため、僕は見知らぬ町を散策するような気分で沐野家へと歩いていた。

ところが、そんな呑気さも目的地の町に着くまでだった。何処をどう捜しても沐野家が見付からない。近くの電信柱に明記された住所表示から、自分が別の場所に迷い込んでいないことは分かる。つまり写真家の住まいの側《そば》まで、かなり近付いているのだ。なのに、なぜか一向に沐野家が見当たらない。最後の手段とばかりに、該当する地区の家を片っ端から当たっていく。と、そのうち隣の番地へと出てしまった。誰かに訊こうにも人通りがなく、ようやく若い女性を見付けて尋ねたら、そんな家は知らないと突《つ》っ慳貪《けんどん》に言われた。

途方に暮れていると、近くで咳払いが聞こえた。見ると、すぐ側の家の庭に老人が佇《たたず》んでいる。最初は自分が不審者に思われたのかと考えたが、それにしては老人の態度が何処か妙である。

「あのう……すみません。この辺りに、沐野さんというお宅はないでしょうか」

何か感じるものがあった僕は、そう訊きながら住所を書き留めたメモを差し出した。

「ああ、あるよ。その道のT字路を右に曲がって、次に最初の角を左に折れると、四軒目がそうだ」

わざわざ門まで出て来た老人は、メモには見向きもせず、右手を上げて拍子抜けするくらい簡単に道順を教えてくれた。

「ありがとうございます。助かりました」

礼を言って立ち去ろうとしたが、どんな用事があるのかと老人に訊かれた。普通なら余計なお世話と感じるところだが、奇異に思った僕は自分が雑誌の編集者であり、ある人の紹介で沐野氏の写真を見に行くのだと応えた。

すると老人は、しばらく僕を凝《じ》っと見詰めた後で、

「あそこは代々が資産家でな。ご主人とは昔から、儂《わし》も親交があった」

突然、沐野家の話をはじめた。ご主人というのは、どうやら沐野好の父親のことらしい。

「ところが、もう十年ほど前になるか……息子が気味の悪い写真を撮るようになってから、不幸が重なり出した」

「えっ……。それは、どういう意味です？」

こちらの問い掛けが聞こえなかった、とは思えない。だが、老人はそのまま続けて、

「一人ずつ亡くなりはじめてな。あの家で暮らしていた、犬や猫まで含めて。幸い家を出て、

結婚していた妹の方は無事だったが、それも——」

「ちょ、ちょっと待って下さい。お話が、よく見えないと言いますか——」

「それも五年前の不可解な火事のとき、たまたま実家に戻っていたばかりに巻き込まれ、それから急におかしくなって、以来ずっと……」

「つまり現在、沐野家にはお兄さんの好さんと、その妹さんが暮らしておられるわけですか。二人きりで？」

そこで老人が、はっと身じろぎした。なぜか顔には怯えの表情がある。まるで余計な話を喋ったため、その報いが沐野家から我が身に降り掛かることを恐れるかのように。

もちろん僕は、もっと詳しく話を聞きたかった。だが、いきなり老人は背中を向けると、

「あのう……」

「如何《いか》に仕事とはいえ、儂なら絶対にあの家には入らん」

そう言い捨て、さっさと家の裏の方へ姿を消した。

どういうことだろう？

水木と老人の話を合わせると、まるで好が心霊スポットの写真撮影に熱中したうえ怪談話にまで関わったため、沐野家が途轍《とてつ》も無い禍《わざわ》いに見舞われた……ように映る。そういった例がないわけではないが、ほとんど一家全滅とも言える状況は、やはり尋常ではない。しかも、そんな事件があったにも拘らず彼は、昨年その元凶と思われる写真の個展を開いているのだ。一体どういう神経をしているのか。

沐野好に会うのが怖い。

そう思った。しかし、ここまで来て帰るのも癪《しゃく》である。いずれ書籍編集部に戻ったとき、怪談関係の企画も手掛けてみたい。彼との面談は、将来きっと何かに役立つはずだ。

老人に教えられた通りに道を辿《たど》る。二つ目の角を曲がったところで、端から四軒目を数《かぞ》える必要もなく、すぐ沐野家が分かった。そこから見えた二階の一部が、生々しくも黒く煤《すす》けていたからだ。

ゆっくり近付いて行くと、煉瓦塀《れんがべい》の要所要所に設けられた装飾的に切り取られた覗き穴から、火の元と思われる一階の部屋が、ちらちらと視界に入ってくる。

その部屋は家屋の左手にあって、後から増築したのか庭に飛び出すように造られており、明らかに家全体のバランスを崩していた。窓に硝子《ガラス》はなく、桟《さん》は壊れて垂れ下がり、壁には二階まで這い上がった炎の痕跡がはっきりと残っている。五年も前の出来事とは思えないほど、凄まじいばかりの惨禍《さんか》の印が黒々と刻まれていた。

幾つ目の覗き穴から家を見たときだったか。焼けた部屋の窓辺に立つ人影を認め、ぞくっと背筋が震えた。慌てて立ち止まり覗き直すと、誰もいない。ぽっかりと真っ黒な口を開けた、もう窓とは呼べない大きな穴があるだけで……。

門の前まで来たところで、念のために表札を確認する。「沐野」とある。逢魔《おうま》が刻の錆《さ》び付いたような夕焼けを背景に佇む沐野家を眺めていると、幽霊屋敷という言葉が自然に浮かんでくる。閑静な住宅街の直中《ただなか》に、これほど禍々しい気配を漂わせた家が存在するとは。恐らく近隣の子供たちにとって、ここが忌まれた家であることは間違いないだろう。

インターホンを押すと、かなり待たされてから「はい……」と弱々しい返事があった。来意を告げると、「どうぞ……」とだけ促《うなが》される。

耳障りに軋《きし》む門を開け、敷地内へと入る。すぐ目に飛び込んできたのは、荒れ放題の凄まじい庭だった。今の季節でこの有り様なら、さながら夏には雑草の森と化すに違いない。藪蚊の凄さを考えただけで身体中が痒《かゆ》くなる。

玄関の戸を開けた瞬間、薄暗い廊下の奥からわあっと何かが迫って来るように思え、そのまま固まった。もちろん気の所為《せい》だが、この期《ご》に及んで足を踏み入れたくないと強く感じる。今からでも遅くない。引き返した方が良いと本能が囁く。老人の言葉が蘇る。

儂ならば絶対にあの家には入らん。

そのときだった。廊下の奥に何か白っぽいものが現れ、こちらが目を凝らす前に、すーっと近付いて来た。

咄嗟に逃げ出そうと踵《きびす》を返したところへ、

「どうぞ……。お上がり下さい」

とても弱々しく控え目な声が聞こえた。

恥じ入りつつ振り返った僕は、こんにちは——という挨拶を呑み込んだ。やっぱり逃げ出すべきだったと後悔したが、もう遅い。

目の前には、胸の辺りまで伸びた長い髪の毛で、顔面のほとんどを覆った女が立っていた。

いや、本当に女性かどうかは一瞥《いちべつ》しただけでは分からない。髪の長さと、ワンピースのような白いだぶだぶの服を着ていたことから、そう判断したに過ぎない。だが、あの老人の話から、これが誰か見当は付く。

「こ、こんにちは……。沐野好さんの、妹さんでしょうか。お電話に出て頂いたのも、あなたですよね？」

覚悟を決めた僕は、そう尋ねた。

こっくりと頷いただけで彼女は名乗らなかったが、先に立って奥へと誘う仕草を見せた。ままよと思い「お邪魔します」と靴を脱いで上がり込んだ途端、もわっと足元で埃《ほこり》が舞った。見ると廊下の奥から玄関まで、ぺた、ぺた、ぺた……と足跡が付いている。スリッパは見当たらない。そもそも彼女は裸足である。客とはいえ、このまま進むしかないようだ。

家の中は、とても薄暗かった。もう明かりを点《とも》してもよい頃なのに、何処にも人工の光が見えない。その所為もあったと思うが、玄関や廊下の壁に貼られたポスターのようなものを、最初は完全に見過ごしていた。それが廊下を曲がり、窓から射し込む鈍い残照に浮かび上がったものを目にし、ようやく「あっ」と心の中で叫んだ。

好の怪奇写真が家中に貼られていた。

まだ玄関や廊下はましだった。迷路のように何度も曲がる廊下を辿り、かなり奥まった応接間に通され驚いた。三方の壁から庭に面した窓、それに天井まで、びっしりとモノクロ写真で埋め尽くされていたからだ。そればかりか床にもテーブルにもソファの上にさえ、薄気味の悪い写真が散乱している状態だった。

好の妹は、まるで枯れ葉の中を進むように、無造作に写真を踏み付けている。そうしないと歩けないのだが、さすがに躊躇《ためら》いを覚えた僕は、なるべく足で掻き分けながらソファまで辿り着いた。

「お兄さんは、お仕事中ですか」

ソファの上の写真を片付け、座る場所を空けながら訊くと、

「私……、兄の秘書なんです」

全く気にせず写真の上に腰を下ろした彼女が、僕の動作を不思議そうに眺めつつ答えた。

道理で、電話での約束も全て彼女が仕切ったわけだ。しかし妹は結婚して、この家を出たのではなかったか。それとも老人が言ったように、五年前の火事のとき、たまたま実家に戻っていた彼女は以来そのまま、ここに兄と住んでいるのか。

改めて彼女の異様な髪型に注目した僕は、ある可能性に気付いてはっとなった。もしかすると火事の所為で、彼女は顔に酷い火傷を負ったのかもしれない。それが原因で離婚したため実家に戻っており、ああやって顔を隠しているのだとすれば納得がいく。

薄気味悪く思ったことを反省しつつ、秘書ならば今後のこともあると考え、

「それでは、お写真のことで具体的な話になった場合、またお世話になりますね。失礼ですが、できればお名前を――」

「兄は人見知りが激しく……、人と喋るのも苦手で……、今も仕事部屋に籠《こも》っております」

なぜか嚙み合わない会話に、僕は苛立ちよりも薄ら寒さを覚えた。そう言えば老人は、妙なことを口にしていた。火事から妹が急におかしくなった……と。

だぶだぶのワンピースは、よく見ると全体的にもこもこしており、その下に重ね着をしているらしい。もちろん今の季節、薄手のワンピースだけでは寒過ぎる。だが普通、あんな風に服は着ないだろう。況《ま》して女性である。年齢は十代のようにも見えるし、六十代のようにも思える。どう見ても異様……いや、やはり異常である。薄気味悪く映るのも当然だろう。それに水木に似ているなど、余りにも厚かまし過ぎる。

「あっ……」

突然、彼女が小さく叫んだ。思わず腰を浮かし掛けたまま、

「ど、どうしました？」

恐る恐る尋ねると、

「お茶をお出ししてません」

意外にもまともな答えが返ってきた。ほっとして再び座ったのも束の間、

「い、いえ、お構いなく！　どうぞお気になさらずに……。本当に結構ですので――」

慌てて丁重に断わった。どんな御馳走であれ、この家で出されたものを飲み食いできるほど、僕の神経は太くない。

「それで、好さんの作品についてなんですが――。こうやって既に拝見していますが、整理されたものはあるでしょうか。できればテキストと一緒になった形で――」

取り敢えず仕事の話を進めることにした。ここには、そのために来たのだからと割り切る。

ただ、幾ら何でも周囲の写真を見ながら、というのは無理である。

話が通じるかと危ぶんだが、彼女はテーブルの下から一冊のファイルを取り出すと、こちらに差し出してきた。開くと左側に八つ切りの写真、右側にA４用紙に印字された文章という体裁で、「沐野好作品集」と題されている。

このとき僕はファイルを捲《めく》りながら、とても奇妙な感覚に囚われたのだが……。それが何かを突き止める前に、彼の文章に惹き付けられてしまった。

写真に付けられたテキストは様々だった。実話とも、伝承とも、創作とも、随筆とも、詩とも受け取れる内容があり、決して一様ではない。共通しているのは、全てに怪談の要素があることだろうか。

例えば廃屋らしき民家の、床の間のある和室を撮った「客間」と題された写真には――、

その日、S家では珍しく父親に来客があった。定年退職をした後、大病を患って入退院を繰り返していた父親は、すっかり友人との付き合いからも遠離《とおざか》っていた。それが客間で、とても楽しそうに談笑している。昔から知っている親しい友達なのだろう、と家族は思っていた。

ところが、客が帰った後で父親に尋ねると、誰が来ていたのか思い出せないという。

玄関で取り次いだのは本人だった。そのうえ母親が運んだ茶を、なぜか父親は障子越し

に受け取っている。そのため家族の誰一人、客の姿は見ていない。

しかし、客間のテーブルには湯呑みが二つ、飲み干された状態で残っている……。もちろん父親は翌日、死んだ。

――という文章が付けられている。最後の「もちろん」という副詞が、文章の流れから見ると唐突なのに、全くそう感じられないのが怖い。

「お兄さんはテキストを、どのように書いてらっしゃるのですか。つまり、これは被写体に纏わる実話というか、伝えられている話ですか。それとも撮られた写真から得たインスピレーションを、こういった文章に表現されているのでしょうか」

「兄は、とても感受性が鋭いのです」

「ということは、テキストは創作された――」

「取材をしております。ただし、常に写真を撮るのが先です。その後で、被写体に纏わる怪異を探します」

「にも拘らず、必ず怪談めいた話が見付かる？」

こっくりと彼女が頷いたので、なぜテキストの形態が様々なのかを尋ねた。

「具体的な体験談から曖昧な噂まで、蒐集する話が千差万別だからです。兄は、一番相応《ふさわ》しいと感じる表現を用いているだけなのです」

「お兄さんが写真をはじめられたのは、いつ頃からですか。そのときから怪異な場所には、ご興味があったわけですか。こういった写真を撮って、そこに文章を付けられたのは、最初からなんでしょうか」

「兄には分かるようです。人にとって忌むべき場が……」

　どうやら彼女は、好の作品に関すること以外は応える気がないらしい。それが意図的なのか自然な反応なのか、どちらとも判断は難しかったが、そんな風に見える。

「写真家になられる前は、何かお仕事をなさってたのですか。いえ、文章もお書きなので、もしかすると――」

「写真に封じ込めるのだと、兄は申しております」

　念のために、続けて作品に関係のない質問をしたのだが、彼女の返答は予想通りだった。が、その内容は聞き捨てならなかった。

「これらの写真には、何かが封じ込められていると？　どういう意味です？」

　殊更にファイルを突き出し、彼の作品の話をしていることを強調する。

「私には、よく分かりません」

「被写体に籠る念のようなものでしょうか」

　誰でも思い付く発想だったが、取り敢えず訊いてみた。

「さあ……。兄によると、上手く撮影できた現場では、それ以降は、もう何も感じなくなるそうです」

　とても危ない写真に自分は囲まれている……と思った途端、全身が粟立っていた。

怪奇写真を撮り続けることにより好は、本来は遠ざけて忌むべき何かを、結果的に我が家へ持ち帰る羽目になったのではないか。その何かが溜まりに溜まって、沐野家に次々と不幸を齎《もたら》したとは考えられないか。

今すぐ逃げ出したくなった。

それでも、やはり編集者である。「沐野好作品集」は企画として使えると判断していた。もちろん《GEO》のテイストではない。書籍化するにも、テキストの形態は統一する必要がある。しかし、これほど濃い怪奇写真と怪談の組み合わせを、それまで僕は見たことがなかった。

怪奇写真作家――という沐野好の新しい肩書が、ぱっと脳裏に浮かぶ。これは本当にいけるかもしれない。

具体的な話に入ろうとして、ふと目の前の妹相手に話を進めて良いのかと躊躇った。本人は好の秘書だと言っている。だが、それが果たして信用できるのかどうか……。

人見知りが激しく仕事部屋に籠るような男が、どうやって写真に纏わる取材を行なうというのか。そんな男が、わざわざ個展を開くだろうか。おまけに初対面の編集者に、自分の作品を売り込んでいるのだ。

彼女は、他人に兄を会わせたくない？

なぜかは分からない。作品以外の話題に一切応えないことと関係ありそうだが、何とも言えない。きっと彼女なりの深い事情があるのだろう。

とはいえ今、僕がするべきなのは、沐野好本人と会って話をすることだ。塀越しに見た出火した部屋の人影は、恐らく彼だと思う。あそこかその近くの部屋で、彼は仕事をしているに違いない。問題は、この妹だが――。

「すみません。やっぱり喉が渇いてしまいました」

湯を沸かすのが面倒でなければ、熱いお茶をお願いしたいと頼んだ。さり気なくポットの湯は使わないことを確かめたのは、その方がお茶を淹《い》れるのに時間が掛かるからだ。彼女が応接間を出ると、忍び足で扉口まで行き、遠離る足音に耳を澄ます。幸いにも来た方向へ戻っているらしい。急いで真っ暗な廊下を奥へと進む。

外は随分と薄暗くなっているようで、ほとんど手探りの状態だったが、途中から明らかに廊下の感じが変わり出した。恐らく建て増ししたためだろう。二度ほど角を曲がると行き止まりで、左右に二つの扉があった。方角から考えると左は出火した部屋で、見た目から判断すると右は暗室のようである。

扉の上のランプが点っていないため、現像中ではないと思ったが、まず右の扉をノックする。やはり何の応答もない。次いで左の扉を軽く叩く。返事がない。しかし、この部屋で人影を見ていたので、確信を持って扉を開ける。

「失礼します」

入室して室内の有り様を目にした途端、ぞくっとする寒気が背筋を伝い下りた。

火事の跡というのは、なぜこれほど禍々しく映るのだろう。それも全焼ではない半焼くらいの中途半端な状態が、最も無気味である。彼の仕事部屋が正にそうだった。おまけに彼は焼けて煤けた状態の部屋に、新しい作業机や椅子、写真のポジを見るブライトボックスの大きな台、ファイルキャビネットといった備品を運び込んでいた。そのアンバランスさが、何とも言えぬ歪《いびつ》な気配を室内に漂わせている。

沐野好は窓の側の机に、こちらに背を向けて座っていた。そこだけに辛うじて、夕間暮れの微《かす》かな日の光が射し込んでいる。

「妹さんからお聞きとは思いますが――」

自己紹介をしながら窓際へ進む。だが、彼は振り返りもしない。

「ファイルの写真とテキストを、妹さんから見せて頂いたのですが、とても興味深かったです」

相変わらず何の反応もないが、めげることなく話し掛けながら近寄って行く。

「それで、ぜひご本人にお会いして、色々お話を伺いたいと思いました」

嘘ではない。ただ、あの妹の相手をする以上に、この兄も難儀なのかもしれない……とは早くも感じた。

「できれば今、少しだけお時間を頂けないでしょうか」

人見知りをするかどうかはともかく、かなり偏屈らしいのは間違いなさそうだ。

「沐野さん？　好さん……？」

すぐ斜め後ろまで来ても、振り返るどころか返事もしない。一体どうすれば良いのか。

「あのう……」

机の横に回り込んだ僕は、そのまま絶句した。

鈍い橙色の残照に照らされながら、静かに大人しく椅子に座っていたのは、等身大に引き延ばされたピンぼけの人形《ひとがた》に切り取られた写真だった。

何だ、これは？

瞬時に様々な想念が脳裏を駆け巡ったが、なぜ火事を出した部屋に本人ではなく、ぺらぺらの写真が恰《あたか》も彼の如く据えてあるのか、全く見当が付かない。

彼は何処に行ったのか。やはり暗室か。いや、あそこに人の気配はなかった。出掛けている？　では、塀越しに見た人影は誰だったのか。それに今日は、僕の訪問があると分かっていたはずだ。そもそも妹が、兄は仕事部屋にいると言っていたではないか。考えれば考えるほど、次第に厭な気分になる。

「兄は人見知りが激しく……」

振り返ると、戸口に彼女が立っていた。

「人と喋るのも苦手で……」

そう言いながら、ゆっくり近付いて来る。

「でも、昔はこうじゃなくて……」

こちらを凝っと見詰めつつ、真っ直ぐ近寄って来る。

「写真展を開いたり、出版社の編集者に自分から売り込んだりと、むしろ積極的だったんです」

やがて、僕の側に佇む。

「それが、この部屋で火事に遭って以来、すっかり人が変わってしまって……」

彼女は右手を椅子の背に、左手を肘掛けに置くと、

「ねえ、兄さん……」

ぺらぺらの写真に話し掛けた。とても自然に……。

幸い家を出て結婚していた妹の方は無事だったが……と、あの老人は言っていた。つまり兄の方は、火事で死んだのではないか。彼が積極的だったのは、もちろん火事で死ぬ前であり、写真展を開いたのもそうだ。少なくとも五年は前に……。

では昨年、吉祥寺で個展を開いたのは誰なのか。妹かと思ったが、さすがに兄に化けるのは無理だろう。それに水木は彼と話をしている。『新・耳・袋』まで引き合いに出して……。

待てよ。新刊の怪談本、と彼女は言っていた。だが、あの本が出たのは、僕がまだ関西にいた九〇年だったはずだ。今からほぼ六年前の……。

頭の中が、ぐちゃぐちゃになった気分だった。そんな混沌とした状態の中で、「沐野好作品集」を手にした際に囚われた奇妙な感覚の正体が、ようやく分かった。

ファイルのタイトルを目にした僕は、無意識に読み取ったのだ。「沐」を「さんずい」と「木」に分ければ「水木」となり、「野」を「里」と「予」に、「好」を「女」と「子」に分けて「女」を取れば「予里子」となる。即ち「沐野好」マイナス「女」イコール「水木予

里子」なのだと――。

そのとき、椅子の肘掛けに置かれた彼女の左手の、薬指に嵌《は》められた指輪が目に入った。

水木予里子と同じ指輪だった。

名刺の裏に記されていた「Y」というのが、沐野好の妹の名前であり、「M」という名字が、彼女の結婚後の姓だったのではないか。

兄が火事で死んだ後、Yは沐野好になった。次いで水木予里子にもなった。更にY自身として兄の秘書にもなった。なぜかは分からない。それほど兄のことが好きだったからか。それとも、彼女も写真に憑かれたためか。

「綺麗な指輪でしょう」

はっと顔を上げた途端、彼女と目が合う。簾《すだれ》のように垂れた髪の毛の間から、水木予里子の瞳が覗いている。

「ま、また日を改めて……、お、お兄さんとお話を――」

「今は、どうです？」

「い、いえ、まず秘書のあなたと、う、打ち合わせをしたいと思いますので――」

「それじゃ、ここで」

「あっ……きょ、今日は、もう遅いですし――」

「帰しませんよ」

脱兎の如く走り出した僕は、通り過ぎる際に作業机とブライトボックス台を引き倒すと、真っ暗な廊下へと駆け出した。

幾度も曲がり角で身体をぶつけながら通路を辿り、元の応接間に飛び込む。急いでソファに置いた鞄を摑み上げる。再び廊下へ出ようとしたところへ、ダッ、ダッ、ダッ……と物凄い勢いで奥から迫って来る足音が聞こえ、全身が総毛立った。

鞄を抱えて走り出す。しかし、少し進めば曲がり角があるため、そんなに速くは走れない。おまけに廊下の先々で、壁に貼られていた写真が一枚、また一枚と剝がれ落ちてくる。それを踏んで足が滑り、何度も転びそうになる。そのつど壁に手を付くため、余計に速く走れない。

ドンッ――と遂に転んでしまう。慌てて立ち上がろうとするが、両側の壁から降り続く写真のため、何度も足を取られる。まるで滝のように、次々と写真が舞い落ちてくる。

ダッ、ダッ、ダッ……と、すぐ後ろの角の向こうまで、足音が迫っていた。必死に起き上がり、再び駆け出す。次の角を曲がる瞬間ちらっと振り向くと、髪の毛を振り乱し、僕にとっては水木予里子として知っている顔を露にしながら、猛然と追い掛けて来るYの姿が目に入った。もちろん、もう素敵だとは思わない。

最後の直線に入る。朧《おぼろ》げながら玄関は正面に見えている。大した距離があるはずもないのに、遥か遠くに感じられる。そのうえ廊下は、正に写真の海と化している。これほどの紙焼きが何処から、一体どうやって出てきたのか……。

とにかく今は、この家から逃げ出すしかない。何も考えずに突っ走り出すと、真後ろから追い上げて来るYの気配が、一気に迫って来た。

このままでは追い付かれる！

いや、その前に写真に足を捕られて転んでしまう。

絶望的な気分に囚われた瞬間、前方の写真の海の中に、少しだけ露出した廊下の床を目に留めた僕は、そこで思い切って跳躍していた。

ダンッ――と着地したのは、幸いにも狙い通り玄関の土間だった。すかさず靴を摑むと、扉を開けて表へ飛び出し、そのまま門を出るまで走り続けた。

外の道に立ってようやく振り返ると、ゆっくりと閉まる扉の内側で、ぬっと立ち尽くすYの姿が目に入った。

両足の裏を手で払って靴を履いた僕は、煉瓦塀の覗き穴から沐野家をちらちらと垣間見つつ、とにかく来た道を急いで戻りはじめた。

そんな僕を見送るかのように、あの部屋の窓辺に佇む人影を最後に認めながら……。

交　差

結城充考

《ミステリマガジン》2010年12月号

結城充考〔ゆうき・みつたか〕（一九七〇〜）

香川県生まれ。〇四年に『奇蹟の表現』で第十一回電撃小説大賞銀賞を受賞、翌年に電撃文庫から刊行された同作はシリーズ化され、三巻まで刊行された。〇八年、『プラ・バロック』で第十二回日本ミステリー文学大賞新人賞を受賞。翌年に同作が刊行されて、活動の場をライトノベルから一般作品に移した。『プラ・バロック』以降、『エコイック・メモリ』、短篇集『衛星を使い、私に』と、女性警官クロハが登場する警察小説を書き継いでいる。他にSF長篇『躯体上の翼』など。『奇蹟の表現』は物語の途中で刊行が止まっているが、一三年には同一設定の短篇が発表されており、完結に向けた意思がうかがえるのがうれしい。《ミステリマガジン》の警察小説特集号に発表された「交差」は、四人の人生がスクランブル交差点で一瞬クロスして、また離れていく様子を描いた技巧的な短篇である。確かに警官は登場するが、ここでの彼は完全に傍観者としての役割を持たされており、警察小説というよりは、人生の一断面を捉えた広い意味でのミステリとして読むべきだろう。

地域課警察官は交差点の前で自転車を降りた。制帽を持ち上げ、汗を拭う。

金属を内蔵する耐刃防護衣のせいでシャツは体に張りついていた。夕刻であっても陽は高く、日差しが強かった。帰宅する者と街へ向かう者が交ざり合い、鉄道駅周辺に人が溢れる時間帯。本当に人の流れに飲み込まれそうに思える時さえあった。

新卒が大都市の所轄署へ配属されたのは期待されているからだ、と何時ものように自分へいい聞かせる。配属以来、本当に自信を持てたことは一度もなかった。頬を軽く手のひらで叩き、気持ちを引き締めた。

信号機が青色に変わる。四方向からスクランブル交差点へ、人の流れが動き始める。

人の流れに合わせ、女子高校生は歩き出した。どの方向を目指せばいいのかは、はっきりと分かっていた。相手が鉄道から降りる時間は決まっている。白線の並ぶ先に見える相手は、少しもこちらに気付いてはいなかった。

アスファルトに蓄えられ放出されるエネルギーが高校生の紺色の靴下と素肌のふくらはぎを焼いた。けれど、気にする余裕もない。

高校生の緊張は肩掛鞄の中で握り締めたものと繋がっていた。汗で滑りそうだった。

＋

老人は顔をしかめた。冬には鈍痛の起こる片膝が、この暑さでも痛みを発するようになっていた。歩道に立っているだけで疼《うず》く。

屋台の仕事を失って二年が経とうとしていた。失職してからの生活費は月に一度、以前に世話をした人間を訪ねては金銭をせびることで賄《まかな》っていた。今では組の若頭となった弟分は、訪ねた時には何時も無言で札を封筒に入れ、渡してくれた。哀れみの色を顔に浮かべたりはしなかった。哀れまないよう努力し、口元を硬く引き結んでいるのが分かった。事務所を後にする度、心がささくれ立ってゆくようだった。

それなのに、老人は今月二度目の生活費の無心に出向かなければならない。一人の小娘に、ありったけの札を盗まれたせいだった。老いてなければ騙されることもなかったろう。ホテルの部屋から逃げる小娘を追いかけてつかまえ、顔を張り、奪われた金を簡単に取り戻すこともできたはずだった。小娘を買いたい、と思ったわけではなかった。お金が必要だから、としつこく引き止める制服姿の綺麗な少女に感傷を覚えただけだった。

信号の色が変わり、老人は片脚を庇《かば》いながら歩き出す。事務所は交差点を渡って幾らもない場所にあった。視線を上げた老人は息を呑んだ。小娘の姿を見たからだ。

遠目でも際立つ白い肌を見違えようはなかった。小娘は老人の視界を横切ろうとしていた。澄ました顔をして、今もこの街を自由に歩いている。凶暴な怒りが老人の体内で膨れ上がった。捕まえてやる、と決めた。

捕まえて事務所に引き摺り込み、全てを後悔させてやる。

＋

青年は覚悟を決めた。決めると心地が楽になり、体が冷えてゆくような気がした。

すでに敗北は決まっていた。クラブは倒産させるしかなかった。残りの課題は青年自身のことだけだ。億の単位まで膨らんだ借金を少しでも返済するために、するべきことは全てやった。保証人は、青年が以前勤めたクラブの代表だった。有名クラブに引き抜いてくれ、並みいるホストを押し退け短期間でトップを取った青年の防護壁にもなってくれた代表。独立に失敗した、とも、一緒に自己破産してくれ、ともいえるはずはなかった。疲労で視界が曇った。

何を間違ったのか、と青年は交差点の白線を、その先に停まる銅色の外国車をぼんやりと見詰める。売却した青年の4WDと、同じ系列の車種だった。できることは全部やったのだ。強引な手段を用いたことには、後悔がないわけでもなかった。高校生まで利用し、枝を作り、顧客を増やそうとした。何時からか、彼女達がクラブに来ることもなくなった。気にする暇もない。一度だけ現れた枝は薄い瞳の色をした美しい少女だった。彼女達はどうしているだろう？　別の生き方もあったのではないか、と思い、それが何度も否定した空想であるのを思い出した。青年はこれからクラブへ向かい、ミーティングで全員へ給料の支払額を告げたのち、店が潰れる事実を宣言することになる。そして後は。

多額の生命保険に加入したのは、こんな結末を予感していたのかもしれない。悔いはなかった。面子《メンツ》のために死ぬのだ。問題が起これば、何ごとも一人でけりをつけてきた。昔から、ずっと一人だった。無に戻るだけのことだ。

踏み出した一歩が重かった。それも徐々に、気にならなくなっていった。

十

汗が止まらなかった。会社員は助手席からタオルを取り上げ、顔を拭った。

汗の染み込んだその感触もまた不快だった。不快なことが続いていた。車内の冷房が壊れた途端、渋滞に巻き込まれ、ようやく速度を上げられるようになったかと思えば、行く手に現れた警察官に停車を命じられたのだった。

警察官は会社員の乗る外国車――洗車をする時間がないために砂埃がうっすらと付着した――を盗難車と疑い、トランク・ルームに放置してあった草野球用の金属バットを手に取ると会社員へ詰問を始めた。十は確実に歳の離れた、若い警察官だった。会社員の車から離れる時には、紛らわしいものは片付けておきなさい、と不機嫌にいい捨てたのだった。

すでに会社の終業時刻は過ぎ、もう一度、車は渋滞に巻き込まれようとしていた。携帯電話の電源は切っていた。上司からの叱責を聞くつもりはなかった。目前の歩道を、全員がわざとゆっくりと歩くように思えた。その中に自転車を押して横断する、少年の雰囲気を残した制服警官の姿を見付けた時、会社員は我慢するのをやめた。

シートを倒して手を伸ばし、後部座席に放置した金属バットを手に持った。シートベルトを外し、扉を開ける。爽快な気分だった。

＋

女子高校生は真っ直ぐに青年を目指す。ヒロコ、と何度も心の中で繰り返した。

ヒロコはクラブに通い、あのホストと会うために無理な借金を重ね、体を売り、父親の分からない子供を胎内に宿すことになった。友人の借金返済を手伝うために、自身も危ない橋を渡っていた。ホテルに誘い、男達の財布からは相当な金額を抜き取った。借金のほとんどは消すことができた。

けれどヒロコの体が元に戻るわけではなかった。受胎の症状をただの体調不良と思い込むことで、ヒロコは精神を安定させようとした。自覚した時には、堕ろすことのできる期間を過ぎていた。自宅で密かに臥せるヒロコは誰とも会わず、メールには青年への想いと死への渇望だけを綴っている。本当に死ぬべき人間が誰なのかは明らかだった。

高校生は鞄からバタフライ・ナイフを抜き出した。艶やかな黒い背広を身にまとった青年が、高校生の前で立ち止まった。金髪に半ば隠された顔には、反射的な笑みが浮かんだ。

高校生は足を止めなかった。そのまま刃を青年の胸部に突き立てた。

十

膝の痛みが増してゆく。同時に虚しさが老人の胸の内に広がった。

小娘には、なかなか追いつくことができなかった。むしろ距離は交差点の中で広がり続けた。自分が哀れでならなかった。小娘一人の手首をつかむことさえできない。

「大丈夫ですか」

と誰かに声をかけられ、老人は振り返った。

自転車を押しながら若い警察官が近付いて来た。気分が悪いのですか、と訊ねられ、男は自分が涙を流しているのに気がついた。自分の失態が信じられなかった。

「膝が悪いようでしたら」

と警察官がいう。「渡り切るまで肩を貸しましょうか」

「そこまで歳は食ってねえよ」

と老人は答えた。何もかも、投げ出したい気分だった。老人は進路を変えた。

＋

会社員は交差点を横断する警察官の背後につくことできた。

警察官は何も気付いてはいなかった。片手で引き摺るジュラルミン製のバットが時折路上で小さく跳ね上がり、会社員は愉快でならなかった。

警察官がみすぼらしい老人へ話しかける姿を、少し距離を取ったまま、会社員は笑顔で眺めていた。警察官へ老人が背を向けたのをきっかけに会社員は警察官へ歩き寄った。金属バットを低い位置で構えた。そのまま振りかぶり、警察官の頭頂部へ叩きつけるために。

お前等が、この球技用具が凶器にもなると俺に教えたのだ。

＋

深く体を裂いた手応えがあった。

その生々しさに女子高校生は息を呑み、青年が自分の方へもたれかかってきたことにぞっとした。青年はまだ生きていた。高校生へ全ての体重をかけることもなかった。青年の息遣いが高校生の髪を揺らした。

「あなたのせいで、ヒロコはぼろぼろになった」

声を振り絞り青年へいった。「一人で臥せってる。どうすることもできずに。あなたを想って、お金を作るために、誰の子かも分からない赤ちゃんを身ごもったのよ」

青年は吐息で笑ったようだった。

「動くな」

という声は苦し気ではあっても冷静に聞こえ、「警察がそこにいる」

青年はそういい足した。抱き寄せられた。

十

老人の後ろ姿を見送り、警察官は溜め息をついた。自転車を押しながら進む自分の足取りを、鈍く感じる。

交差点の中央には抱き合う二人がいた。その一方は制服姿の、明らかに未成年の少女。老人の不機嫌な態度に触れたばかりで、声をかけるのは躊躇《ためら》われた。抱き合うことが法律に触れるわけでもない。通り過ぎようとするが自らの職務を思い起こし、警察官は視線を上げた。

「健全にな」と特に、少女を緩やかに腕の中に収めた水商売風の青年へいった。自己満足のための台詞《せりふ》だろうか、と疑問も感じるが、誰かがいうべき言葉のはず、とも思えた。

警察官は足を止めた。何か背後に圧力を感じたような気がした。

＋

女子高校生は体を震わせる。今では、引き返せない場所まで踏み込んでしまったことが恐ろしくてならなかった。

健全にな、という言葉は警察官がいったらしく、自分に向けてのもののように聞こえた。震えが止まらなかった。私の人生はここで、交差点の真ん中で終わったのだ。

健全という言葉からは、ほど遠い場所。青年の息遣いが、次第に緩やかになってゆく。

＋

膝の関節が機械のように軋んだ。呻《うめ》いたのは、痛みのせいだけではなかった。

肩を貸す、といわれたことにも、涙を流す自分にも苛立っていた。すでに過去の出来事となった小娘の方を男は一瞬、顧みる。誰かに密着させた体を、離したところだった。背の高い相手を大きく開けた目で見上げる横顔。長い睫毛。全く手の届かない貴石のように思えた。多分本当にそうなのだろう。歩き出そうとすると、また膝が悲鳴を上げた。怒りが沸き上がった。生き抜いてやる、と決心した。これから、誰に、どんな姿を晒そうと。

一歩ずつ足を送り、老人は交差点を渡り切った。

十

会社員は突然目の前に現れた光景に、愕然とした。

青年と女子高校生の間、僅かな隙間で凶器が光っている。抱き寄せられたとばかり思っていた高校生は、刃物を相手に突き刺したまま、立ち竦んでいた。二人を避け、次々と人が通り過ぎてゆく。何をしているんだ、と会社員は思わずつぶやいた。

高校生が一歩だけ下がると、手の内の刃先が赤黒く濡れていた。

「大丈夫ですか」

と誰かに話しかけられ、会社員はひどく驚いた。前を進んでいたはずの警察官が立ち止まり、こちらをまともに見詰めている。「体の具合でも……」

質問された会社員は、振りかぶったはずの凶器が手から離れていることに気付いた。通行人を躓《つまず》かせつつ、路上を転がってゆく野球用具が視界の隅に映った。

「暑さで、ちょっと」

慌てて答えながら、警察官が高校生の方を向かないよう、会社員は立ち位置を少しだけずらした。同じ罪を背負っている気持ちだった。そして一気に現実感が戻ってきた。ぎりぎりの淵に立つ自分を意識し、冷や汗が噴き出した。

警察官が不審そうな表情を見せた。けれど、会社員が意識するのは高校生の方だった。その手から刃物が消えていた。棒立ちのままの高校生を残し、青年がふらつく足取りで歩き出した。夢のような風景だった。

「近くに交番があります」

警察官がいった。「そこで少し、休みますか」

会社員は慌てて、

「もう大丈夫です」

と返答した。視界の奥に、運転手の消えた銅色の４ＷＤが見えた。

日常を見付けたように思えた。もう大丈夫です、と再び警察官へ伝えた。

＋

「店は潰れたんだ」

警察官の注意が逸《そ》れたのを確かめてから青年は震える肩を押しやった。色素の薄い瞳が青年を見上げた。「今日から全部やり直す」

金属の冷たい感触が体内から消えた。苦痛の息を漏らした後、

「ヒロコとヒロコの子供は俺が面倒をみる」

「あなたの子じゃないわ」

と小さな声で高校生がいった。

「誰の子供でもいいだろ。分からないんだから」

高校生が両目を見開いた。

「でも、あなたは」

青年は思い出す。この瞳に、憧れに近い感情を抱いたことを。背広の前を開いて見せた。内ポケットの中、革表紙のシステム手帳をバタフライ・ナイフが、その縁《ふち》まで切り裂く様があった。刃先が肌に突き立った箇所を青年は背広の襟で隠した。

「これから保証人に土下座する。半殺しにされても」

力の抜けた高校生の手に手を添え、刃物を引き抜き、取り上げた。「それからヒロコに電話する。健全に」

刃物を背広に仕舞い、歩みを再開させると、痛みよりも疲労で足付が乱れた。それでも悪い気分ではなかった。少なくともこの世には一人、俺を必要とする人間がいる。

いや、二人。

一人はまだ生まれていない。

本当に大丈夫なのだろうか。会社員の後ろ姿から、警察官は目を離せずにいた。首筋も青白く、それにひどい汗だった。けれど徐々に足の運びは確かなものへ変わってゆくようだ。周囲を見渡した。暴力団員のようにも見えた老人はもう、歩道に着いていた。片脚を引き摺り、繁華街へ入ろうとしている。

視界を水商売風の青年が横切った。片方の手のひらを脇に挟んだまま歩き、酔っている風にも見えたが、目指す場所は定まっているようだった。高校生は、と見ると交差点の中央で打ちのめされたように放心し、立ち尽くしていた。

二人は別れたのだろうか。自分は余計なことをいってしまったのか、と警察官は動揺する。

高校生が警察官に気付き、色素の薄い瞳が焦点を結んだ。ほんの少しだけ微笑んだようだった。びっくりする警察官へ高校生はお辞儀をした。

格子柄のスカートを翻《ひるがえ》し、駅の方向へと歩き去っていった。

機龍警察　輪廻

月村了衛

《ミステリマガジン》2011年11月号

月村了衛〔つきむら・りょうえ〕（一九六三〜）

大阪府生まれ。早稲田大学第一文学部卒。八八年、テレビアニメ「ミスター味っ子」で脚本家としてデビュー。以後、「天地無用！」（94年）、「少女革命ウテナ」（97年）、「円盤皇女ワるきゅーレ」シリーズ（02〜06年）など多くの作品に参加。「神秘の世界エルハザード」（95年）、「ノワール」（01年）では原作も手がけている。

二〇一〇年、至近未来警察小説と銘打たれた『機龍警察』を刊行して作家に転身。SFファンと冒険小説ファンの双方から注目を集める。シリーズ化された同作は一作ごとにパワーアップして、第二作『機龍警察　自爆条項』が一二年の第三十三回日本SF大賞を、第三作『機龍警察　暗黒市場』が一三年の第三十四回吉川英治文学新人賞を、それぞれ受賞。第二作は『このミステリーがすごい！２０１２年版』で九位、第三作は『同２０１３年版』で三位にランクインしている。一四年には第四作『機龍警察　未亡旅団』も刊行された。

その他の作品にSFアクション『機忍兵零牙』、剣豪小説『一刀流無想剣　斬』、警察小説『黒警』、時代ハードボイルド『コルトＭ１８５１残月』など。

「機龍警察　輪廻」は警視庁が近接戦闘兵器「機甲兵装」を導入した世界を舞台とした警察小説。おぞましい戦争犯罪を通して人間の業を鋭くえぐった作品である。

望遠レンズの向こうで、黒人の男は曖昧な笑みを浮かべていた。虚ろなまでに乾き果てた笑み。すこんと抜け渡るようでいて、じっとりとした闇夜のように何も見えない。

ファインダー越しに監視しながら、由起谷志郎《ゆきたにしろう》警部補はそう思った。

そんな印象を抱いたのは、荒《すさ》んだ少年時代を送った末に警察官になり、いっぱしに世の中の裏と表を知ったつもりでいた彼が、まるで見たこともない類の笑いであったせいかもしれない。

西新宿の裏通りに面した雑居ビルの屋上からは、向かいの安ホテルの一階にあるカフェラウンジの窓際席がよく見えた。

商談の場であるはずなのに、黒人はぼんやりと窓の外を眺めている。喋っているのは専《もっぱ》ら隣に座った白人だった。胡散臭い髭面の痩せた男。彼らの向かいにはアジア人の客が二人。用心深そうな顔で白人の話を聞いている。

由起谷の横に立った部下の松永が声を上げる。

「あの二人、流弾沙《リウタンシャ》の台湾人ですよ」

由起谷はカメラを下ろして頷いた。

「デオプの目的はやはり武器の買い付けか」

『流弾沙』とは台湾人の武器密売グループの名称で、その名は由起谷が捜査主任を務める警視庁特捜部の捜査線上に浮かんだことがある。以来、流弾沙構成員の顔と名は全捜査員の頭の中に叩き込まれていた。

しかし、その日由起谷が追っていたのは台湾人の方ではない。

ムサ・ドンゴ・デオプ。ウガンダの反政府組織LRA（神の抵抗軍）の武器調達担当幹部の一人と目されている。入手の経緯は不明だがウガンダ政府発行の正式なパスポートを所持しており、デオプはそれを使って二日前に入国した。パスポートに記された生年月日によると二十七歳だが、記録によって男の年齢は二十四歳から三十一歳とまちまちである。

ずんぐりとした体型に愛嬌のある丸い顔。その外見からは本当の年齢は分からない。

「それにしても、アフリカの軍事組織がなんでわざわざ日本まで……武器の買い付けなら中東ルートの方が近いでしょうに」

松永の漏らした疑問は当然である。しかし合法的に入国し犯罪の事実もない外国人を連行して尋問するわけにもいかない。今はこうして監視下に置くしかなかった。

デオプに同行している白人は密輸商崩れのアメリカ人ジョン・ヒックス。英語と日本語を話せる彼がこのツアーの案内役らしい。もっともウガンダの公用語は英語とスワヒリ語で、デオプ自身も英語を話す。外の車道を眺めていたデオプが、振り返って二言、三言、口を挟んだ。台湾人がたちまち緊張する。何か鋭い質問か辛辣な批評でもしたようだ。ヒックスが場を取りなすように卑屈な顔で大仰に笑う。

そこで急に関心を失ったかのように、デオプは再び視線を窓の外に向けた。

由起谷は彼の口許に、やはり名状し難い曖昧な笑みを見た。


デオプの監視は由起谷班の捜査員が交代で行なった。

監視二日目。都内をタクシーで移動。午後五時、六本木のクラブ《ルーシー》へ。取引等の形跡なし。午前二時二十分タクシーでホテルに戻る。

監視三日目。都内を移動。午後四時三十分、赤坂《美咲》。午後八時四十五分同店を出て六本木《ラバーズ》。取引等の形跡なし。午前二時ホテル帰着。

監視四日目。午後五時十五分、六本木《ルーシー》。午後十時十分六本木《FUJI》。午前一時新宿《ブルードーン》。取引等の形跡なし。午前三時三十七分ホテル帰着。

予想に反して彼が接触した裏社会の人間は流弾沙の台湾人だけだった。双方にとって収穫のない結果に終わったらしいその会見以降、デオプはヒックスの案内で不良外国人のたむろする六本木のクラブを遊び歩いていた。

デオプの要望というよりヒックス自身の好みであるらしく、派手に騒ぐヒックスと同じボックス席で、ずんぐりとした黒人は結構なピッチで高い酒を口に運びながら、当惑したような、それでいて沈思するような笑みを浮かべていた。

ヒックスには酒乱の傾向があり、深夜のクラブで暴れる彼をデオプが連れ出してタクシーに押し込むというのが連日の流れであった。子鼠のような昼間の態度と一変して大声で喚くヒックスに対し、デオプの表情は終始変わらなかった。

監視五日目。デオプは同じ西新宿のホテルでビジネスマンらしい三人の日本人と接触した。台湾人のときとは違い、デオプは熱心に相手の話を聞いているようだった。どうやらこちらが来日したメインの目的であるらしい。三人を相手に英語で話し込んでいた。

会見は七十五分に及んだ。ホテルの出口まで見送ったデオプとヒックスに、三人は丁寧に挨拶をして引き上げていった。その時のデオプの笑みは、一見愛想のよい上機嫌なものに見えながら、奇妙な不可解さを増していた。

由起谷班の捜査員は即座に日本人の尾行を開始。すぐに三人の身許を突き止めた。いずれも『本川製作所』の社員であった。

同社は医療機器のメーカーで、身体障害者用の義手や義足などを製作している。業界では中堅として知られていた。後ろ暗いところはまったくない。社会的には完全に堅気の企業である。

監視六日目。午後二時、品川プリンスホテルで本川製作所営業部河野高雄、同社第一製作部山浦晃、北和弘と会談。

監視七日目。午後一時三十分、新宿パークホテルで河野、北と会談。

監視八日目。目立った動きなし。

監視九日目。午後三時、台東区本川製作所本社を訪問、同社取締役三田孝之助と面談。

監視十日目。午後二時五分、台東区本川製作所工場を訪問。目的は不明。

デオプはヒックスを伴って、自ら本川製作所の本社や工場にまで足を運ぶに至った。兵器どころか医療器具を製作している会社に、悪名高いアフリカの軍事組織が一体なんの用があるのか見当もつかない。

傷病兵の福祉に突如目覚めたとでもいうのだろうか。由起谷の直感はその可能性を否定する。デオプの笑みはそんな分かりやすく生温いものでは決してない。

由起谷主任は困惑した。


「少年兵用のオプションだよ」

捜査会議の最中に、姿俊之《すがたとしゆき》警部が突然発言した。

由起谷の報告を全員が聞いているときだった。

「何がですか」

思わず訊き返した由起谷に、姿はこともなげに、

「だからデオプが本川製作所に作らせてるものさ。機甲兵装操縦のためのオプションに違いない。ＬＲＡが発注したのか、本川の方から売り込んだのか、そこまでは分からないが」

少年兵については知っている者も知らない者もいた。手許の端末ですぐさま検索している捜査員もいる。由起谷は知らなかった。

少年兵。泥沼の内戦に明け暮れる中央アフリカでは、軍事勢力が村を襲っては幼い子供達を拉致し、洗脳、訓練して兵士に仕立てる。十歳にも満たぬ少年を麻薬漬けにし、少女を性的な奴隷とする。訓練の過程においては少年に自分の家族を殺させ、服従を試すと同時に後戻りをできなくさせることもあるという。命令に従えば生きるチャンスを与えられるが、従わなければその場で家族ともども殺される。過酷というにはあまりに過酷な日々の中で、強制されたものであったはずの殺戮を、少年達は当然の行為として為すようになる。

少年の暴力は衝動的で歯止めが利《き》かず、戦争の目的がどんどん見えにくくなっていく。少年兵の存在が、紛争の残虐化、長期化の原因となり、解決を困難にさせている。親を殺し、兄弟を殺し、偏向した価値観と憎悪を植え付けられた彼らに明日はない。被害者であり、同時に救い難い加害者でもある。内戦が終結しても社会復帰は不可能に近い。

スーダン、コンゴ、そしてウガンダ。ＬＲＡはいずれの国でもこの恐るべき戦争犯罪を日常的に行なっている。二十世紀の末頃から国際問題になっていたが、機甲兵装の普及後もそれは変わらなかった。もともと兵器の軽量化が少年兵の増加を促したという側面があったのだが、搭乗者の致死率の高い機甲兵装の場合、使い捨てにできる少年兵のメリットはかえって増大した。

「ゲーム機と同じでね、子供の方が習得が早いんだ」

姿警部の話に、特捜部の全員が戦慄した。子供好きの由起谷は特に。

ＳＩＰＤ――警視庁特捜部の中核を成す未分類強化兵装『龍機兵《ドラグーン》』に搭乗する突入要員として警察外部より招聘《しょうへい》された姿俊之の本業は、民間警備要員、すなわち傭兵である。軍事情勢については警察内部の誰よりも詳しい。

「自動車で障害者用の運転補助器具があるだろう。機甲兵装にもああいうオプションがあるんだ。子供の場合、身の丈がコクピットに合わないからそれを使う。だがそいつはあくまで普通の場合だ」

〈普通の場合〉だって？　由起谷は首を傾げる。少年を機甲兵装に押し込めて虐殺を強制する話など、最初から普通とは到底思えない。

姿は手にした缶コーヒーを一口啜って先を続けた。

「アフリカで見たことがある。手足を切断されて無理やり義肢を付けられた子供だ」

「なんですって」

由起谷は思わず叫んでいた。

「そんなに驚くなよ。アフリカでは捕虜の手足の切断は珍しくもない。子供の手足なんて夕食の鶏の首より簡単に落とされる」

「仰ることの意味がよく分かりません。機甲兵装の補助器具と手足の切断がどうつながると言うんですか」

憤然とする由起谷を制し、

「まあ聞けよ。補助器具は所詮補助器具で、性能には限界がある。ところがだ、機甲兵装の操縦に特化した義肢——と言っても人間の手足の形すらしてないが——これなら平均して人体を上回る反応速度が出せるらしい。子供の手足を切断してこいつを接続する。未成熟な神経系の方が大人のものより馴染みが早いっていうんだ」

全員が衝撃を受ける。想像を絶する蛮行。人間が人間に対して決して行なってはならない行為。だがそんな規範など実際には存在しないことを、若くして殆《ほとん》ど白髪と化した姿警部の佇《たたず》まいが雄弁に告げている。彼がこれまで歩んできた世界では、そうした行為こそが日常であったに違いない。

由起谷をはじめとする全捜査員が想起する——確かに本川製作所は、コンピューター制御による筋電義肢の開発で知られていた。そのことは同社ウェブサイトのトップページにも謳われている。

「姿警部の話は事実だ」

それまで黙って聞いていた特捜部長の沖津警視長が口を開いた。

「少年兵の四肢切断による義肢の強制装着は確かに国際問題になっている。だが姿警部、私にも理解できない点がある」

「なんでしょう」

「不謹慎な言い方になるが、そんな義肢があるのなら、もっと普及しているはずじゃないか。アフリカの現実からするとだ。紛争地域の軍事組織が競って子供の手足を斬り落とそうとしていてもおかしくはない」

「コストの問題ですよ」

　あっさりと姿は言い切った。

「そんな高性能の義肢は値段が張る。費用対効果って奴です」

「逆に考えると、大幅にコストダウンした製品がもし仮に開発されたとすれば、それは一気に普及するということか」

「ま、そうなりますね」

　全員が瞬時にその意味を察して蒼白になる。

「本川はそんな義肢を作ってるって言うんですか。デオプはその買い付けに来日したと」

　愕然とする由起谷に、姿は平然と答える。

「たぶんね」

　戦慄すべき状況であった。もしそのような〈補助器具〉が開発され〈市場〉に出回ったとしたら、それは常軌を逸した児童の虐待を加速度的に増大させるだろう――

　沖津は一同に指示を下した。

「由起谷班はデオプの監視の継続。次に夏川班」

「はっ」

　夏川班の夏川主任が立ち上がる。

「由起谷班と合同で本川製作所の内偵に当たること。本川にとっては大事な企業秘密だろうが、看過し得る事案ではない」

「はっ」

直立不動で返答する夏川の面上には、煮えたぎるような義憤と、そして困惑とがあった。人間の本性を聞かされながら、現実として素直に受け入れられないという困惑。

それは由起谷も同じであった。同時に彼はもう一つ、未だ言葉として表わせない別の困惑を抱えていた。

困惑であり疑問である――デオプのあの曖昧な笑み。

「本川と言えば、ピエゾを使った医療機器の研究では定評のあるメーカーですよ。センサーでもアクチュエーターでもトップクラスです。自前の製造ラインも持ってますしね」

技術班のラボで、柴田技官は捜査班の情報を元に資料を作成していた。

由起谷と夏川は、食い入るような目でディスプレイを覗き込んでいる。

ピエゾとは、一般に「ピエゾ効果」と呼ばれる現象を利用した圧電素子のことである。圧力を加えれば電荷を生じ、逆に電圧をかければ結晶の長さに変位が起きる。応答は非常に早く、また精密。硬質で荷重に強く、高トルクかつ省電力。古くからセンサーやインジェクターなど、様々な機器に利用されてきた。もちろん機甲兵装にも使われている。

内偵の結果、本川製作所が開発中の〈製品〉は、ピエゾを筋電義肢の駆動と感圧に応用したものであることが判明した。

「いま主流のサーボモーター式と違って、ものがセラミックですからね。開発にカネと時間がかかる反面、完成の暁には量産効果が大きい。大量注文があったとすれば、大幅なコストダウンも可能でしょう」

ＰＣのキーを叩きながら柴田が言う。

「最近は大きな技術発表もなかったんで、実用化はまだ何年か先だろうと思っていたんですが……」

「なぜ秘密にするんだろう」

夏川の問いに、

「発表してしまったら、たちまち模倣品が氾濫して大手に食いつぶされるからですよ。そうなる前に投資を回収し利益を確保しておきたいと考えるのは当然です」

ディスプレイに表示されるＣＧ。

それは異様な形状をした上下二組の器具の立体図だった。その図が機甲兵装の標準的なコクピットの透視図に重ねられる。人体の肘から先、膝から先が二股に分かれ、各四本のレバーとペダルに固定される。しかも手指に当たる部分は、スティック上の操作ボタンの配置に合わせた形状をしている。

姿警部の言った通り、それは人の手足ではない。人間の尊厳を剝奪された何かだった。

夏川はぎゅっと唇を嚙んで凝視している。

「操縦者側じゃなくて、機甲兵装側に固定するというのが悪質ですね」

柴田もおぞましげに顔をしかめて、

「義肢を外してコクピットから降ろせば逃亡もできない。戦闘時じゃない平時は人間の生活をさせないってことでしょうか」

「義肢じゃない」

由起谷が吐き出すように言った。

柴田と夏川が振り返る。白面とさえ称される由起谷の白く整った顔は、怜悧を通り越して氷のようになっていた。

「自分はこれを義肢とは呼びたくない」

捜査会議の三分前には、全捜査員と突入要員が集合して部長の入室を待っていた。

作成された資料には全員が目を通している。その日室内に充満していたのは彼らが遠慮なくふかす煙草の煙だけではない。人道に奉職する警察官としての抑え難い怒りであった。

開始予定時間ちょうどに、城木《しろき》、宮近《みやちか》の両理事官を従えた沖津が入室した。

口火を切ったのは宮近理事官だった。

「ムサ・ドンゴ・デオプと本川製作所の立件は見送りとする」

全員が唖然とする。一人、予期していたらしい姿警部のみは苦笑して缶コーヒーを口に運んだ。

「経産省とも協議したが、本件の場合、防衛装備移転三原則等に該当するかは微妙という結論になった。武器関連の輸出については『輸出貿易管理令』が定めているが、本件の〈義肢〉は原則として管理令に抵触しない」

「あれは義肢などではありません」

由起谷が憤然と立ち上がった。

宮近は構わず続ける。

「しかし管理令の別表一六項の補完的輸出規制、いわゆる『キャッチオール規制』にかかるのではないかと検討してみた。条文は配布資料の通り。要点を端末に表示するので確認してほしい」

各員の手許にある端末のディスプレイに細かい文字列が表示される。

そこにはこう記されていた。

一、その貨物や技術の「需要者」や「用途」からみて核兵器等の開発等に用いられる懸念があるかどうか。
二、一の確認に加えて、仕向地が輸出令別表第三の二に掲げる国・地域（国連武器禁輸国・地域）への輸出の場合は、その貨物や技術の「用途」からみて通常兵器の開発等に用いられる懸念があるかどうか。

宮近は捜査員の抗議も当然承知という顔で、

「機甲兵装やその関連貨物は核兵器ではないので、二に該当するかどうかだが、別表第三の二にはこうある——「アフガニスタン、コンゴ民主共和国、コートジボワール、エリトリア、イラク、レバノン、リベリア、リビア、北朝鮮、ソマリア、スーダン」」

読み上げる宮近の声を待つまでもなく、全員の目がディスプレイに表示された国名を追っている。

「そうだ、ウガンダは入っていない。つまり、本川の製品が機甲兵装の操縦に使用されるかどうか以前に、現行法では本件の立件は難しいと判断されたのだ」

「そんな……」

声もない由起谷や捜査員達に対し、沖津が口を開いた。

「私の見通しが甘かった。許してほしい」

部下に対して彼が謝罪するのは初めてのことである。

「昨日、厚労省及び経産省とともに本川製作所への任意の聴取を行なった。本川側は一貫して医療機器であると主張している。関係省庁のすべてがお手上げだ。傷病兵の補助器具であるのも事実だからだ。また、今後の身障者介護器具の発達に寄与する技術であることも間違いない。そのことは厚労省も認めている。問題は少年兵に対して強制的に使用されるか否かで、それは誰にも証明できない」

由起谷が悄然《しょうぜん》と着席する。圧倒的な現実に、立っている力さえ失ったかのように。

沖津の苦衷は十分に察せられた。城木理事官も暗鬱な顔でうなだれている。宮近理事官も。

言いにくいことを部下に告げる役を、彼は自ら買って出たのだろう。

「……そこでだ」

沖津が懐《ふところ》から愛飲するモンテクリストのミニシガリロを取り出した。

「方針転換といきたいのだがね」


深夜、六本木の《ルーシー》で、泥酔した白人男性が英語で喚きながら暴れ始めた。

「俺はこんな所で燻《くす》ぶってるような男じゃない！　俺はCIAのために一個小隊分の機甲兵装を調達したことだってあるんだ！　本物のビジネスマンだ！　ソマリアじゃ俺は大物なんだ！」

常連客のジョン・ヒックス。飲むに従い人格が変貌する。よくいるタイプだ。鬱屈を隠した小心者。店もいい加減迷惑しているが、連れてくる客筋が客筋なので、強い態度にも出られず放置している。

ヒックスはボトルを床に投げつけ、テーブルをひっくり返した。二人のボックス席にいたホステスが悲鳴を上げる。連れの黒人が外に連れ出そうとしたとき、観葉植物が彼の足に当たって倒れ行手を塞いだ。デオプがそれを無造作に蹴《ど》って退かす。そのはずみで植木鉢が割れた。

勘定の紙幣を多めに残してそのまま店を出るのが二人の常だったが、その日は違った。突然乱入してきた男達がヒックスとデオプを取り押さえた。大暴れするヒックスに対し、デオプは特に抵抗らしい抵抗もしなかった。

角刈りの男――夏川主任が二人に腕時計を示して言った。

「はい時計ちゃんと見て。分かるね、これ。午前一時四十七分。器物損壊で現行犯逮捕」

現行犯で逮捕された二人は所轄の麻布署に引致された。

器物損壊は親告罪だが、店との話はついている。ヒックスの所業をかねてから持て余していたこともあり、店側は特捜部の説得に応じて告訴に同意した。

検察はデオプとヒックスに対し、略式起訴で罰金刑に持っていく考えである。すべての刑事手続きが終わり次第、二人の身柄は入国管理局に引き渡される。

特捜部と検察、入管との共同オペレーションであった。

二人には退去強制手続きが取られることになる。退去強制とは行政処分の一つで、俗に言う強制送還のことである。退去強制事由は入管法第二四条一項四号のイ。

――それは単なる先延ばしでしかありません。事態は何も変わらないのでは。

その方針を聞かされた由起谷は首を傾《かし》げた。

国外に退去させても、外国で取引されればそれまでである。それに一定の期間――この場合五年――が過ぎれば再入国さえ可能となる。

――その通りだよ。

沖津はシガリロを燻《くゆ》らせながら頷いた。

——他に有効な手段はない。それが現実だ。法整備の不合理という日本の現実。少年に大量殺人を強いるアフリカの現実。

うなだれる由起谷に、沖津は言った。

——だがこの事案を契機に、犯罪対策閣僚会議の下に担当課長級のワーキングチームが設置されることになった。

その言葉に、由起谷は顔を上げて上司を見た。

——医療器具、それに武器密輸関連となると、警察庁、厚労省、経産省の他に、外務省、財務省、法務省が関わってくるが、犯罪対策閣僚会議の下であれば警察庁出身の内閣参事官が中心になって実務を担当することになる。警察主導で行けるだろう。

立件を見送らざるを得なくなった段階で、沖津は警察庁と内閣官房になんらかの働きかけ、あるいは根回しを行なっていたのだ。

——我々はこの現実の中で日々できることをするしかない。製品が完成する前に法が改正されることを祈ろうじゃないか。

それは、沖津が自らに言い聞かせているようにも聞こえた。

デオプとヒックスの身柄が入管に引き渡される前日の夜、姿警部と由起谷主任は二人が留置されている麻布署を訪れた。

許可を得て取調室を借り、デオプと面談する。

「どうだい、日本の留置所は。ベッドの寝心地が気に入らなきゃフロントに文句を言うといい」

姿が英語で話しかける。面白くもない冗談の意味が分かりかねたのか、デオプは機械的に笑った。

「今日はあんたのプライベートについて訊きたいと思ってね。あんたは取り調べにはやけに素直だったそうだが、その一方でなんにも喋らないこともあったってな」

面談は由起谷の希望であり、姿は通訳として同行を承知した。しかし由起谷の意図は姿も理解しているので、率先して会話を進めてくれている。姿の英語は由起谷にも聞き取りやすいものだった。

「これを見てくれ。あんたのよく知ってるものが映ってる」

姿は一枚の写真をデオプに示した。それは黒い肌にできた火傷の痕のようだった。何かの紋様のようにも見える。

「あんたのシャツの下、そう、その胸にある烙印だ。こいつは取り調べ時に撮影された写真で、俺は立ち合ってないから実物は見てないが、一目で分かったよ。これはLRA北部地域の部隊が拉致してきた子供に捺す焼印だ。あんた、元は少年兵だろう？」

デオプは笑みを浮かべたまま何も答えない。

その顔を由起谷はじっと見つめる。経験を積んだ捜査員である彼には、肯定か否定か、相手が言わずとも大概は分かる。だがデオプの笑みからはやはり何も読み取れない。

「起訴事案に関係ないから誰も突っ込まなかったらしいが、俺は気になってね。俺もアフリカにいたことがあるんだ。あんたらの仲間とも戦った。機甲兵装に乗った相手の歳なんて戦闘中は分からないからな。操縦してたのが実は子供だったって後で言われてもさ」

由起谷ははっとして姿を見た。捜査会議では語られなかった彼の述懐であった。言われるまでもないはずだった。それが機甲兵装による現代の戦争だ。どうして誰も考えが及ばなかったのだろう。姿は子供を殺している。戦場で。

飄々《ひょうひょう》とした口調のせいで、彼が内心に抱いてる煩悶の程度は分からない。魂を焼くような苦悩か、それとももとうの昔に単なる仕事と割り切ったか。もとより由起谷には想像するしかないことだった。

「悪い、話が逸《そ》れたな。あんたに関しては、取り調べ時に初めて分かったことがもう一つある。あんたの左手、義手なんだってな。みんなびっくりだ。この由起谷も、監視してるときにどうして見抜けなかったのかってしきりに言ってたよ。腕利きの刑事の目をも欺《あざむ》くとは、あんた、なかなかやるじゃないか。訓練が身についてる」

やはり飄々とした姿の口調。そしてやはり曖昧なデオプの笑み。

「その腕、あんたも斬り落とされたんだろう、子供の頃に。そして無理やり義肢を付けられ機甲兵装に乗せられた。違うか？」

デオプは依然として笑っている。すこんと抜け渡るようでいて、闇夜のように何も見えない。

その笑いの意味が分からなかった理由——由起谷にとってそれはもはや明らかだった。最初から分かるはずもないものだったのだ。姿警部の内面と同じく。

家族から引き離され、あるいは家族の殺害を強要され、挙句に腕を切断されて人型の軍用兵器に押し込められる。日々の糧は麻薬であり、虐殺であり、凌辱である。より多く殺した者が賞賛される。何も理解しないままに高揚し、陶酔し、率先して殺すようになる。

この世の地獄を見たはずの人間が、地獄より巡り還って同じ蛮行を見知らぬ少年に繰り返す。無限に続く暗黒だ。

男は確かに暗黒の世界からやってきたのだ。

自分から聴取する気力は由起谷にはもはやなかった。姿ももう何も言わない。

デオプは曖昧な笑みのまま、二人を眺めるだけだった。

証人席

山田風太郎
渡辺啓助
日影丈吉
福永武彦
松本清張

《EQMM》1958年1, 2, 3, 4, 6月号

変格探偵小説復興論

山田風太郎

別に「論」というほどのものではない。

決してほめた話ではないが、こう翻訳探偵小説が洪水のごとく出版されると、広告をみるだけで満腹感をおぼえて、最近外国の探偵小説にはとんと不案内である。いや、こんなことをいうと、ていのいい嘘になる。はじめから外国のものにも日本のものにも不案内だと白状した方がよろしい。なまじ探偵作家のレッテルを貼りつけられているために、饅頭屋が饅頭にゲップを吐くのとおなじ現象らしく、これがそうでなかつたら、かえつて大いに愛読したのではないかと思われる。純文芸の一部の作家たちがポケット・ミステリを愛読するのは、きつとそうにちがいない。

それで、これからのべる意見は、この雑誌にとつて全く場ちがいなのだが、近来ふと考えたことがあるので、異論のあることを重々承知の上で申し出てみる。

それは、日本の探偵小説がなぜ面白くないといわれるのかという話からはじまる。

力量がない、才能がないといつてしまえば簡単だが、戦後十二年を経て真の大作家がどれだけ出たか、指を一本おり、二本めを半分かがめ、三本めはというと思案にくれるようなありさまでは、百年たっても同じことだろう。ほかの分野にくらべて、これほど新人を待望し、これほど新人の出ない世界も珍らしい。

またたとえ百年に一人の大作家が出たところで、それで探偵小説が繁栄したり、探偵雑誌が面白くなるというわけにもゆくまい。

そこでこの「面白い探偵小説」について考えることがある。

戦前から、日本の探偵小説には本格物が少く、真の本格探偵作家はないといわれていたらしい。なぜそれが少なかったかというと、本格物で面白いということは、実に至難だからだ。うまくゆくと、これこそ探偵小説の醍醐味、真骨頂であろうが、うまくゆかないと、それこそ箸にも棒にもかからないものができあがる。御覧のごとく、現実にその方が多いのだ。どうも本格物は変格物より、その危険率が大きいようである。だからこそ戦前の『新青年』は、いわゆる変格物を多く採ったのであろう。(このへんは、私は『新青年』をよく知らないから、あいまいであるが)

ところが、戦後乱歩先生が、本格物待望の声をあげられた。またいわゆる文壇的小説に飽きた一部の純文学作家が、一種の趣味でそれに共鳴音を発した。そしてまた、少数ながら精鋭なる探偵小説ファンは、いうまでもなくこの種のファンである。私もまたこれこそ探偵小説の本道だと思う。

しかし、これはもとより正論であるが、そのために変格物が萎靡してしまった傾向はなかろうか。待望の本格探偵小説も容易に出ない半面、戦前得意とした変格探偵小説も影をうすくしてしまつたような感じはなかろうか。私たちは、乱歩先生の名作は、ほとんど変格物であつたことを考える。そして、乱歩先生の高唱は、正論であるにしても、待望というより憧憬のひびきがこもつているのではあるまいか。

しかし、獅子の一吼は、たちまち有象無象の蠢動をひき起した。(失礼。むろん、私もその中に入る)――私のように本格探偵小説の才能皆無の人間までが、ついフラフラと変な気を出したくらいだから、その影響は深刻である。その悲喜劇は、現在も日本の探偵雑誌に狂演愚舞されているのではないか。面白くないのは主としてそのせいではあるまいか。私がそうだからいうわけではない。

公平にいつて、日本人には本格物を創作する才能は乏しいと断言しても、だれもが否定できまい。

したがつて、それが探偵小説の正道であることを認め、稀にその才能をもつている作家はいよいよ珍重した上で、私たちは精力を変格探偵小説に転換した方が、よほど雑誌の内容が面白くなるのではないか。

なに、いまだつて面白いものなら、本格変格を問わないさ、という人もあろうが、やはりいまの風潮が、変格物ばかりかいていると探偵作家として肩身のせまいような気分を起させるところがある。私なども、よくもの悲しい顔で、そんなことをいう。

しばらく本格待望の声の音量を小さくして、その分だけ変格の声を大きくしたらどうだろう。そうしたら、さまざまの魚が、そのところを得て、泳ぎ出す。正直なところ、ゆきずまつた本格物よりも、変格物の方に、まだまだ千変万化の工夫の余地があり、読者を驚異させ、ひきつけ、面白がらせる世界があると思うが如何。少くとも、もつと多数の読者を。

近代的怪談可なり、異常心理小説可なり、科学小説可なり、奇妙な味の作品可なり、また奇想天外なる截断面によつては、全く思いがけぬ人間地獄図が現出するかもしれない。そして、時と場合によつては、いままでの小説概念を超えた全然新形式の小説すら生まれてくるかもしれない。

日本の探偵小説とはいわない、少くとも探偵雑誌を救う最も現実的な一法とはいえないであろうか。

主婦の買物籠

渡辺啓助

私は、考えてみれば、三十年近くも探偵小説という奇妙な文学の裏町を彷徨し続けているのである。

それほど好きでいながら、古来から探偵小説の名作といわれるどの一冊だつて、座右にそなえて、常日頃愛読しているなどと云うことは、いまだかつてない。探偵小説は、一回きりで読み捨てだ。どんな名作だつて、それつきりである。この流星は二度と帰えつて来ないからだ。

筋立てや、話の結末が判つてしまつたら、およそ探偵小説ぐらい興味の索然たるものはない。

この点が、ほかの文学作品と違つているところだ。探偵小説がケイベツされる点も、それが再読に堪えないと云うところにあるらしい。

チエホフだとか、モーパッサンだとか、或はリルケなんかなら、たとえ筋がわかつてもいなくても、二度三度くり返えして読むことができる。そして結構面白くもある。

しかし、探偵小説の場合は、一度こつきりだ。一度の愛読でこと足りるのである。繰りかえして読んでみたところで、最初の感銘はもはや味わい得ない。それが探偵小説の宿命である。なぜだろう。

どうして、他の文学書なみに、二度三度読んで貰えないのだろうか、作者の側に、二度三度、読ませるだけの力が足りないからであろうか。

しかし、それは、おそらく作者の力不足ではなく、探偵小説それ自身の、どうにも変えようのないさだめなのである。二度三度の身売りはできない、一回だけだ。探偵小説のエスプリは、一回の燃焼で消滅してしまうのだ。

そして、作者は十年二十年の蓄積をその一瞬の燃焼に賭けるのだ。読者は最後の頁を読み終つたとたん、その瞬間的光芒が、すでに永遠に飛び去つたことを知るのだ。再び繰りかえしてももはやそのギリギリの切迫した生命感を味覚することはできないのだ。

こんな哀しいことがあるであろうか。ただ一回きりだなんて……

いや、哀しいことではない、一度きりで読み捨てられる点にこそ、異質な文学としての探偵小説のプライドも存在するのだ。二度三度読み返えすことは、探偵小説に対して、むしろエチケットを欠くことでさえある。

私は、この一度きりで消えるこの瞬間的光芒を愛する。その火花の鮮烈な美しさがたまらなく好きである。

だから探偵小説ほどマンネリズムを嫌うものはない。

つまり、われわれは、マンネリズムの中に生きていて、平凡な常識を与えられ、平凡な市民であるがために、無難で安穏な日々を続けることができるのだ。しかも内心、われわれは、この日々の凡庸なマンネリズムから脱けだしたくってむずむずしているのだ。

誠実で、至極常識的な、合理主義者の多くが——つまり模範的な市民の多くが、探偵小説好きである理由も、そこにある。

私は、ちかごろ、中年の主婦までが、貸本屋から、ミステリーズを借りてゆく姿をよく見かける。

「ガードナーはみんな読んじやつたの——何かほかに新しいのない？」

そして、ウールリッチだのカーだのを、買物籠の中に、すとんと入れて貸本店から出てゆくのを見かけ、それが決して珍しい風景でないことも知つているのだ。

「あたし、探偵小説つてきらいよ——だつて、怖くつて夜なんか、あれを読んだら眠れないんだもの——」と云つたような、風にも堪えぬ神経の持主であることをヒケらかすようなお淑やかぶつた女性は次第に消滅しつつある。

彼女たちはみなサバの女王バルキスである。私は美しいバルキスが、バルタザアル王にいつた言葉を想いだす。

『私、怖い目にあつてみたいわ——夜になつてあの居たたまれぬ恐怖の戦慄が、この肉の中に沁みこんでゆくのを感じてみたいんですの、髪の毛が逆立つ恐怖と云うものを身に沁みて感じてみたいんですの——ああ怖い目にあうなんて、どんなにか、素晴しい快《い》い気持なことでしょう』

恐怖をもとめることは、とりもなおさず、意外性のアコガレである。つまり、生活のマンネリズムから、脱却を念うアガキでもある。その種の念願やアコガレを最も充足させてくれる読物は、いわゆる一括してミステリーズとよばれる種類の作品であろう。

したがつて、探偵小説の型が流動性を失い、固定化してしまい、それ自身がマンネリズムに陥いつてしまつては、もはや読者の念願をみたしてやれなくなるのは理の当然である。

そのマンネリズムを憂慮するあまり、本格探偵小説滅亡説をとなえる人もいるくらいだ。ありとあらゆるトリックはすでに使いつくされ、新しく読者をギョッとさせるような、あの火花の鮮烈感はもはや期待できなくなつた、と云うのである。しかし、ガードナーやクリスチーが、しきりに読まれている一方、別の面では、新しいファンタジイの世界が、探偵小説の視野をひろめつつあることもたしかだ。

それは文学に於ける非具象化《アンフォルメル》運動と云つてもいい。つまり従来の自然主義的手法ではどうしても表現しきれないものが、われわれの生活環境から生み出されてきている。それを適当に処理しようと云う試みが、科学小説のごとき形で出てきているのであろう。

S・Fすなわち科学小説は、一と口に云えば嘘ばかりでできている小説であり、その点については、探偵小説と共通の基盤を持つているわけである。芥川の『侏儒の言葉』にあつたように思うがそれは、「嘘以外の方法では語ることのできない真実もあるものだ」と云う意味だつた。――S・Fもまた、そう云う種類の真実を、嘘によつて伝えるものではなかろうか。

嘘が楽しいかバカバカしいかはその嘘が真実のアンフォルメルかどうかによつて、きまるはずである。

いずれ主婦たちの買物籠の中にも、S・Fの一冊や二冊はいつているような日が、来ないものでもあるまい、と私は思うのである。

探偵小説達磨喝

日影丈吉

探偵小説の本格変格という言い方は、あまりピンと来ないけれども、その分け方には、なるほど一理ある。それは、とにかくとして、日本でいう本格物には、かなり七面倒な規制があるけれども、変格物を含んだ探偵小説に、探偵の二字にこだわらなければ、かなり広い文芸の分野が含まれているのは事実である。

今年は創作物のブームが来るという説がある。一昨年だつたか、早川ミステリーが百種を突破した頃に、探偵小説ブーム来《きた》るの声があがつた。ちようど、翻訳権切換えの問題などがあつて、何軒かの出版社が、一度に食指を動かしたせいか、同一作品を二三社ひつぱり合いで訳させるというような事もあつた。そういうご当人も一役買わされたのである。

ところが、創作界はそれほど揮わず、ブームたつて、翻訳ブームに過ぎないじやないかという歎きも起るうちに、去年の幕が閉じた次第だが、ブームとはいえないまでも、去年は松本清張さんが、せせこましい探偵小説論など歯牙にもかけない、さすがに腰の坐つた仕事ぶりで名声を博したし、二十八才の天才少女があらわれて乱歩賞を獲得したり、創作界も多少の活況を呈しなかつたとは、いえないのである。

ところで、今年、創作ブームが来るという説の根拠は、前記の乱歩賞作品が七万部刷つたというのと、某週刊誌で探偵小説の公募をやるというようなことで、翻訳ブームの方はこの新春、早川、創元二社に落着いたが、これから創作ブームが来るだろうという、いささか頼りない気早な推測ではあるが、新年の予測としては、おめでたいには違いない。

そんなことよりも、広い意味の、そして新らしい意味の探偵小説が必要になる因子は、着実に芽生えて来ているのではないか？

一般小説に探偵小説的構造の採用という事はいわれたし、ぼくなども多少政治的な意味で、いつたが、これは別に探偵小説的というほどのこともないので、世界的には純文学にアントリグの復活、日本的には理智的構成の取入れという、自己の複雑な現時性を書くために必要な手段に、応じたに過ぎないのである。ドライな小説の流行を、ハードボイルドと無理に結びつける必要もない。

だが、新らしい探偵小説が、新らしい他の小説と同じ軌道を進んでいることは間違いないのである。いや、探偵小説に下手な枠など、つけない方がよい。黒枠などは真平である。ポオのような型破りの才人がはじめたといわれている仕事にも、いつの間にか型ができた。だが、クイーン・コンテストに一等になつた作品を読んで見れば、みんなそれぞれ型を破つているのがわかるだろう。

シムノンを見給え。（だが、シムノンは初期の物だけがよいという、探偵小説ファンも相当いる。実はぼくのファンだという人にも一人いる。）

グレアム・グリーンが娯楽作品と銘打つて、いい物を書いている影響などもあるだろうが、近頃は純文の作家の中でも探偵物的作品を書くことが、やや盛んになつた、だが、探偵小説というものの認識が、どこまで行つているか？　（これはジャーナリズムの場合もそうだが。）或いは、探偵小説として、どういうものを志向しているかとなると、いきなり、いわゆる本格物の構造式が頭に浮かんで勇み立つような、本格愛好者なら、縮尻つても文句はないが、そいつが荷厄介だという人が無理に書いても意味がないのである。

冒頭《はじめ》にいつたように、探偵小説の名で包含されている文芸の領域はかなり広い。これは早い話が、ＥＱＭＭを読んでもらえば、わかる。クイーンという人は、むずかしい掌篇にまで本格物を書き続けている本格派だが、選んでいる作品の領域は広く、コンテストにのぞむ態度も公平で、そういう点ではわが乱歩先生の、よきポン友である。

とにかく、実力のある純文作家が探偵小説の枠をはめない探偵小説を志向し、或いは探偵小説の手法を随意に、望む所に用いたら、面白いものが出来て、日本の文芸は更に豊になると思う。

同時に、専門の探偵作家も、本格変格を問わず、在来の型にはまることばかり考えていては駄目だろう。いわゆる変格は、変格であるが故に、千変万化する性質のもので、ホラー、スリラー、リドル物、何でも面白ければ、探偵小説の枠も要しなくなるに違いない。

ところで、本格物であるが、これはやはり探偵小説の心棒であるから、大いに盛んにしたい。日本人には適しないとか、もう種切れだなどと、いつていないで、これだけ探偵作家がいるのだから、みんなでジャンジャン書くべきである。

ただ、本格偏重的な気持をさらりと捨てて書かないと、書く方も気がつまるだろうし、読まされる方も、やり切れないことになる。本格なんてものは、田中潤司君の素人手品ではないが、好きな遊びを独りでやる時のように、多少楽しんで組立てたものの方が、いいらしい。冗談いうな、骨身を削る苦業だ、というかも知れないが、人間、道楽にだつて痩せるものである。すけなくとも、気分的には、ご用とお急ぎのない時でなければ、書くに適しないもののようだ。

まア、苦しみでも楽しみでもいいがとにかく打ちこんで書くことが必要だし、事大的にならないためには、どちらかといえば楽しんで書く方がいいかも知れない。カアなぞを読むと、嬉しくつてたまらないような作家を感じる。そのくらいに、頭脳のエネルギーが表現されているというか、ゲーテの描いたメフィストのような、本格作家の典型像が感じられるのだ。日本では高木彬光さんが、さすがに、気のいいメフィストみたいな顔をしている。もつとも酒の弱いメフィストだが、高木さんにはこれから、もつと、ご用とお急ぎのない仕事をしてもらいたい。

英米では本格物が、ドイル以来、多士済々で栄えている。何のせいか知らないが、日本の探偵小説は動脈硬化を来《きた》しているようだ。ここで全作家に一跳躍を促したい。山田の風さんなぞは変格論に逃げているが、本格物を書かせたら、必ず傑作の書ける人である。探偵作家が探偵小説を書くのに、なんの遠慮なぞといいたい。探偵小説は流行るか流行らないか？　本格がいいか変格がいいか？　イカナルカ、コレ祖師西来意？　廓然無聖《くわくねんむしよう》ッてなもんだ。そんな遠慮をぶっ飛ばしちまえば、註文はたちどころに来るのである。

探偵小説と批評

福永武彦

野球には、野球評論家というものがあるし、映画には、映画批評家というものがある。専門家ともなれば、選手の顔を覚えたり、映画スターの経歴をそらんじたり、それ相応の苦労はあるだろうが、もともとは好きな道なのだから、はた目には羨しい商売の如く見える。その他万般、芸術、スポーツ、趣味、風俗、お抱えの批評家を擁していないものはない。いわんや文学などに至っては、批評家は小説家に劣らない重要な登場人物で、横から出て来ては大向うを唸らせる。つまらない小説よりは、その小説をうまく料理した批評のほうが、多分に上等である。

という大前提から、さて文学の特殊部門である探偵小説界に眼を移すと、不思議に批評家に乏しいことに気がつく。アメリカやイギリスのような探偵小説の盛んな国では、もちろん、専門の批評家がいるのだろうが、僕はよく知らない。知っているところでは、古文書学者、文献蒐集家、といった高級な学者か、年の暮にベストテンを作製する時評家ばかりが眼につ いて、これといって優秀な批評家の名前を聞かない。我が国でも、江戸川乱歩氏や中島河太郎氏は、高級な学者に属するようで、批評家はとんと払底している。花の活けかたから茶碗のデザインに至るまで、すべて専門の批評家がいる世の中に、極めて珍しい現象である。その理由を一つ考えてみよう。

およそ探偵小説の批評ほど、タブーで縛られたものは、他のジャンルにはないだろう。タブーの第一は、真犯人の名前、第二は殺人の動機、第三は殺人の方法、第四は小道具、等々、こうなると、じゃ一体何を書けばいいかと反問したくなる。このタブーは、真面目な批評を下そうと思うと、どうしても抵触してしまうから、「やや退屈だ」とか「論理が一貫している」とか「風変り」だとか「もう少しサスペンスを」とか、つまりはごく曖昧なことを言ってお茶を濁す。

どうも酒壜を撫でて葡萄酒の古さを論じるようなところがある。といつて、犯人もばらす、トリックも教える、という批評では、読者はかんかんに怒るだろう。生じつかな素人批評は、読者からせつかくの愉しみを奪い取る悪徳の一つである、と息巻く者も出て来よう。とすれば、タブーを承知の上でうまい批評を書くことは、並大抵の才能では出来ないということになりはしないか。

ところが更に重要な問題は、探偵小説というジャンルそのものにかかつている。僕等は一冊を手に取る。面白いと言つて人にすすめられたか、偶然に本屋の棚から引き抜いたか、とにかく、最後に近い部分は間違つても開いてみないから、誰が犯人かは知らない。そこで第一頁から、ゆるゆると手探りで読み進むうちに、女というものはいつでも臭いとか、なぜ窓がしまつていたのだろうとか、マッチ棒が燃え尽きているのは、パイプに火を点けた証拠だとか、しょっちゅう考える。それからまた気が変って、犯人は力持ちだから女の筈はないとか、窓は寒いからしまっていたまでだとか、ぼんやりしてれば、紙巻煙草でもマッチ一本使い切るとか、自問自答する。それが読者の愉しみというものだ。つまり、読者は、探偵小説を読むに当って、一人一人が名探偵なのである。名探偵というのは、つまり批評家である。

探偵小説は（本格物の場合だが）謎解きの論理が一貫していれば、ひどく詰らないものでも、読者は或る程度我慢する。人物の性格が書けていない時には、読者は自分の想像力を働かせて、その部分を補って読む（そこでは読者は小説家に転身している）。そして無意識的に、自分でその小説の不足した内容を埋めるという作用は、もしそれが意識にまで高まれば、批評家としての仕事に等しい。意外な犯人なら満足するだろうし、トリックが子供騙しなら、憤慨するだろう。探偵小説は、殺人という約束ごとの上に成立するから、読者は常に高見の見物である。見物は身銭を切っているだけに、その殺人の方法や動機にどんな文句でもつけられる。最後まで作者のペテンに引っかかって、文句をつける点が見つからなければ、それは立派に批評に耐え得た作品である。

その点から、探偵小説は、一般に小説の二十世紀的方法に対して、一種の重要な暗示を与えているように思われる。つまり一つの作品は、読者の想像力の協力によって成立する、という方法。単に小説の世界に誘い入れるだけではなく、その世界の中では、読者が一緒になって考え、想像し、批判し、同情するという精神作用を、読者に強要するのである。そこから、探偵小説界の最近の傾向であるハードボイルド物を考えてみよう。しばしば犯人は既に分つている。従つて推理的興味は薄い。読者は、主人公（タフ・ガイである）と共に、自分とは縁遠い世界の中に投げ込まれ、その男が目まぐるしく駆けめぐる間、一緒に附き合される。大人向きのお伽噺なのだろうか。お伽噺なら無条件で愉しめばそれでいい。しかし良質のハードボイルド物では、現代の一断面が截られ、現代人が行動する。シカゴの裏街が舞台だからといつて、決して縁遠い世界と言い切ることは出来ない。その世界に僕等が没入する場合、僕等の想像力（それがつまり、ぞくぞくする快感の源なのだが）と同時に、僕等の批評力も働き始める。この主人公は腕は確かだが頭のほうは大丈夫かな、ピストルを忘れるなんて飛んだ奴だ、背後にいる大物のボスはそれじやないぞ、こんな考えがしよつちゆう生れたり消えたりしている。そして読者の方で創り上げた世界が、読むにつれて大きくなり、作品がそれに充分に抵抗し得る場合に限つて、作品も優秀であり、読者も満足するのだ。読者を批評家にし得ないような作品は、単なるお伽噺か、でなければ、一般の小説と較べて、あまりにもひ弱い読物というに過ぎない。読者の方も馴れるに従つて、単なる筋とか論理とか以上に、批評の眼を働かせるようになるだろう。だから、探偵小説の公的批評が、どんなにタブーで縛られていようとも、その小説を読んだ読者の一人一人は、自由に自分の批評を持ち得るし、かつ自分の批評は、他人の批評よりもよつぽど面白い筈である。ところが批評という形式は、読者のためよりも作者である小説家の方にこそ、必要なのだから読者がみんな批評家になつても、その声は小説家にまでは聞えて来ない。従つて探偵小説家は、いつこう進歩もなく、駄作ばかり書くということになる。これが我国の現状のようだから、小説家が自分のうちに批評家の分身を持つか、タブーを物ともしない優秀な専門批評家が現われるか、この二つがなければ、我が国の探偵小説界の前途は洋々たりとは言えないように思われるけれど、どうだろう。

ブームの眼の中で

松本清張

「近ごろは推理小説ブームですな、それについて何か」と新聞社や雑誌社から私などにも「御意見」をきかれる。私が推理小説らしきものを書き出しているせいであろう。そこでこの間から多少雑文を書き散らしてきた。

お目に止つている方もあるかもしれないが、第一にブームと騒がれているほど推理小説は現在隆盛に赴いているであろうかという疑問。そして、それは案外翻訳ものだけではないかという私の感想をいつている。何も早川書房に頼まれて書くのではないが、実際、電車の中で人が読んでいるのを見ると大てい翻訳ものである。それに近ごろ女性が多いとは皆の云うところである。この間も某誌の編集者が云うには、彼が電車の中でその種の翻訳ものを読んでいると、隣りに坐つた二人連れの若い女性が、彼の手にしている本を見るとお互が突つき合つて笑つたそうである。ああ、この人も読んでいるわ、とか、やつてるわ、とかいつた表情だつたそうで、彼女たちもそのファンだと思うと自分はうれしくなつた、という話であつた。

しかし、日本の創作ものはそれほどパッとしないのである。仁木さんの「猫は知つていた」が十万部売れ、私の二著が少し出たくらいで、ブームの印象を与えたらしいが、仁木さんも私も「まだシロウトの域を出ない」作者である。シロウトが出て、クロウトのがそれほどでもないというのは変格で、現在の創作推理小説が実際のブームに乗つたとは云い難いのである。

云いかえると、日本の創作もののマンネリズムがブームを喚び起さないのではないかと思う。その理由として、独創性の無さと、物語りの低俗性を私は挙げてきた。

たしか大下宇陀児氏だつたと思うが、最近の新聞に日本の推理小説は「外国で密室が流行れば密室を、ハードボイルドが流行すればハードボイルド風を」すぐに真似して書くと指摘してあつたが、大体その通りであつた。

一体、われわれが外国ものをよむ時は、空間的な距離間を意識の底にもつて読む。外国の風土や習慣は、われわれが日常知つている周囲の生活ほどには実感がないから、多少絵画めく。だから少しばかり不自然であつても、分らなくても、まあ読めるのである。この場合、エキゾォチックな感興も大いに役立つであろう。

ところが、日本の題材となると、その空隙が無くなり、われわれの周囲の生活に直接に密着する。ここではありそうもないことはすぐ分るのである。小さな嘘でも、全体の現実感を失うほどに、われわれの熟知している実在の世界である。これに外国の密室のトリックを応用したり、ハードボイルド風の行動を持ち込んでも不自然である。リアリティが無いのだ。

――私は、リアリティの無い推理小説ほどばからしいものはないと思つている。

無論、リアリティは風俗描写や環境描写の巧みにのみあるのではない。山村の風物や方言がうまく書かれていても、新聞記者のラフな行動をそれらしく書いても、むやみと不自然な殺人が行われるような筋立はおよそ現実感がないのである。そらぞらしい空疎なつくりごとしか感じられない。

それというのが、今までの推理小説の支持者の一部が熱烈な「鬼」と称するファンであつたからだ。彼らはトリックや意外性を愛好する。それが意表を衝き、奇抜であればあるほど喜ぶ。作者もその要求を満足させねばならない。それが昂じて、そのことだけが本体となり、作者はその「鬼」のみを意識して作品を工夫し、小説の要素である人間描写は第二義的となり、文章を置き去りにした。「鬼」はそのことに寛大だつたから、遂にはただの「犯人探し」のゲームとなり果てた。作者とこの熱心な少数の読者の関係は、恰も同人雑誌に似通つている。同人雑誌ならそれで通るかも知れないが、それでは一般性が無いのである。一般の読者は小説を読もうとしているのだ。私は日本の創作推理小説を不振にしたのは、皮肉にもこの小説の熱心な支持者である「鬼」に一半の原因があると思つている。

断つておくが、私はトリックや意外性が推理小説の重要な成立条件であるのを否定しているのではない。いや、これがなければ推理小説は一般の普通小説と異なるところがなくなるであろう。ただ、それがあまりに至上的に信仰化され、遊戯的なパズル式になつたことの行き過ぎを云いたいのである。

なるほど同人雑誌的でない場所でも日本の推理作家は仕事をしている。しかし、それらは殆んど程度の低い大衆雑誌の枠の中である。当然にそのトリックや意外性は低俗性と結びつき、またその読者を意識してか本気に仕事をしていない。どういうものか、彼らは推理小説の真の読者の選択を誤っている。日本の創作ものが「新青年」によって育ったことを考えれば、誰が実際の読者であるか考える筈だ。ただ、「新青年」時代と違うのは、今日では遙かに読者が文学的な教養の面で成長していることである。即ち、翻訳ものにブームがあっても、現在の低俗な創作ものにはブームが無い所以である。

私は、今までの推理小説に動機が軽視されている傾向があるので、これにもっと力点を置きたいと云ってきた。つまり動機の主張が、人間描写に通じるからである。これまでそれは、倒叙的な構成では貧弱ながら試みられてはいたが正統的な本格ものでは冷遇されていた。本格もので動機を描けといっても、何も犯人の心理描写の必要はない。その全体の事件なり犯罪が、その動機でなければ発生しないような必然的な、現実性に密着した、個性のあるものなら充分であろう。

しかし、これは作者にとって容易なことではない。だが、困難だといっても、今後は誰かがやらなければならないのではないか。推理小説も、もう「古い型」では一般に通用しなくなるのではなかろうか。

推理小説はもともと異常な内容をもっている。いわば人間関係が窮極に置かれた状態である。だからこそ、推理小説はもっとリアリティが必要である。サスペンスもスリルも謎も、リアリティの無いものには実感も感興も湧かない。殊に、現代のように、人間関係が複雑となり、相互条件の線が錯綜したり切断されたりして、人間は成る意味において個として孤立している状態では、推理小説の手法は最も活用されてよい。その場合にはリアリティの附与が益々必要だと思うのである。

編集ノート

ミステリ研究家
日下三蔵

今年二〇一四年、前身の《エラリイ・クイーンズ・ミステリ・マガジン》（以下《EQMM》）から通算して《ミステリマガジン》が七百号を迎える。《EQMM》の創刊号は一九五六年七月号だから、五十八年にわたって発行されてきたわけで、これは国産のミステリ専門誌としては最長の記録である。

それを記念して、海外篇と国内篇、二冊のアンソロジーが出ることになった。六〇年に創刊された《SFマガジン》も（増刊号が多いために）続けて七百号に到達するので、こちらも二冊のアンソロジーが刊行される。ミステリとSFで四冊出るアンソロジーのうち、ミステリ国内篇が本書というわけです。

編集部からの当初の依頼は、単行本未収録作品だけでラインナップを組んでほしい、というものだったが、少し考えてこれはお断りした。やってやれなくはないが、層の厚い海外ものと違って国内ものでそれをやると、どうしても落穂拾いの印象を免れない。わがままを言って作品本位で選ばせてもらうことにした。

海外に比べて層が薄いとはいえ、そこは六十年近い歴史を持つ雑誌だけに、記念アンソロジーに入って遜色ないと思える短篇をピックアップしただけで、軽く百近いタイトルが残ってしまった。そこから最近短篇集に入ったばかりのものを落とし、アンソロジーに入れるには長過ぎるものを落とし、泣く泣く削っていって二十本を選んだ。同じクオリティの短篇集が三冊は出来るところだったが、そこは仕方がない。その分、密度の濃い一冊になっているはずである。

結果として二十本のうち著者の個人短篇集で手に入るものが八本、残る十二本のうち単行本未収録の短篇が五本という内訳となった。バランスとしては悪くないのではないか。もちろんこれは本書の刊行時点での話であり、短篇集に入る作品もあれば品切れになる本もあるから、作品単位での入手難度は刻々と変わっていくはずである。しかし、内容本位で選んだことによって、いつ読んでいただいても読者に満足してもらえるアンソロジーにはなったと思う。

作品自体のクオリティの他に選定に当たって気を配ったのは、全体的になるべく多様なジャンルの作品をそろえることであった。本格ミステリ、サスペンス、ハードボイルド、恐怖小説、幻想小説……。《EQMM》の初代編集長だった都筑道夫は第三号（五六年九月号）の編集ノートでこう書いている。

日本とアメリカ探偵小説とのあいだには十五、六年のひらきがある。その溝を埋めて行くのが、まず当分の日本語版のねらいなのだ。これまでの海外探偵小説の紹介のされ方は、非常にかたよっていた。大勢もまたそのかたよった傾向に従って、探偵小説の新しい動向から、目をそらしてきた。少しでもそうした視野の狭さを打開することが出来れば、本望である。

《EQMM》はこの言葉どおり、さまざまな傾向の作品を載せていった。時には限りなく一般小説に近づいた作品を載せて「これはミステリではない」と批判されることもあったが、最新の海外ミステリがどこまで進化しているのかは、《EQMM》と後継誌の《ミステリマガジン》（66年1月号〜）によって、日本の読者に紹介されたのである。

翻訳ミステリ専門誌としてスタートしたため、作品の数では海外ものの三分の一ほどであるが、《ミステリマガジン》に掲載された日本作家の短篇についても、前記の方針は守られている。したがって本書でもこれを踏襲した。

現代のミステリは多様化して、個々のジャンルにおいては国際的な水準の作品が書かれているが、かえってそのために本格しか読まない読者、警察小説しか読まない読者などの固定化を招いているように見えるのがもどかしい。インターネットで「ミステリ」とは「本格推理小説」のことである、と力説している人を見て驚いたこともある。

確かに本格ものはミステリにとって重要なジャンルの一つだが、あくまで多様なジャンルのうちの一つに過ぎない。編者も都筑さんと同じく、特定のジャンルにかたよった「視野の狭さを打開」したくて、本書の作品群を選んでみた次第である。
心残りがあるとすれば、コラムをほとんど再録できなかったことだ。日本人が《ミステリマガジン》に発表しているのは創作だけではない。さまざまな視点からミステリファンの感性と知識を豊かにしてくれる名コラムが、いくつも連載されてきた。私が特に好きで何度も読み返しているものを挙げておこう。

都筑道夫「ぺいぱあ・ないふ」56年9月号〜59年7月号
※連載時は無署名。一部は評論集『死体を無事に消すまで』（73年9月／晶文社）、全体は『都筑道夫ポケミス全解説』（09年2月／フリースタイル）に収録
福永武彦「深夜の散歩」58年7月号〜60年2月号
中村真一郎「バック・シート」60年5月号〜61年7月号
丸谷才一「マイ・スィン」61年10月号〜63年6月号
※三本併せて『深夜の散歩』（63年8月／早川書房）に収録
大井廣介「紙上殺人現場」60年1月号〜67年1月号
※87年11月／社会思想社現代教養文庫
佐野洋「ミステリ如是我聞」63年1〜12月号
※『推理日記』（76年12月／潮出版社）に収録

石川喬司「極楽の鬼」64年1月号〜65年12月号
石川喬司「地獄の仏」66年1月号〜69年12月号
※「極楽の鬼」は『極楽の鬼』（66年8月／早川書房）として刊行、「地獄の仏」は『極楽の鬼　マイ・ミステリ採点表』（81年11月／講談社）に追加収録
星新一「進化した猿たち」65年7月号〜67年5月号
星新一「続・進化した猿たち」68年12月号〜70年7月号
※正篇（68年2月／早川書房）、続篇（71年3月／早川書房）
小林信彦「深夜の饗宴」69年10月号〜70年9月号
※『東京のロビンソン・クルーソー』（74年6月／晶文社）に収録
都筑道夫「黄色い部屋はいかに改装されたか？」70年10月号〜71年10月号
都筑道夫「私の推理小説作法」74年4〜12月号
※二本併せて『黄色い部屋はいかに改装されたか？』（75年6月／晶文社）に収録
小鷹信光「パパイラスの舟」70年12月号〜73年7月号
※75年11月／早川書房
日影丈吉「ミステリ食事学」72年1月号〜74年2月号
※『ミステリー食事学』（81年6月／社会思想社現代教養文庫）に収録
植草甚一「ミステリの原稿は夜中に徹夜で書こう」74年4月号〜76年1月号
※78年11月／早川書房

都筑道夫「推理作家の出来るまで」75年10月号〜88年12月号
※00年12月/フリースタイル
山口雅也「プレイバック」77年10月号〜79年6月号
※『ミステリー倶楽部へ行こう』(96年1月/国書刊行会)に収録
瀬戸川猛資「夜明けの睡魔」80年7月号〜82年12月号
瀬戸川猛資「昨日の睡魔/名作巡礼」84年1月号〜85年12月号
※二本併せて『夜明けの睡魔』(87年10月/早川書房)に収録
稲見一良「ガン・ロッカーのある書斎」83年1〜12月号
※94年10月/角川書店
北上次郎「活劇小説論」86年2月号〜92年12月号
※『冒険小説論――近代ヒーロー像100年の変遷』(93年12月/早川書房)に収録
宮脇孝雄「書斎の旅人」87年1月号〜90年2月号
※91年10月/早川書房
瀬戸川猛資「夢想の研究」89年1月号〜91年9月号
※93年2月/早川書房
乾信一郎「「新青年」の頃」89年1月号〜90年4月号
※91年11月/早川書房

きりがないのでこの辺にしておくが、当初の構成案では、こうしたコラムの傑作選を百ページ分ほどつけようと思っていたのだ。結局しぼりきれなくて、《EQMM》時代のリレーコラム「証人席」を収録するに留まったのは無念であった。

その代わりといっては何だが、「証人席」は豪華メンバーである。各篇の初出データは以下のとおり。（五月号は休載）

山田風太郎「変格探偵小説復興論」58年1月号
渡辺啓助「主婦の買物籠」58年2月号
日影丈吉「探偵小説達磨喝」58年3月号
福永武彦「探偵小説と批評」58年4月号
松本清張「ブームの眼の中で」58年6月号

このうち「変格探偵小説復興論」は『わが推理小説零年』（07年7月／筑摩書房）、「探偵小説達磨喝」は『日影丈吉全集別巻』（05年5月／国書刊行会）、「探偵小説と批評」は『決定版　深夜の散歩』（78年6月／講談社）に収録されているが、もちろん「証人席」としてまとまって再録されるのは今回が初めてである。

松本清張を除く四氏が「探偵小説」という用語を使っている点に注意していただきたい。

五七年に仁木悦子『猫は知っていた』が国産ミステリ初のベストセラーになったことは、各篇解説でも触れたとおりだが、この年から五八年にかけて同作と松本清張『点と線』『眼の壁』（松本エッセイにある「私の二著」は、この二作のこと）が相次いでベストセラーとなったことで、旧来のマニア向けジャンル「探偵小説」は一般的なエンターテインメント「推理小説」へと転換を果たすことになる。

これ以降に登場した日本人作家、大藪春彦、佐野洋、結城昌治、都筑道夫、笹沢左保、樹下太郎、生島治郎といった面々は、日本の探偵小説より海外ミステリの影響が顕著である。中には結城昌治のように、海外ものしか読まずに作家になった人もいる。早川書房の〈ハヤカワ・ポケット・ミステリ〉と《EQMM》が優れた海外作品を紹介し続けたことが、こうした時代の下地を作ったことは間違いない。

国産ミステリは社会派ブームを経てリアルな現代社会を舞台にした「推理小説」となるが、推理味に乏しい社会派は廃れるのも早く、森村誠一、西村京太郎らによって謎解きを重視した本格ものが書かれることになる。昭和二十年代からのベテラン、高木彬光、土屋隆夫、鮎川哲也らも、こうした流れに沿って本格作品を発表した。

六〇年代後半になると大衆小説リバイバルブームとそこから派生した横溝正史ブームが発生。七〇年代には探偵小説専門誌《幻影城》から泡坂妻夫、連城三紀彦、栗本薫、竹本健治らが登場した。八〇年前後には大沢在昌、船戸与一、北方謙三、逢坂剛らが相次いでデビューし、冒険小説とハードボイルドの層が一気に厚くなっている。

八七年の綾辻行人デビュー以降、いわゆる「新本格ムーブメント」が発生し、それ以後は毎年のように有力作家が登場している。翻訳ミステリ専門誌という出自のためもあり《ミステリマガジン》は、こうした国産ミステリの発展に付かず離れず併走してきた。

九二年から刊行されている日本人作家の叢書〈ハヤカワ・ミステリワールド〉からは、高村薫『マークスの山』、小池真理子『恋』、皆川博子『死の泉』、山田正紀『ミステリ・オペラ　宿命城殺人事件』とオールタイムベスト級の作品がいくつも出ているし、湊かなえ『少女』や月村了衛〈機龍警察〉シリーズのような近年のミステリシーンを象徴する作品もある。

　わずか二十作の短篇で国産ミステリ全体の歴史を俯瞰するのはもとより不可能だが、《ミステリマガジン》のバックナンバーからセレクトしたことによって、国際水準で見ても見劣りしない作品を並べることができたと思う。本書を楽しんでいただいた方には、気に入った作家の別の作品を探すなどして、ぜひとも豊饒なミステリの沃野《よくや》に踏み込んでいっていただきたい。

おことわり

本書には、今日では差別表現として好ましくない用語が使用されています。

しかし作品が書かれた時代背景、著者が差別助長を意図していないことを考慮し、当時の表現のまま収録いたしました。その点をご理解いただけますよう、お願い申し上げます。（編集部）

ススキノ探偵／東直己

探偵はバーにいる

札幌ススキノの便利屋探偵が巻込まれたデートクラブ殺人。北の街の軽快ハードボイルド

バーにかかってきた電話

電話の依頼者は、すでに死んでいる女の名前を名乗っていた。彼女の狙いとその正体は？

消えた少年

意気投合した映画少年が行方不明となり、担任の春子に頼まれた〈俺〉は捜索に乗り出す

探偵はひとりぼっち

オカマの友人が殺された。なぜか仲間たちも口を閉ざす中、〈俺〉は一人で調査を始める

探偵は吹雪の果てに

雪の田舎町に赴いた〈俺〉を待っていたのは巧妙な罠。死闘の果てに摑んだ意外な真実は？

原尞の作品

そして夜は甦る

高層ビル街の片隅に事務所を構える私立探偵沢崎、初登場！　記念すべき長篇デビュー作

直木賞受賞
私が殺した少女

私立探偵沢崎は不運にも誘拐事件に巻き込まれる。斯界を瞠目させた名作ハードボイルド

さらば長き眠り

ひさびさに事務所に帰ってきた沢崎を待っていたのは、元高校野球選手からの依頼だった

愚か者死すべし

事務所を閉める大晦日に、沢崎は狙撃事件に遭遇してしまう。新・沢崎シリーズ第一弾。

日本冒険小説協会賞最優秀短編賞受賞
天使たちの探偵

沢崎の短篇初登場作「少年の見た男」ほか、未成年がからむ六つの事件を描く連作短篇集

話題作

山本周五郎賞受賞
ダック・コール
稲見一良

ドロップアウトした青年が、河原の石に鳥を描く中年男性に惹かれて夢見た六つの物語。

吉川英治文学賞受賞
死の泉
皆川博子

第二次大戦末期、ナチの産院に身を置くマルガレーテが見た地獄とは？　悪と愛の黙示録

日本推理作家協会賞受賞
沈黙の教室
折原一

いじめのあった中学校の同窓会を標的に、殺人計画が進行する。錯綜する謎とサスペンス

暗闇の教室 I 百物語の夜
折原一

干上がったダム底の廃校で百物語が呼び出す怪異と殺人。『沈黙の教室』に続く入魂作！

暗闇の教室 II 悪夢、ふたたび
折原一

「百物語の夜」から二十年後、ふたたび関係者を襲う悪夢。謎と眩暈にみちた戦慄の傑作

HM=Hayakawa Mystery
SF=Science Fiction
JA=Japanese Author
NV=Novel
NF=Nonfiction
FT=Fantasy

ミステリマガジン700【国内篇《こくないへん》】

創刊700号記念アンソロジー

〈HM㊷-2〉

二〇一四年四月 二十日 印刷
二〇一四年四月二十五日 発行
（定価はカバーに表示してあります）

編者 日《く》下《か》三《さん》蔵《ぞう》
発行者 早川 浩
印刷者 草刈龍平
発行所 株式会社 早川書房

郵便番号 一〇一 - 〇〇四六
東京都千代田区神田多町二ノ二
電話 〇三 - 三二五二 - 三一一一（大代表）
振替 〇〇一六〇 - 三 - 四七七九九
http://www.hayakawa-online.co.jp

印刷・中央精版印刷株式会社　製本・株式会社川島製本所
Printed and bound in Japan
ISBN978-4-15-180302-4 C0193

本書は活字が大きく読みやすい〈トールサイズ〉です。